Quinteto de Buenos Aires

Biografía

Manuel Vázquez Montalbán (Barcelona, 1939- Bangkok, 2003), escritor y periodista, ha publicado libros de poemas, novelas y ensayos, con títulos tan destacados como *Crónica sentimental de España*, *Moscú de la Revolución*, *Galíndez* o *Autobiografía del general Franco*. La serie de novelas protagonizadas por el detective Pepe Carvalho le ha convertido en uno de los escritores más leídos en España y con más difusión internacional, con auténticos hitos como *Los mares del Sur*, *Asesinato en el Comité Central*, *Los pájaros de Bangkok*, *El premio*, *Quinteto de Buenos Aires* o *El hombre de mi vida*.
A lo largo de su carrera Manuel Vázquez Montalbán ha recibido los premios Planeta, International de Littérature Policière, Nacional de Literatura, Nacional de la Crítica, Literario Europeo, Bunche de la Crítica de la R. F. de Alemania, Ciudad de Barcelona, Recalmare, Raymond Chandler, Nacional de las Letras Españolas y Grinzane-Cavour.

Manuel Vázquez Montalbán
Quinteto de Buenos Aires

Planeta

© Manuel Vázquez Montalbán, 1997
© Editorial Planeta, S. A., 2004
   Avinguda Diagonal 662, 6.ª planta. 08034 Barcelona (España)

Diseño e ilustración de la cubierta: Opalworks
Fotografía del autor: © María Espeus
Primera edición en Colección Booket: julio de 2004

Depósito legal: B. 29.291-2004
ISBN: 84-08-05384-1
Impresión y encuadernación: Litografía Rosés, S. A.
Printed in Spain - Impreso en España

A Liliana Mazure y Luis Barone

A mí se me hace cuento que empezó Buenos Aires.
La juzgo tan eterna como el agua y el aire.

JORGE LUIS BORGES,
Fundación mítica de Buenos Aires

Aquella ciudad no ofrecía destinos
blandos, aquella ciudad marcaba. Su
gran sequedad era un aviso; su clima,
su luz, su cielo azul mentían.

EDUARDO MALLEA,
La ciudad junto al río inmóvil

1

El tío de América

Los ojos recorren furtivamente la evidencia del
rótulo: «Laboratorio de experimentación conducta
animal. Nueva Argentinidad.» El hombre camina
con el ritual del sigilo. Ratas y alambiques, pero en
la pared el capricho de desmesurados carteles. Una
vaca y ante ella una hermosísima muchacha que la
enseña orgullosa:

«Argentina volverá a ser la madre vaca
Fundación Nueva Argentinidad»

Los ojos se detienen ante el cartel. Pertenecen a
un rostro desencajado, colérico, retenido. Musita
con ayuda de los dientes:
—Nueva Argentinidad.
De pronto al hombre se le escapa la cólera, arremete contra todo. Derriba los alambiques, las pro-
betas, abre las jaulas de las ratas, que amplían su
cárcel a toda la sala. Luego contempla fascinado los
resultados de su poder desencadenado. Una rata parece buscar su presencia y él la recoge con cuidado,
casi cariñosamente.
—Hermana rata.
Se la mete en el bolsillo de su desvencijada cha-

9

queta y sale del laboratorio al tiempo que empiezan a encenderse luces y se oyen demandas:

—¿Qué ha sido eso?

—¿Qué pasa ahí?

El que más pregunta es un hombre Gordo con mayúscula, con el rostro, el tórax y el abdomen llenos de amontonamientos de grasas y carnes olvidadas.

Tiene el rostro dramáticamente viejo y es lógico que pregunte con un cierto pesimismo:

—¿Qué sabes tú de Buenos Aires?

Ni pesimista ni optimista, la voz de Carvalho le contesta:

—Tango, desaparecidos, Maradona.

El viejo cabecea más pesimista todavía y repite:

—Tango, desaparecidos, Maradona.

Ante Carvalho la perspectiva de un terrado barcelonés, el viejo sentado en un sillón, en el horizonte la ciudad como si creciera a medida que se la mira. El viejo busca palabras que parece le cuesta encontrar. Tras los visillos de la ventana del ático dos mujeres maduras cuchichean mientras los miran de reojo. Carvalho permanece sentado en un sillón de mimbre a lo Emmanuelle, que en el contexto parece haber sido abandonado por un extraterrestre más que por un filipino.

—Por la memoria de tu padre, sobrino, vete a Buenos Aires. Busca a mi hijo, a mi Raúl.

Señala hacia la ventana desde donde espían las mujeres.

—Estoy en manos de sobrinas. No quiero que esos cuervos se lleven lo que pertenece a mi hijo.

Quién sabe dónde andará. Yo creía que había superado la muerte de su mujer, Berta, la desaparición de su hija. Fue en los años duros de la guerrilla. Quedó trastornado. También estuvo detenido. Escribí al rey, yo, un republicano de toda la vida. Pedí por él lo que nunca había pedido. Pacté lo que nunca hubiera pactado. Finalmente me lo traje a España. El tiempo, el tiempo lo cura todo, dicen. El tiempo no cura nada. Sólo añade su peso. Tú, tú puedes encontrarlo. Sabes cómo hacerlo, ¿no eres policía?

—Detective privado.

—¿No es lo mismo?

—La policía garantiza el orden. Yo me limito a descubrir el desorden.

Carvalho se levanta, camina hasta la baranda de la terraza y recibe de la ciudad una propuesta síntesis de la vieja y la nueva Barcelona Olímpica, los últimos almacenes de Pueblo Nuevo, Icaria, la Manchester catalana, listos para el desguace, retaguardia de las arquitecturas eclécticas de la Villa Olímpica y el mar. Cuando le llega la voz en off de su tío, Carvalho sonríe levemente.

—Buenos Aires es una hermosa ciudad que se autodestruye.

Su padre siempre le había informado que el tío de América hablaba muy bien.

—Me gustan las ciudades que se autodestruyen. Las ciudades triunfales huelen a desodorante.

Se vuelve y da la cara al viejo.

—¿Aceptas? No entiendo muy bien eso de detective privado, pero ¿aceptas?

—Bien venidos a Buenos Aires. Sabemos que vienen á esta ciudad porque, para los extranjeros, Argentina está en venta. ¡Ah! Pero a nosotros no nos compran únicamente los japoneses: nos compran hasta los españoles, y eso que España también está en venta. A España la compran los japoneses.

Se saca el reloj de la muñeca y lo subasta.

—No lo voy a vender ni por un millón de pesos, ni por mil pesos, ni por cien, ni por un peso.

Se arrodilla lloroso.

—Les ruego que se lo lleven, que me lo quiten. A los argentinos nos gusta que nos quiten los relojes, los amores y las islas. ¡Para luego poder escribir tangos!

El presentador recorre angustiado la sala ofreciendo su reloj compulsivamente a distintos clientes que reaccionan entre la risa tonta y el rechazo ante aquel rostro rezumante de maquillaje y rímel. La luz del reflector persigue al presentador hasta que le paraliza, como si ya no tuviera objeto ofrecer el reloj. El presentador lo contempla cual objeto viscoso, extraño, luego se da cuenta de que existe el público y pregunta intrascendentemente:

—A propósito, ¿qué saben ustedes de Buenos Aires?

Por la ventana de su despacho se ven las Ramblas más anochecidas que otras veces. La estatua de Pitarra con la que finalmente se ha reconciliado. Pitarra, viejo amigo. Un mohín de asco le viene a la cara cuando se pregunta tozudamente quién es, de dónde viene, a dónde va. Sobre la mesa el dossier Llompart y ante los ojos de la memoria la escena que vivió hace dos días. Hace un signo de inteligencia con el portero, que el marroquí entiende aunque probablemente no fuese inteligente y sólo hubiese asumido que sobre el tablero le esperaban cinco mil pesetas. Una llave a cambio. Tanto la escalera como el pasillo le recordaron todas las pensiones de mala muerte y peor vida de las ingles de la ciudad. Le falta el resuello en el último escalón y lo atribuye a la mezcla de tensión y asco que sigue permitiéndole ejercer de huelebraguetas. Pero ya no puede dar marcha atrás. Ésta es la puerta. El número en porcelana desconchada.

—Cuanto antes acabe, mejor.

Mete con decisión la llave en la cerradura y, como si rasgase una cortina, ante él aparece una mujer de suficiente edad, aterrorizada que se tapa sus caídas desnudeces con el cubrecama. Una luz roja en la pared. Un armario entreabierto. Carvalho enciende la lámpara cenital. Lleva una pequeña cámara fotográfica en una mano. Abre la puerta del armario. Un hombre desnudo y calvo. Una mano sobre el sexo. Carvalho lo convierte en una foto fija. Llaman a la puerta y se le desvanece la rememoración. Llompart, sin duda, en busca de los olores de la braguetta del fulano de su mujer. Carvalho se sienta tras la mesa convencional de un despacho de detective convencional, al otro lado de la mesa un hombre con aspecto de marido engañado que sólo depende del aspecto que tenga en cada lugar del mundo cualquier marido engañado. ¿Cómo será un marido engañado en Nueva Zelanda? Carvalho deposita una serie de fotografías ante él. Fotos de la escena de irrupción en la habitación: la mujer semidesnuda, el armario, el ridículo amante escondido. El rostro del señor Llompart pasa por convulsiones que prometen llanto. Pero no llora. Escupe:

—¡Puta!

Y siguen las convulsiones, pero no predicen llanto, sino risa. Ríe cada vez más contento mientras contempla las fotografías.

—Mi mujer es una puta, pero una puta imbécil. Con estas fotos en mi poder no me va a sacar ni un céntimo de pensión cuando nos divorciemos.

Ahora, muy desenvuelto exhibe una chequera, como si fuera un prestidigitador especializado en chequeras, y una pluma estilográfica Montblanc que seguramente le habrá regalado su propia esposa en el Día del Padre.

—¿Cuánto se le debe?

—Doscientas mil pesetas.

No le ha gustado el precio. No le gusta Carvalho. No le gustan las fotografías. Frunce el entrecejo. Se le paraliza la estilográfica. Vuelve a mirar las fotos, a Carvalho, como estableciendo una relación valorativa.

—¡Coño!

—Recuperar el honor tiene su precio.

—¿Qué honor ni qué leches? Usted no me devuelve mi honor; al contrario, me demuestra que soy un cabrón.

—Usted saca pingües beneficios. Me paga doscientas mil pesetas, pero su mujer se va a quedar a dos velas cuando usted consiga el divorcio.

—Eso es verdad.

Y firma complacido, tiende el cheque desde una autosatisfecha conciencia de esplendidez y se marcha entre agradecimientos por la celeridad profesional del detective. Carvalho, otra vez al pie de la ventana, quiere recuperar la inmersión en la náusea, pero Biscuter no le deja. Ha corrido la cortinilla que separa su habitáculo y la cocina y su aspecto de fetito envejecido acentúa la melancolía de Carvalho y le despierta desagrado esta vez su voz eunuca y las maneras con que se seca las manos con un paño de cocina que está pidiendo la jubilación.

—¿Ya se ha ido?

—Le ha parecido caro. Lo único que le importaba era no pagar una pensión a su mujer y pagarme lo mínimo a mí.

—Hay mucho roña en este mundo, jefe.

—Un amoral. Sólo le interesa llevar al matadero a la vieja vaca de su mujer, y se aprovecha de un desliz de la imbécil. Ahora él se lo montará con una novilla que le va a chupar hasta los hígados. En esta sociedad ya nadie cree en nada. Todo está corrompido. Cuando una sociedad se vuelve amoral, los detectives nada tenemos que hacer. Sé lo que me digo, Biscuter.

—Esto es un relajo, jefe. Ni un cliente. Estamos sin trabajo.

—Yo tengo trabajo.

—¿Desde cuándo?

—Desde esta mañana. Pero no aquí. En Argentina. Buenos Aires.

—¡Viajaremos, jefe!

—Viajaré, Biscuter. Si te llevo conmigo me como el beneficio.

Carvalho revisa algunos papeles. Saca el pasaporte de un cajón. Biscuter no acaba de entender lo que ve.

—Y me lo dice así. ¿Se va sin arreglar lo de Charo? ¿Sin probar lo que he guisado para usted?

—Charo. ¿Ha llamado?

—No. Pero le mandó un transistor, ¿recuerda? Y usted no se dio por aludido. Tal vez debería dar un primer paso.

—Me gustan más los segundos.

Pero el octavo sentido, el del complejo de culpa, le advierte que se está pasando con Biscuter. Suaviza la voz y el ademán, se aproxima al fetito almidonado por el amor propio herido.

—A ver qué me has guisado.

—Berenjenas con anchoas, una crema holandesa al gusto de marisco sobre este monumento, un huevo *poché*, más una cucharada de caviar.

—Evidentemente, un menú de crisis.

—El caviar es de mújol.

—Adelante, Biscuter, Argentina puede esperar.

Una de las ventajas de vivir en Vallvidrera es que te puedes despedir de toda una ciudad con una sola mirada, como si fuera un sujeto convocado a una ceremonia a la que no pudiera negarse. Había leído cuando todavía leía, vagamente lo asociaba al nombre de Bowles, que entre el turista y el viajero se marca la diferencia del que sabe los límites de su itinerario y el que se entrega a la lógica abierta del viaje. Buenos Aires. De momento un viaje de ida con la vuelta más indeterminada que nunca, como en aquellos tiempos en que viajar le era más necesario que la vida. La destrucción de su paisaje y de sus personajes era total. No se reconocía en la ciudad: Bromuro muerto, Charo en un exilio voluntario, Biscuter como único nexo con lo que había sido el azaroso ecosistema de sus relaciones íntimas. Pero sobre todo la ciudad postolímpica, abierta al mar, surcada por vías rápidas, en plena destrucción el barrio Chino, las avionetas de lo políticamente correcto sobrevolando la ciudad, fumigándola para matar sus bacterias, sus virus históricos, las luchas sociales, el lumpen, ciudad sin ingles ya, ciudad de ingles extirpadas, convertida en un teatro profiláctico para interpretar la farsa de la modernidad.

—Desde Buenos Aires todo lo veré más claro.

Luego aparta con un brazo los objetos que ocupan la mesa de la cocina y apila cuidadosamente papel de cartas, prueba el rotulador, se predispone a escribir tantas veces como a desescribir. Finalmente se decide: «Querida Charo: en el momento de partir hacia Buenos Aires para un trabajo, quisiera que empezáramos a deshacer nuestro equívoco...» Levanta la cabeza. Olisquea. Deja el papel y sale corriendo hacia la comida convocado por lo que puede convertirse en olor a rabo quemado. Remueve el guiso de rabo de buey con sepia. Ha llegado a tiempo y lo aparta del fuego a la espera de que se calmen los ardores. Deshuesa el rabo con precisión cisoria y vuelve a juntar la carne con la sepia y la salsa. No se concede el privilegio de poner la mesa y se predispone a comer en la esquina liberada, con una ligera desazón por no respetar un mínimo de liturgia. Tal vez por eso come rápido, como si quisiera cumplir su desconsideración cuanto antes, y media una botella de Mauro. Saciado pero no contento. La carta iniciada le distrae la voluntad de retirar los platos, ordenar definitivamente el caprichoso amontonamiento de los objetos. Retoma la carta, empuña el rotulador, va a escribir algo, finalmente lo deja. Quiere quemar un libro y sus manos se van hacia *Buenos Aires* de Horacio Vázquez Rial, una guía personalizada que casi ha leído del todo. Pero aún se siente en deuda con lo leído y tal vez pueda serle de utilidad en el futuro. Va hacia la estantería. Escoge un libro. Un volumen de *Cuba* de Hugh Thomas. Empieza a romperlo y construye en la chimenea la jerarquía de la hoguera, el papel, las tapas. El libro empieza a arder, luego el total de la hoguera ilumina el rostro de un Carvalho pensativo que de reojo recupera la llamada de la carta y del desorden. Finalmente libera la mesa de los intrusos y la carta iniciada adquiere toda su identidad abandonada sobre la superficie pulida. La recoge, la lleva hacia el dormitorio donde la maleta abierta espera los últimos olvidos y la carta cae en un suave vuelo sobre las ropas comprimidas. Luego se arrepiente. La recupera. La introduce en una bolsa de mano. Y de esa bolsa de mano la sacará horas después, a bordo de un avión de las Aerolíneas Argentinas, con la nostalgia nublada por cuatro whiskies y una botella de vino tinto Navarro Correa, un *pinot noir* de referencias borgoñonas. «No fueron las cosas como tú creías, Charo...» Se cansa. Deja la carta. Toma un periódico. Lee sin ganas la primera página de un diario argentino, información anodina, intrascendente, sabida, corrupción a la argentina en un mundo en el que revientan todas las putrefacciones escondidas y Maradona deshoja la margarita del club de fútbol escogido para seguir autodestruyendo su leyenda. La mano del compañero de asiento le tiende un cigarrillo que Carvalho rechaza amablemente.

—No, gracias. Sólo fumo puros, y aquí no dejan.

El hombre gordo y congestionado se queja.

—Lo prohíben todo. Todo lo que era bueno, ahora es malo. Fumar. Comer. ¿Primer viaje a Buenos Aires?

—Sí.

—¿Negocios?

—Más o menos, sí, negocios.

—Bien hecho. Buenos Aires es un paraíso para los buenos negocios. Y rápidos. ¿Qué sabe usted de Buenos Aires?

18

—Maradona, desaparecidos, tango.

El rostro gordísimo admite una enorme cantidad de perplejidad.

—¿Desaparecidos? ¿Quién ha desaparecido? Ah, se refiere usted a los subversivos, a los que murieron durante el Proceso. Pero hombre, qué visión tiene usted de Buenos Aires. Lo de los desaparecidos es pura historia, una historia inflada por la propaganda antiargentina. Maradona se cae, resurge, se vuelve a caer. Los desaparecidos no aparecerán, y el tango, de museo. A usted se le van a romper los clichés. Ha nacido una nueva Argentina, una nueva argentinidad.

El hombre mete la mano en su maletín negro y saca una bolsa que tiende a Carvalho.

—¿Sabe usted lo que es esto?

Bolsas de altramuces que pasan de la mano del hombre gordo a la de Carvalho.

—Me resisto a admitirlo, pero me parecen altramuces.

—Eso es. El *Lupinus albus*. Aquí está la base de la futura alimentación humana. En Argentina los llamamos lupines.

—¿Vamos a comer altramuces? En España se comen remojados y salados. Es una comida pasatiempo, de niños, de ferias o para cuando vas al circo.

—No. Los lupines se los comerán las vacas y nosotros nos comeremos a las vaquitas. Hasta ahora tenemos todo el pasto que necesitamos para todas las vacas del mundo, pero recientes investigaciones señalan al lupín como la papilionácea del futuro. Siempre se pensó que el lupín, especialmente la planta, era nocivo para el ganado. ¿Sabe usted por qué?

—Ni idea.

—Porque los lupines amargos contienen un alcaloide nocivo y por eso se usaban para producir abono. Pero ahora hemos seleccionado nuevas variantes de lupín sin alcaloide. Las vaquitas se lo comen como si fueran rosquillas. Ñam, ñam. Los argentinos están en la punta de la lanza sobre la investigación de la conducta y la nutrición animal. Precisamente voy a ver al secretario Güelmes, uno de los políticos argentinos más interesados por la cuestión. ¿Ha oído usted hablar de él?

—Mi conocimiento de la política argentina es muy limitado.

La bolsa ha vuelto al maletín de viaje. Carvalho finge adormilarse. El hombre prosigue lo que ya es un monólogo desde un inextinguible entusiasmo interior. En el territorio del ensueño a punto de convertirse en sueño alcoholizado, el rostro de su tío le pregunta:

—¿Qué sabes tú de Buenos Aires?

—Maradona, desaparecidos, tango.

—Y mangantes, muchos mangantes. Si un millón de argentinos no robaran, el resto sería millonario. Y científicos, eminencias. Era uno de los países más cultos del mundo. Mi hijo era una eminencia. Es una eminencia. No me fueron mal las cosas, sobrino, yo no me fui a la Argentina por política, sino por hambre. Antes de la guerra civil. Llegué a tener una fortuna. Hice de mi hijo un científico, una eminencia. Pero mi nuera se metió en líos políticos, logré sacarlo del pozo gracias a influencias, pero llegué tarde con mi nuera y la niña. Se la ha tragado la tierra. Desaparecidos. Es una palabra tremenda. Se dice que Buenos Aires está construida sobre desaparecidos. La avenida 9 de Julio, la más ancha del mundo, tiene bajo su asfalto enterrados a muchos obreros que murieron durante su construcción. También desaparecieron muchos bajo las obras del metro, del «subte» como le llaman ellos. Desaparecidos. Una predestinación. Conseguí traerme a tu primo Raúl a España para que olvidara. Pero de pronto se me fue, regresó. No te preocupes si no conoces Buenos Aires. Irá a buscarte al aeropuerto una cuñada de mi hijo, Alma, hermana de su mujer, también ella pasó por todo aquello, estuvo casada con un catalán, bueno, con un hijo de catalán que es siquiatra. Un comecocos de Villa Freud. Ya te enterarás en qué consiste Villa Freud. Ella te ayudará, aunque le caen mal los gallegos, no los gallegos de Galicia, los gallegos en general. Allí todos los españoles somos gallegos.

Al hombre gordo le cuesta desprenderse del cinturón, ponerse en pie y ganar el pasillo del avión. Carvalho le ayuda a recuperar el equipaje de mano del maletero. Sobre una maleta varias pegatinas pregonan: «Nueva Argentinidad.» Le precede respirando afanosamente y le pierde de vista durante los trámites de policía y recogida del equipaje. Deja abierto su pasaporte por la página de identificación, pero el policía prefiere cerrarlo y volverlo a abrir sin ayuda. Lo hojea, lo manosea, pasa páginas, mira a Carvalho.

—¿Pepe?

—Sí. Soy yo. ¿Me conoce?

El policía le señala su nombre en el pasaporte.

—Es la primera vez que alguien se llama Pepe en un pasaporte.

—Es que soy detective privado.

El policía exclama «¡Ah!» como si la respuesta fuera inapelable y sella el pasaporte.

Ya con su equipaje, abarca el ámbito de Ezeiza y convoca su sabiduría convencional sobre el aeropuerto. El zafarrancho de combate del día de la llegada de Perón entre las derechas y las izquierdas del peronismo. Una premonición de la merienda de izquierdistas emprendida posteriormente por López Rega y la Junta Militar. Carvalho retiene la maleta entre las piernas. Busca a la mujer anunciada. Pasa el hombre gordo sonriente, le enseña desde lejos la bolsa de altramuces y se va corriendo hacia una cabina. Hasta allí le sigue la mirada de Carvalho y desde su puesto, con el teléfono empapado por el sudor del cabello que se amontona en sus parietales para compensar la desnudez de la calva, el hombre gordo devuelve la observación a Carvalho mientras habla con alguien.

—¿Aló? Le sonsaqué. El gallego no sabe nada. Nada, capitán, pero puede enterarse. Pero espere, ¿sabe quién ha venido a recogerle? La Modotti, capitán, la Modotti. El viejo se ha movido. Ya le dije que el viejito se movería.

A la espalda de Carvalho suena una voz de mujer:

—¿Vos sos el gallego enmascarado?

Carvalho se vuelve y lo que ve le interesa o le gusta. Una mujer rubia le está mirando. Unos cuarenta años. Hermosamente inquietante. Con fachada de argentina de ojos sabios, sagazmente rubia con el pelo caracolado cuidadosamente entre visita y visita al sicólogo, pura rutina, porque sabe tanto sicoanálisis como el sicólogo. Huellas del tiempo las arrugas excelentes y una ironía perenne como filtro de cuanto ve. La sonrisa deja la ironía y pasa a ser amistosa. Tiende la mano a Carvalho.

—Alma Modotti, de casada Font y Rius, pero me descasé hace tiempo. No me gustan los apellidos compuestos.

—¿Se descasó por eso?

—Me descasé porque los maridos con apellidos compuestos son más insoportables que los maridos con apellidos simples.

—Tu tío; su mujer, tía Orfelia; yo; mi hermana Berta; mi marido, Raúl.

Permanece en sus ojos la imagen de Raúl. Un hombre delgado, con ojos grandes, desmesurados, como sus pómulos. En la foto Raúl y Alma aparecen sentados juntos. Se le rompe la voz a Alma cuando dice:

—La niña. Eva María.

—¿A santo de qué el nombre compuesto?

—No entendés nada, gallego. Eva por Evita Perón y María por María Estela Perón. Aún entonces todavía no sabíamos lo hija de puta que iba a resultar María Estela.

Carvalho borra a la niña por el procedimiento de cerrar los ojos, de otra manera no podría seguir observando a los demás.

—Tú y tu hermana os parecíais mucho.

—Físicamente, sí.

—¿En qué no os parecíais?

—Digamos que espiritualmente, si convenimos en llamar espíritu al carácter, al talante, a los sentimientos, las emociones, las expectativas. Berta era inapelable e intransigente. Alma, en cambio. Yo. Yo era más frágil y dependiente de Berta desde que éramos niñas. Berta sabía establecer esas relaciones de dependencia, conmigo, con Raúl, con el grupo. Siempre se le elogió «su personalidad». ¡Qué personalidad tiene la nena! Hasta a mi padre, que era un patriarca ricachón cabestro e insoportable, se le caía la baba ante la personalidad de Berta.

—¿Se come en esta ciudad?

—Se come copiosamente, argentinamente.

—Marx dijo que sólo se conoce un país cuando se come su pan y se bebe su vino.

—¿Marxista?

—Fracción gastronómica.

Alma no tenía coche y opuso reparos a tomar un taxi. Creía en los transportes públicos, Carvalho no.

—Mirá qué marxista.

Finalmente tomaron un taxi y, camino de la Costanera, Alma forzó a un recorrido por Palermo, el barrio y los parques, el barrio, dijo, no existe, se lo inventó Borges y el parque indica que el alma del buen salvaje precolombino se reencarnó en el mal salvaje rioplatense.

—En cuanto sale el sol se quedan casi en cueros y se van a Palermo a broncearse.

Y es cierto. Sobre la hierba, bajo los argentinos árboles, desmesurados como los ríos de América a los ojos de Carvalho, hombres y mujeres toman el sol entregados a la ilusión de la ciudad libre en la naturaleza libre. El taxi los deja en la Costanera, en busca de un restaurante donde puedan comer «en argentino».

—Te veo muy argentizado a vos, che.

—Consecuencia del marxismo de mi juventud. Ya te lo he dicho, Marx dijo...

—Ya te escuché. Me parece que se lo copió a Aristóteles o a Feuerbach.

Ella no es una buena guía gastronómica, pero recuerda vagamente uno de «los menos malos» de los restaurantes de la Costanera y transige en que Carvalho se acerque al río sin límites y deje que las aguas sucias se le lleven la mirada.

—No te podés bañar. Está tan contaminado que debe de ser pura basura química.

—Es hermosísimo, me gustan los ríos grandes, tal vez porque en España a todo le llamamos un río. Puedo pasarme horas viendo cómo circula el Mississippi, el Nilo, el Mekong.

—¿Los viste?

—Sí.

—¿Existe el Mekong?

—Existe.

Carvalho recita al camarero lo que quiere comer, prescindiendo de la sorpresa irónica de Alma ante su apetito.

—Como entrantes, empanadas, matambre, chinchulines, morcilla, chorizo, y después me trae un bife de chorizo muy poco hecho. ¡Ah! Y además mucho chimichurri.

El camarero había servido muchas comidas en aquel restaurante y en esta vida, pero pregunta:

—¿Está seguro?

—Sólo me siento seguro en los restaurantes.

A medida que la mesa se va llenando y vaciando de todo lo que ha pedido Carvalho, Alma se entrega pasivamente al espectáculo. Se le agotan incluso las exclamaciones de asombro que poco a poco se van volviendo casi agresivas.

—Pero ¿dónde metés todo eso?

—Tengo un espíritu sin fondo. Cuando se me acaba el cuerpo, como con el espíritu. Tú has comido muy poco.

—Como para vivir.

—Yo como para recordar y bebo para olvidar, o al revés, las consignas poéticas siempre me han parecido estúpidas. Este vino mendocino es excelente, yo pensaba que sólo los chilenos hacían buen vino, pero ahora hay buen vino hasta en Nueva Zelanda.

—Forma parte del nuevo orden internacional. ¿Vos sos zurdo?

Carvalho se mira las manos, los brazos.

—Zurdo quiere decir de izquierdas, gallego.

—Lo era. ¿Y tú?

—¿De qué marca? Me refiero a la zurdez.

—Marxista-leninista, fracción gourmet. Luego me metí en la CIA. Maté a Kennedy. Derroqué a

Goulart, a Allende. Volví a casa y me hice detective privado. ¿Y tú de que marca de rojos eras?

—Peronista, de izquierda, creo. ¿Te resulta pintoresco, el peronismo?

—Poco antes de volver a Argentina, el general Perón salió en Televisión Española, una larguísima entrevista. Se proclamó seguidor de las doctrinas de Cristo, Marx, José Antonio Primo de Rivera, el Che. No mencionó a la madre Teresa de Calcuta porque aún era una desconocida.

—Ya te lo dije. Algunos fuimos peronistas a pesar de Perón.

—Y ahora. ¿Qué eres?

—Una superviviente y una profesora de literatura que con lo que gana en un mes no podría pagar muchas comidas como ésta.

Al camarero le entusiasma el apetito de Carvalho y que haya consumido una botella entera de Cautivo de Orfila, un vino amargo en el mejor sentido del adjetivo. También le entusiasma la propina. Alma no está de acuerdo ni con el apetito ni con la propina.

—Es como si, al acabar unas clases sobre Steiner o sobre Tel Quel, los estudiantes me dieran propina. Es un invento pequeñoburgués para que los mozos sigan instalados en el esclavismo. Para que el cliente siga teniendo siempre razón.

Otra vez junto al río. Otra vez la fascinación de las aguas marrones que ahora le parecen pesadas, casi inertes mientras busca inútilmente la otra orilla.

—Al otro lado está Montevideo.

—Eso dicen.

—¿Nunca has estado en Montevideo?

—Creo que sí.

—¿No estás segura de haber estado en Montevideo?

—Estuve en una ciudad que se llamaba Montevideo, estuve en otra ciudad que se llamaba Buenos Aires, seguramente llegué a una ciudad que se llamó Santiago, pero...

—Pero ¿qué?

—Desaparecieron.

—¿Las ciudades?

—Desaparecieron las ciudades, aquellas ciudades llenas de gente que me importaba. Muchos murieron y los supervivientes están muertos.

—Os dividís entre los que sufrieron la represión y los que no la sufrieron.

—¿Quiénes?

—Los amigos del grupo. Supongo que formabais un grupo.

—Cuarenta y seis no viven para contarlo.

—¿Y los otros?

—Un variado muestrario. Vamos a dejarlo en heterogéneo. Nos dividimos entre los santos inocentes: profesores de literatura, artistas fracasados y los que supieron prosperar. Tenemos amigos que se casaron con hijos de la oligarquía. Incluso con hermanas de algún que otro secuestrado por la revolución y el cambio histórico.

—¿Los artistas?

—Yo, una artista de la palabra, Pignatari, un cantante de rock ya demasiado viejo, Silverstein, una mezcla de actor y mentiroso.

—¿Los que han prosperado?

—Güelmes, casi ministro, ¿te dice algo el nombre?

—Me han hablado de él, recientemente, pero no recuerdo quién, cómo, ni dónde.

—A lo mejor fue tu tío. Font y Rius, mi ex marido, tiene una clínica privada y es uno de los gallitos de Villa Freud. Nada más que en Buenos Aires podría haber un barrio de sicólogos y lo llaman, cómo no, Villa Freud. Cuando empezó, Font era partidario de la antisiquiatría de Laing y quería tirar abajo los muros de los manicomios. Decía que la locura era una metáfora. Era un *sicobolche*. ¿No llegó la palabra ésa a España? En aquellos años le decíamos sicobolche a la mezcla de radicalismo revolucionario y sicoanálisis, una mezcla de Wilhelm Reich y todos los derivados del marxismo. Ahora se hace rico a costa de los locos, es decir, de las metáforas. Para él, la locura ya no es una metáfora. Es un filón. Roberto, el socio de Raúl, otro que tal. Es un pendejo que en realidad nunca se metió en nada. Siguió adelante con las mismas investigaciones de Raúl para ganar dinero, sólo para eso. Para él es como si no hubiera pasado nada. Era un científico, de esos que creen que la ciencia es neutral.

—¿Y Raúl?

—Un fugitivo, siempre un fugitivo. De mi hermana, de sus propios descubrimientos científicos, del compromiso, de los milicos, de mí.

—¿De ti?

—Bueno, sobre todo de mi hermana. Ella tenía el carácter más fuerte de toda la camada.

Carvalho ha sacado del bolsillo la fotografía del grupo familiar. Se concentra en Raúl. Mira a Alma.

—¿Por dónde empezamos?

Alma desdeña volver a mirar la fotografía y contempla entre divertida y angustiada los cuatro puntos cardinales. Todo cuanto los rodea. Finalmente sus ojos van a parar al agua del río.

—¿Por allá?

Y de sus labios se escapan versos como si fueran una oración irreprimible:

Si dulcemente por tu cabeza pasaban las olas
del que se tiró al mar,
¿qué pasa con los hermanitos que entierraron?,
hojitas les crecen de los dedos,
arbolitos otoños que los deshojan como mudos,
en silencio.

Calla Carvalho con la mirada entre sus manos recogidas, sin atreverse a preguntar a qué Dios ha rezado o de qué Dios es el poema.

—Es de un poema de Juan Gelman.

Las aguas magmáticas parecen haber condenado a una sucia invalidez la eternidad de las riberas llenas de cañizales, más allá las barracas y en una de ellas, sobre un jergón, Raúl tumbado con los ojos fijos en el techo. Luego, la mirada del hombre se dirige a la ventana por la que ha entrado una música cercana, y se levanta para ir hacia ella, filtradiza desde el barrio de barracas. Un grupo de marginados se calienta en torno a una fogata, sobre una loma un improvisado chiringuito miserable, pero emite música, y jóvenes parejas de cuero tratan de bailar un rock. Ratas poderosas, a cientos, parecen un tapiz móvil sobre las basuras. Cuatro motoristas emergen sobre la escombrera. Imposible verles el rostro, semejan guerreros acorazados en corambre y ferretería. Las ratas se apartan enloquecidas al paso de las ruedas. El hombre gordo, ahora gordísimo, realzada su gordura por la miseria del paisaje y el lujo plateado de la limusina de la que ha descendido. Grita a los motoristas:

—¡Hay que encontrarle! ¡Que no escape!

Raúl permanece ensimismado, no muy limpio, despeinado, con barba de días, las manos en torno a un cacillo de hierro humeante. Se revuelve asustado cuando oye el ruido de una puerta al abrirse. Mira en aquella dirección.

—Tenés que irte. Se acerca gente rara.

—¿Estás seguro, Pignatari?

El rostro apenumbrado asiente. Raúl cambia la dirección de su mirada. Se recorta y agranda la ventana abierta. De pronto Raúl Tourón se pone en pie, toma impulso ante el recuadro y se zambulle en el paisaje. El otro hombre le ve caer, rodar por el suelo y correr perdiéndose entre el laberinto de barracas. Los motoristas circulan perdidos por los pasadizos formados por las viviendas de chatarras y cartones, las ruedas encharcadas en aguas residuales. Indiferentes, en el chiringuito las mismas parejas parecen querer bailar siempre el mismo rock.

En las paredes, fotos de Freud, Jung, Lacan, Reich. En fin, un ecléctico, decide Carvalho. Font y Rius es un cuarentón con muchas entradas que acentúan lo que hace cincuenta años se llamaban facciones nobles. Fuma en pipa, firma expedientes y habla con Carvalho sin abandonar su tarea.

—¿Usted sabe lo que firmo? ¿Informes sicológicos? No. Facturas del carnicero. Los locos, como dicen ustedes, también comen.

—¿Carne? ¿Creía que a los locos les va mejor el pescado?

—Si a un loco argentino le quitás la carne se vuelve más loco.

Carvalho contempla las fotos de los maestros.

34

—Sus maestros. ¿Estarían de acuerdo hoy en llamar locos a los locos?

—Yo tampoco los llamé locos cuando me dejé llevar por la antisiquiatría, la verdad no es una denominación atribuida a Laing en contra de lo que se cree. Cooper fue quien empezó a llamar «antisiquiatría» a lo que hacía Laing y otros experimentalistas como Basaglia. Pero la locura existe. El mal existe.

—¿Y el bien?

—No.

—¿A qué volvió su cuñado Raúl?

Font y Rius deja de firmar. Parece cavilar y recelar.

—No sé, se sentó en esa silla, me miró. No dijo nada. Se fue. No volvió. Es un comportamiento típicamente depresivo, entre una depresión de descarga y una depresión subterránea, no necesariamente patológica.

—Es decir. Su ex cuñado, Raúl, consigue huir a España años después de la muerte de su mujer, la desaparición de su hija y vuelve. Viene a visitarle. Según usted no hablan nada. Se va y eso es todo.

—Aunque parezca increíble, eso es todo. No hablamos de nada porque no pudo balbucear ni una frase. Insultó. Lloró.

—¿A quién insultó? ¿Por qué vino a verle a usted y en cambio no recurrió a Alma? ¿Por qué lloró?

—Insultó a los verdugos del Proceso.

—¿De qué proceso?

—Aquí nos inventamos un eufemismo para hablar de la dictadura, era el Proceso, Proceso de Reorganización Nacional, lo llamaron los militares. Para unos, el proceso de normalización del país, para otros de exterminio. Todas las dictaduras enmascaran su imagen, y el lenguaje es un recurso de enmascaramiento. Si a la crueldad la llamás firmeza deja de ser crueldad.

—Es cierto. En España tuvimos un rey al que los historiadores de derechas le pusieron el Justiciero y los otros el Cruel.

—¿Ve lo que le digo?

—¿A quién más insultó?

—A nosotros también. Los supervivientes le parecían sospechosos. A lo mejor no fue a ver a Alma porque se parece demasiado a Berta o porque no quería insultarla.

—¿Por qué o por quién lloró?

—Creo que lloraba por sí mismo. Aunque a veces parecía llorar por la nena.

—¿A usted le insultó especialmente? ¿Por qué?

—Porque me negué a desaparecer. Todos ellos son unos desaparecidos. ¿Ha visto a Alma? ¿Parece real, no es cierto? No. No es real. Toda esa gente desapareció hace veinte años. Cuando se negaron a crecer.

—¿Por eso se separó de Alma?

—Nos separaron los militares. Es decir, la historia. Porque todo eso ya es historia. Una historia que cada vez interesa a menos gente. Basta calcular la diferencia cuantitativa entre los que desaparecieron y los que no desaparecieron. Siempre ganan los que se niegan a desaparecer.

—¿Y la niña?

—Alma la buscó desesperadamente. Todavía la busca a través de las abuelas, de la organización de las abuelas de los niños desaparecidos.

—¿Las madres de la plaza de Mayo?

—No, eso ya es folklore simbólico. Ésas están locas.

Por la ventana del jardín se ve a los locos convencionales dando vueltas obstinadamente. El si-

36

quiatra ha adivinado la asociación de ideas e imágenes que pasa por la cabeza de Carvalho. Tal vez se arrepiente de lo que ha dicho.

—Esas mujeres están locas de soledad e impotencia, y cada vez que se reúnen en la plaza de Mayo es como si convocaran los fantasmas de sus hijos. Un rito.

Es su estreno en la cultura y querencia de los cafés de Buenos Aires, sus ámbitos maravillosos pasan por encima del horrible organicismo de la mayor parte de cafés españoles y se muerden la cola reinventando el tiempo que cabe en los cafés modernistas, *décos*, racionalistas. Madera. Madera. Madera. Los generosos bosques argentinos convertidos en domesticados revestimientos para tomar el té, el exprés, la conversación fluida y musical, castellano con eufonía italiana. Es su primer café. Se llama Tortoni, y al pronunciar el nombre, Alma parecía pronunciar el de un templo. Avenida de Mayo, Piedras, tragaluces pintados, luces embalsamadas por las maderas trabajadas y los estampados de las paredes, espejos románticos, tapicería en cuero rojo, billares y salones como de familia para clientes familiares, en las paredes la iconografía de los cafés y su tiempo, precisamente en este que parece haber conservado su propia lógica del tiempo.

No está lejos físicamente la plaza de Mayo y su noria de madres, pero emocionalmente parece en los antípodas de estas señoras apacibles que conversan a sorbos de café o de chocolate. Carvalho quisiera presentir el clima de reivindicación de más abajo, en el tramo de la plaza que aborda la Casa

Rosada. Pero entre la noble ebanistería perfumada por excelentes cafés, aguardientes, reposterías y helados, la Historia no tiene nada que hacer, y hombres y mujeres parecen, como siempre, simples tratantes de sus vidas o sus mercancías.

—A pocos metros unas madres reclaman a sus hijos muertos y aquí nadie les hace ni caso.

—Y afuera muy poca gente.

Alma parece desorientada por la sorpresa de Carvalho.

—Individualmente tendemos a olvidar lo malo que hicimos o lo que nos pasó. ¿Por qué no colectivamente?

—A veces me salen ramalazos de ingenuo colegial resistente.

—La ética de la resistencia. Ésa morirá con mi generación, y a mi propia generación le queda muy poca.

Hay que descender hasta encontrar el piquete circular de las mujeres, con alguna pancarta y sobre la pechera, como trofeos, las fotografías de sus hijos desaparecidos. Algunas pecheras parecen todo un universo de vacíos. Pocos curiosos del lugar, algunos extranjeros con alma de turistas éticos o de simples turistas. Pero dominan a partes iguales la emoción, la curiosidad y la indiferencia, incluso un cierto hastío en bonaerenses molestos por «la mala fama» que la buena memoria histórica reporta a la ciudad.

—¿Han explicado por qué se manifiestan? ¿Acaso ignoran que sus hijos están muertos?

Una ráfaga de cólera pasa por los ojos de Alma.

—Si aceptan que están muertos, dejan de ser una acusación contra el sistema. Si aceptan dinero en concepto de indemnización es como si disculparan al sistema. ¿Cuántos cómplices tuvieron los milicos para hacer lo que hicieron? A pesar de todo, esta manifestación de las madres de Mayo ya se convirtió en una atracción turística más. Yo trabajo con las abuelas. Ellas buscan sistemáticamente a los chicos adoptados, secuestrados, vamos, por los milicos, como mi Eva María. Esos chicos existen. No son entelequias. Mi sobrina. Ahora ya debe de tener veinte años. ¿Quién podría reconocerla?

La manifestación está a punto de disolverse. La Bonafini, la madre líder, empuña un megáfono y saca la conclusión política del encuentro: volveremos para que nuestros hijos no se borren de la memoria de infamia. Nos los quitaron vivos. Deben volver vivos. En otros pueblos del mundo otras madres están buscando a sus hijos. La barbarie del sistema no cesa. Carvalho y Alma atraviesan la calle que separa a las manifestantes de la puerta de la Casa Rosada. Carvalho convoca todas las imágenes que tiene almacenadas sobre una de las casas de gobierno más famosas del mundo.

—¿Querés entrar? ¿Preferís subir hasta la puerta del Congreso? Un día por semana se manifiestan los jubilados. Parece una colección completa de viejos hermosos. ¿Querés entrar en la Casa Rosada?

—¿Tan fácil es?

—Está llena de antiguos amigos. Incluso de antiguos militantes. El menemismo quiso desintegrar a la izquierda integrándola, como el PRI en México. Es suficiente que les diga mi nombre en la recepción para que se me abran las puertas hasta de direcciones generales.

—No tengo el día para conceder audiencias.

—Cuando me necesités silbá y vendré.

Y fiel a lo que ha dicho, Alma le da la espalda y se va, extrañamente molesta con Carvalho o consigo misma o con el escenario, con Casa Rosada y madres incluidas. Carvalho la alcanza.

—Quiero ir a ver la casa de Raúl y Berta. ¿Me acompañas?

—Pero ¿por quién me tomás, gallego? Ya tengo el cupo de morbo saturado. No. ¿Qué te creés, que no tengo nada más que hacer que acompañarte?

—¿En qué te he molestado?

Pero Alma ya está tan distante que sería violento volver a perseguirla, porque ella corre para que no se le escape el *colectivo*. Un taxi sube desde Puerto Madero y Carvalho lo dirige hacia La Recoleta, para hilvanar lo que recuerda del libro sobre Buenos Aires de Vázquez Rial que leyó antes de salir de Barcelona, entre las ganas y las desganas de enfrentarse a un libro como lector. Dentro del acomodado Buenos Aires Norte cabe más de un barrio, dice el autor y varias zonas tienen carácter propio como La Recoleta, presidida en uno de sus límites por un cementerio cantado por el joven Borges. A estos barrios llegaron los ricos de Buenos Aires fugitivos de la ciudad portuaria asaltada por las epidemias y más tarde prosiguieron su hégira hacia barrios más selectivos, como ha ocurrido en todas las ciudades del mundo que son algo más que una ciudad. Allí están los gomeros de los que habla el guía, con las muletas de cemento que permiten a las viejas ramas seguir siendo viejas ramas, y frente a ellos el cementerio de «La Recoleta», tan cantado por Borges, siempre Borges, como un convidado de piedra en todos los imaginarios de Buenos Aires. Entra en «La Recoleta» en busca del panteón de Eva Duarte de Perón, de lo que queda de un cadáver tantas veces embalsamado, torturado, roto, violado por la locura de un militar antiperonista y necrofílico que se enamoró del alma helada de la enemiga muerta. Las flores llenan de compasión la geometría de la piedra y dos mujeres jalean el recuerdo de Evita como si ella las estuviera escuchando desde las profundidades en las que ha sido enterrada para evitar nuevas profanaciones.

—¡Ay, Evita! ¡Tan lejos de Chacarita, donde yace Perón!

Es un panteón responsable, de ricos, familiar, homologable en un cementerio de calles tan racionales y amplias como las del barrio de La Recoleta, con fincas de aldabas de bronce recién pulimentado y portones de maderas de los mejores bosques, signos externos de ser alguien para los que viven protegidos por porteros con oficio, como el que atiende la casa en la que moraron Berta y Raúl hasta la noche del asalto. El portero uniformado saca brillo a los dorados de la escalera y no tiene ganas de contestar al evidente «gallego». Mientras Carvalho espera la respuesta, una vieja vecina trata de meterse en el ascensor.

—No funciona.

La vecina resignada empieza a subir la noble escalera de mármol.

Ahora el portero parece tener ganas de sincerarse.

—En este barrio lo único que funcionan son los porteros.

—¿El señor Raúl no le pidió la llave de su piso?

—¿De qué Raúl me está hablando?

—Ya le he dicho que soy el primo de un antiguo vecino, Raúl Tourón. Quisiera encontrarle y quizá haya pasado por esta su antigua residencia.

—¿Ah, usted quiere decir el profesor Tourón? Vivió aquí hace muchos años. Aunque no por mucho tiempo.

—¿Ha vuelto recientemente?

—Sí. Pero no le di la llave. Ni siquiera me la pidió. Si me la hubiera pedido no se la habría podido dar. El piso estuvo precintado después de la noche del allanamiento. Y después se lo devolvieron a los propietarios, el doctor Tourón lo tenía alquilado nada más. Los propietarios están vendiendo los pisos de este barrio, sobre todo a europeos y a norteamericanos. Muchos españoles compraron pisos baratos. La Argentina estuvo en venta, aunque ahora los precios subieron y esto empieza a ser muy caro para los extranjeros.

—¿Qué hizo exactamente el señor Tourón?

—Primero estuvo un rato ahí en la calle, en la vereda de enfrente, con miedo a entrar. Un buen rato. Después cruzó la calle, abrió la puerta, fui a pedirle explicaciones, porque, aunque su cara me decía algo, había cambiado mucho. Me llamó por mi nombre. Matías. Yo le pregunté. Usted es el doctor Tourón, ¿no? Dijo que sí con la cabeza. Me preguntó, ¿y la nena? No sé nada, doctor, yo nunca supe nada. Y entonces se fue por donde había venido.

—¿Es cierto que usted nunca ha sabido nada?

—Un portero lo sabe todo y no sabe nada. Veo entrar y salir gente. Casi siempre sé quiénes son, y cuando no lo sé lo pregunto. Y así años y años. Le saco brillo a los metales y le saco el polvo a las alfombras. Si usted sube a uno de estos pisos lujosos, probablemente hoy no le podrán ni invitar a un café, porque las cafeteras son eléctricas y no hay electricidad. ¿Me explico?

—Sin duda. Pero yo no le entiendo.

—Eso es lo que quería, explicarme y que usted no me entendiera.

—Bien. El doctor Tourón regresa tras un largo exilio, viene aquí, hace preguntas lógicas, se va. Durante estos años su cuñada, Alma. ¿Tampoco ha venido?

El portero ha perdido las ganas de filosofar. Sus ojos se han puesto fríos y sus manos se adhieren a la gamuza sacabrillos como si le fuera en ello la vida.

—No puedo decirle más, porque no sé nada más y ya hablé más de la cuenta. Un noventa y nueve por ciento de los argentinos no le hubiera contestado nada a todo lo que usted ha preguntado. Las historias del Proceso no fueron cosa de porteros. Nosotros lo único que hicimos siempre fue ver entrar y salir.

Es un lema, pero también es el nombre de la razón social. «Nueva Argentinidad.» Carvalho recuerda de pronto la conversación del avión con el gordo. El mundo es un pañuelo. El instituto de investigación alimentaria y de conducta animal en el que había trabajado su primo antes de la dictadura se llama ahora Nueva Argentinidad, y aunque ése sea su nombre, el edificio es neoclásico años cuarenta, con tufillo mussoliniano, y las exaltaciones nacionalistas asaltan continuamente al visitante. Datos de producción, exaltación de la raza vacuna argentina, de la caballuna, incluso de la humana. Carvalho avanza por interiores de pulcritud científica, precedido por una muchacha vestida con una bata blanca insuficiente para ocultar el esplendor del culo y las piernas, y Carvalho no puede resistir el reclamo de la obviedad.

La puerta del laboratorio se abre y aparece uno de los gordos más gordos de este mundo, aunque

Carvalho tardará algunos segundos en reconocer la ficha fotográfica que su memoria le envía como un fogonazo. Es el gordo aéreo. El hombre finge desinteresarse de Carvalho, dedicado también a fingir interés por el laboratorio prototipo, con sus jaulas de ratas y su *atrezzo* científico que a Carvalho siempre le ha parecido alquímico. Por fin se presenta Roberto Améndola. Es un hombre enorme, física, cínica, juguetonamente. Todo en sus manos y en su boca parece pequeño. Contempla a Carvalho como si fuera un ratoncillo.

—Raúl y yo hicimos la carrera de biología juntos. Ganamos las oposiciones juntos. Dirigimos este laboratorio juntos. Afortunadamente yo no me casé y desgraciadamente él se casó. Berta, su mujer, era como una mezcla de Marta Harnecker y Evita Perón. ¿Sabe usted a qué hembras me refiero?

—En cuestión de hembras soy una enciclopedia.

—Él a Berta le dejaba hacer lo que quisiera, se dejaba llevar. Él era brillante. Yo tenaz. Impropio. ¿Por qué? Porque él era hijo de inmigrantes recientes y le tocaba el papel de tenaz. Yo desciendo de una familia que se estableció acá desde los tiempos de Rosas. Un buen linaje para la Argentina. A mí me tocaba ser brillante.

—Él se metió en líos políticos y usted no.

—En eso sí que le traicionó la condición inmigrante. Tenía algo de rebelde, pero con corbatas de seda italianas, un departamento en La Recoleta y un coche europeo de importación. En realidad las que le metieron en política fueron su mujer y su cuñada. Esas dos chicas tenían una visión masculina de la Historia.

—¿Usted la tiene femenina?

—Digamos que asumo un rol femenino convencional. Soy pasivo ante la Historia. Me parece más interesante la memoria biológica de los animales que la memoria histórica de los hombres. ¿De qué sirve hoy en día la memoria histórica?

—¿Recurrió a usted cuando volvió?

—Sí.

—¿Qué quería?

—No sé. Si le digo la verdad, no sé. Me habló de sus trabajos, del punto en el que los había dejado. Ya estaban muy superados, pero le ofrecí ayudarle para que recuperara su puesto en este departamento. No se gana tanto como antes, porque no se consiguen contratos con empresas privadas y el Estado paga mal. No le gustó nada que esto se llamara Nueva Argentinidad. Dijo que era un nombre fascista. Necesité nuevos socios y tanto ellos como todos los argentinos necesitan creer en la argentinidad después de tanta mierda como nos echamos y nos echaron encima. Antes era más fácil. ¿Sabe cómo conseguimos vivir bien, muy bien, antes y ahora? Aplicamos parte de nuestros descubrimientos para fabricar raticidas.

Los ojos interiores de Carvalho tratan de distanciarse a sí mismo junto al científico, en la generalidad del laboratorio diríase que construido para ser cárcel de ratones desde el miedo a que los ratones algún día construyan cárceles para hombres. Los animalitos tratan de adivinar el lugar de la huida con el hocico o tal vez la estén imaginando. La voz del investigador llega como un ruido con voluntad de información.

—La conducta de estas ratas nos enseña cómo hay que hacer para destruir a las demás ratas, pero también cómo hay que hacer para salvar al hombre. Cómo hay que hacer para salvar al único animal que no merece vivir. Por ejemplo, mejorando su alimentación. ¿Qué sabe usted de ludines?

—Es curioso. Es la segunda vez que me preguntan algo semejante. Casi nada. ¿Hay que comerlos?

—Las vacas se van a comer los ludines y nosotros a las vacas.

—Parece un proyecto casi histórico y muy extendido.

Roberto ha quedado ensimismado y Carvalho respeta su huida durante unos segundos.

—Raúl. ¿No le dijo nada sobre sus intenciones?

—Todo su discurso fue entrecortado, pero sereno. Me habló de ratas, me dijo que cuando él fue rata estuvo detenido en una mazmorra subterránea aireada por una rejilla cenital, a veces miraba hacia arriba y creía vernos a los dos examinándole. Vos y yo, me dijo, estábamos ahí encima de la rejilla, examinándome, y yo quería portarme como una rata útil, como una rata serena, a veces impaciente, graciosa, como una rata que miraba el reloj, pero...

—¿Qué?

—No tenía reloj. Por lo visto no les dejaban tener reloj.

Parece divertirle la situación imaginada. Pasa junto a ellos la pletórica muchacha, posiblemente su ayudante. El detective le mira el culo y las piernas. Roberto capta el interés.

—Eso se consigue con mucha proteína cárnica, amigo, mucho bife de chorizo. Nuestros culos están llenos de argentinidad. ¿Quiere ver la Argentina profunda?

Los ojos de Roberto se van hacia el cartel de la vaca. Los de Carvalho también. «Fundación Nueva Argentinidad», consta en la puerta. Más allá de la ventana merodean motoristas rigurosamente disfrazados de motoristas inquietantes. Roberto abre el paso a Carvalho y lo lleva hacia un establo de película probablemente norteamericana donde no falta ningún adelanto. Vacas memorables. Muy bien cuidadas.

—Primero los lupines... recuerde, luego la vaca, el hombre, la riqueza, la saciedad. Otra vez el futuro.

Atraviesa las cercas, palpa las vacas, las besa, Carvalho no sabe si reír o preocuparse. Mira alrededor por si alguien contempla la escena, pero no advierte que tras un visillo corrido un hombre enjuto, con cubitos de hielo gris pálido en los ojos los está mirando, y a su lado el hombre gordo del avión parece querer recuperar las mandíbulas bajo los mofletes porque las tiene apretadas. El hombre enjuto, atlético, cincuentón contempla la escena y le comenta:

—Es un imbécil. ¿Por qué ha atraído hasta aquí al gallego?

—Es un inseguro, capitán, se lo dije. Nos va a dar un disgusto. El asalto del loco de Raúl de la otra noche lo tiene desconcertado.

—Debí machacarlos a todos hace veinte años. Ese hijo de puta no es suficiente para darme disgustos a mí. Maldita sea la hora en que se me ocurrió pactar.

Roberto, en la distancia, sigue teorizando sobre las vacas. De pronto se detiene. Al otro lado de la cerca ha visto a Raúl que le está mirando desde una hondonada. Roberto va a decir algo pero no puede, como si la mirada de Raúl, semioculto, le paralizara el cuerpo y la voz. Sale de su sorpresa y su parálisis, balbucea una excusa hacia Carvalho, da media vuelta y corre hacia la casa de la Fundación. Irrumpe en el salón donde estaban el gordo y el Capitán, que le miran fulminándole.

—¡Está ahí, acabo de verlo!

El gordo va a por él y pregunta:

—¿Quién?

—¡Raúl!

El Capitán acude a la ventana. Sólo se ve a Carvalho filosofando a costa de las vacas. El gordo sale por otra puerta y corre haciendo aspavientos hacia los motoristas. Las motos rodean el edificio y avanzan hacia el lugar donde Carvalho se ha detenido, sorprendido ante el encono puesto por los motoristas en llegar a su altura. No tiene tiempo de preguntar nada. Dos ángeles negros de cuero se le echan encima y le derriban, encaja dos puñetazos, y cuando trata de zafarse del tercero, más allá de las caras enmascaradas de los motoristas cree ver al hombre gordo del avión descompuesto y vociferante.

—¡Boludos! ¡A éste no!

Y Carvalho pierde el conocimiento.

Raúl ha corrido por una quiebra del terreno y cae sin resuello junto a un canalillo. Se alza sobre sus codos y no percibe peligro en la lejanía. Se arrodilla para sacar agua del canal con las manos como cuenco, y le paraliza el rostro tembloroso que le devuelven las aguas. Los ojos desorbitados de un hombre. Raúl. El mismo. Maltratado. Con barba de días, como si no hubiera salido todavía de aquella fosa de cemento cubierta por una rejilla sobre la que se instalaban las botas de los milicos con todo el peso del mundo. En sus ensoñaciones de entonces, a veces se desdoblaba y se veía a sí mismo sobre la rejilla, junto a Ricardo, comentando las reacciones de su otro yo prisionero, una rata, una rata de laboratorio. Allí estaban, vestidos con la bata blanca, contemplando al Raúl torturado con la misma asepsia con la que contemplarían a un ratón. Tal vez sobrevivió porque fue capaz de salir de sí mismo y verse como una rata de laboratorio de tortura, de comprender las claves objetivables de su situación. Pero ¿por qué estaba siempre Ricardo allí, cómplice de su otro yo científico, torturador de ratas? Incluso comentaban con voz neutra los chillidos de la rata. Raúl, fuera de sí, a punto del bloqueo mental por el dolor y el miedo. Y junto a los dos científicos aparecía de pronto el Capitán con su ágil crueldad parsimoniosa.

—¿Quiere salir a la calle, doctor Tourón?

O bien:

—¿A quién matarías, hijo de puta, por asomar la cabeza al exterior?

Era el mismo Capitán. El mismo que aquella vez le sacó a pasear en su propio coche. No era ninguna garantía de supervivencia. Los torturadores de pronto te sacaban de la caverna a donde sólo te llegaban las sombras de la realidad y te permitían durante una, dos horas, circular por las calles donde te esperaban tus vidas aplazadas. Te llevaban al cine. Al restaurante. Te enseñaban las facturas de los ramos de flores que en tu nombre habían enviado a su mujer, a tu madre. El Capitán le llevó a ver *El guateque* de Peter Sellers, y a los pocos minutos él y su torturador reían, en un descanso de sus papeles reales, porque luego, de vuelta a su encierro, nada garantizaba que la amabilidad se perpetuara y que una paliza o un tratamiento de picana no le sumergiera de pronto en la única realidad posible. Y no podías aprovechar las escapadas para huir porque toda clase de amenazas rodeaban a tu familia, a ti mismo, y por debajo o por encima de las amenazas, el síndrome del secuestrado agradecido.

—Es una idea excelente, señor Tourón —le dijo

un día el Capitán en una de sus salidas—. Y es suya. ¡El secuestrado agradecido! Recuerdo que en sus investigaciones sobre la conducta animal usted reflexionaba muy agudamente sobre el premio arbitrario y escaso, como excepción gratificante del castigo arbitrario y constante.

Y un día le permitieron ver a su padre. Era la señal de que no iban a matarle, de que no iba a desaparecer o de que también desaparecería el viejo. Pero estaba muy entero. Muy seguro de sí mismo y el Capitán parecía respetarle. Pudieron hablar a solas pero nada se dijeron. Nunca más se dijeron nada. Ni mientras días después volvían a España. Ni en España durante casi veinte años. Sólo el día antes de su regreso huida a Buenos Aires, cuando se lo comunicó, un hecho consumado, y el viejo se limitó a decir:

—La suerte está echada. Todo ha sido inútil.

Los estudiantes la escuchaban quizá porque parecía una *madonna* madura, en el rostro cicatrices suaves y diríase que trazadas con permiso. Aula de universidad empobrecida, como a la medida de una cultura depauperada. Alma habla desde detrás de la mesa alzada sobre la tarima, y Carvalho se ha infiltrado en la estancia por el resquicio de la puerta entreabierta, a las espaldas de los estudiantes cuidadosamente destartalados en el marco de una aula descuidadamente destartalada, espacio envejecido y mercenario, ajeno al espíritu de las palabras que salen de la boca carnosa y pálida de Alma.

—La crítica contra el lenguaje que se habla entre los marginados como si fuera un no lenguaje, enmascara que todo lenguaje se ha convertido en un no lenguaje. Prestemos atención a los mensajes más habituales que nos llegan de la política o de la publicidad. No pretenden transmitir conocimiento, ni verdad, ni misterio, sólo pretenden convencer. Todos jugamos a fingirnos convencidos, desde la sospecha de que no vale la pena sospechar, ni dudar, y mucho menos negar. Steiner se plantea románticamente si todavía es posible esperar el retorno del misterio de las palabras tal como se daba en los orígenes de la poesía trágica.

La profesora está tan hermosa como segura de sí misma y escéptica.

—¿Por qué se hace esta pregunta Steiner? ¿Acaso no la hace desde la falsificación de su propio lenguaje? ¿No está fingiendo una nostalgia imposible?

Silencio.

—Muchas gracias por su silencio. Mañana nos ocuparemos del tema desde la perspectiva de *Mythologies* de Roland Barthes.

Mientras se abre paso entre los cuerpos jóvenes, Carvalho estudia los gestos rutinarios de Alma, la sabiduría rítmica con que recoge los libros, se ajusta la rebeca, se pone en pie y adapta los bonitos músculos a un excelente esqueleto de mujer de cuarenta años. Se pone la breve sonrisa de retirada y cuando levanta la cabeza para adivinar qué pasillo le conviene más para la huida, ve a Carvalho detenido al pie de la tarima.

—El gallego enmascarado. ¿Te interesan Steiner o Barthes?

—¿Es un dúo de tanguistas? ¿El ala izquierda del Boca Juniors?

—No me hagás hablar más. Tengo sed. Sed de agua.

—La sed de agua es primitiva, la sed de vino es

51

cultura y la sed de un buen cóctel es sin duda la más elevada.

Es entonces cuando Alma ve las huellas de los golpes en el rostro de Carvalho y una tirita transparente en la comisura de un labio.

—¿Qué te pasó?

—Me han pegado por error. Creían pegarle a Raúl y me han pegado a mí.

Alma ha perdido la ironía y mira alrededor como si el nombre de Raúl sólo pudiera producir alarma y desgracia. Carvalho le abre camino y ella le seguirá sin resistirse y sin darse cuenta exacta del recorrido hasta que se encuentra dentro de un club inevitablemente enmaderado, con una lista de cócteles entre las manos. No la mira. Sigue pendiente del rostro de Carvalho.

—¿Me lo vas a explicar de una vez o no?

Pero se cierne sobre ellos la presencia del camarero. Carvalho examina la lista de tragos ofrecida en la carta, la cierra y se la entrega al camarero.

—Sorpréndame.

—¿Quiere un Maradona?

—¿De qué va?

—Bourbon, jugo de durazno, de limón, naranja, ramita de menta fresca y frutillas.

—¿Qué tiene eso que ver con Maradona?

—Probablemente nada. Pero si el señor es español.

—¿Se me nota?

—Ustedes los españoles son casi tan inconfundibles como los argentinos.

—No me había dado cuenta. Continúe. Si fuera español, ¿que me ofrecería?

—Tal vez un «quinto centenario».

—Descúbramelo.

—Pisco, vino blanco y unas gotas de jerez dulce.

52

—Socorro.

Alma ha reído a pesar de que tiene los ojos preocupados e interrogantes en cuanto el camarero se marcha.

—Fui a ver a Ricardo, el ex socio de Raúl. Mi primo había pasado por allí y volvió a pasar. Resulta que las investigaciones forman parte de una fundación que se llama Nueva Argentinidad, una fundación que me resulta familiar desde el comienzo del viaje. En el asiento contiguo del avión venía uno de los promotores, me habló de Nueva Argentinidad, de Güelmes.

—¿De Güelmes?

—De vuestro casi ministro Güelmes. Mientras Ricardo me estaba enseñando las mejores vacas argentinas, al parecer creyó ver a Raúl y salió corriendo. De pronto se me echaron encima dos motoristas, motociclistas, como los llamáis vosotros, y empezaron a zurrarme, pero antes de perder el conocimiento tuve tiempo de ver a mi compañero de viaje, a un gordo de película de la serie negra que daba órdenes a los motoristas.

—¿Y qué te dijo Ricardo?

—Me curó. Me pidió disculpas y me habló de la manía de Raúl por volver a aquel lugar. Primero fue una visita de toma de contacto, luego se metió en el laboratorio una noche y lo puso patas arriba y finalmente se había presentado hacía unos minutos. Lo curioso es que cuando le hablé del hombre gordo, del hombre que yo había conocido en el avión y que estaba detrás de los motoristas, puso cara de científico ante un conocimiento improbable o inútil y me aseguró que lo único gordo de Nueva Argentinidad eran las vacas. El encuentro del hombre gordo en el avión me huele a chamusquina. Sin duda sabían que yo iba a venir desde España. He pensado

53

que han controlado tu correspondencia con mi tío o tus contactos telefónicos con él. ¿De qué otro modo podían saberlo?

Alma no tiene tiempo de aterrorizarse, aunque tiene ganas. Dos «quintos centenarios» cayeron del cielo y rompieron la confesión de Carvalho. Alma esperó a que el hombre probara el mejunje y a que guiñara un ojo al camarero y dictaminara.

—Muy refrescante.

Se va el camarero protocolariamente satisfecho.

—Horroroso, ¿no?

—He tomado cosas peores. ¿Qué te ha parecido mi aventura?

—¿Por qué te golpearon? Es decir, ¿por qué Ricardo dejó que golpearan al que pensaban que era Raúl?

—Me dijo que el asalto nocturno de Raúl había sentado muy mal.

—¿Y vos te lo creíste?

—No. Pero tampoco puedo creer otra cosa. Por cierto, no volveré a ir a tus clases.

—¿Por qué? ¿Tan mal lo hago?

—Tú eres una pesimista sobre el lenguaje, pero te ganas la vida hablando y analizando el lenguaje de los otros. ¿No crees en lo que dices?

—Hablo para ganarme la vida y digo lo que se espera que diga. ¿Vos no sos un pesimista?

—He de buscar a un primo que no conozco en una ciudad que desconozco. Las personas que más le tratasteis podríais ayudarme. ¿Seguro que tú no le has visto?

Alma le aguanta la mirada.

—No.

—¿Por qué? No lo entiendo.

—No quiso verme. Tal vez le recuerde a mi hermana. Nos parecíamos demasiado.

54

—Tal vez.

Alma cambia de conversación. Bebe un sorbo del vaso.

—Yo también he tomado cosas peores.

—¿Qué te parecía tu cuñado?

—Un industrial de la ciencia. En realidad quería hacer negocio con sus descubrimientos. Era un conductista que enseñaba a tratar a los hombres como si fueran ratas.

—¿Berta estaba de acuerdo?

—No. En un momento dado pensó que a lo mejor los descubrimientos eran positivos para la causa, pero muchas veces me explicó sus dudas. Raúl, como todos los que vienen de las clases populares, casi siempre llevan un hermano gemelo enquistado que quiere ser rico, aunque su padre ya era un hombre rico. Pero basta de hablar de Raúl.

—¿Qué os pasó?

—Así, ¿en general?

—No. La noche en que os detuvieron. ¿Cómo sobreviviste? ¿Qué ocurrió exactamente con la niña?

Alma rechaza con la cabeza decir algo, pero finalmente piensa, habla como si no necesitara ser escuchada, incluso interpreta diferentes papeles de los que intervinieron aquella noche.

—Entraron a patadas, entre gritos, insultos, con los fierros en la mano. Estábamos en el piso de Raúl y Berta. También había otros compañeros que no vivieron para contarlo. Font y Rius, mi marido, sí, mi marido. Pignatari había escrito un rock especial dedicado a Eva María, la niña era como la mascota del grupo, y lo había grabado en una cajita de música. ¿Alguna vez escuchaste un rock metido en una cajita de música? Y de repente llegaron ellos. Fue como un zafarrancho de combate. Berta agarró una pistola y les hizo frente. Entonces ellos se parapetaron en el hall de entrada mientras iban avanzando, Raúl contra el suelo le gritaba a Berta que no se resistiera. ¡No seas boluda, que nos matan, la niña! ¡No seas boluda que nos van a matar, la nena! ¡Nos rendimos! A cambio de la vida de la nena. ¡La nena! Entonces pensé en Eva María, dejé la pistola, corrí hasta la cuna. Era una bebita de un año, la alcé. No pensaba en nada y a lo mejor por eso pude salir, sin pensar en nada. Salí con mi Eva María. Las balas se paraban a nuestro paso.

Retorna a la realidad. Alma mueve los brazos como si aún llevara a la niña. Carvalho detiene con una mano el balanceo acunador de su brazo, pero no detiene la voluntad de confesión.

—Días después me enteré por los diarios que Berta había muerto en el tiroteo. Pensé que era el momento de volver a casa o al menos a la de mis padres para entregarles a Eva María. Yo había sobrevivido escondida, como una alimaña, sin poder recurrir a nadie. Fui a casa de mis padres. Los milicos estaban allí. Ni pude ver a los viejos. Me detuvieron. Se llevaron a la bebita.

Va a volver a romperse. Carvalho la disuade.

—Ya está bien. Por hoy ya está bien.

—Tenés razón. Me hiciste hablar de lo que nunca hubiera querido volver a hablar.

Ya no es una Alma conmovida, sino irritada consigo misma y con Carvalho la que le mira con ojos enfurecidos y da por terminada la confesión y el encuentro. Se levanta y deja a Carvalho boquiabierto y enfrentado a la evidencia de que Alma le acaba de dejar plantado por segunda vez.

Todas las oficinas crediticias de derechos humanos se parecen, sobre todo si han nacido y crecido de abajo arriba, empujadas por cualquier colectivo de víctimas de lesa humanidad. Apartamentos precarios, muebles de desguaces, carteles que proclaman esperanza bajo luces a la vez llamativas y usureras de neón y gentes con maneras conventuales, animados por la secreta alegría de todo aquel que se ha liberado de una parte de su egoísmo. Es decir, gentes solidarias, mujeres casi todas en este caso, entre la tercera y la cuarta edad, pulcras pequeñoburguesas que descubrieron la crueldad de la Historia durante el Proceso y en su propia familia. Todo el que penetra en el local entrega y recibe una invisible tarjeta de crédito ético, un *Master Card* de solidaridad. Lo nota Carvalho en el bolsillo de la chaqueta situado sobre el corazón en cuanto le expone su problema a una anciana tan miope que tras las dioptrías le sonríen a la vez cinco ojos sumergidos y superpuestos, tanto como una delgada boquita pintada con carmín suave, a la medida para un hablar dulce. La anciana le da la espalda mientras se adentra por un pasillo que lleva a la memoria dolorosa y guardada de las abuelas que buscan a sus nietos vivos, pero tan desaparecidos como sus padres, a raíz de la operación secuestro de la Junta Militar. A Carvalho le conmueve todo lo que le rodea, incluso la inercia rutinaria que ya se revela en algunos comportamientos burocráticos, la pátina de la costumbre sobre las pieles más sensibles, incluso sobre las carnes más despellejadas. Y vuelve la vieja con una gran carpeta blanca. La husmea antes de abrirla.

—Les tengo dicho que me pongan esas bolitas contra la humedad.

Y mete todos sus ojos insuficientes y oceánicos en el hojear del contenido de la carpeta hasta...

—Ya me ubico... ya me ubico...

... ubicarse y devolver la mirada a Carvalho.

—Eva María Tourón Modotti. Todas las pistas se detienen en el momento en que se la quitan a su tía, Alma. Un bebé desaparecido, muy bien desaparecido. Aquel operativo lo dirigía el capitán Ranger, aunque los detenidos lo recuerdan como Gorostizaga. Nadie sabe a ciencia cierta cómo se llamaba. ¿Quiere verlo?

Le tiende un recorte de prensa. Alguien condecora al capitán Ranger. Puro músculo y fibra, ojos que se hacen obedecer, la mueca del desprecio sonriente en los labios, entradas en el cabello, triangulares, isósceles.

—Un héroe de las Malvinas.

—¿Han hablado con él a propósito del operativo?

—Oficialmente no se demostró nada sobre su participación en la detención y el secuestro. Los archivos están vacíos. Lo sabemos por datos propios aportados por la tía de la niña, la doctora Alma Modotti, y por otros supervivientes. Pero ni siquiera se los puede acusar a los jefes de operativos de todo el tráfico de niños. A veces desaparecían en estamentos inferiores. Ranger es un seudónimo que le pusieron porque se mandaba la parte de haberse formado en la escuela de marines de Panamá, allí donde los yanquis prepararon a todos los militares carniceros de América Latina.

—¿Ni una pista?

—Nada. Pertenece a esos casos oscuros, oscurísimos que después, cuando se solucionan a veces, los teníamos a un palmo delante de la nariz. A veces estamos ciegos ante lo evidente.

A pesar de la miopía, capta la sonrisa irónica de Carvalho.

—Y no hablo por mí, que tengo todas las dioptrías de este mundo. Cada embarazo me costaba tres dioptrías. Cuatro embarazos.

Es cuando Carvalho percibe que sobre la pechera lleva tres retratos prendidos con alfileres. La mujer podría echarse a llorar, pero le sale firme la conclusión de su secreta lógica.

—De mis cuatro hijos únicamente me queda una chica, vive en Suecia. Dice que no vuelve a la Argentina ni aunque Menem le envíe el Ferrari a buscarla.

—¿Algún nieto en los archivos?

—Un chico recuperado y una chica por recuperar.

Carvalho le desea suerte con un gesto. Luego le deja una tarjeta.

—Si sabe algo sobre el bebé Tourón Medotti.

—¿Bebé? Ahora será una piba de casi veinte años.

Cuando Carvalho salió a la calle tenía los ojos tan llenos de humedad que temió reconocerse a sí mismo que estaba llorando. La humedad es la humedad. Las lágrimas son las lágrimas.

No es fácil abrir una puerta con los brazos ocupados por dos bolsas y con el cerebro obsesionado por un absurdo ahorro de tiempo que impide dejar las bolsas en el suelo, abrir la puerta, retomarlas y hacer cada cosa a su tiempo. Mientras Carvalho actúa amontonadamente, piensa en cómo debería moverse para ser más eficaz, pero cuando consigue dejar las bolsas sanas y salvas sobre la mesa, se alegra de haber burlado su propio sentido de la racionalidad con el mérito añadido de que la habitación está a oscuras. Va hacia la ventana, abre los postigos y sonríe liberado del peso y por la llegada de la luz. Pero algo imprevisto ocupa espacio a su espalda, se vuelve. Un hombre anguloso, fuerte, seguro de sí mismo, palpa las bolsas que Carvalho ha dejado sobre la mesa. Otro permanece en pie, con las piernas abiertas, las manos en los bolsillos, contemplándole disuasoriamente. El primer hombre vuelca una bolsa de la que salen libros. Luego la otra, y aparecen distintos alimentos. Una lata rueda hasta el suelo en dirección a Carvalho y se inclina para recogerla. Un pie da una patada a la lata y se la aleja. Carvalho mira desde abajo las presencias que se ciernen amenazadoras y se incorpora lentamente. Un primer plano de placa de policía retiene sus ojos y cuando los alza comprueba que este policía argentino es parecido a cualquier otro policía del mundo. Un policía no es una cara. Es un estado del espíritu.

—Inspector Óscar Pascuali.

Carvalho se levanta receloso. Le pone cara de detective privado bregado, correoso, a veces conviene empezar la casa por el tejado. Pero el policía argentino pertenece a la raza de policías sarcásticos.

—¿De compras?

El segundo policía sigue en su posición vigilante. Carvalho se separa de Pascuali, recupera la lata del suelo y la pone sobre la mesa. Pascuali se mueve en dirección a la mesa. Manosea los objetos y los libros:

—Bacalao salado, salsa de tomate, pimientos, arroz, una guía de Buenos Aires, aceite de oliva, ajos, *¿Quién mató a Rosendo?*, *Las venas abiertas de*

América Latina, Los cafés de Buenos Aires, Las obras completas de Jorge Luis Borges, Adán Buenosayres, No habrá más pena ni olvido, dos botellas de vino chileno, tres de vino argentino, menos mal, Navarro Correa, Velmont, *La década trágica, Flores robadas en los jardines de Quilmes, Los muchachos peronistas,* un buen pedazo de entraña, morcillas. ¿Tiene quién le cocine todo esto?

—Soy bastante buen cocinero.

—Y lector.

—Apenas si ojeo los libros, sin hache. Hojearlos, con hache, representaría un esfuerzo excesivo. Me gusta guardarlos y quemarlos.

—¿Quema libros? ¿Escuchaste lo que dijo, Vladimiro? El señor Pepe Carvalho quema libros. Eso nos corresponde a nosotros, los policías. ¿No es cierto? ¿No es cierto que los policías somos fascistas? Quemar libros es cosa de fascistas. ¿Es usted fascista?

—Un poco, como usted, como todo el mundo.

—Yo únicamente soy un policía. Pero respeto los libros. Incluso ésos, que lo más probable es que nunca lea. ¿Sabe usted por qué respeto los libros?

Carvalho se encoge de hombros.

—Porque cuando era chico tuve uno solo.

—¿*Corazón*, de Edmondo de Amicis?

—¿Cómo lo adivinó?

—Era el libro único de los niños de las clases populares, y usted tiene aspecto de venir de las clases populares.

Pascuali se acerca a Carvalho hasta casi rozarse las narices, luego le echa el aliento mientras le dice:

—Cuando se entra en este país hay que dejar los huevos en la aduana. Cuando se vaya se los devolvemos.

Da unos pasos atrás para comprobar el efecto de

sus palabras en Carvalho, pero sólo constata un rostro impenetrable que no quiere traducir ninguna emoción. Pascuali hace una señal a su acompañante para que le siga. Se encaminan los dos hacia la puerta. Una vez allí se vuelve.

—Lo mejor que puede hacer por Raúl Tourón es dejar de buscarlo, y si su familia quiere encontrarlo que se vaya a la policía.

—¿Dónde? Soy extranjero. ¿Dónde puedo encontrar a la policía? ¿No me dejan su tarjeta?

Vladimiro quiere echarse sobre Carvalho, pero Pascuali lo retiene.

—Déjalo. Este boludo es de los que se ahorcan solos.

No se quita la frase del mutis de la cabeza mientras merodea en torno de una cazuela humeante.

—¿Será cierto que soy un boludo de los que se ahorcan solos?

Corrige el aderezo. Retiene en una mano cerrada el vapor que sale de la cazuela, se lo lleva a la nariz.

—Las apariencias engañan. Siempre he tenido instinto de conservación.

De vez en cuando atiende la lectura de un libro abierto sobre los fogones: *Las venas abiertas de América Latina*.

—Pero instinto de conservación ¿de qué? ¿Qué vale la pena conservar de lo que tengo? ¿Yo mismo?

En el comedor la mesa está puesta. Un solo plato, un solo cubierto, una cazuela de arroz con bacalao, la botella de vino destapada, el vaso.

—Instinto de conservación ¿de esto?

Carvalho va hacia la chimenea. Ordena los troncos. Recoge el libro que ha estado leyendo. Sus manos lo descuartizan y colocan bajo las astillas las hojas desgajadas. Les prende fuego, las llamas le flamean la cara, lo sabe y se imagina su propio rostro iluminado como si fuera el de otro. Al volver la vista hacia la mesa cree percibir el reclamo del aroma del guiso, pero no le despierta otro sentido que el de la nostalgia, un fogonazo en el que se quema la figura de su abuela con una cazuela similar entre las manos. Luego meterá el tenedor en el arroz y le sabrá a exilio, como si faltara algún requisito para ser igual al plato de su memoria. El tenedor apura los restos del plato para desdeñar cualquier autocomplacencia en la postración, luego la mano de Carvalho coge el vaso mediado de vino y lo apura. Un suspiro satisfecho dedicado a su otro yo que le acompaña durante la solitaria cena. Carvalho se levanta. El fuego permanece vivo en la chimenea. Carvalho se deja caer en una butaca. De pronto se va a buscar sobre la mesa escritorio el papel donde ha continuado la carta a Charo tantas veces interrumpida. «Tal vez deberíamos asumir que no somos unos muchachos y que nos jugamos la posibilidad de vivir o malvivir los últimos años que nos quedan sin demasiada vejez.» Relee lo escrito. Abandona la carta. Se decide a coger el teléfono y marca un largo número.

—¿Biscuter? Soy Carvalho, desde Buenos Aires. Te puede parecer que estoy cerca, pero de cerca nada. Las diez de la noche. Lo siento. No he calculado bien la diferencia horaria. Arroz con bacalao. No. No. Es nostalgia. ¿Qué tiempo hace en Barcelona? ¿Hay noticias de Charo? Bien. Esta ciudad sigue llena de argentinos deprimidos. Oye, ¿verdad que tú a veces le pones sobrasada en el sofrito del arroz con bacalao? Usa de los fondos con prudencia.

Alma aguarda en la cola del autobús. Carvalho observa desde un taxi el embarque de la mujer. Se inclina para dar instrucciones al taxista, no se extraña de su requerimiento pero se le han puesto los ojos excitados y cumple las órdenes, como si fuera en Buenos Aires lo más normal. Arranca en pos del autobús, lo sigue con una precisión profesional, aunque da voces excitadas cada vez que un coche le dedica a él, precisamente a él, alguna fechoría. ¿Vio? Diga que me agarra tranquilo, pero ese tipo se merece que saque un fierro y le rompa la cabeza. ¿Va a Caminito su amigo o amiga? ¿Es un duelo entre turistas?

El autobús va en dirección a la Boca. A su izquierda, las ruinas contemporáneas del Puerto Viejo. Metros y metros de tinglados portuarios hasta hace poco abandonados, semirruinosos, obsoletos, poéticamente inútiles, aunque tal vez sirviesen de algo durante la noche, cuando todos los gatos y los vagabundos son pardos. Alma desciende del autobús. Carvalho liquida a su taxista.

—Los viajes como éste se pagan en dólares —le grita mientras arranca.

Pero Carvalho está en el rastro de Alma, que corre ligera por una calle pintada de colorines y llena de pintores callejeros, hasta llegar a una zona de restaurantes entre turísticos y populares. La mujer duda. Mira hacia la derecha e izquierda, o no se decide a ultimar su viaje o teme que la sigan. Finalmente se mete por la boca de chapa ondulada de un almacén con las fachadas oxidadas. Por el interior parecen haber pasado veinte años de nada y de nadie, con los objetos desusados de antiguos trabajos, abandonados al polvo, la herrumbre y las ratas. Alma sube por una escalera de caracol metálica hacia un altillo. Allí le espera el espectáculo de una pobre, improvisada vivienda y un hombre con el cabello blanco, aspecto envejecido, un amasijo de histrionismos que se relaja cuando ve a la mujer. Se miran. Se sonríen. Él se abalanza sobre ella. En el rostro de Alma, extraña quietud, una tenue sonrisa mientras el hombre la desnuda a manotazos hasta la cintura mientras va envalentonándose.

—No podés vivir sin mi carajo, ¿no es cierto? No podés vivir sin el guachito de Norman, ¿no es cierto? No hay nada como el guachito judío de Norman. Tan circuncidadito que parece un chupón, una frutilla grande y colorada. ¿No es cierto?

Alma se deja empujar hacia el jergón, se acomoda en él, abre las piernas cuando ya tiene encima al fogoso Norman, que se baja la cremallera de la bragueta y empieza a arremeterla. En el rostro de Alma, bajo el asalto sexual, placidez autocontrolada, como si estuviera haciendo un favor. Cinco arremetidas, cinco jadeos, sólo cinco. Alma parece contarlos mudamente, con el movimiento de los labios. Al quinto jadeo, el cuerpo del hombre se derrumba sobre el de ella, las manos de Alma le acarician el cogote y trata de mirarle a los ojos.

—Hoy estuviste mucho mejor, Norman.

Norman se ha sentado en el borde del catre. Sonríe, contento consigo mismo. Le respalda el desnudo de Alma algo difuminado.

—¿Cuántos clavos te metí?

—Cinco.

Norman se da un puñetazo contra una palma de la mano.

—Me estoy recuperando. La última vez fueron tres. ¿Te acordás de mis buenos tiempos? No. Vos no eras mi pareja, pero cómo me llamaban. ¿Te acordás cómo me llamaban?

—El hurón insaciable.

—Volveré a ser el que era.

Alma le acaricia el cabello.

—Poquito a poquito, con paciencia.

—Vos no me cohibís. Pero si la tipa se pone a gritar antes de empezar y a decirme ¡matame!, ¡cogeme! y a mover la concha como si fuera una batidora. Es que no puedo, Alma. Antes me cogía cualquier cosa. Media hora. Un polvo de media hora sin sacarla, como decían en España.

—¿Y Raúl?

Norman se repliega, como si la pregunta le acorralase.

—No sé.

Todo lo que era placidez en Alma se vuelve alarma e indignación.

—¿Cómo que no sabés?

Norman señala una jaula dentro de la cual se mueve nerviosa una rata de laboratorio.

—Eso es todo lo que queda de él.

—¿Pero qué estás diciendo, imbécil?

—Se presentó con esa rata, y cuando ayer se esfumó, la dejó y yo la he recogido. Me la traje del teatro.

Alma empuja a Norman y se pone en pie, tira de una manta para taparse el desnudo. Conserva las medias enrolladas como si fueran unos calcetines y el sostén en la cintura. Sustituye la manta por una sábana.

—¡Sos un boludo, un hijo de puta, un irresponsable!

—Yo soy así. Qué le voy a hacer.

—¿Cuánto tiempo hace que se fue?

—Yo no podía estar todo el día pendiente de él. De sus monólogos sobre ratas, sobre Berta, sobre Eva María. Es un adulto. Un hombre libre.

—Tan adulto como vos, tan libre como todos nosotros. ¿No se te ocurrió preguntarte de dónde sacó la rata? ¿Te cuesta imaginarlo? ¿No ves que corre peligro? ¿Cuánto tiempo hace que se fue? ¿A dónde?

—Unos cuatro días.

—¡Cuatro días! ¿Por qué no me avisaste?

—¿Pero vos quién te creés que sos? ¿Todavía la capitana?

El hombre se echa a llorar.

—No sé. Me cansé de él, de mí mismo, de nosotros. Me dijo cosas raras. Que había estado en su antiguo laboratorio, que lo seguían unos tipos en moto, que habían tratado de atropellarlo en el puerto o de empujarlo al agua. Que estaba muy cerca de saber dónde estaba Eva María. Pensé que desvariaba. Salí para contratar a un actor. No podía faltar, era mi primer ensayo general. Le dije que fuera a verlo a Pignatari. ¿Qué hacés?

Alma se está vistiendo a manotazos. De pronto el rostro de Norman se vuelve, una señal de alarma, y el hombre se levanta del jergón.

—¿Quién es ése?

Alma mira en la dirección que le señala Norman. Carvalho emerge de entre las sombras del almacén.

—Carvalho, el gallego enmascarado.

Norman se alza espontáneamente para arrojarse sobre Carvalho, pero se queda paralizado al darse cuenta de que está en cueros. Le llega la voz desdeñosa del intruso.

—No se te vaya a estropear el hurón insaciable.

—Calmate, Norman. Es un *voyeur*.

—¡Un asqueroso *voyeur*!

—Un respetuoso *voyeur* que sólo ha aparecido cuando la señora ya estaba desocupada y casi vestida.

Hay indignación contenida en el rostro de Alma, pero aún está semidesnuda, y Carvalho se adueña de la situación.

—Vamos a hablar tranquilamente, despacito de Raúl, y espero que tú dejes de mentirme. ¿Por qué me habías dicho que no habías visto a Raúl si sabías dónde estaba escondido?

—No te mentí, Raúl no quiso verme. Otra cosa es que yo lo ayudara.

—¿Por qué no ha querido verte?

—Ahora estoy igual que vos. Yo pensaba que estaba protegido por Norman, y se fue.

—¿De aquí?

—No. Norman lo tenía casi escondido en un teatrito que dirige. Fingió contratarlo para que limpiara el lugar.

—¿Quiénes son esos motoristas que le persiguen a él y me pegaron a mí?

Alma se encoge de hombros. Norman se ha vestido y su tono de voz se ha aplomado.

—Ahora pregunto yo: ¿quién es este gallego de mierda que vino a enquilombarlo todo?

Pero como un *gentleman* inglés de comedia de Noel Coward, añade.

—Los señores tendrán muchas cosas de qué hablar. Un caballero lo es precisamente porque sabe darse cuenta cuando está de más. Señora.

Besa la mano de Alma. Da la vuelta e inclina ligeramente la cabeza ante Carvalho y pasa a su lado, pero cuando lo tiene cerca le larga un puñetazo en los genitales y sale corriendo. Carvalho se queda doblado, mientras se oyen los pasos precipitados de Norman alejándose mientras grita:

—¡La próxima vez andá a verla coger a tu vieja, maricón!

Carvalho se ha sentado en el jergón y trata de

recuperarse. Alma lo mira dubitativamente, no sabe si hablar, si intervenir.

—¿Viste algo?

—Nada y todo. No te preocupes. A los cuarenta años todo el mundo es responsable de su cara y de su culo.

Carvalho contempla la rata dentro de la jaula. Coge la jaula.

—El socio de Raúl no me ha dicho toda la verdad. O quizá no me ha dicho ninguna verdad. Raúl pasó por allí, pero ¿qué ocurrió exactamente?

—Roberto es una mierda, siempre ha sido una mierda, y siempre lo será. En el fondo estaba celoso porque Raúl y Berta eran brillantes.

Alma va hacia el jergón y se sienta junto a Carvalho. Le mete la mano en el bolsillo de la chaqueta. Le saca la cigarrera. De ella un puro. Alma enciende el grueso cigarro, da una chupada y se lo pasa a Carvalho. El detective lo fuma con deleite.

—¿Amigos?

Alma vacila ante la proposición de Carvalho, pero también le tiende una mano y una sonrisa.

—Amigos.

—¿Vamos a colaborar?

Alma asiente con una cierta ternura.

—Los artistas vamos a colaborar. Norman no es mal tipo. A pesar del golpe que te dio a traición, es un actor. Siempre está interpretando. Los artistas vamos a colaborar. Yo, Pignatari.

—¿Pignatari?

—Quizá haya llegado el momento de Pignatari. Pero te aconsejo que vayás a ver a Güelmes, es el poder. Es casi ministro. Algún día lo será.

Un actor hierático, delgado, con el rostro casi pintado de blanco y el peinado acharolado se está cortando un dedo sobre el escenario de un teatrillo que nunca ha vivido buenos tiempos, en el que nunca nadie ha estrenado nada.

—Te extirpo de mí. Mutilación sumaria. Por haber señalado personas, cosas, deseos imposibles.

Acentúa los esfuerzos por cortarse el dedo. Suena una estentórea voz en off.

—¡Hijo de puta!

El actor cabecea enfadado, tira el cuchillo al suelo, se arranca el dedo de goma y trata de marcharse. Pero le detiene de nuevo la voz histérica que sube desde el patio de butacas en penumbra.

—¡No! ¡No te vas a escapar!

Norman irrumpe en el escenario, se echa sobre el actor, lo tira al suelo, lo patea, le pone un pie en el cuello.

—Repetí: ¡soy un hijo de puta!

—Soy un hijo de puta.

—¡Más fuerte!

—¡Soy un hijo de puta!

—Así me gusta. Ahora levantate. Agarrá otra vez el cuchillo.

Le habla cogiéndole por los cabellos, cara contra cara.

—¡Y te vas a cortar el dedo de verdad! ¡Porque sos un hijo de puta! Repetilo otra vez ¿Qué sos vos?

—¡Soy un hijo de la gran puta!

—No hace falta que agrandés la condición de tu madre. Basta con que reconozcás que sos un hijo de puta.

Norman abandona el escenario. El actor le escupe y grita.

—¡Te odio, Norman!

La voz de Norman vuelve a salir de la penumbra de la platea, extrañamente serena.

—¡Eso me gusta más!

El actor, evidentemente, odia a Norman, pero vuelve a ponerse el dedo de goma, cierne el cuchillo sobre él y recita con una fiereza total:

—¡Te extirpo de mí! Mutilación sumaria, por haber señalado personas, cosas, deseos imposibles.

Aplausos desde la platea. La voz de Norman.

— ¡Genial, hijo de puta, fantástico!

Norman está sentado, con los codos apoyados en la butaca delantera, la cara entre las manos, mesándosela, al tiempo que musita las mismas palabras que el actor declama sobre el escenario.

—¡Obscena realidad! Si no te señalo, ¿existes?

Norman parece algo más satisfecho hasta que a su lado suena la voz de Carvalho.

—¿Es el método Stanislavski?

Norman tiene sentado a Carvalho a su izquierda y a Alma a su derecha. Una mano de Alma le retiene y le comunica tranquilidad. Carvalho está acabando su puro.

—Es mi método.

Alma ha pasado un brazo sobre los hombros de Norman, como si tratara de protegerlo y al mismo tiempo recomendárselo a Carvalho.

—Norman es un impostor. No es actor, es arquitecto. Cuando estuvo exiliado en Barcelona se hizo pasar por sicólogo porque en Barcelona sobraban arquitectos pero faltaban sicólogos.

—Únicamente es posible conocer las locuras nacionales. Freud podía curar únicamente a austriacos, porque él mismo es un loco austriaco angustiado por la crisis del imperio austrohúngaro y por la crisis del yo burgués. ¿Cómo iba yo a curar catalanes? Los únicos pacientes que conseguí sanar en Barcelona fueron dos gatos siameses, tenían impulsos suicidas porque yo me acostaba con su dueña, que a su vez era sicobolche.

Ahora Alma trata de interceder por Carvalho.

—Tenemos que ayudarlo al gallego. Va de buena fe.

—Se empieza colaborando con los detectives privados y se termina colaborando con la policía. Al fin y al cabo un detective privado es el exponente de la nostalgia por una supuesta edad de oro, una antigua civilización ordenada en torno de una mitoideología colectiva, de un sistema de vida presidido por sólidas autoridades: ley del señor e Iglesia o bien dogma y líder político partido único. Entre un detective de Chesterton y un detective marxista no existe diferencia cualitativa. Son dos nostálgicos de la reacción, del orden.

Queda satisfecho de su discurso.

—Tengo que anotar lo que acabo de decir. Es genial. Haganmé acordar. Pero ahora supongo que quieren ver el lugar donde se produjo la catástrofe, la magnitud de la tragedia. ¡Vengan conmigo!

Y le siguen hacia la escalerilla que lleva a los camerinos inferiores.

—Piensen, queridos, que están viviendo una mezcla de *Le Dernier métro* de Truffaut y *El fantasma de la ópera*.

Norman abre la marcha, le siguen Carvalho y Alma. Una escalera de caracol metálica que parece haber permanecido sumergida durante siglos sin pie humano que la hollara. Norman enciende una cerilla cuando llegan ante una puerta metálica, la abre y aparece una minúscula estancia donde cabe apenas un catre, una palangana, un pequeñísimo armario, algunos libros.

—Aquí estuvo Raúl casi un mes.

Carvalho trata de percibir alguna huella, algún mensaje cosificado del fugitivo. Pero no le llega la menor vibración.

—¿Le contó qué quería hacer, por qué había vuelto?

—Un impulso. En parte estaba indignado por el indulto a los golpistas, pero no sé si el indulto le importaba demasiado. Hablaba de recuperar a su hija, pero más bien quería recuperarse a sí mismo, volver a encontrar su sitio en la película. A veces también hablaba de su padre. Decía, el viejo me sorprendió. No se daba cuenta de que esa noche se terminó todo. En aquella foto fija.

Alma tiene la voz amarga.

—Anotala, es una frase brillante.

La mujer acaricia los libros que están sobre la mesa. Escoge un ejemplar de *Historia universal de la infamia* de Jorge Luis Borges. Se desentiende bruscamente del libro y se enfrenta a los dos hombres.

—Hay que empezar por el principio. Un día de éstos vendrá otra vez a verte a vos, Norman, o a los otros dos.

—¿A ti no?

Alma no le aguanta bien la mirada a Carvalho. Ella y Norman se miran, como propietarios de una secreta complicidad. Es Norman quien encuentra primero una respuesta.

—A Alma no conviene que la vea. Se parece demasiado a Berta.

Pero Carvalho sólo tiene ojos para el rostro conmovido de Alma y oídos para lo que la mujer no llega a decir.

Alguien ha encendido a desgana las pálidas luces de la Boca, procurando que sólo iluminen los restaurantes de colores que pudieran ser chillones si no estuvieran velados por la eterna humedad del viejo riachuelo. El resto es un barrio donde mandan las fachadas de chatarra, un barrio lleno de prótesis oxidadas para seguir sobreviviendo sin otro motivo épico que las victorias del Boca Juniors en un estadio que ha vivido tiempos mejores, entre los descampados más desordenados del mundo. Callejean Alma y Carvalho por las aceras de los restaurantes, entre rectángulos de luces amarillas desplomadas de las puertas abiertas, ráfagas de bandoneones secretos y olores de carbón, cadáveres asados de corderos crucificados y chimichurris atmosféricos.

—Acordate de las señas de Pignatari, pero no guardés mi nota.

—Estamos en una democracia.

—Vigilada. La gente tiene miedo a tener memoria. La vuelta de Raúl resucitó demasiado la memoria. No. No te creás que vivís un problema político, es una simple cuestión de miedo a la memoria.

—Los vencedores se aprovechan de la memoria del vencido, y cuando el vencido consigue recuperarla, la memoria ya no es lo que era. ¿Tú crees que le persigue alguien, realmente?

—Es posible. Las ratas, las ratas que él estudió tanto tiempo. Escribió un tratado sobre la conducta animal en situaciones de extrañamiento total. Era el más preparado de todos nosotros para resistir teóricamente lo que ocurrió, pero se quebró.

—¿Y Norman?

—También se quebró, pero estaba previsto, figuraba en el guión que había hecho Berta. Ella creía saber de conducta militante tanto como su marido de conducta animal. Norman siempre fue inofensivo y los milicos lo entendieron así. Ahora dejó la arquitectura por el teatro. Cuando era estudiante quería recuperar la utopía de Le Corbusier sobre Buenos Aires. Construir la «Ville Verte» aprovechando la fecundidad de estas tierras de humus, donde los árboles son algo más que árboles. Ahora monta obras de teatro en el Off Off teatral de la ciudad, obras que probablemente nunca representará, y se gana la vida como showman, conductor de programa de un cabaret tanguista de San Telmo: Tango Amigo.

—Otra vez el tango. Negáis el tango, queréis escapar de él y volvéis inexorablemente.

—El país mismo es un tango. Esta ciudad es un tango. Recuerdo una frase de Malraux que suena a tango egregio: «Buenos Aires es la capital de un imperio que nunca existió.» Yo detestaba el tango. Pertenezco a la generación de los rockeros seguidores de los Rolling, como Pignatari, que se atrevió a ser rockero. Nos parecía todo tan joven, tan joven para siempre y ahora, a los cuarenta años, me ruborizo cada vez que confieso que mi música es el rock. Como si confesara que es la polka. Pero después del rock, ¿qué? ¿Y la tuya?

—El bolero, casi siempre, el corrido, el tango, a veces.

—También a vos te gustan más las palabras que los cuerpos. El rock es una música para el cuerpo, las que vos decís están llenas de palabras. Dependen de las palabras.

Carvalho se la mira de arriba abajo. Alma le disuade con una sonrisa.

—Gallego, gallego. Pignatari todavía anda con su coleta canosa cantando rock por los pueblos, incluso por los barrios más miserables, junto al Riachuelo. Barracas, la Boca, pero no la Boca para turistas como esta que estás viendo, con esa policromía de Caminito, ese cromo. A lo mejor Raúl fue a verlo para que lo ayudara. Otro perdedor. Norman. Pignatari.

—¿Y tú?

—Ni él quiere verme a mí ni yo quiero verlo a él.

—¿Me llevarás a ese local tanguista donde actúa Norman?

—Te voy a llevar cuando estés maduro.

—Maduro, ¿para qué?

—Maduro, nada más que eso, gallego, maduro.

El caminar distraído tiene un límite y varios precios. A Carvalho le rodean unos bultos humanos y entre la confusión visual cree ver una placa de policía. Una voz se lo confirma, dice: «¡Policía!» Luego se le mueve el mundo porque le están zarandeando, hasta que le empujan contra una pared y le obligan a abrir los brazos y las piernas. Le cachean manos sabias que sólo nota en los cojones. Le registran los bolsillos. Cae al suelo una considerable navaja automática y una bolsa de plástico llena de polvo blanco. Cocaína, se dice Carvalho, y se echa a reír sin ganas. Dos manazas le obligan a darse la vuelta. Carvalho tiene ante sí a Óscar Pascuali y a otros dos policías de paisano, uno de los dos el excitable Vladimiro. Pascuali mira hacia el suelo, donde destaca la navaja y la bolsita como si reclamaran atención. Pascuali tiene la voz fría y el aliento cálido.

—Armas, droga.

—¿Cómo sabe usted que es droga? Podría ser detergente. Vivo solo, he de lavarme la ropa. Uso Colón.

La mano de Pascual coge la bolsa, la abre, mete un dedo, lo huele, casi se lo mete en la nariz a Carvalho.

—¿Colón? ¿Omo?

—Desconozco las marcas argentinas.

—Los detergentes son multinacionales.

Carvalho se cree en el derecho de impacientarse.

—Es de novela barata. Cualquier médico, aunque sea de la policía, descubrirá que yo no he esnifado desde que hice la primera comunión. La navaja es mía, la droga es suya.

Pascuali le devuelve la navaja y se mete la droga en el bolsillo de la chaqueta.

—Vamos a dejarlo así, por ahora. Pero es fácil que usted aparezca un día con la nariz llena de mocos y coca y su casa bien repleta de bolsas como ésta. ¿Le ha contado a su amiga que yo lo visité?

—No.

—¿Por qué?

—Es cosa de hombres. Cuanto menos cosas les contemos a las mujeres mucho mejor.

—Pregúntele por mí.

—¿Es usted un ex combatiente de la guerra sucia, jefe?

—Sí. De una guerra sucia. Muy sucia. La de las Malvinas.

—Estamos entre perdedores. Yo perdí la guerra de España, cuando era niño. Alma perdió la guerra sucia y usted la de las Malvinas. ¿Por qué no formamos una asociación de ex combatientes?

Alguien insulta a Carvalho a espaldas de Pascuali. Pero no ha sido Vladimiro, que observa al detective con un cierto respeto. Ha sido el otro. Un mozalbete. Pascuali cabecea con desaprobación.

—No te excités. Es un pico de oro. Miralo a Vladimiro. Ya sabe cómo tratar a estos vivos.

—Un policía que se llama Vladimiro. ¿Su papá era seguidor de Lenin?

A Pascuali no le gustan las disgresiones.

—Voy a serle claro y conciso. Cuanto antes encontremos nosotros a su primo, será mejor para él, para nosotros y para usted. No somos los únicos que lo estamos buscando. Su primo vio demasiado y se escapó por la puerta de atrás. Tienen que pasar cincuenta años para que desaparezcan los protagonistas de esa pesadilla. Alguien le tiene ganas y si lo encuentra es hombre muerto. Usted está demasiado viejo para jugar a ser Marlowe.

—Antes imitaba a Marlowe. Tiene usted razón. He envejecido. Mi modelo es Maigret. No tiene edad.

—¿Qué buscaba en la Asociación de las abuelas?

—A una niña.

—¿Y en Nueva Argentinidad?

—Documentación sobre vacas.

—¿De qué estuvo hablando con ese payaso judío?

—De teatro y de gatos siameses suicidas.

—Si nota un aliento en la nuca, no se preocupe, soy yo. Si le pegan un tiro en la nuca, usted será el único responsable y yo no habré sido.

Los tres hombres se convierten en sombras detrás de los faros encendidos de su coche.

Desde que había matado a Kennedy, Carvalho nunca había estado tan cerca del poder. Nunca había puesto los pies en un ministerio, a lo sumo en una dirección general, de Seguridad, cuando investigaba el asesinato del secretario general del Partido Comunista de España. Pero tal vez en otra vida lo estuvo, quizá tuvo poder, porque le parecen ya vistas las idas y venidas de funcionarios, clientes, víctimas y pedigüeños moviéndose por un edificio que vacío parecería obsoleto y lleno inverosímil. La simple mención del secretario Güelmes le ha abierto todas las puertas hasta llegar a la antesala en la que la secretaria se identifica también como gallega.

—Pero gallega, gallega, de Galicia. Acá le dicen gallegos hasta a los andaluces. Mis padres se exiliaron después de la guerra civil.

—¿Republicanos?

—Pobres. Pobres de solemnidad.

Güelmes ordena que pase. Ante Carvalho un hombre aún joven, de porte aristocrático, de movimientos elásticos, casi danzarines en torno a una mesa, como si aplazara el sentarse. Carvalho ha tenido tiempo de ver a través de la rendija cómo aspiraba una raya de coca y luego pasaba la yema de un dedo por la mesa, para restregarla después por las encías. Cuando Carvalho entra, apenas ha permanecido un segundo sentado en la silla que abandona para incorporarse, estrecharle la mano, preguntarle por Alma, por Norman. A Carvalho le cuesta apartar la vista de la pared donde permanece, enmarcado, un cartel de Nueva Argentinidad, con la inevitable vaca.

—Todo el mundo con ganas de visitar España y

ustedes los españoles no paran de venirse a la Argentina.

—Sale más barato.

—Ya no tanto. Gracias a la política de Menem el país está saliendo de la bancarrota. Por este despacho pasan cien peticiones, cien peticiones al día para invertir en la Argentina. Hay confianza en nuestro futuro. Me llamó Alma, y para mí un llamado de Alma es una orden, pero no sé mucho más. ¿Qué desea?

—¿Fue usted guerrillero?

—Gracias a Menem, guerrilleros y no guerrilleros todos volvemos a ser peronistas. El que no fue revolucionario a los veinte años es que no tenía corazón, y el que lo sigue siendo a los cuarenta es que no tiene cerebro.

—El poder.

Güelmes ha entendido que la breve locución de Carvalho sintetizaba el fruto de la contemplación de un despacho majestuoso en relación con el marco total del destartalado edificio.

—Alguien tiene que ejercerlo y es mucho mejor que lo ejerza yo que atiendo los llamados de Alma.

—¿Raúl Tourón ha pasado por aquí?

—No. ¿Está en la Argentina? Suponía que estaba en España. Yo estuve algún tiempo exiliado en España, después en Alemania, Estados Unidos, un largo camino de ida y vuelta. Muchos argentinos, chilenos, uruguayos nos fuimos a España esperando que nos recibieran bien en la Madre Patria. Pero ustedes están más preparados para exiliarse que para asilar a los demás.

—Es una vieja tendencia histórica.

—Raulito era un caso aparte. En realidad él nunca perdió la nacionalidad española. Ahora hay un insensato, un juez español que se llama Garzón, que quiere procesar a los militares porque hicieron desaparecer a españoles. Raúl, que es otro insensato, se salva y ahora vuelve para ahorcarse él solo, ¿no?

—Al parecer le busca todo el mundo, yo por encargo de su padre, la policía y una extraña gente no identificada, pero con malas intenciones.

—¿Para que volvió Tourón?

—Unos dicen que a vengarse y otros que ni siquiera él sabe a qué ha vuelto.

Güelmes ríe civilizadamente y Carvalho deduce que así ríen los secretarios ministrables.

—¿A vengarse? ¿Por orden alfabético?

—Tal vez busque a su hija.

Güelmes parece escéptico.

—¿Y usted qué espera que haga yo?

—Podría pedir a la policía que me ayude.

—Se me respeta en áreas civiles y económicas. En el territorio policiaco o militar no puedo meterme. Ésos también tienen memoria.

—Tal vez podría enterarse de quién le persigue. Tienen algo que ver con ese cartel, supongo.

Güelmes se vuelve para distinguir el cartel.

—¿Nueva Argentinidad? Es un proyecto en el que tenemos depositadas grandes esperanzas, con inmediatas inversiones japonesas. Roberto, el compañero de Raúl, lo lleva como cosa propia.

—A los de Nueva Argentinidad no les gusta Raúl.

—¿Eso le dijeron?

—He podido percibirlo. ¿Podría usted aclarar este extremo?

—Eso es difícil pero no imposible.

—Y si viene por aquí, tal vez podría avisarnos.

—¿A quién? ¿A quiénes?

—Alma, a mí, a Norman Silverstein, a...

—¡Silverstein! Su nombre de guerra era Camilo, Camilo Cienfuegos. Qué gran actor. Algunas noches, para relajarme, voy al Tango Amigo, un local entrañable, la penúltima isla del tango. Miento. Usted es un turista. Usted puede ir a El Viejo Almacén o a café Homero, en la calle Cabrera.

—No quisiera ser sólo un turista. Quisiera ser un viajero. Aunque no tengo tiempo para entender del todo esta ciudad.

—Si es un viajero y no un turista, entonces vaya a Tango Amigo. Ahí presenta el espectáculo Silverstein. A veces está genial. Cuanto más histérico, más genial. ¿Todavía no vio el espectáculo?

—No. Alma dice que aún no estoy maduro para verlo. ¿También era usted partidario del rock?

—El que a los veinte años no era rockero es que no tenía corazón, y el que a los cuarenta sigue siéndolo es que no tiene cerebro. Nosotros teníamos en el grupo a un gran rockero: Pignatari. ¿Lo conoce? Éramos más hermanos que camaradas. Nos queríamos mucho. Pignatari adaptó la musiquita de uno de sus rocks a una cajita de música para Eva María, la hija de Berta y de Raúl.

Se calla. Estudia a Carvalho descaradamente. Finalmente pregunta, después de dejarle escribir el nombre de Pignatari en un cuadernillo:

—Y digamé, si no es preguntar demasiado... ¿por qué busca a Raúl con tanto interés?

—Por encargo de su padre. Es decir, mi tío. De mi tío de América.

—¿Sabe qué le digo? El que hace veinte años no tenía un tío en América, es que no tenía pasado. Pero el que lo sigue teniendo, es que no tiene futuro. Ahora son preferibles los tíos de Europa.

Se desternilla de risa en contraste con la simple sonrisa valorativa de Carvalho. El detective se levanta. Cuando le da la espalda a Güelmes, la sonrisa del secretario se vuelve preocupación. Su voz suena a espaldas de Carvalho.

—¿Sabe lo único que me compensa de este puto oficio del poder?

Carvalho se encoge de hombros. Güelmes le invita a que salga al balcón con él. Le muestra a una pareja que se está dando un lote sobre el césped.

—Contemplar la vida desde la Historia. El sexo desde el poder. Recuerdo que uno de nuestros lemas era «Cambiar la Historia como pedían Marx y Evita y cambiar la vida como pedía Rimbaud».

La pareja se emplea a fondo.

—¡Qué hermoso!

Güelmes le acompaña hasta la puerta, pero no tiene tiempo de abrirla. Irrumpe el volumen del hombre gordo que Carvalho conoció en el avión. Hay perplejidad en el rostro del gordo e indignación contenida en el de Güelmes.

—Perdón, nadie me dijo...

Carvalho tiende una mano al hombre gordo.

—¿Qué tal los altramuces, o los lupines?

El otro parece extrañado.

—¿Me habla a mí?

—Los altramuces. El avión. ¿Recuerda?

El gordo finge, entre extrañado y poco a poco indignado.

—¿Y a mí qué me dice de los lupines?

Un rostro largo pero gordezuelo, respaldado por una calvicie frontal pronunciada, aunque a medio cráneo crezca la peluca canosa, con una coleta terminal, no muy limpia. Arrugas en el rostro. Un pendiente en una oreja. El teléfono parece contaminado por la grasa que impregna el cabello amontonado sobre la oreja.

—Pignatari, yo mismo.

El hombre escucha, tapa el teléfono móvil con una mano y se vuelve hacia la derecha. Raúl Tourón hace solitarios sobre una mesa metálica, en el interior de una barraca. Más allá de la ventana, juncales y nubes de mosquitos sobre las márgenes del río. Pignatari informa con voz sofocada:

—¡Es el gallego! ¡Tu primo!

Raúl borra a su primo de cualquier posible consideración dando un manotazo en el aire. Prosigue su juego, aunque destina el mismo ojo correspondiente al oído más cercano a Pignatari a la media conversación que percibe.

—Es posible que pueda ayudarle. Esta noche actúo en Barracas. Pignatari Rock. Lo espero después del espectáculo.

Ya colgado el teléfono, Pignatari piensa en lo que ha oído y en lo que va a decir.

—Tendrías que hablar con el gallego ese.

—No me fío.

—¿Cómo se te puede ocurrir que tu viejo vaya a mandarte un anzuelo para hacerte picar?

—¿Cómo sé que lo envía mi padre? Además, que lo envíe mi padre tampoco es ninguna garantía.

—Alma estuvo en contacto con el viejo. ¿Tampoco te fías de Alma? ¿Ni del viejo?

Raúl detiene el solitario para decidir si confía o no confía en Alma y en su padre. Pero no lo decide. Pignatari ha llenado una palangana con agua volcada de un bidón, se quita la camisa, se enjabona las manos, la cara, los sobacos, se enjuaga con el agua de la palangana y se seca con una toalla usada tras acercarla a la nariz y frenar el impulso de rechazarla. Raúl ha observado todos sus gestos y las miradas se encuentran.

—¿Te sorprende tanta pobreza?

—Mi capacidad de sorpresa ya no es lo que era.

—Para mí el rock es una ética, y el rock de protesta exige vivir entre los que protestan.

Raúl abarca con una mirada giratoria todo lo que hay en la barraca y lo que se presiente en el exterior.

—¿Y acá quién protesta?

—Nadie. Pero tendrían que protestar. Vos sabés que la conciencia externa es necesaria para que las capas populares sean conscientes de la explotación que padecen.

—El rock sólo se baila. Ni siquiera los corridos han conseguido convocar la revolución.

—Yo podría vivir como un burgués acomodado; entonces, ¿qué canciones tendría derecho a componer?

—El lumpen no exige que sus ídolos vivan en la miseria. Al contrario, le gusta que lleguen en un Mercedes a los conciertos o a los partidos de fútbol. Fíjate en el caso de Maradona.

—Ese lumpen no me interesa.

Parsimoniosamente, Pignatari se pone una camisa de seda roja con lunares negros, un chaleco de piel claveteado, también ceñidos pantalones de cuero, botas camperas grises repujadas con adornos de plata y espuelas. De una caja de cartón saca un tupé frontal que le cubre la calvicie delantera y empalma con el cabello canoso natural y su cometa coleta. Se mira en un espejo y cuando se vuelve cree ver tristeza en los ojos de Raúl. Pignatari nada dice. Toma la guitarra eléctrica que reposa en una silla vieja y rota.

—Lo más prudente es que vengás en la camioneta. Podés hacerte pasar por un miembro del equipo. Esos tipos de las motos pueden volver.

Raúl obedece en silencio. El mismo en el que permanecerá durante el recorrido hacia la granja de pollos abandonada de Barracas donde Pignatari va a dar el concierto. Allí le aguarda el resto del conjunto, algo más joven que Pignatari pero ninguno menor de cuarenta años. Hay precisión profesional en sus gestos cansados, hasta que cogen los instrumentos y se excitan entre ellos con los acordes del calentamiento. Luego, desde el escenario, escudriñarán el público mediado, participante entre la burla y una cierta fascinación de sucursal musical. Gritos cuando termina la actuación. Quieren más. Reclaman una canción concreta. El cantante está fatigado, pero consiente. Empieza la canción. Es un rock dedicado a una niña: Eva María. Un rock triunfal, escrito antes, no mucho antes del diluvio, que humedece los ojos de Raúl, circulante entre el público con un cesto de alambre lleno de cervezas.

Eva por Eva,
Estrella María,
la niña brilla,
Eva María.

Eva María
matará a la CIA
con un cañón
de artillería.

Pignatari suda. No hay suficientes aplausos para el segundo bis y salta del escenario a la platea para presumir de una elasticidad que le arranca un silenciado gemido y crujir de rodillas. Una libreta y un bolígrafo. Firma un autógrafo. Guiña un ojo en dirección al vendedor de cervezas, Raúl, que se le acerca.

—¿Es definitivo? ¿No pensás sumarte a la reunión con tu primo?

—Ya voy a ver.

Una muchacha le impide el paso. También le tiende un papel, temblorosamente, y un bolígrafo.

—Es para mi madre.

Pignatari sonríe autocompasivo. Sale del local y en el descampado total que le acoge aún parece más pequeño y desolado el puestecillo donde se venden sus LP, sus casetes. Lo atiende un vendedor joven, mal vestido, poco convencido de que es un vendedor.

—¿Cómo fue hoy?

—Como siempre.

—Es decir, mal.

Consulta la hora en su reloj policrómico de plástico. Aún tiene tiempo, pero el cuerpo le pide relajación después del miedo escénico, y la *roulotte* le aguarda como si fuera toda ella una alcoba, una patria. Pignatari va a entrar confiado y cansadamente. Dos corpulentos hombres insectos o dos insectos homínidos le aguardan. Dos motoristas. Uno le coge por el chaleco de cuero claveteado. El otro le golpea con una mano protegida por un puño de hierro. Pignatari no tiene tiempo de cubrirse mientras todos los objetos que alberga la *roulotte* se convierten en cosas blandas que saltan por los aires o se derrumban hasta formar un ambiente semirroto, en el que ocupa un primer plano el rostro ensangrentado, cuarteado, tumefacto de Pignatari. Pero o no grita o sus gritos no pueden escucharse porque alguien ha puesto a todo volumen la canción de Pignatari.

Eva por Eva,
Estrella María,
la niña brilla,
Eva María.

Última expresión viva de Pignatari entre la agonía y el terror. Los motoristas no expresan emoción alguna. Jadean y machacan con una contundencia de muerte. Uno de ellos golpea sin preguntar nada. El otro también pega pero no es un hombre unidimensional y conserva cierta capacidad de curiosidad.

—¿Dónde está Raúl Tourón?

Pignatari trata de decir algo pero ya no puede. Se le cae la cabeza sobre el pecho. Los motoristas se detienen. Uno de ellos le aplica el dorso de una mano llena de anillos de castigo sobre la arteria del cuello.

—Nos pasamos.

—Nos llenamos las manos de mierda para nada.

Pega una patada blanda pero despectiva al cuerpo de Pignatari, que decide desmoronarse.

Dos coches de policía con la luz de reclamo intermitente. Curiosos que se disputan la primera fila en el semicírculo que rodea la *roulotte*. Pascuali se enmarca en la puerta. Lleva el asco en la cara. Vladimiro le pregunta:

—¿Y ahora qué hacemos?

—Velarlo, Vladimiro, velarlo.

En la última fila del público mirón, Raúl parece a la vez fascinado y asustado y su susto se acrecienta cuando a su lado suena la voz de Carvalho que, sin mirarle, le habla por la comisura de los labios.

—Raúl. No te asustes. Me envía tu padre. Alma. Norman. Nos había citado Pignatari. Soy tu primo Pepe.

Ahora la expresión de Raúl se ha transformado. Parece prepotente, dominar la situación.

—Mi querido Alan Parker, espero que algún día nos encontremos en circunstancias mejores. Recibirá mis noticias. Salude a Zully Moreno.

Carvalho asiente.

—Si veo a Zully Moreno la saludaré de tu parte. Pero creo que se retiró del cine hace años.

Duda si mirar a su primo. Cuando lo hace, Raúl ha desaparecido, pero la acometida de Pascuali le impide buscarlo.

—¿Casualidad?

—Tenía una cita con Pignatari.

—¿Cuándo llegó?

—Casi al mismo tiempo que la policía.

—¿Puede demostrarlo?

—No es un teorema.

Pascuali reclama la presencia de Vladimiro.

—Tomale declaración a este sujeto.

Puras ganas de molestar, piensa Carvalho mientras trata de distinguir a su primo entre los curiosos que son progresivamente disueltos por la policía. Vladimiro le insta a que se introduzca en uno de los coches, y ya los dos dentro, el policía respira molesto.

—¿Por qué se metió en este quilombo, gallego?

—Es mi oficio.

—Mi padre es gallego, vino después de aquella guerra y ahora no quiere salir de casa. Tiene miedo de que vuelvan Franco, Perón, Videla. ¡Qué sé yo! La política lo jode todo.

—Por eso se llama usted Vladimiro, su padre era leninista en el momento de bautizarle.

—No estoy bautizado.

—¿Hay muchos policías sin bautizar?

—Hay más policías sin bautizar que curas sin bautizar.

Vladimiro tiene sentido del humor. Pero se le va cuando saca un bloc del bolsillo de la chaqueta. No tiene en cambio bolígrafo. Carvalho le tiende el suyo.

—Vamos, dígame unas cuantas boludeces para salir del paso.

Vladimiro es humano. Carvalho se limita a contar que tenía una cita con Pignatari, que llegó a la hora acordada, pero que ya estaba armado el zafarrancho.

—La cita tenía por objetivo solicitar información sobre el paradero de don Raúl Tourón, primo de don José Carvalho y al parecer ubicado en Buenos Aires pero en un lugar desconocido.

Cubierto el expediente, Carvalho abandona el coche y ya con medio cuerpo fuera recibe un consejo del joven policía.

—No se meta en líos, paisano.

Tiene ganas de añadir algo pero no se atreve.

—¿Algo más?

Vladimiro mira hacia los cuatro puntos cardinales, y cuando comprueba que no puede ser escuchado, dice en voz baja y sofocada:

—Mi padre es primo lejano del tuyo. Yo soy Carvalho de tercero o cuarto apellido.

Le guiña un ojo y da por terminada la complicidad.

Veinticuatro horas después, cuando Carvalho se lo encuentra a la estela de Pascuali en el velatorio-entierro de Pignatari, Vladimiro vuelve a ser el mozarrón policía despectivo y receloso ante el gallego intruso. Pero todos ya están en otra secuencia, porque el cadáver reposa en su ataúd al fondo de una segunda sala, mientras en la primera dos viudas convencionales y tres hijos adolescentes no menos convencionales se reparten pésames y tristezas convencionales. No es el caso de Alma, derrumbada en un sofá, más íntimamente conmovida que los propios familiares. Norman trata de consolarla, consolarse, decir algo, no puede. Pero Alma sí puede.

—¿Te acordás? ¿Te acordás de la cajita de música que le grabó a Eva María con la canción que le dedicó?

Carvalho aparece distante. Desvía la mirada del grupo Alma-Norman a Font y Rius y Roberto, el investigador. Parecen discutir. Font y Rius masculla frases con los labios apretados y Carvalho cree oír:

—¿Se levantó la veda otra vez?

En cambio sí percibe nítida la respuesta de Roberto.

—Ya te dije que la vuelta de Raúl lo iba a complicar todo.

Incluso percibe el añadido, cuando sus ojos se encuentran con los de Roberto.

—Faltaba el detective nada más.

—Que se lo lleve a España de una puta vez.

Gentes rockeras cuarentañeras se arremolinan en torno de la puerta, quieren ver el cadáver, firmar a favor del cadáver, aplaudir al cadáver. Una locutora de radio habla con su grabadora de bolsillo como si fuera un apéndice imprescindible.

—Es tanta la expectación causada por el brutal asalto y muerte de la que fue principal figura del rock contestatario porteño, Pignatari, que llega en persona el secretario de Fomento, doctor Güelmes, para dar la despedida al que fue su amigo y destacado ciudadano.

Güelmes demuestra que sabe dominar la situación. Pasa entre los *flashes*, va directo a la viuda de más edad, la abraza emocionado, se seca una furtiva lágrima y se vuelve hacia la prensa dispuesto a la entrevista.

—Comprendan mi dolor. Respetenló. Con Pignatari y otros amigos vivimos duros años de lucha, pero también de esperanza. Nosotros poníamos las palabras y él la música de la emancipación. Yo perdí al amigo, pero todos nosotros perdimos al músico. Muchas gracias.

Hace ademán de retirarse, pero sin esconder la oreja abierta a las preguntas. Muchas le llegan confusas. Una voz se impone sobre las otras.

—¿Se trata de un ajuste de cuentas que viene de los tiempos del Proceso?

—¿De qué cuentas me habla? Gracias a Menem, todas las cuentas están saldadas.

Brusco silencio que precede al mutis de Güelmes, que cruza una mirada con Carvalho. El detective la percibe como una mirada a la vez tensa e irónica.

—El señor Tourón quiere hablar con usted. ¿Se lo paso?

Font y Rius ha sido desconcertado por su propio dictáfono y tarda en recuperar el hilo y los sonidos.

—¿Qué dijo? ¿Quién me llama?

La voz del dictáfono repite lo dicho y con la misma entonación.

—Digo que el señor Tourón quiere hablar con usted. ¿Paso?

Font y Rius rumia la respuesta mientras mira hacia las cuatro esquinas de su despacho, como si de alguna de ellas le pudiera llegar una idea inspirada por alguien con el cerebro menos espeso que el suyo en este momento.

—Entretengaló un momento, dele cualquier excusa para que no cuelgue.

Luego marca frenéticamente, con un frenesí de siquiatra desbordado por su propia sicosis, un número de teléfono. Respira profundo antes de hablar, como respiran los jugadores de baloncesto antes de lanzar los tiros libres.

—El biólogo trata de ponerse en contacto conmigo. Trataré de entretenerlo. Localizá la llamada.

Cuelga el teléfono y pulsa el dictáfono.

—Pasemeló.

El rostro de Font y Rius adopta una repentina sonrisa.

—¿Aló? ¿Aló? ¿Raúl, sos vos? ¿Dónde te metiste? ¿Aló? ¿Raúl? ¿Raúl Tourón?...

Se desconcierta ante el silencio. De pronto, del aparato telefónico empieza a emerger un sonido. Alguien está silbando la misma canción dedicada a Eva María interpretada en el concierto de Pignatari.

—¿Pero qué es esto? ¿Raúl? ¡Guacho! ¿Quién te creés que sos? ¡Raúl! Vení si sos hombre. ¿Desde dónde llamás?

Font y Rius vuelve a distanciar el teléfono con el rostro congestionado. Cuando se lo vuelve a pegar a la oreja, persiste la canción silbada. Se levanta airado mientras sigue insultando y la música le suena en la totalidad del cerebro, como si no fuera cosa de aquel débil silbido, sino de un desbordante hilo musical. De pronto, el silencio.

—¿Raúl? ¿Estás ahí? Perdoname si me calenté un poco, pero no me gusta que te hagás el misterioso. ¿Raúl? ¿Raúl?

El siquiatra contempla el teléfono como si se hubiera convertido en un trasto inservible y a la vez sospechoso. Lo cuelga. Revisa una agenda que ha sacado del bolsillo superior de su bata blanca, se decide y marca un número.

—¿Capitán? El cerco se estrecha. Nos está rodeando un hombre solo. Raúl se está poniendo pesado. Hay que hacer algo. Pero con todos los respetos, según lo que convenimos, no a su estilo.

Todos los dictáfonos son casi iguales. También las voces que transmiten, y a veces incluso se parecen las propuestas.

—El señor Raúl Tourón desea hablar con usted.

Güelmes se queda pensativo.

—¿Está aquí?

—No, señor. Al teléfono.

—Pasemeló.

Adopta una sonrisa tierna para que le salgan tiernas las voces y las remembranzas.

—Raúl. ¿Raulito?

No se oye respuesta alguna a tanta difícil ternura.

—¿Raulito? Soy yo. El carajo de Güelmes, como me llamabas, gallego.

Del teléfono emana como un efluvio de nostalgia

loca. la canción de Pignatari, silbada, silbada con una cierta emoción.

—Raúl. No salgás de donde estás. Raulito. Por los viejos tiempos, confiá en mí.

Sigue como única respuesta el silbido de la canción.

—Confiá en mí, no te movás. ¿Raúl?

El teléfono ya sólo emite el sonido del vacío de las ondas. Güelmes cuelga lentamente. Tiene los ojos llenos de preocupación cuando saca un número de teléfono del cajón de su mesa de despacho y marca personalmente el número del código exterior y sin transición el del destinatario de la llamada.

—Con el doctor Font y Rius, por favor. ¿No está? ¿Sabe usted a dónde fue?

La voz lo sabe y Güelmes se la saca de encima para poder hacer otra llamada que le urge como el agua le urge al fuego.

—Capitán. Se está complicando. Font y Rius está nervioso y va hacia Nueva Argentinidad para hablar con Roberto. Hijo de puta. Son hijos de puta, los dos. Pero no me lo toque a Raúl. No nos interesa dar que hablar.

El Capitán ha colgado.

Roberto contempla dedicadamente los movimientos de sus bichos. Va llamando por sus nombres a distintas parejas de roedores.

—*Hermann* y *Dorotea*, os veo muy bullangueros esta mañana. *Yeltsin* y *Gorbi*, que sea la última vez que os peleáis. *Galtieri*, *Galtieri*... ¿otra vez borrachito? *Raúl*, *Raúl*, ¿dónde te metés?

Con una varilla de vidrio trata de que el ratón

salga de su escondrijo. Una sombra se cierne sobre él. Se vuelve.

—¿Vos?

Pero nada más podrá decir porque la barra de hierro cae sobre su cabeza, divide su cráneo y la habitación en dos hemisferios, hendida como una fruta insuficientemente tenaz la cabeza, y tiene mal caer el científico, aunque le detiene el derrumbamiento total el brazo, que se le queda dentro de una urna llena de ratas asustadas de momento, hasta que recuperan la pulsión de huida y saltan para mordisquear la mano del muerto. Alguien ha abierto la puerta del laboratorio y pregunta:

—¿Roberto? ¿Roberto?

Font y Rius trata de localizar al investigador.

—¿Roberto? ¿Roberto?

Font y Rius avanza prudentemente, como si temiera romper los aparatos de frágil cristal que le rodean o quisiera detener los excesivamente compulsivos movimientos de los ratones.

—¿Qué les pasa, ratas de mierda?

En la penumbra distingue el cuerpo de Roberto inclinado sobre una mesa de trabajo.

—Me parece que Raúl sabe lo del informe. ¿Roberto?

El cuerpo de Roberto no se mueve, y cuando se predispone para la alarma mediante un paso atrás, un motorista ocupa todo el panorama y le pega un puñetazo en la cara. Font y Rius se duele y trata de protegerse. El motorista queda ante él, prepotente. Se quita el casco y las gafas. Es el Capitán.

—No ha visto nada.

Alma se ha puesto las gafas, tiene varios libros sobre la mesa, reúne apuntes desperdigados, se enfrenta a un pequeño ordenador al que mueve, como buscándole un lugar predilecto. Suspira satisfecha por el orden que precede al trabajo, pero suena una llamada y va hacia la puerta del apartamento para abrirla de par en par. Va a decir algo, pero una mano le pone una toalla en la cara, tapándole incluso los ojos angustiados, tardíamente avisados. Cuando recupera el sentido se reconoce desnuda y atada a una silla, flanqueada por dos motoristas, enfrente una sábana iluminada. Detrás la sombra chinesca de alguien cómodamente sentado, excesiva su comodidad, amenazante. Los ojos de la mujer tratan de sustituir la inmovilidad del cuerpo. Se mueven enloquecidos por la estancia. No es posible distinguir nada. Una de las manos enguantadas de los motoristas mantiene un destornillador apuntando a su garganta. Suena una voz del otro lado de la sábana.

—¿Alma? ¿Te acordás de mi voz? ¡Soy el Capitán, Alma! Volvemos a encontrarnos. El mundo gira, gira y volvemos a encontrarnos. Lo preparamos todo para que podás olvidar fácilmente lo que está pasando. Y te desnudamos para que te acuerdes de lo que pasó. Vos tuviste suerte. Tu hermana murió. ¡Pobre Berta, tan segura de que estaba cambiando la Historia y perdió la vida! Vos, en cambio, unos meses de cárcel, un exilio dorado.

—¡Mi nena!

—¿Tu nena?

—Mi sobrina.

—Desaparecida, lamentable, pero seguro que estará en mejores manos que las tuyas o que las de su madre.

Alma trata de dirigir los ojos hacia su propio cuerpo, hacia el frío que siente en toda su piel, pero la punta del destornillador le marca el cuello y es inútil que sus ojos expresen ahora furia, impotencia.

—¿Dónde está Raúl Tourón?

Alma quiere decir algo, traga saliva, le cuesta hablar. Finalmente dice con la voz rota:

—No sé.

—Te creo, Alma. ¿Te acordás cómo llegamos a intimar? ¿Te acordás cuántas veces mi voz te consoló en aquellos momentos tan delicados? Te creo, Alma. ¿A lo mejor sabés qué busca Tourón? ¿A quién busca? ¿A su hija? ¿A mí? ¿Quién soy yo?

—No sé. ¡No sé!

Ha elevado el tono de su voz y el destornillador le pincha hasta hacer brotar una gota de sangre. Alma se muerde los labios y expulsa la desesperanza por los ojos.

—Te creo, Alma. Te creo. Siempre te creí. Pero no te olvidés lo que voy a decirte. Si alguna vez Tourón se pone en contacto con vos, colgá de tu ventana la blusa que te sacamos, únicamente esa blusa. ¿De qué color es, Alma?

Alma trata de recordar el color. Una de las manos de los motoristas le pone ante los ojos la blusa.

—Azul. Azul claro. Azul celeste en un día claro. Azul cielo, el mismo azul del cielo que vas a ver dentro de unos momentos. Acordate bien, la blusa en la ventana. Eso es todo, Alma. Adiós. Hasta pronto.

Se esfuma la sombra chinesca y los ojos de Alma esperan que caiga la sábana y todo lo que representa. Una toalla vuelve a ocultarle la realidad, a sí misma.

Pascuali pasea la mirada morosamente por la expresión horrorizada de Font y Rius. El siquiatra padece una fugaz parálisis corporal que le impide retroceder, avanzar, pensar, hablar.

—Usted declaró que vino a buscar un informe. ¿A qué informe se refiere?

Font y Rius dirige su mirada en dirección a Pascuali, ahora detenido ante el obstáculo de las piernas del muerto que cuelgan desde la mesa, como compensadas por el peso de la cabeza y el brazo, introducidos en la gran urna de cristal llena de ratas de laboratorio.

—Es una vieja historia.

Pascuali medita, a punto de empezar a hablar, sin decidirse a hacerlo, esperando que Font y Rius salga de debajo del peso de la propia depresión, aplastado incluso por el aire de la estancia.

—Estamos solos. Puede hablar.

Font y Rius habla mansamente, todavía emocionado, pero poco a poco va adquiriendo serenidad.

—Todo ocurrió hace casi veinte años. Ya llevábamos un año de gobierno Militar, y lo que pareció un golpe reequilibrador más, estaba claro que era una «guerra sucia». Nos llegaban informes de las barbaridades que se cometían. Torturas. Desaparecidos. Yo permanecía al margen, pero mi mujer, mi cuñada, Raúl y Roberto se encargaron de redactar un informe muy minucioso sobre resistencia síquica y física ante el dolor y la coacción. En realidad fue la materia de su trabajo durante años. Lo sabían todo sobre el dolor en las ratas y redactaron una completa casuística de situaciones. Todas las variables posibles para poder hacer frente a los interrogatorios. El informe debía permanecer en riguroso secreto y, una vez memorizado, destruido. Se produjeron las detenciones de casi todos ellos. Yo estaba ahí aquella noche, el día en que allanaron el departamento de Raúl y Berta en La Recoleta. Pero Roberto y yo estábamos allí pasivamente.

—¿Y el informe?

—Alguien lo entregó a los milicos.

—¿Roberto?

—No sé. Nadie sabía a ciencia cierta dónde estaba. Yo podría jurarle que no fui yo, pero pudo ser cada uno de nosotros, en un intento de comprar la libertad. La verdad es que todos los que constituíamos el núcleo del grupo de Berta Modotti nos salvamos, menos ella, que murió en el tiroteo. Y hay algo más.

No le pide Pascuali que lo diga, pero lo dice.

—Yo los ayudé a los milicos a interpretar los textos del informe.

—¿Y los demás no?

—No me consta. Jamás entramos en detalles sobre nuestras experiencias personales en la Escuela de Mecánica de la Armada, porque fue ahí donde estuvimos.

—Nadie es perfecto. Todo el mundo tiene algo que esconder.

—Unos más que otros. De repente pensé que a lo mejor Raúl creyó que el responsable de la entrega fuera Roberto. Quería discutirlo con él.

—¿Desde 1977 no tuvieron tiempo de discutirlo?

Ha llegado el forense, y Pascuali invita a Font y Rius a que le siga. Pasan por un pasillo de curiosos y los ojos de Font y Rius, así como los de Pascuali, se detienen en los del director del centro Nueva Argentinidad. Pero así como la mirada de Font y Rius quisiera huir de aquel encuentro, la de Pascuali se ensimisma y busca en el archivo de la memoria el sentido de aquel rostro anguloso, de aquel personaje de mirar despreciativo. Llegan junto al coche de policía. Pascuali coge el teléfono.

—¿Central? Oficialicen la orden de búsqueda y captura de Raúl Tourón, como presunto autor del asesinato del doctor Roberto Améndola Labriola. Busquen fotos de archivo, las más recientes posibles.

—¿Fue Raúl?

Pascuali se vuelve hacia Font y Rius y masculla con un cierto desprecio:

—Si usted no ha visto al asesino, por el momento sí. Por el momento fue él. Es curioso, creí reconocer al director del centro. Me dijo que se llama Doñate.

Font y Rius no parece interesado.

A Alma le duele el exceso de luz que la envuelvé. Cree ver un cielo azul sucio, inmensamente sucio, inmensamente azul. Abraza su cuerpo como si lo temiera desnudo. Pero está vestida, apresuradamente. La blusa mal puesta, sin medias, la falda desabrochada. Comprueba en sus brazos las huellas de las ligaduras. Se levanta del sofá, le da vueltas la cabeza y huele o paladea cloroformo. Allí está solitaria la silla a la que ha estado atada. Todo lo demás en su sitio: los libros, los apuntes. Llora entre el pánico y la alegría. Llaman a la puerta. Se muerde una mano para no gritar. Oye la voz de Carvalho.

—¿Alma? Soy yo. El gallego enmascarado.

Ríe entre las lágrimas y corre a abrir. Carvalho la tendrá que abrazar hasta que recupere el hilo de lo que quiere decirle, rotas las palabras, la respiración, los ojos perdidos por el espanto. Se sienta junto a ella en el sofá, la envuelve en otro abrazo en el que él pone compasión y ella deseo de protección.

—¿Me dirás de una vez por todas la verdad?

—La verdad no la sé. No me quedan verdades. Te puedo decir la mía. Te conté lo que pasó la noche del allanamiento. No. No fue como te lo conté. Cuando entraron estábamos cenando y laburando políticamente. Ante todo yo no soy Alma. Yo soy Berta.

Carvalho ni quiere ni puede evitar su estupefacción.

—Dejame hablar. Era Berta. Ahora no quiero serlo más. Traté de hacer frente a los que hicieron el allanamiento.

Y por sus ojos más internos pasa la secuencia que sus palabras transcriben interpretando distintos personajes: Raúl me gritó desde la otra habitación. ¡No te hagás la boluda! ¡Que nos matan! ¡La nena! Alma se levantó para agarrar a la bebita y una ráfaga de ametralladora la mató. No podía creérmelo. El cadáver de Alma, yo y Font y Rius, el marido de Alma, estábamos en el suelo, en la misma habitación. Mi cuñado me gritó. ¡Agarrá a la nena y escapate por el baño! Di la vuelta al cadáver de Alma. Tenía la cara desfigurada. Mi cuñado insistía: ¡Escapate con la nena! Les voy a decir que la muerta sos vos. Salvá a la nena. Rendite por la nena. ¡Yo me rindo! ¡No disparen! Me arrastré hacia la habitación en la que estaba mi bebé. Lo alcé entre mis brazos, seguía siendo una cosita delicada, perfumada, pero pesaba, pesaba mucho. Salí por la ventana a una escalera de incendios plegable que habíamos instalado muy disimuladamente, por si acaso. Bajé con el bebé en brazos. Pesaba mucho. ¡Pesaba tanto que tuve miedo de que se me cayera de los brazos! La calle estaba bloqueada por los milicos. Había luz en el departamento del portero. Entré. Cara a cara el portero y yo. Él me miró, miró a la nena, su gesto de contrariedad se transformó en uno de comprensión. Me empujó y me obligó a meterme en un ropero, pero todavía tuvo tiempo de decirme: Yo no vi nada. Si la encuentran, yo no vi nada. Lo demás se parece mucho a lo que te conté. Ahora soy Alma, con gusto. Es mi única posibilidad de combatir mi remordimiento. Tanto Alma como Raúl se metieron en aquello por culpa mía. Eva María, mi nena, es la única desaparecida real. Odio a Berta. Me odio a mí misma. Sé que no debería, pero me odio a mí misma cuando me recuerdo, tal como era.

—La memoria a veces no nos merece, a veces no la merecemos.

Alma se arroja en la patria que abarcan los brazos y el pecho de Carvalho. Por poco tiempo. Llaman a la puerta y es Carvalho el que abre para encontrarse a un socarrón Pascuali y a un preocupado, pero desafiante, Vladimiro.

Durante el trayecto hasta comisaría es Vladimiro quien da las órdenes, Pascuali ni les habla, tampoco ya en su feudo, pasando una y otra vez ante Carvalho sin mirarle, tampoco a Alma, ni a Font y Rius, sentados en bancos opuestos. Alma y Font y Rius tratan de decirse algo con las miradas. Es entonces cuando Pascuali les hace una seña para que le sigan. El despacho huele a muebles metálicos y a Ketchup. Pascuali los mira a todos de hito en hito, imbécil por imbécil, dice su mirada. Empuja a los demás policías con los ojos para que se vayan. Mantiene el silencio unos segundos cuando se queda solo y mastica lo que dice.

—Un asesinato. Un allanamiento seguido de secuestro en el propio domicilio. Una escena de película sadopolítica. ¿Qué me esconden? La historia.

De pronto Pascuali pega un puñetazo sobre la mesa.

—¡Estoy de su historia hasta los huevos! Por una parte un loco que busca recuperar su pasado, sus descubrimientos. Y llega en el peor momento, porque ninguno de ustedes le necesita.

Se levanta histérico. Se detiene ante Carvalho.

—Vos, metido de mierda, poné tierra de por medio, andate de una vez y no nos compliqués más las cosas.

Se enfrenta a Alma.

—Usted vayasé de paseo por la plaza de Mayo, como una viuda más, una viuda de la Historia. ¡Pero no me cause más problemas! Y en cuanto aparezca su cuñado me lo ponen a tiro, por su bien, por el de todos. ¿Quieren que empiece otra cacería?

Se queda unos minutos en silencio y finalmente estalla:

—¡Vayansé!

Cuando Font y Rius pasa ante él, masculla:

—¡Siquiatras!

—¿Qué tiempo hace en Barcelona, Biscuter? ¿Se han acabado las Olimpiadas? ¿Hace cinco años? Ya no sé ni en qué día vivo. ¿Ha llamado Charo? No. Estoy cocinando. Pues mira. Un plato argentino que nadie hace en Buenos Aires. Carbonada criolla. Como un estofado de vaca con maíz, boniatos, calabaza, melocotones. En fin. ¿La ciudad? Bien. Sigue llena de argentinos deprimidos.

Cuelga. Recupera desganadamente la carta que

no termina de escribir. «Charo. ¿Qué sería para ti y para mí una solución normal? ¿Hay soluciones normales a partir de los cincuenta años o ya sólo queda el miedo a envejecer en soledad y sin dignidad...?»

Hace ademán de romper la carta. La respeta. La deja. Se va hacia la cocina. Tarda en asumir que allí está Alma, ante el puchero, concienzudamente vigilante.

—¿Todo va bien?

—¿Y esto es cocinar?

—¿Qué es entonces, si no?

—Se hace solo.

Carvalho descorcha una botella de vino.

—¿Ya lo abrís?

—Un excelente Cabernet Sauvignon mendocino, Clos de Nobles. Cuatro años. Que se oxigene. Pero tú eres de buena familia. Deberías saber estas cosas.

Luego, ante los restos de cena en los platos, Alma mira la copa de vino al trasluz.

—Algo aprendí esta noche. El vino hay que mirarlo, olerlo, paladearlo. Mis padres eran ricos, pero no me enseñaron estas cosas. No las sabían, probablemente. Hay ricos que no saben serlo. Mis padres no sabían serlo. Tampoco supieron ser padres de dos chicas montoneras. Pero cómo podemos hablar de vinos. ¿Qué habrá sido de Eva María? ¿Qué será de Raúl?

—Si no me echan del país le encontraré. ¿Tú crees que ha matado a Roberto?

Alma aleja la posibilidad con una mano.

—Eso es imposible. Raúl ha nacido para que le maten, no para matar.

Carvalho la está contemplando con una cierta ternura.

—¿Qué mirás?

Carvalho no contesta. Alma distrae los ojos hacia la habitación de al lado, habla serenamente, sin sorna, sin crudeza.

—¿Estás acostumbrado a que las mujeres te agradezcan las cenas yendosé a la cama con vos?

Carvalho bebe vino y habla relajadamente.

—Si me lo propones no te diría que no. Pero de haber sabido que querías meterte en la cama te habría hecho otro menú. No combinas con la carbonada argentina.

—¿Y con qué combino yo?

—Espalda de ternera rellena, Wanda, por ejemplo.

—¿Y eso es comestible?

—Muy comestible.

—¿Y Charo? ¿Charo es comestible?

—¿Qué sabes tú de Charo?

Alma hace un gesto con la cabeza en dirección opuesta al dormitorio, hacia la carta inacabada de Carvalho.

—No pude resistir la tentación. La leí. Me gustan las cartas. Me gusta la literatura epistolar.

—Digamos que ha sido mi compañera sentimental.

—¿También es detective privado?

—No. Es puta.

Alma le mira entre la sorpresa y la ofensa. Está sorprendida por ella misma y ofendida en nombre de Charo.

—La verdad es la verdad. Tengo un alma marginal. Mi novia era una puta de teléfono. Mi asesor técnico, camarero, cocinero y secretario, un ladronzuelo de coches que se llama Biscuter. Mi confidente espiritual y gastronómico, un vecino, Fuster, que

106

también es mi gestor. Gestor de lo poco que me puede gestar. Me gustan las familias imposibles. Detesto las posibles.

—¿Detestabas a tu padre y a tu madre?

—Detesto las familias posibles vivas. Me encantan las familias muertas.

Alma bebe ensimismada. Carvalho se apodera de la carta. Hace una bola de papel. Duda de qué hacer con ella. Finalmente va hacia la chimenea, pero se mete la bola en el bolsillo. Se predispone a encender el fuego. Alma contempla distendida sus movimientos hasta que ve que coge un libro y empieza a destrozarlo.

—Pero ¡pero!, ¡serás boludo!

Trata de levantarse para impedírselo. Ya es tarde. El libro arde y contagia a toda la pila de teas y leña.

—¿Estás loco? ¿Qué sos vos, un fascista? Los fascistas son los únicos que queman libros.

Carvalho se entrega a la comodidad de un sofá mientras enciende un puro.

—Es una vieja costumbre. Leí libros durante cuarenta años de mi vida y ahora los voy quemando porque apenas me enseñaron a vivir.

—Eso parece de Julio Iglesias.

Contempla a Carvalho y la hoguera, todavía alarmada.

—¿No habrás quemado a algún autor importante, no?

—Creo que se llamaba Ernesto Sábato. No se de qué iba. Me parece que el título era algo así como *Tango. La canción de Buenos Aires*.

Alma está al borde del ataque de ira.

—¡Pero si es precioso!

—Que se joda. El otro día quemé *Adán Buenosayres*.

—¿Me estás diciendo que vos te atreviste a quemar la novela de Marechal?

—No me importa de quién sea.

—¡Pero si es nuestro *Ulises*!

Alma está definitivamente indignada.

—Sos un puto fascista. ¡Un cocinero!

—La cultura no te enseña a vivir. Es sólo la máscara del miedo y la ignorancia. De la muerte. Tú ves
una vaca en La Pampa...

—¿Tiene que ser en La Pampa?

—En cualquier parte. La matas. Te la comes cru-
da. Todos te señalarían: es un bárbaro, un salvaje.
Ahora bien. Coges a la vaca, la matas, la troceas con
sabiduría, la asas, la aderezas con chimichurri. Eso
es cultura. El disimulo del canibalismo. El artificio
del canibalismo.

—¿Entonces querés decir que la sinceridad es
que nos comamos crudos unos a otros?

—No. Hay que autoengañarse. Pero lo cierto es
que sí, que nos comemos crudos los unos a los
otros. De vez en cuando quemo un libro, incluso un
libro que me gusta.

Recita:

—¿Quién no teme perder lo que no ama?

—¿Quevedo?

—Quevedo, modificado por mí.

Tiende un papel a Alma.

—Un mensaje de Raúl. Lo encontré debajo de la
puerta.

Alma coge el papel compulsivamente, lee su contenido en voz alta:

—«Primo, he recurrido a Güelmes. Estoy cansado de huir, y ya toco a Eva María, como Peter Pan
tocaba las estrellas.»

Alma deja de leer y levanta los ojos alarmada.
Carvalho le ha puesto una mano en la cabeza y la

obliga a volver la cara hacia él. Inician una aproximación de sus labios, pero Pascuali y cuatro policías ya están en la puerta y llaman y rompen el abrazo.

—El inevitable Pascuali.

Tres se precipitan sobre Carvalho, lo inmovilizan. Pascuali se queda de pie ante Alma.

—Basta de juegos. No quiero más muertes. Tengo que encontrar a su cuñado antes que no sé quién, pero seguro que si no lo encuentro yo lo va a pasar peor. He reconocido al director de Nueva Argentinidad y no me gusta jugar con fantasmas.

Carvalho ha conseguido desprenderse de la presa de los policías, pega un codazo en el hígado de uno de ellos y lanza una patada que no llega a alcanzar a otro. Pascuali amartilla la pistola y apunta a Carvalho al tiempo que inmoviliza a sus hombres con un ademán.

—Basta. Ya ha cumplido delante de la señora. Ahora callesé porque usted no sabe nada.

—Sé cómo encontrar a Raúl.

Alma y Pascuali le miran desconcertados.

—O lo esconde Güelmes o lo esconde Font y Rius. Un ministerio. Una clínica siquiátrica, lugares seguros.

Pascuali desconfía, pero no de Carvalho:

—En la Argentina los ministerios no son lugares seguros.

Carvalho apostilla:

—Y los ministros tampoco.

Tiende a Pascuali el papel con la misiva de Raúl.

Caminan pausadamente junto al río. La luna pone maquillajes de payaso sobre el rostro de Raúl alzado hacia el firmamento mientras recita:

Haber mirado
las antiguas estrellas
desde el banco de la sombra
haber mirado
esas luces dispersas
que mi ignorancia no ha aprendido a nombrar
ni a ordenar en constelaciones...

Se vuelve y contempla a su acompañante. Güelmes habla muy apaciblemente, como si se provocara ensueños y los ensueños las palabras.

—Las antiguas estrellas. Vos eras una estrella, Raúl, acordate de tu inteligencia, de nuestra admiración. Entonces yo era un estudiante de ciencias económicas, más militante que estudiante, y únicamente después en el exilio en los Estados Unidos me hice un nombre como economista. De síntesis. ¿Te acordás de mis análisis a lo Mandel o a lo Gunder Frank sobre la inevitabilidad de la caída del capitalismo? Un día se va a caer, estoy seguro, pero vos y yo no lo vamos a ver. Ahora soy un economista de síntesis. Un socioliberal. Social lunes, miércoles y viernes, liberal martes, jueves y sábado. Los domingos descanso. Crecí. Pero vos no creciste. ¿Qué buscás? ¿El recuerdo de un sentimiento? ¿O acaso estás buscando los derechos que te corresponden por tus descubrimientos sobre alimentación animal? Roberto y yo nos pusimos de acuerdo para comercializarlo, cuando yo volví del exilio y ocupé un puesto adecuado, vos habías desaparecido. Roberto figuraba como el descubridor de la fórmula y yo como el socio capitalista y a la vez, digamos, estatal.

Se detiene. Raúl parece no entender nada.

—Roberto ha muerto. Se puso demasiado nervioso, tu regreso, quería explicártelo todo. Tu cuñado Font y Rius también está en el ajo.

—¿Y Alma?

Güelmes sonríe y musita «¡Alma!» como si fuera un nombre inverosímil. Saca una pistola. Apunta a Raúl. De la sorpresa, Raúl pasa a reírse y a emitir unos gruñidos progresivos de rata, incluso diríase que su gesticulación es la de una rata amenazada, que frunce un hocico del que brotan hirsutos pelos blancos. Güelmes cree ver en él una superposición de rata gigantesca.

—¿Estás loco?

Apunta hacia Raúl. Pero sus ojos anuncian la solución real que ha preparado.

—Vos sí que estás loco. ¿Y sabés adónde van a parar los locos?

Raúl trata de gruñir como una rata menos histérica y sigue gruñendo cuando sube al coche bajo el mandato de la pistola, hasta que se adapta a la situación y le desaparecen los gruñidos, como si fueran autónomos. Güelmes a su derecha, un desconocido a su izquierda, otro junto al chófer. El coche se detiene ante la clínica de Font y Rius, que los espera tras los ventanales reticulados, con el cigarrillo en la mano, deslumbrado por los faros del coche que detiene su morro al pie de la ventana. Font y Rius tira el cigarrillo y se predispone a recibirlos. El grupo humano pasa a su lado encabezado por Güelmes sin detenerse y es él quien lo sigue a remolque de sus espaldas indiferentes. Güelmes empuja más que conduce los pasos de Raúl.

Font y Rius necesita que le reordenen el desorden de sus sentimientos.

—¿Vos creés que es una buena idea?

Güelmes ni se molesta en volver la cara.

—Las buenas ideas siempre son provisionales.

Varios miembros del grupo se quedan en el despacho de Font y Riús, que sigue tras los pasos de Güelmes y Raúl, reforzada la vigilancia del ingresado por dos enfermeros, ya metida la comitiva en los pasillos más secretos de la clínica. Un enfermero abre una puerta con brusquedad y el metal provoca una queja que se alarga por los corredores del laberinto. Raúl es arrojado dentro de una habitación blanca, muy iluminada. Le arrancan sus ropas ante la mirada impasible de Güelmes, sufridora de Font y Rius. Le ponen una camisa de fuerza. Raúl gruñe como una rata. Güelmes precede a Font y Rius en el regreso al despacho, le sudan las palmas de las manos y se las seca con un pañuelo. Pero al volver al despacho, Güelmes y Font y Rius descubren que el espacio ya no les pertenece. Dos motoristas montan guardia a ambos lados de la mesa. Adelantado el hombre gordo sentado y a contraluz el presidente de Nueva Argentinidad, no se le ve el rostro del todo, pero cuando suena su voz, a Font y Rius se le encogen los ojos y Güelmes traga saliva.

—¿Les parece que fue una buena idea?

Güelmes responde con una vacilante naturalidad.

—No lo podíamos matar. Lo está buscando demasiada gente.

La voz del hombre en la penumbra suena escéptica y parece hablar para sí mismo o para el gordo o los motoristas, no para Güelmes ni Font y Rius.

—No lo podían matar.

Pega un puñetazo contra la palma abierta de su

mano y se sobresaltan Güelmes y Font y Rius. El gordo ríe.

—¿Y para eso me llaman? ¿Para decirme que no lo podían matar?

Font y Rius se atreve:

—Capitán. Ya ha muerto demasiada gente.

El gordo se vuelve hacia la figura oculta y atiende un bisbiseo que sólo él oye. Se pone en marcha y le siguen los dos motoristas. Cuando ha salido, el Capitán da un giro a la silla y se queda frente a Güelmes y Font y Rius.

—Queridos socios. Hacía tiempo que no teníamos una reunión de sociedad anónima. Siguen jugando con la muerte. Siguen sin ser profesionales. En una guerra la piedad hace más mal que bien. La piedad es peligrosa. Están en juego sus vidas y mi dinero, un dinero que tampoco es mío, que implica a financieros muy poderosos. Nueva Argentinidad puede ser el negocio de mi vida, de sus vidas, un negocio que puede joderse por culpa de un loco que no tiene ni pasado ni futuro.

Font y Rius parece empezar a entender qué va a pasar.

—¿Adónde fueron el gordo y esos dos matarifes? ¿Qué le van a hacer a Raúl?

El Capitán no se molesta en contestarle. Sigue con su discurso:

—¿De quién es esa novelita, *La piedad peligrosa*?

Pero Font y Rius da un salto y se cuelga desesperado de la señal de alarma. Suena con una estridencia insoportable, tanta que ha detenido el avance del gordo y los motoristas por los pasillos subterráneos de la clínica. El sonido lo ocupa todo. El gordo saca una pistola. Los motoristas llevan una mano a la vaina del cuchillo adosada a una pantorrilla. Se revuelven como buscando el origen del sonido, atemorizados, crispados, y la crispación aumenta cuando suena nítidamente un disparo que les llega desde el despacho. Corren hacia allí y desembocan en un escenario donde Font y Rius sigue colgado de la alarma con una mano y con la otra trata de contener la sangre que le sale de una cadera. Güelmes se acurruca en el suelo, protegiéndose el cuerpo con los brazos. Los pies del Capitán pasan a su lado. Güelmes se protege ahora la cabeza. Los pies del hombre se acercan a la ventana. El jardín está lleno de policías dirigidos por Pascuali. La alarma ha parado, pero ahora se escucha un vocerío aún más intenso. Cada loco se ha convertido en una señal de alarma y en bocas abiertas que gritan desde el convencimiento, la sorna, el miedo. Raúl permanece en un ángulo de la desnuda celda en su camisa de fuerza, incapacitado para taparse las orejas y defenderse del ruido. Se abre la puerta. Al otro lado, Pascuali con una pistola en la mano. Carvalho a poca distancia. El pasillo está lleno de policías. Carvalho se precipita sobre Raúl para comprobar su estado, secundado o impedido por dos enfermeros. A sus espaldas suena la voz del Capitán.

—Buen servicio, Pascuali.

Pascuali se vuelve y le saluda sorprendido pero con respeto. Lo evalúa como un hombre de unos cincuenta años, delgado, enjuto, frío, satisfecho.

—A sus órdenes, Capitán.

—No he querido perderme este brillante servicio. Quisiera interrogar personalmente al prisionero.

Carvalho observa al gordo y luego examina al Capitán.

—A usted le he visto en una fotografía.

—El Capitán... —trata de informar Pascuali, pero Carvalho no necesita esa información.

—El capitán Ranger, héroe de la guerra, de la guerra de las Malvinas.

Carvalho se interpone entre Raúl y el Capitán.

—Acabo de llamar a la embajada de España y envían a un emisario para ponerse a disposición de todos ustedes y, por descontado, de mi primo.

El Capitán no está convencido.

—¿Acaba de avisar? ¿Ya sabía que «eso» era su primo?

—¿Qué diferencia hay entre acabo de avisar o voy a avisar?

El Capitán se relaja, sonríe, da media vuelta, se abre camino entre la policía, pasa ante Alma y la saluda con una suave inclinación de cabeza. Dice al pasar en el suficiente tono para que sólo la mujer oiga sus palabras:

—Ya no tiene que guardar la blusa azul, Alma.

Alma contempla asustada cómo el Capitán se retira, ahora seguido de los motoristas y del hombre gordo. Dos camilleros se llevan a Font y Rius herido, supervisados por un Güelmes que ha recuperado toda su autoridad, toda su dignidad política. Pascuali está muy nervioso. Alma abatida. Carvalho habla por teléfono. Raúl ya sin camisa de fuerza mira a todo el mundo, su rostro refleja distintas expresiones hasta que llega a Alma y se le desencaja. Alma vuelve la cara. Carvalho deja caer el teléfono con parsimonia. A Pascuali le alarma la conmoción reflejada en el rostro de Raúl.

—¿Qué le pasa?

Güelmes está al quite.

—Es la emoción. Es la primera vez que ve a su cuñada. Y se parece tanto a su mujer.

Carvalho toma la iniciativa. Coge a Alma por un brazo y por la cabeza y la obliga a mirar a Raúl.

—Alma, mira, éste es Raúl. Raúl, ésta es Alma.

Raúl mira a Güelmes, a Alma, a Pascuali, a Carvalho. Finalmente sonríe y pregunta con dificultad:

—¿Qué tal, Alma?

Se acerca a ella, los rostros se aproximan para un beso protocolario, pero cuando los labios de Raúl se depositan sobre la mejilla de la mujer, de la piel emana toda una historia perdida, los ojos de él y de ella están llenos de dolor, se abrazan, se entregan los dos cuerpos a una fusión completa, más allá de la resistencia de las carnes y los esqueletos. Musitan. Eva María. Eva María.

Pascuali no quiere conmoverse.

—De acá no sale nadie sin decirme lo que necesito saber.

Güelmes parece tener una buena noche.

—Pregunte y le contestaremos.

—¿Quién disparó contra Font y Rius?

—Un accidente motivado por el nerviosismo al sonar la alarma.

Pascuali no retira el recelo que le merece la explicación de Güelmes.

—¿Por qué sonó la alarma? ¿Qué tiene que ver el Capitán con todos ustedes?

Güelmes sigue en racha.

—Le nombramos presidente de Nueva Argentinidad, conviene estrechar los lazos entre la sociedad política, la civil y la militar para que no vuelvan a producirse trágicos malentendidos. Necesitamos que los héroes den significado a los buenos negocios. Todo es muy sencillo. Pascuali, no se complique la vida, ni el currículum. Nueva Argentinidad se basa en descubrimientos que hace veinte años hicieron el amigo Tourón y su ayudante, Roberto, que en paz descanse. Sospecho que nuestro amigo Raúl querrá incorporarse a tan brillante equipo y recoger los frutos de su trabajo de entonces.

Güelmes se dirige significativamente a Raúl:

—Raúl. Bien venido a bordo. Vuelve a mandar-
nos el Capitán. La reconciliación nacional y familiar. Tu cuñado, yo, vos, socios. Todo queda en familia.

Raúl parece sonreír, pero cuando se acerca a
Güelmes, de sus labios sale un gargajo al ralentí, pa-
rabólico va a parar a la pechera de Güelmes. Vladimiro y otro policía se hacen cargo de él y lo conducen hacia el coche celular. Carvalho y Pascuali
caminan casi codo con codo. Carvalho está cansado,
Pascuali aturdido. Han de pasar por delante del Capitán, el hombre gordo, los motoristas. Carvalho interroga a Pascuali.

—¿Quién es el Capitán?

—Un alto mando.

—¿De qué? ¿Desde cuándo?

Pascuali se encoge de hombros.

—De qué, no lo sé. Desde siempre. Para siempre.
Por lo visto la mierda secreta del poder no desaparece nunca.

—Cuidado, Pascuali. Me va a salir algo anarquista.

Llegan a la altura del hombre gordo que parece
proteger al Capitán. Carvalho le toca la tripa con el
dorso de una mano.

—Cuidado con los altramuces.

El Capitán enfría con una mirada la ira de su
lugarteniente.

La ambulancia se lleva a Font y Rius y a un furgón policial suben Alma, Raúl y Carvalho. Pascuali
se sienta junto al conductor. Güelmes parte en un
coche oficial. Pascuali ha vigilado que Raúl, Alma,
Carvalho y dos policías pasen al interior del furgón.
Lo cierra desde fuera. Luego se acomoda en la cabina junto al chófer. Da la orden de arrancar. Se

pone en marcha. En el interior, Raúl y Alma meditabundos, pero con las manos fundidas. Carvalho los estudia. Los policías van con la ametralladora relajada entre las manos. Raúl levanta la cabeza, mira a Alma con ternura.

—¿Y la nena?

—Hice lo que pude, no hay pistas, el que se la quedó debe de ser un canalla muy poderoso.

—Ahora debe de tener casi veinte años.

—Diecinueve años, seis meses, cuatro días...

Raúl llora silenciosamente y de pronto pregunta a todos los presentes y a nadie:

—¿Por qué? ¿Por qué?

Raúl la acaricia todo lo que le permiten sus manos esposadas. Carvalho los sigue observando, con cara de póquer carvalhiano. Raúl musita, dirigiéndose a Alma:

—Gracias.

—¿Gracias, por qué?

—Por vivir.

De pronto Raúl empieza a chillar como una rata y a convulsionarse. Todos se impresionan, menos Carvalho. Los policías no saben qué hacer, pero por si acaso le apuntan con las ametralladoras. Alma se interpone entre las ametralladoras y Raúl.

—¿Quieren meterse esa pija en la bragueta, pedazo de boludos? ¿No ven que está enfermo?

Un policía toma la iniciativa de comunicarse con la cabina. Bajan la ventanilla. Aparece el rostro reticulado de Pascuali.

—¿Qué pasa ahí?

—A este piantao le ha dado un ataque.

—¡Mierda!

El coche frena. Carvalho y Raúl se miran. La mirada de Raúl es coherente, sus chillidos no. Ya detenido el furgón, segundos después se abre la puerta

118

y enmarca en ella Pascuali, con los pies en la carretera, medio cuerpo asomado. Apenas si tiene tiempo de preguntar enfadado:

—¿Qué pasa aquí?

Raúl da un salto inesperado y se lanza al exterior, cayendo sobre Pascuali, que queda inerme bajo el peso del fugitivo. Cuando Pascuali recupera la vertical y echa mano de la pistola, Raúl corre en busca de los matorrales que separan la carretera de un bosque convertido en noche misma. Los policías apuntan con sus ametralladoras. Carvalho finge perder el equilibrio, cae sobre ellos y recibe un culatazo que le deja derribado y semiinconsciente en el suelo del furgón. Abre los ojos cuando nota la presencia de Alma inclinada sobre él. Desde los ojos de Carvalho caído, el rostro emocionado de Alma está muy cerca y pregunta algo. Carvalho no puede responder antes de perder el conocimiento.

Un policía acompaña a Carvalho hasta la puerta con irritada parsimonia. El detective desciende los escalones. Respira el aire libre de la noche y se palpa los esparadrapos que señalan el lugar de su herida. Empieza a caminar. Un coche se pone a su altura. Carvalho recela. Pero por la ventanilla se asoma Güelmes y le invita a subir. Una vez dentro, Carvalho se desparrama junto al excelentísimo señor secretario de Fomento.

—Me costó sacarlo. Tuve que usar toda mi influencia y mi sentido común. ¿Qué hizo usted? Al fin y al cabo impidió que la policía se metiera en un lío. ¡Ametrallar a un súbdito extranjero! ¡A un español! ¡El embajador se hubiera puesto hecho una fiera! ¡La ONU! ¡Amnesty! ¡La madre Teresa de Calcuta! ¡El juez Garzón! ¿No se llama Garzón ese juez español que quiere encarcelar a toda la Junta Militar del Proceso? ¿Y nuestra soberanía? Somos los dueños de nuestros torturadores y hemos decidido perdonarlos. ¿Para qué sirve la soberanía nacional si no, en estos tiempos de economía, política globalizadas?

—Los Estados sólo son los dueños de sus torturadores y de sus asesinos de Estado.

—Alguna atribución deben dejarnos. Pascuali es un buen funcionario, pero se toma lo de la profesionalidad demasiado a pecho. La Argentina tiene que recuperar su imagen democrática. ¿Alguna pregunta?

Carvalho se encoge de hombros.

—¿Tiene respuestas?

—Aquí dentro sí. Su palabra contra la mía. La última aclaración que hago. Guardamos el secreto de la sustitución de Alma por Berta. Primero únicamente lo sabía Font y Rius. Después, Pignatari, Norman. A Raúl no pudimos decírselo durante la detención, y después Alma, es decir, Berta, nos mandó a decir que era mejor que se fuera y empezara una nueva vida, en España. Berta, es decir, Alma, se sentía culpable de nuestra politización, era nuestro ídolo, nuestra chica, la capitana pirata. Mitos de juventud. ¡El que a los veinte años no es un idealista!

—Conozco ese rollo. ¿Y la traición? ¿Los negocios con el Capitán?

—Usted confunde traición con pragmatismo. Fue idea del Capitán. Durante los interrogatorios se dio cuenta del negocio. Era un héroe sucio y ahora quiere ser un rico limpio. Ahora es el respetable presidente de una fundación: Nueva Argentinidad.

Ratas, vacas, hombres. Un nuevo humanismo. Engordar al hombre. El único humanismo posible. Además, explotar los descubrimientos de Raúl no era ningún crimen. Los tiempos han cambiado.

Güelmes sonríe y coge por un brazo a Carvalho.

—Dejemé decirlo una vez más y tome buena nota. El que a los veinte años no quiere cambiar el mundo es un hijo de puta, pero el que a los cuarenta años quiere seguir cambiándolo, ése es un gil...

El coche de Güelmes entrega a Carvalho a las puertas de San Telmo y el detective se orienta hasta llegar a la plaza Dorrego, al bar viejo y tanguista que Alma le ha indicado. Todo está como si Gardel se acabara de subir al vuelo de su muerte, y Alma sólo le deja merodear con la mirada las iconografías de las sentimentalidades muertas. Callejean luego por desfiladeros de antigüedades sobre las que Alma informa.

—Son los restos del naufragio de la burguesía más rica de América Latina. Empezaron a vendérselo todo cuando el peronismo levantó a los descamisados y finalmente acabaron de vendérselo cuando los militares desataron la inflación y la miseria.

Alma y Carvalho caminan algo distanciados. Ella juega a subir y bajar del canto de la acera siempre que se lo permiten los coches aparcados en las calles de San Telmo. Él contempla las estrellas.

—Desde mi casa de Vallvidrera me entretengo a veces mirando las estrellas. Si las veo bien es que estoy sereno, si las veo mal es que estoy borracho.

—¿Y la polución?

—En Vallvidrera no hay polución.

El juego de la acera intermitente le permite a Alma aplazar lo que quiere decir, pero finalmente se decide.

—Te debo una explicación.

—Ya has pagado todas tus deudas, ya has enterrado a todos tus muertos.

—Sos pura poesía.

—Los hay peores.

Alma le coge por un brazo y le señala el rótulo que campea sobre un local iluminado: «Tango Amigo».

—El pequeño reino afortunado de Norman, de Norman Silverstein. Ya maduraste. Ya podés entrar.

Y es un impacto la nebulosa de luces y vapores, el más allá de cuerpos acodados a una barra o alienados contra un bajo escenario en el que un reflector ha delimitado el círculo en el que de un momento a otro brotará la magia. Carvalho y Alma avanzan entre el público. Un camarero los conduce hacia unas sillas reservadas muy próximas al pequeño escenario del fondo. Carvalho cuchichea al oído de Alma:

—¿Qué hace una rockera como tú en un sitio como éste?

Ella se echa a reír. Oscuridad en la sala. Demandas de silencio. El reflector marca un sol sobre el escenario en el que está Norman Silverstein, muy maquillado, tiene dibujada una sonrisa exagerada, un rictus, habla con voz de rictus, de histrión sin rienda alguna que contenga su verbalidad.

—¡Bien venidos a Buenos Aires! ¡Sabemos que vinieron porque para los extranjeros esta ciudad resulta barata y la Argentina está en venta!

Señala a gente del público.

—¡Y vos! ¡Y vos!

Detiene el dedo en Carvalho, al que señala el reflector.

—¡Y es que aquel que no está en venta es que no vale nada!

Se saca teatralmente el reloj de la muñeca.

—Este reloj me lo vendió mi abuelito, que era milico, y le marcó siempre, siempre, la hora de los golpes de Estado, los fusilamientos y los huevos pasados por agua o por la picana. Comprendan lo que significa venderlo para mí. Y no lo voy a vender ni por cien pesos, ni por un millón, ni por uno.

Se arrodilla lloroso.

—Les ruego que se lo lleven, que me lo quiten. A los argentinos nos gusta que nos quiten los relojes, los amores y las islas.

Cambia de tono bruscamente.

—A propósito, ¿qué saben ustedes de Buenos Aires?

Norman ha recuperado la arrogancia e interroga al público como si fuera un maestro de escuela.

—Vamos. Demuestren lo que saben. ¿Qué saben ustedes de Buenos Aires? Griten, proclamen ¡síííí! si identifican lo que les digo.

Redoble de tambor.

—¿Tango?

El público responde resignadamente.

—¡Síííí!

—¿Maradona?

—¡Síííí!

—¿Desaparecidos?

Parte del público consuman el sí como si respondieran a una pregunta banal, otros se dan cuenta del dramatismo de la pregunta y la respuesta y se contienen; poco a poco se hace un silencio respaldado por un suave redoble de tambor. Diríase que el batería tiembla.

—Desgraciadamente, querido y respetable público, Maradona tuvo problemas porque metía la nariz donde no debía, Maradona ya sólo cree en su familia y en Fidel Castro. ¡Ni siquiera cree en Menem! ¡Le pasa lo mismo que a Zulema!

Risas generales.

—Los desaparecidos. ¿Alguien vio alguna vez a un desaparecido? ¿Y si nadie ha visto a un desaparecido cómo puede asegurar que hubo desaparecidos?

Progresivo silencio e incomodidad, incluso algún cabezazo de disgusto entre los asistentes.

—Pero ¡nos queda el tango! ¡Siempre el tango! ¡Nosotros somos tango! ¡Y el tango es una mujer, esta noche el tango es una mujer que fue saludada por el Polaco, por el Gran Goyeneche, como la única nena que sabía cantarlos! ¡El tango es!

Marca con un brazo la aparición de la cantante.

—¡Adriana Varela!

Una mujer escotada y blanca. Enigmática y con las siete puertas y los seis sentidos bien puestos bajo la luna. Arranca la orquesta con el bandoneón por delante y la mujer se apodera de la escena de la que ha desaparecido Norman.

> *Buscás*
> *las sombras de un recuerdo,*
> *pisadas en la sangre*
> *antigua como el sol.*

> *Buscás*
> *un animal herido*
> *presa del destino*
> *que ignora su dolor.*

> *Pasá extranjero,*
> *no hay piedad*
> *para quien perdió*
> *el tren del tiempo.*

Huellas
en la ciudad doliente,
paisaje de entreguerras
entre el ser y el no ser.

Huellas
de un animal herido,
animal colectivo
en ciega obstinación.

Pasá extranjero,
no hay piedad
para quien perdió
el tren del tiempo.

Llegás
de una ciudad cansada,
con sus espejos rotos
fingiendo desamor.

Buscás
que acaso entre los restos
tu rostro sea el rostro
de un tiempo que murió.

La cantante saluda contenida, ritualista, los aplausos del público. Carvalho la contempla tan alelado como emocionado. Pascuali ha seguido la actuación desde la última fila. Desde allí ve cómo saluda Adriana Varela, da media vuelta y sale a la calle. Respira hondo Pascuali y mira las inevitables estrellas, las mismas constelaciones que Raúl degusta con la cabeza inclinada hacia atrás, mientras sus piernas corren junto a la vereda del río, en un ejercicio mecánico, que en él ya ha sustituido al andar. ¿Cuándo podrá volver a caminar como un hombre normal? Por la ventanilla del coche blindado los ojos del Capitán persiguen las mismas estrellas, indiferentes a la presencia y al habla continuada del conductor. Los faros encendidos apenas si precisan los desparramados límites del hombre gordo tras el volante, atento a las oscuridades de la carretera que le abren los faros, pero también de reojo a la impasibilidad tensa del Capitán sentado en el asiento trasero. Imperturbable. Mira las estrellas a través del cristal, y luego los ojos incisivos del jefe tratan de calcular cuánto recorrido les queda. El coche se detiene sobre la gravilla del jardín de una residencia aislada en el calvero de un bosque de eucaliptos. El Capitán baja. El gordo le ha abierto la puerta y se le cuadra militarmente.

—A sus órdenes, mi capitán.

El Capitán apenas le dedica un manotazo en el aire para que se relaje y se vaya.

—Mis respetos a doña María Asunción y a la piba.

Pero el Capitán se ha entregado a un andar estudiadamente elástico con el que llega ante la puerta de su casa, para abrirla sin necesidad de llave, ni de detener su avance, hasta encontrarse en un recibidor. Husmea el aire. Sus ojos van hacia una botella de whisky casi agotada, situada sobre una mesa, y tras el cristal de la botella, deformado, el rostro de una mujer que cabecea entre el sueño, el amodorramiento etílico y la necesidad de darse por enterada de que alguien ha entrado en casa. Trofeos de caza. Incluso los escasos libros estratégicamente situados en estanterías, decorativos, parecen trofeos de caza. También una bandera argentina, sobre ella la foto ampliada de un grupo de soldados sonrientes, en el fondo el mar, el mar de las Malvinas. El

Capitán pasa junto a la mujer borracha que se mece en el balancín, con el retomado andar elástico, y escupe más que dice:

—¿Y la nena?

La mujer cabecea en dirección a las alturas. El Capitán sube los escalones de dos en dos. Desemboca ante una puerta. La abre. Una muchacha, duermen plácidamente sus veinte años. El Capitán la arropa. Todo su rostro impecable, cruel, frío se ha convertido en plastilina de ternura. La muchacha se remueve.

—Nada ni nadie nos separará.

El Capitán abre una caja de música. La cajita de Eva María, presente en el recuerdo de Alma, la música de Pignatari. El Capitán insinúa una caricia sobre su frente que no llega a ultimar y se acerca a la ventana para mirar las estrellas. Son las mismas estrellas que Carvalho percibe desde su apartamento. Arden los leños en la chimenea sobre las cenizas de *Buenos Aires: un museo al aire libre* de Léon Tenenbaum. Un Carvalho desvelado asomado a la ventana. Luego regresa a la mesa, toma un papel y lee en voz alta:

—«Querida Charo, en el momento de partir para Buenos Aires para un trabajo, empecé a escribirte para deshacer un equívoco. No fueron las cosas como tú creías, Charo. Tal vez deberíamos asumir que no somos unos muchachos y que nos jugamos la posibilidad de vivir o malvivir los últimos años que nos quedan, sin demasiada vejez. Charo, ¿qué sería para ti y para mí una solución normal? ¿Hay soluciones normales a partir de los cincuenta años o ya sólo queda el miedo a decaer, a envejecer sin dignidad y en soledad? Aquí todo ha terminado y todo puede volver a empezar en cualquier momento. En todo fin hay un principio como en cualquier parte, pero aún no he llegado a ningún lugar del que no quiera marcharme, y me da tanto miedo que me necesites como que te necesite. Quizá busque una excusa para quedarme un poco más aquí. Una excusa profesional. Encontrar a mi primo. Cobrar el trabajo. Pagar las deudas. Enterrar definitivamente a los muertos...»

2

El hombre oculto

PORQUE UNA VIEJÍSIMA VIEJA lleva trabajosamente la bandeja, tiembla una cena, especialmente el plato de sopa parece un mar sin orillas. La vieja avanza empecinada, pactando con su dificultad de andar, con su Parkinson manual el tratar de evitar que se le derramara la sopa. Consigue llegar difícilmente a un ángulo de la cocina, dejar la bandeja, siempre trabajosamente sobre una repisa, buscar casi palpando un timbre. Es en realidad un resorte, y la parte baja de la pared cubierta de revestimiento de madera se abre. Boca negra hacia lo desconocido. Un tiempo de expectación y aparece un hombre de vejez equivalente a la de la mujer. Batín, medias lentes de lectura, mirada recelosa, sobresaliendo el cuerpo del agujero hasta la cintura.

—¿Todo sigue igual?

—Todo.

—¿Sigue el patilludo en el poder?

—Sigue, Favila, sigue, como ayer, como antes de ayer.

—¿No volvió Perón?

—Y dale con Perón. Está muerto.

—No lo puedo creer.

—Anda, cómete la cena que se enfría.

Trabajoso es el relevo de la bandeja. Si a ella le

tiemblan las manos a él también. Pero consiguen que no se derrame ni una gota de caldo. Ya señor de la bandeja, él se retira y cuando ella va a pulsar otra vez el resorte, el hombre la reprende dándole la última consigna.

—Si vienen los milicos, los franquistas o cualquier gente armada, acuérdate lo que tienes que decirles.

Ella no le hace caso. Pulsa el resorte con cierta inquina y el hombre desaparece en su zulo mientras trata de decir algo nuevo. Antes de hacer cualquier movimiento, la mujer medita.

—Me olvidé lo que tenía que decirles. Les voy a decir lo que se me pase por la concha.

La delgadez de Norman Silverstein suda bajo el maquillaje de semiclown iluminado por el reflector.

—Hasta hace poco de vez en cuando todavía aparecía un japonés en una selva del Pacífico convencido de que la guerra mundial no había acabado. Yo creo que siempre era el mismo japonés, la misma isla. Le daban unos pesos, una cantimplora de sake y llegó a ponerse pesado. Los turistas se decían: «¡Mirá ya llega el puto soldado japonés que todavía lucha por su emperador!» Y él, dale que te dale haciendo de soldado imperial, amenazador, con ese sable japonés que llevan los mejores japoneses. ¡Akú! ¡Hatamitaka! ¡Fujimori! ¡Tanaka! ¡Andá, Takiri! ¡No hagás más el boludo! ¡Hacete el harakiri! Evidentemente ya no vale la pena que los japoneses se escondan. Pero ustedes ¿saben la cantidad de topos, de hombres ocultos que hay en el mundo y por qué? Los que no pueden pagar a los acreedores, los que no pueden pagarles las pensiones a todas las mujeres de las que se han divorciado, los que tienen miedo que los reconozcan como ex torturadores, los que tienen miedo de que los vuelvan a torturar, un millón de tutsis escondidos de los hutus y un millón de hutus escondidos de los tutsis. Todos, todos somos viejos soldados japoneses incomprensibles, porque hoy en día ¿quién le pide explicaciones a quién? Lo aceptamos todo. Dios ha muerto. Marx ha muerto. El hombre ha muerto. Marlene Dietrich ha muerto. Yo mismo no me encuentro demasiado bien. ¡Todo está permitido! Ni siquiera los Estados tenemos soberanía. Nos mandan las multinacionales, los fondos monetarios, los precios fijos, los militares yanquis. La única soberanía que conservamos es la de los torturadores. Cuando un juez extranjero quiere acusar a nuestros torturadores, ¡la soberanía nacional! ¡La soberanía de la represión! La que nos delega el imperio. Que nadie se extrañe si las cosas van revueltas. Los guerrilleros se casan con chicas de la oligarquía y los alcaldes de izquierda se llevan a su casa todo lo que encuentran por Buenos Aires: los árboles, las veredas, las cuadras enteras, los solares, los faroles, la luz de los faroles, la sombra de los perros cuando mean en los faroles y únicamente nos dejan las manifestaciones de las madres de la Plaza de Mayo y la de los jubilados delante del Congreso. ¡Todo está permitido! ¿Qué sentido tiene ocultarse? Bueno. Uno solo. Yo respeto a los que se esconden porque se olvidaron donde está Buenos Aires, Argentina, América, el mundo, y únicamente reconocen el rincón donde tuvieron, tienen, tendrán, miedo.

Los rostros de los presentes responden al cálculo sociológico elemental que Carvalho había establecido sobre los efectos de los sarcasmos de Norman:

medias sonrisas, alguna congoja, perplejidad, hastío. Carvalho pide la cuenta y paga. Contempla su cartera y la repasa. Le quedan muy pocos pesos. Mira las tarjetas de crédito con escepticismo. Carvalho se vuelve al oír la voz de Alma.

—¿Te quedaste sin guita?

—Me estoy quedando sin guita y no puedo pedirle más anticipos a mi tío mientras no encuentre a su hijo.

—Tendrás que trabajar. ¿Qué sabés hacer?

—Mirar.

Silverstein ha terminado su monólogo y anuncia:

—Todos sabemos que en el tango hay un antes y un después del tango moderno y que esa línea divisoria la marcó el malogrado Piazzola como intérprete de un tango concreto: *Balada para un loco*. Señoras y señores, esta noche nos honra con su presencia el cantor, el poeta, el autor del prodigio y la memoria más profunda del tango y del lunfardo: ¡Horacio Ferrer!

Entre las ovaciones se levanta a saludar un poderoso bohemio de ojos sabios y rasgados como su bigote.

—Y ahora un tango a la medida de tan ilustre invitado: ¡*Hombre oculto*!

Empieza a sonar la música del tango. Pero Carvalho vuelve la espalda al escenario donde acaba de aparecer Adriana Valera.

—¿Ya te vas? ¿Ya no estás enamorado de Adriana? ¿No decías que es la mejor cantante de tangos y que los canta con el mejor escote de Buenos Aires?

—Tengo contactos laborales.

La noche en la calle le parece verdinegra o verdiblanca si mira hacia la luna. Pero están pintadas de verde las fachadas y las penumbras, incluso le parece verde el taxi al que se sube y el taxista al que ordena:

—A La Recoleta.

Parpadeará varias veces hasta recuperar las escasas policromías que permite la noche. El verde que llena sus ojos es el verde en que estaban pintadas las puertas metálicas y las barandillas de la cárcel Modelo en la que pasó algún tiempo en su juventud. Le repiten como desde el fondo de una mala digestión el color y el olor de la cárcel cada vez que alguien habla de perseguidos. Pero ahora ve el color del whisky en el vaso y vierte parte de su contenido en lo que le queda de café mientras musita la palabra *carajillo* y contempla el brebaje de la taza como una patria. Levanta la vista y estudia a la gente que llena el bar y después a su interlocutor. Un hombre de unos sesenta años, pelo plateado por el fluorescente y planchado por gominas no excelentes, excesivamente bien vestido, aunque se le nota que el traje no es nuevo, que la camisa está muy relavada, pero los gemelos relucen, así como la aguja de la corbata, los zapatos y el diente.

—Vito Altofini es mi nombre, Altofini Cangas, de padre lombardo y madre asturiana.

—Don Vito, necesito un socio argentino. Como extranjero no puedo ejercer de detective privado.

—Ha dado usted con el hombre adecuado.

Don Vito esparce sobre la mesa recortes de periódico ya muy amarillentos que reproducen sucesos criminales: «Vito Altofini acierta donde la policía fracasó. Una pista en el caso del secuestro de los Bayer.» Carvalho se queda con el recorte en una mano. En él se ve a Vito algo más joven enseñando una pieza de ropa. Pie de la foto: «Los secuestradores llegaron del Uruguay. Se descarta un secuestro político.»

—¿Cómo acabó? —pregunta Carvalho.

—Desgraciadamente, de los Bayer nunca más se supo, pero nadie ha podido demostrar que los secuestradores no fueran uruguayos. La tela que yo muestro es lo que queda de un chaleco tejido a la manera uruguaya, en aquellos tiempos en los que todavía se tejía a mano. ¿Dónde tiene el despacho?

—Lo montaré en mi propia casa.

—¿Estilo?

—¿Estilo?

—Detective privado yanqui años cuarenta, despacho con muebles capitoné a lo Hércules Poirot, oficina llena de fluorescentes y computadoras estilo serie B de Hollywood años ochenta.

—¿Es usted crítico cinematográfico? ¿Decorador?

Don Vito se pone soñador.

—En los buenos tiempos yo tenía decorado mi despacho exactamente igual que el de Dick Powell en la serie sobre Dashiell Hammett, la mejor que se ha hecho, en blanco y negro.

Don Vito examina el vestuario de Carvalho y de paso su actitud ante el carajillo y ante la vida.

—¿Piensa enriquecerse con este oficio en Buenos Aires?

—He de ganar dinero para comprar tiempo. Vine a buscar a mi primo desaparecido y se me acaban las reservas.

—¿Un desaparecido? ¿Político? ¿A estas alturas? Ese colectivo ya ha pasado, compañero.

—¿Colectivo?

—Autobús, le llaman ustedes.

—Tal vez no haya desaparecido. Quizá me he expresado mal.

Carvalho medita antes de concluir.

—Quizá sólo sea un hombre oculto.

Los mozos de carga se llevan la mesa de comedor, y como en un juego de prestidigitación, de sus manos sale una mesa de despacho sustitutiva, algunos archivos, viejos, llegados desde una oficina años cuarenta, con algún recuerdo *art déco* barato. Alma ayuda a Carvalho a ordenar lo que había encima de la mesa, a situar las butaquitas para los supuestos visitantes.

—¿Y adónde vas a comer?

—En la cocina.

Alma mira el reloj y exclama, alarmada:

—¡Oh, llego tarde a clase!

En su retirada se tropieza con don Vito, casi irreconocible para Carvalho bajo su sombrero de fieltro ladeado, aunque el brillo sonriente de su diente de oro le delata cuando obsequia a la mujer que huye con el puente de plata de un saludo caballeroso, sombrero en mano, en la otra un portafolios de cremallera hombre de negocios años cincuenta. Estudia el recién llegado la estrategia decorativa, recompone el gesto y avanza hacia Carvalho contrariado.

—Al final se decidió por el estilo Humphrey Bogart venido a menos.

—Estilo Carvalho venido a menos.

—¿Qué le hizo a esa mujer tan interesante para que huyera despavorida?

—Es casi una prima.

—Genial. Yo siempre tuve en danza a unas veinte o treinta primas. Ahora ya son sobrinas.

—No es lo que parece. Tenía prisa. Es profesora de literatura. Su clase empieza ahora.

Mira el reloj, de pronto se hastía de dar explicaciones y casi ordena a don Vito:

—Siéntese.

Carvalho saca una botella de whisky de malta JB 15 años.

—Es todo lo que he encontrado en cuatro cuadras a la redonda.

Pero Vito Altofini se la rechaza con blandura y saca de su cartera los accesorios para hacerse un mate.

—Si me permite usar su cocina me haré un mate. Ya sabe... y pensé: «Este gallego no debe de tener la menor idea de lo que es un mate.»

Carvalho le cede la cocina con un gesto y al rato Altofini sorbe la infusión a un ritmo sincopado con los sorbos de whisky del gallego. A Carvalho le atrae como objeto aquella calabacita con adornos de plata repujada, un objeto valioso tal como lo acaricia y por el ritmo litúrgico con el que sorbe el mate don Vito. Carvalho se siente un poco bebido. Locuaz, pero no borracho.

—De momento no hay clientes, don Vito. Aquí hay el mismo problema de relativismo moral que en España, que en Occidente, que en todo el Norte Fértil. Ya no queda el sentido del adulterio, ni del robo, ni del asesinato como tabúes porque todo el mundo es adúltero, ladrón y un criminal en potencia. Por otra parte, si bien es cierto que la policía pública está en crisis cuantitativa y cualitativa y cada día hay más policía privada, se trata de un servicio privado controlado por grandes compañías, a veces multinacionales. Por eso los detectives privados clásicos no tenemos clientes.

—La policía pública ejerce una competencia desleal. Yo privatizaría la policía. Toda.

—¿Así que usted lo ve como una cuestión de mercado de trabajo?

—Elemental. En tiempos de crisis hasta los es-

cribanos están desocupados. Yo tengo un pariente
escribano pluriempleado. Lleva la contabilidad de
dos o tres negocios. No sólo la clase obrera cayó en
desgracia, pibe, tampoco la burguesía es lo que era.
Canturrea Don Vito:

> *La clase media cayó en desgracia,*
> *se fue Mireya, murió Margot*
> *y aquel muchacho de aristocracia*
> *acobardado... retrocedió.*
> *Lloró la causa de su partida,*
> *lloró el origen de tanto mal*
> *mientras la guapa Barra Florida*
> *cantó su coro sentimental.*

No registra don Vito el relativo asombro de Carvalho y añade una nueva propuesta.

—Si quiere, mientras tanto buscamos a su primo.

—¿Por dónde empiezo? A las pocas semanas de
llegar de España casi lo tenía al alcance. Mi primo
se escapó de aquí durante el Proceso, pensando que
su mujer estaba muerta y su hija desaparecida. Pasaron años y de pronto le cogió la pájara de volver,
y lo hizo en mal momento. Habían pasado veinte
años. Su mujer estaba viva pero... Perdone. Estaba
muerta. La viva es su cuñada. Es la mujer que usted
ha visto salir corriendo.

—Así que es una prima de verdad. Carvalho, es
usted un hombre de principios.

—Parte de los ex compañeros de mi primo le
eran fieles, pero otros se habían quedado con uno
de sus descubrimientos científicos, y lo habían pa-
tentado con la complicidad de un capitán de los milicos, el mismo que los había detenido hace veinte
años y ahora los controla por el terror y por la plata.
Su hija sigue en paradero desconocido.

—Parece un culebrón argentino pensado por un guionista venezolano —dice para sí don Vito repentinamente serio—. Pero es real. Real como usted y como yo. ¿Nadie más persigue a su primo?

—La policía. Mejor dicho, un policía que se llama Pascuali, y es un profesional, es decir, quiere que se mantenga el orden que pide la ley.

A don Vito casi se le escapa la risa y el mate que retiene en la boca. Se contiene porque llaman a la puerta y en el vano aparece un joven pálido, delgado, ojeroso, vestido de importación que sin más preámbulos se presenta.

—Me llamo Javier Lizondo. Si son ustedes los detectives que anuncian en la puerta, necesito sus servicios. Mataron a mi novia.

Se miran Vito y Carvalho desde alegrías secretas y cómplices, pero consiguen contemplar apenadamente al cliente.

—Ha dado usted con la gente que necesitaba.

El joven está nervioso y traga saliva. Don Vito le alienta con muecas a que siga hablando. Carvalho lo estudia a distancia. Don Vito parece vivir el relato del muchacho, su rostro refleja las vicisitudes del relato.

—Me llamo Javier Lizondo. Mataron a mi novia. Bueno... eso ya lo dije. Mi novia. Mi novia...

—¿Su novia? —le invita a continuar don Vito.

—¿Insinúa que no era mi novia?

—Por favor. Simplemente le invito a proseguir, estamos conmovidos y expectantes.

—Mi novia trabajaba en un cabaret de chica *topless*. De esas que van...

Don Vito hace el gesto como de juguetear con sus propias tetas en el aire pero sin abandonar la cara de inmensa tristeza.

—Lo hacía para ganarse la vida. Era una buena

chica. De cultura. Eso es. Tenía cultura. Se llamaba Carmen, Carmen Lavalle.

Enseña la fotografía de una muchacha bonita que sonreía confiada en que iba a vivir toda la eternidad.

—¿No tiene ninguna de ella en *topless*? —pregunta don Vito—. Lo digo estrictamente para identificarla.

Carvalho está al quite.

—Nos bastará con saber dónde ejercía el oficio y por qué no le sirve a usted la investigación policial.

Javier no se atreve a hablar. Finalmente se echa a llorar y don Vito le secunda la emoción sin llegar al llanto.

—Vivo fugado. Escondido. Hay una orden de detención, pero yo no fui.

—Otro hombre oculto —dice Carvalho hablando con alguien que no está en la habitación.

A veces se hacen las cosas o se piensan, dirigidas a alguien que no las ve, que no las sabe que no las recibe. Carvalho en Buenos Aires piensa, hace las cosas con el referente de Alma, es ella o su silueta difuminada la que recibe sus monólogos, la que está como un fantasma invisible en las situaciones, para justificar lo que Carvalho hace o dice. Pero ahora está ahí, es Alma corpórea la que contempla el arte de cocinar de Carvalho desde una controlada perplejidad.

—¿Y en España cocinabas siempre?

—No. En el despacho cocinaba Biscuter, mi ayudante. Un fetito, mezcla de efecto de Spielberg, doctor Watson y cocinero Cordon Bleu.

139

—¿Por qué le decís fetito?

—Porque lo parecía. Como uno de esos niños a los que les costaba nacer y los sacaban con fórceps del vientre de su madre.

—Lo llamás muy seguido. ¿Lo querés?

—Le compadezco.

—Y a tu chica perdida en España, Charo, ¿la querés?

—La compadezco.

—¿Sos incapaz de amar? ¿Únicamente compadecés? Y a esas pobres bestias que freíste y cocinaste en la cacerola, ¿las compadecés o las querés?

—Las amo. Por eso me las como.

Ya sentada a la mesa, Alma, valiéndose del tenedor, remueve los fideítos de la *fideuà* que se amontonaban en el plato.

—Parecen gusanos pero están muy ricos.

—Son simplemente fideos —contesta Carvalho melancólico.

—Cocinás, comés pero estás deprimido.

—Cocino y como porque estoy deprimido.

—¿Raúl?

—Es más complejo y me recuerda un poema que leí hace tiempo, cuando leía poemas. Un conductor ha tenido un pinchazo y reflexiona: no me gusta de dónde vengo y no me tranquiliza adónde voy. ¿Por qué aguardo el cambio de la rueda con impaciencia?

—Eso es de Brecht, Bertolt Brecht.

—Sabía que era de Brecht. Hubo un tiempo en que yo sabía quién era Brecht.

—Y ahora también lo sabés.

—No. Ahora no lo sé.

—Tenés que resolver la metáfora. ¿Qué o quién es esa rueda?

—Raúl quizá. No sé por dónde empezar. ¿No se ha puesto en contacto contigo?

140

—¿Creés que no te lo hubiera dicho?

Carvalho da un manotazo al plato que tiene delante y se levanta airado, histérico.

—¿Y yo qué sé? ¿Yo qué sé qué pensáis de mí? ¿A ratos no os parezco un intruso? ¿No es un intruso también Raúl? ¿Yo qué sé cuáles son tus intereses, los de vuestros camaradas, en relación a Raúl? ¿Queréis que lo encuentre? ¿Que no lo encuentre?

Alma se levanta indignada.

—¡Era mi marido! ¡Es el padre de una hija que todavía no sé quién se la quedó! Huye de sí mismo más que de un peligro concreto.

—¿La policía no es un peligro concreto? Y ese capitán y sus socios que le robaron la patente, ¿no son peligros concretos?

Alma se deja caer en la silla llorando lentamente. Desde el arco iris del llanto contemplado por sus ojos verdes dice:

—Ya no sé distinguir un peligro concreto de otro abstracto. Una angustia real de otra imaginaria.

Carvalho se ha tranquilizado y quiere prolongar el gesto de acercarle una mano en caricia, pero se contiene.

—Quisiera encontrar a mi hija, pero han pasado tantos años que sería una desconocida. ¿La quiero encontrar o quiero joderlo al miserable que me la robó? En cambio, Raúl, me gustaría que lo encontraras vos y te lo llevaras a España. Para siempre. No forma parte de mi vida. Únicamente de lo más horroroso de mi memoria.

—¿Por dónde empezar?

Alma sonríe como en poder de una extraña revelación.

—Por un asado. Acá todo empieza y termina con un asado. Vamos a celebrar un asado de ex combatientes. Raúl tiene que moverse en ese mundo. No tiene otro que pueda ampararle. ¿Te gusta el asado?

Conduce el hombre gordo. En el asiento trasero, el Capitán, su hija al lado repasando unos apuntes y con la falda llena de libros. El Capitán se la mira enternecido, luego preocupado. El coche se detiene frente a la entrada de la facultad. La chica besa precipitada pero cariñosamente a su padre, coge los libros y da un pescozón en el cabezón del gordo.

—Chau, tío Cesco.

El gordo muestra satisfacción en el rostro.

—¿Por qué estás tan apurada, Muriel? ¿Qué te pasa hoy? —dice el Capitán sacando la cabeza por la ventanilla.

—Primera clase con un hueso, una profesora de literatura.

—¿Cómo se llama? —vuelve a preguntar el Capitán.

—Alma. Alma no sé cuántos —contesta Muriel girándose mientras corría.

El rostro del Capitán trata de sonreír sin conseguir diluir la crispación. El gordo hace ademán de bajar del coche, pero el Capitán le retiene. Cuando se alejan de la universidad, el Capitán sigue nublado intentando recuperar una cierta impenetrabilidad. El gordo tiene los nervios completamente despeinados.

—¿La oyó? Tenía que ser precisamente... Tendríamos que haberlos exterminado, Capitán. ¿Usted sabe lo que puede pasar cuando se encuentren Muriel y esa mujer?

—Nada —contesta secamente el Capitán.

—¿Nada? ¿Y la voz de la sangre?

—La sangre es silenciosa, gordo. Eso deberías saberlo vos, que viste mucha. De todas maneras el más peligroso sigue siendo Raúl, el padre. Ése todavía tiene ganas de preguntar, de buscar. Berta o Alma, la que sea, es una desaparecida. Nadie se da cuenta pero es una desaparecida.

—Yo no la subestimaría.

El coche del Capitán se detiene ante la puerta del Ministerio de Fomento. Baja ágilmente el cincuentón fibroso y atlético que sigue siendo el Capitán, casi sin mejillas y con los labios finos apretados sube las escaleras a paso rápido. Enseña un distintivo a la guardia y se mete dentro sin esperar que le permitan el paso. La secretaria no se sorprende al verle, ni reprime su tendencia de meterse en el ámbito del ministro Güelmes sin permiso.

—¿Está solo? —pregunta el Capitán.

—Lo estará.

El Capitán se detiene a la espera. La secretaria hace una llamada. La puerta del despacho del ministro se abre y aparece el visitante bruscamente despachado y algo sorprendido.

—¿Así que ya le parece que todo está claro?

La voz del ministro llega desde el fondo.

—Clarísimo.

—Muchas gracias, excelencia —contesta el visitante satisfecho—. Ha sido todo mucho más rápido de lo esperado.

Se aparta de la puerta algo confuso y el Capitán se mete por el hueco que le deja. Se pone en jarras ante el ministro, a la espera de que diga algo. Güelmes quiere escudriñarle con autoridad antes de decir:

—Cada vez es menos prudente que venga aquí.

—Tengo todas las puertas de la Argentina abiertas.

—No estamos en la Argentina de 1977, ni en la de 1981, ni en la de 1985.

—No. En lo del calendario tiene razón. En lo del país no tanto. Los calendarios pasan, los países quedan. ¿De qué quería hablarme? Ante todo le felicito por el ascenso, señor ministro.

Güelmes trata de recuperar su papel de ministro. Se sienta en su poderoso sillón estatal e indica al Capitán que le secunde. El hombre eléctrico no le hace caso.

—Me sigue interesando un pacto. Aparte de que continuemos con lo de la explotación de la industria alimentaria y de que Font y Rius se haya olvidado de todo lo que pasó.

—Al grano —le corta el Capitán.

—Mi pacto sigue siendo que voy a ayudar a encontrar a Raúl pero que usted no le matará. Hay que sacarlo de la Argentina, pero vivo.

—¿Sabe dónde está?

—No. Pero Alma organizó una curiosa reunión, un asado en casa de los Baroja, ya sabe usted, de la fracción intelectual de la izquierda peronista. Un asado para ex combatientes. Viejos amigos. Tuvo la gentileza de invitarme. Parece un careo para que ayudemos a encontrar a Raúl.

—Supongo que el gallego también va.

—Claro. Oficialmente el que lo está buscando es él, él y el inspector Pascuali.

—A ese Pascuali algún día habría que destetarlo. No comprendo a ese beato de la democracia formal. Me entiendo mejor con un terrorista. Bueno, vaya usted y que le aproveche el asado. Buen oído, y si hay algo que nos pueda llevar hasta Raúl, primero yo, por la cuenta que le trae, y después si quiere va a verlo Pascuali. Quiero un informe sobre todo lo que se hable en ese asado y a quien se cite.

—¿También quiere saber lo que comemos?

—En todos los asados se come lo mismo. Mejor o peor pero lo mismo.

Ya desde la puerta, sin volverse, el Capitán pregunta:

—¿Sabe si Alma sigue empecinada buscando a su hija?

—Hace años que no habla de eso: contesta Güelmes, y en su desgana excesiva se percibe que trata de transmitírsela al Capitán.

Los alumnos van asumiendo el silencio. Alma se pone las gafas, revisa los apuntes y levanta la cabeza. El silencio es total.

—Aunque el lenguaje aplicado a la literatura es nuestra materia prima, quiero hablar hoy de cómo se codifican y descodifican otros lenguajes, por ejemplo, el de la arquitectura real, la de una ciudad concreta, ésta, sin ir más lejos.

La interrumpe la apertura de la puerta. Entra Muriel acalorada por la carrera, con los libros apretados contra el pecho. Balbuceando una excusa, busca un asiento próximo a la puerta donde pueda esconder o hacer olvidar su retraso. No lo hay. Alma calla y todas las miradas se concentran sobre la retrasada.

—En primera fila tiene usted una hermosa silla. Los últimos serán los primeros.

Casi todos ríen mientras Muriel avanza azorada. Al fin se sienta y mira hacia la profesora llena de confusión.

—Yo no exijo que los alumnos vengan a mis clases. Pero les pido que lleguen antes que yo. Si no le interesa mi asignatura...

Precipitada e ingenuamente, casi llorosa por la tensión, Muriel exclama:

—¡Si es la que más me interesa!

Sus compañeros se ríen. También sonríe Alma y, dirigiéndose a todos, dice:

—Que conste que no lo teníamos ensayado. Volvamos a Buenos Aires. Ya les dije que Malraux dijo de nuestra ciudad que parecía la capital de un imperio que nunca existió, y Le Corbusier quiso convertirla en la «Ville Verte» de sus sueños. Un amigo mío que fue arquitecto, mejor dicho, un proyecto de arquitecto porque nunca llegó a ejercer, suele decir que es mucho más importante Le Corbusier por lo que proyectó que por lo que realizó. Proyectó un Moscú auténticamente revolucionario y la burocracia soviética lo frustró. Proyectó un Buenos Aires verde y aquí sólo le dejamos arreglarle una casita a Victoria Ocampo. Estuvo a punto de cambiar Barcelona en España y la guerra civil se lo impidió. Me gustaría que pensaran en todo eso y escribieran lo que opinan de la aparente paradoja. Comparen Buenos Aires como la capital de un imperio que nunca existió con Viena, que no solamente es sino que también parece la capital de un imperio que ya no existe. ¿Podemos oponer el concepto de la ruina de un imaginario, por ejemplo, Buenos Aires y la ruina de una realidad, es decir, por ejemplo, Viena? Por otra parte la Viena imperial en su etapa terminal propició las hornadas culturales más importantes de este siglo junto a las de la década prodigiosa de la Revolución soviética. ¿Hay algo equivalente en este Buenos Aires con el imaginario destruido? Nuestros grandes escritores suelen ser merodeadores del conocimiento que nunca se atreven o quieren salir del conocimiento estrictamente literario. Borges sería el máximo exponente. La Viena de Freud o de Klimt ofreció al mundo la angustia ante la crisis del yo burgués y el Moscú de la Revolución ofreció una esperanza compensatoria de esa angustia. ¿Qué ha ofrecido al mundo Buenos Aires? ¿Borges? ¿La literaturización de una desidentificación perpetrada por Borges, Bioy, Mallea, Sábato, Macedonio Fernández? Preguntas que no quiero contestadas. Las quiero metabolizadas. Merodeadas. Incluso pueden escribir un tango sobre el asunto. El tango, a mi pesar, sigue conservando capacidad de descripción de lo actual. ¿Qué les parecen estos versos de Horacio Ferrer? Son de *Juanito Laguna ayuda a su madre.*

> Nacido en un malvón,
> le hicieron el pañal
> con media hoja de Clarín.

Un alumno cabecea disgustado y la coleta rubia atada con una cinta le salta de un hombro al otro.

—¿No está de acuerdo, Alberto?

—Si tan mal está esa gente de la canción, ¿por qué leen *Clarín*? ¿Por qué no leen *Página doce*?

Alma lanza carpetas y libros sobre un sofá y se quita los zapatos, masajeándose los pies como si le dolieran.

—Estás loca. Te duele la cabeza y te acariciás los pies.

Se levanta y se desviste, para ponerse unos pantalones holgados, una blusa y zapatillas. Al abrir el frigorífico, la derrota se le hace rostro. Finalmente busca una lata en la alacena de la cocina, la sorprende el timbre de la puerta y va hacia ella, pero se contiene recelosa sin abrir. Por la mirilla ve a un hombre vestido con un uniforme de trabajo indeterminado, pero no percibe bien la cara.

—¿Quién es?

—Terminator.

—No estoy para bromas.

—Lo mío es exterminar ratas, señora. ¿No pidió un exterminador de ratas?

Vuelve a utilizar la mirilla. Allí está el rostro de Raúl distante y deformado por el cristal de aumento. Alma abre precipitadamente cerrojos y contracerrojos, y al quedar la puerta de par en par, Raúl espera entrar hasta que ella tira de él, cierra la puerta, lo abarca en un abrazo posesivo al que él se entrega. Las palabras a resuellos y las manos a borbotones, superponiéndose al tiempo aplazado, y una urgente búsqueda de la desnudez, de la piel humana, de los volúmenes tan conocidos veinte años antes, de los jadeos que a ambos les parecen salientes de una grabadora, de la grabadora de la memoria. Luego Alma se pone un pijama porque le molesta su propia desnudez, se sienta en la cama, con la espalda apoyada en la cabecera. Raúl está sentado en los pies y ella alarga los brazos para poder tener sus manos juntas.

—Veinte años después volvemos a...

—Nunca había esperado esto. Supuse que estabas muerta durante demasiado tiempo. No entiendo por qué nadie me dijo la verdad, ni siquiera vos. Entiendo que asumieras la personalidad de tu hermana para engañar a los milicos, pero ¿y yo, Berta? ¿Y yo?

—Me llamo Alma. Nunca más me llamaré Berta.

—La nena.

—La busqué. Ni siquiera te lo podés imaginar. Me metí a fondo en el movimiento de las abuelas, disfrazada de tía de mi hija. Inútil. Si vive, se la quedó alquien que pudo destruir todas las huellas que llevaban hasta él. De vez en cuando veo a una chica por la calle y algo me dice: tu hija sería parecida a ella y me echo a llorar por dentro. Pero en cuanto me meto entre cuatro paredes me pongo a llorar por fuera. Estoy cansada sicológicamente de necesitarla. A veces, pienso: no querés encontrarla, lo que querés es joder al que te la quitó.

Raúl asiente.

—A mí me pasa algo parecido. ¿Me escondo porque me persiguen o porque únicamente puedo vivir escondido? ¿De quién? ¿De qué?

—A vos te persiguen, Raúl. No lo olvidés. El Capitán, sus socios que te traicionaron y están negociando tus descubrimientos, aunque ellos te siguen queriendo, Güelmes, Font y Rius. Lo mejor sería que tu primo consiguiera sacarte de acá. La Argentina no existe. La Argentina que vos y yo reconocíamos, la que nos identificaba, ya no existe. Los supervivientes que seguimos creyendo en los mismos ideales estamos todavía más desaparecidos que los desaparecidos.

—Querés que me vaya. ¿No es cierto?

—No sé —contesta Alma, pero finalmente se echa sobre él, le abraza, le besa con voluntad de reencuentro—. Pero esta noche quedate.

Amanecen bajo las sábanas, sin otro horizonte que el techo. Alma va a decir algo, pero Raúl le pide cariñosamente que se calle con un dedo que le sella los labios.

—No. No digás nada. Yo sé qué pasó hoy y qué

va a pasar siempre. En el recuerdo somos aquellos jóvenes amantes que querían cambiar la vida, como Rimbaud, y cambiar la Historia, como Marx y Evita, la extraña pareja.

—Y Trotski.

—Marx, Evita, Trotski. Yo era filotrotskista. Vos eras una nacional peronista. Ahora sos una mujer en plena vitalidad, que no te llamás como mi recuerdo y que te acostaste con un hombre deprimido que ni siquiera tiene libido. Vos ya sabés que uno de los primeros síntomas de la depresión es que no se te para.

—No todo se reduce a eso.

—No. No es cierto. Me voy. Algún día podremos reencontrarnos libremente, charlar, recuperar lazos; a lo mejor, a lo mejor, entonces. Ahora únicamente te pido permiso para verte y hablar con vos. Como Pimpinela Escarlata. Soy un hombre oculto. Ni siquiera voy a decirte dónde me escondo ni quién me esconde. Pero no voy a lo loco aunque lo parezca. Sé que Eva María existe, y sé más que hace unos meses, cómo encontrarla. No me preguntés. Tampoco podría decirte nada concreto.

Se besan. Salido de debajo de las sábanas, el hombre contempla su propia desnudez con cierto sarcasmo.

—¿Vas a venir al asado de los Baroja?

—Es demasiado arriesgado.

—Tenés razón. Si lo organicé fue para hablar de vos, para sondear y no para que vengás.

Gana la calle vestido con el mono de trabajo de una agencia desratizadora, en la mano un maletín de trabajo con unas siglas. Vladimiro se lleva el walkie-talkie a los labios.

—Sale un empleado. Parece de una casa de esas que matan bichos.

—¿Qué bichos? —contesta Pascuali desde el otro lado del teléfono.

—Ratas. Pone algo de desraticida.

—¡Seguilo! —ordena Pascuali—. ¿Todavía no caíste, pedazo de alcornoque?

—¿Si no caí en qué...?

Vladimiro se decide a arrancar y pone la sirena.

—¿Eso que oigo es la sirena? —pregunta Pascuali.

—Sí.

—¡Metétela en el culo! ¿A que el tipo ese desapareció? Atrevete a negarlo si tenés huevos.

Vladimiro trata de reencontrar entre la multitud callejeante al empleado desratizador sin conseguirlo, pero la urgencia de sus acelerones no se corresponde con la sonrisa morosa y escasamente indagatoria que opone a la realidad exterior.

—¿Quiere que pruebe a pie, inspector Pascuali?

—Quiero que te mueras. Y no te preocupés. La corona de flores más linda de tu entierro va a ser la mía.

Un cordero abierto en canal y crucificado en aspa. A una distancia excesiva para los ojos asadores de Carvalho, el fuego, como si jugara sádicamente a asar y no asar. Sobre un asador las brasas y las parrillas se aplicaban a otras bestias y a la nomenclatura de la más implacable autopsia que Carvalho deduce de los comentarios ajenos: vacío, entraña, chinchulines. Una veintena de personas contemplan el espectáculo de los que manipulan las carnes sobre el asador, forman grupos o deambulan por el jardín de una casa de campo en una de las miles de las afueras de Buenos Aires. Tiene una cierta belleza de jardín abandonado, y sin saber por qué a Carvalho le recuerda más una de las dachas de la campiña de Moscú tal como las había conocido en los años sesenta que una relamida segunda residencia a la española. La mayor parte de los reunidos viste como profesionales desenfadados que viven un fin de semana en la naturaleza libre y han sacado a sus hijos del almacén de niños para intentar recuperar el discurso del buen salvaje. Las conversaciones en cambio son algo tensas o, en cualquier caso, políticas, culturales, salvo algún guerrero que trataba de lucirse con el balón delante de sus hijos.

—Más cerca de los cuarenta que de los treinta. Edades. Alguno cerca de los cincuenta como Girmenich. La generación que empezó la lucha armada con el secuestro de Aramburu. Después la que vivió casi desde la adolescencia militante el impacto del golpe de Estado y el del Proceso. Toda la Argentina en armas te saluda, gallego.

Silverstein se ha acostumbrado a hablarle a la oreja como si fuera la voz en off exclusiva o simplemente imita el comportamiento de los malos en las tragedias de Shakespeare. Font y Rius también está entre los invitados, pero todos quedan eclipsados cuando llega un coche oficial con escolta del que desciende Güelmes. Un hombre rubio de ojos azules exclama despectivamente:

—Mirá, Güelmesito.

De nuevo los labios veloces de Silverstein y sus ojos diseccionadores.

—Ese que dijo lo de Güelmesito es Luis Barone, *Luigi* de nombre de guerra. Y fijate, ese otro, de mandíbula poderosa y ojos enfadados enojados, es Girmenich, uno de los primeros montoneros, de los del secuestro de Aramburu. Ése nos divide. Todavía hay algunos que lo tienen en el altar de los guerrilleros mientras que otros lo odian a muerte. Sigue siendo católico. Me dijeron que cree en la Virgen María.

—A Güelmesito no hay quien lo baje del coche oficial —comenta una mujer de ojos de diseño y nariz afilada y sensitiva a la que la habían presentado como Liliana Mazure.

—¡Y que le dure! Por lo menos reparte juego entre los viejos amigos.

—¡Era el rey de la goma dos! —informa Barone a Carvalho—. A él que no le pusieran una metralleta en la mano porque no ve tres en un burro, pero con los explosivos era una maravilla.

—¿Te acordás cuando volamos la comisaría? —apostilla un hombre tripón y con los ojos caídos de tan cansados.

Carvalho rehúye el encuentro con Güelmes paseando junto a Silverstein, que le va haciendo un resumen del encuentro.

—Mirá cómo vinimos todos, como boludos, a la convocatoria del reclamo de Alma y de los efluvios de un buen asado. El dueño de la casa tiene una biblioteca fantástica y es descendiente de Baroja, creo, ésta es una familia de la izquierda argentina de varias generaciones. ¡Barojita! ¿Querés enseñarle tu biblioteca al gallego?

Güelmes reparte saludos, apretones de manos, desde la camaradería pero también desde la seguridad que le da ser un hombre de Estado. Algunos se inclinan sarcásticamente para besarle la mano mientras le dicen reverentemente: señor Ministro. Silverstein evita ostensiblemente el encuentro mientras insiste en voz alta hacia uno de los que más afanosamente trajinan con el asado.

—Baroja, enséñale tu biblioteca a este gallego. Le encanta quemar libros y a lo mejor te resuelve el problema de los que no sabés dónde meter.

Baroja parece algo más joven que los demás, pero participa cómplice de la operación nostalgia y conduce a Carvalho hacia la casa después de limpiarse las manos con el mandil. Entran en la casona, asaltados por la presencia dominante de los libros. Un mausoleo de la literatura de izquierdas del siglo XX. Carvalho coge los libros de Gramsci, de Howard Fast, de Wright Mills, de Habermas, de Adorno como si fueran especies protegidas y luego los devuelve a su sitio original cuidadosamente.

—Es como un paraíso de izquierdas para lectores entre los setenta y los cuarenta años —dijo Carvalho—. Desde Lukács hasta Marta Harnecker.

—Es que mi padre ya era rojo. En realidad todavía lo sigue siendo, siempre fue de la izquierda peronista. Amigo de Walsh, de Gelman, de Urondo. Yo era muy chico en el 76, pero miraba a toda esa gente del jardín como a mis hermanos mayores. Unos héroes.

—¿Y ahora? —pregunta Carvalho.

Es Silverstein quien contesta por Baroja:

—Nos quiere como se quieren los mejores recuerdos de infancia, incluidos los juguetes y los terrones de azúcar.

—¿Raúl? ¿Vendrá a la fiesta? —pregunta incisivo Carvalho.

—El momento de Raúl ya va a llegar. Alma me explicó los objetivos del encuentro.

Desde una ventana contemplan la vida en el jardín. Desde allí varios dedos se alzan acuciantes para caer sobre los relojes de pulsera. Tienen prisa.

—El asado espera y algunos quieren volver temprano a Buenos Aires. Hoy juega Boca contra Independiente. Yo únicamente tengo libros. Ni siquiera puedo ofrecerles una televisión. ¿Es su primer asado? Es algo más que una comida. Es un rito sofisticado y derivado de la voluntad del pionero, del gaucho, de sobrevivir comiendo toda la carne que podía. ¿Conoce los cortes de la carne argentina?

—Alguno. Érase una vez un restaurante argentino en Barcelona bastante bueno: La Estancia Vieja. Lo llevaban un tal Cané y Marcelo Aparicio. Pero con los cortes aún me hago un lío. No paso del bife de chorizo y el asado de tira.

—Amigo, progrese. El *bife de chorizo* es un bisté de la costilla, cercana ya a la nalga. El *bife de lomo* es lo que ustedes llaman el solomillo, y el *de costilla* es la parte fina del lomo con hueso. Después está el *vacío*, muy sabroso, es la carne de la ijada y la *entraña*. Pero un buen asado debe tener *chinchulines* o intestinos delgados y mollejas, lo que nosotros llamamos las achuras y ustedes casquería o despojos. Las morcillas. Tenga. Le regalo un ejemplar de *Manual del asador argentino* de Raúl Murad.

—¿Para qué se lo das? Lo va a quemar.

—Los libros que sirven para algo no los quemo.

En el jardín ya empiezan a comer. Durante cuatro horas Carvalho tiene tiempo de observar la morosa dedicación de los comensales a saciarse de proteínas, el mismo entusiasmo en los adultos que en los niños, ni siquiera las mujeres disimulaban como en Europa su voracidad a la hora de comerse animales muertos. El encuentro le recuerda a Carvalho las comilonas populares al aire libre que en cada lugar de España requieren coartadas sagradas diferentes al servicio de la memoria de la relación entre el hambre y la abundancia. Importantes restos de carnes, empanadas y ensaladas sobre la mesa, varias botellas a medio vaciar.

—Un asado se mide por lo que sobra, no por lo que se come.

Le informa Alma cuando ya la locuacidad de sobremesa cruzaba las conversaciones:

—Decime, Font, ¿cómo van los locos de tu clínica basada en los principios de la antisiquiatría? —pregunta un hombrón con mostacho—. Últimamente me dijeron que aceptás hasta a esposas ricas de maridos pobres que quieren incapacitarlas para quedarse con su patrimonio.

—Sobre todo para quedarse sin su mujer —responde Font y Rius imperturbable y añade—: O tomátelo como un recurso revolucionario. Le quito los bienes a las ricas para dárselos a sus maridos si son pobres, o viceversa. ¿Vos no hacías lo mismo en el exilio falsificando tarjetas de crédito Visa Oro?

Barone informa a Carvalho que el hombrón había surtido a medio exilio argentino de electrodomésticos por el procedimiento de falsificar tarjetas de crédito de ricos del norte. Ríen la historia más los hombres que las mujeres y una de ellas se encara con Font y Rius.

—¿Tan machista sos que en tu clínica no aceptás a herederos ricos?

—Estadísticamente hablando, solamente acepto a una minoría, lo confieso.

—Lo decía para mandarte a mi marido.

La cucharilla de Alma repica sobre una copa.

—Ha sido hermoso volvernos a encontrar, de lo que se trata es de llegar hasta Raúl Tourón antes que los que lo persiguen. Algunos de ustedes ya saben que anda por acá. Tendríamos que unirnos para protegerlo.

Font y Rius permanece cabizbajo, Güelmes interesado pero distante, Silverstein observando las reacciones de todo el mundo. Rostros de jugadores de póquer en algunos. Otros emocionados mientras suena la voz de Alma.

—Todos saben que Raulito consiguió salir del infierno. Y muchos años después volvió de España. Nadie sabe qué busca, si a la hija desaparecida. A lo mejor lo que busca es rehacer su vida, como nosotros, pero por el momento se esconde. Se persigue él mismo y le persiguen algunos servicios de información que le robaron una de sus patentes y no quieren que la reclame. Sería muy complicado explicarlo ahora. Cualquiera de ustedes que sepa algo... Hay que encontrarlo antes que los hombres del Capitán.

Algunos rostros empiezan a traducir alarma. Los de Güelmes y Font y Rius tensión. Varias voces preguntan: ¿pero todavía actúa ese verdugo, ese hijo de una gran puta? Alma prosigue.

—Sí, todavía actúa. También hay otro perseguidor. Un policía del sector, vamos a llamarle, profesional, de los que creen en las leyes, en la democracia formal, en la separación de poderes.

—¡Dios ha muerto, Marx ha muerto, Montesquieu ha muerto, pero a los imbéciles no hay quien los mate! —grita Silverstein patéticamente.

—Lo ideal sería que su primo, este gallego... —continúa Alma señalando a Carvalho.

—¡El gallego enmascarado! ¡El gallego oculto! ¡El gallego esencial! —vuelve a interrumpir Silverstein.

—Es de confianza —remarca Alma—. Al menos para las personas en las que yo confío. Por favor. Si Raúl ha recurrido a ustedes, lo ideal, repito, sería que su primo se lo llevara a España.

Silverstein se sube a una mesa a costa de pisotear algunos restos de asado. Declama:

—Un hombre oculto podría estar en cualquier sitio. Pero no pensemos en los que vinimos, sino precisamente en los gloriosos ex combatientes de la inacabada, pendiente revolución peronista que no han venido. ¡Vamos a acordarnos de ellos!

Silverstein se sirve un poco más de asado de entre los restos próximos a los que estaba pisoteando. Carvalho bebe como si tuviera una extraña sed.

—¿Alguien se fijó en que no ha venido Honrubia? —dice Barone.

Algunos silban, otros se ríen.

—Ése está en plena luna de miel y desvalijando, esta vez sin metralleta, a la familia Brucker. Vos lo conociste bien, ¿no Girmenich?

Girmenich apenas si ha hablado, pero a su alrededor se ha producido durante todo el asado una mezcla de acercamiento y lejanía, como si cada uno de los presentes tuviera un expediente diferente con el más histórico de los montoneros.

—Conocernos en aquellos años no quiere decir conocernos realmente.

—¿Todavía sos católico, Girmenich?

—Todavía.

—Y creés en la Virgen María.

—Sí.

—¿Y en la lucha armada?

Es Barone quien le pregunta, tal vez tratando de llegar al choque dialéctico. Girmenich no le contesta a su última pregunta, pero sí una mujer pálida, de piel tan transparente que se le veían las venas.

—Si la ganamos sí. Creo en la lucha armada. Si la perdemos... Ellos nos la ganaron. Y de qué manera.

—¿Todavía no te reconciliaste, Celia? ¿Los matarías? —preguntó Barone.

—Con estas manos.

La noche empieza a sentirse segura de sí misma. Conduce Barone. A su lado Carvalho entre el sueño etílico y la escucha de lo que cuenta el conductor, pero ha tenido tiempo de pedir que le acompañara hasta un club nocturno llamado El Salto.

—Es un club de putas.

Barone se vuelve por si Alma había escuchado su comentario, pero la mujer dormita, también Silverstein permanece entre el sueño y el duermevela. Barone sigue obsesionado con Honrubia.

—La referencia a Honrubia no fue inocente. Fue un destacadísimo montonero que tenía la cabeza a precio porque entre otras hazañas secuestró a los hermanos Brucker, herederos de la más alta oligarquía. Después se exilió y estuvo en medio mundo, siempre radical, con el fierro a mano, dispuesto a realizar la revolución pendiente. —Se echó a reír—. ¡Honrubia era un tipo macanudo! Después vuelve, se pasa un tiempo en la cárcel para compensar el juicio de payasos contra Videla y los otros, sale. Menem le da un cargo importante, lo echan porque se llena los bolsillos demasiado rápidamente y de pronto se anuncia su boda con una señorita Brucker, una hermana de los que había secuestrado a la que le lleva veinte años. Y no solamente se casa con ella sino que consigue apartar a sus hermanos del negocio familiar y ya es casi el gerente absoluto.

Alma se ha despertado y se inclina hacia los dos hombres.

—Manejá despacito, Luis. Éste es el país con más accidentes de tránsito de América.

—Tenemos otros récords: las más altas tasas de suicidios, de divorcios, de consumo de gaseosas y de desodorantes. No nos gusta oler bien, sino no oler. Le decía a tu amigo que Honrubia se situó muy bien. Demostró ser un buen negociador.

—La militancia nos hizo eficaces, trabajadores, cínicos, y el fracaso, pragmáticos. Por eso después triunfamos en los negocios. Bueno, los que se metieron en el mundo de los negocios.

Barone cabecea dubitativo.

—A pesar de todo tengo la sensación de que todos estamos instalados en la provisionalidad, como si viviéramos una tregua entre la derrota y la victoria.

—Entre dos derrotas.

—Sos demasiado pesimista, Alma. Un vía volverá el tiempo de las cerezas, como en la canción de Montand. Nada puede arreglarse desde un solo país, desde el exclusivo voluntarismo activista. Pero un día u otro habrá que montar una nueva Internacional Revolucionaria.

Carvalho asiente y Barone cree que le da la razón.

—¿Estás de acuerdo, gallego?

—Me preocupan algunos detalles.

—Por ejemplo.

—Es imposible, hoy día, montar una internacional sin fax.

—Hasta ahí lo sigo.

—¿Dónde instalamos el fax? Ya no se puede en Moscú, ni en La Habana, sería suicida instalarlo en Trípoli o en Teherán. ¿Dónde instalamos el fax, señor...?

—Barone.

El coche se detiene ante El Salto, en neón verdirrojo, como todos los rótulos de puticlubs de la galaxia.

—¿El asado te provocó deseos sexuales? —pregunta Alma.

—Los investigadores privados tenemos extraños compañeros de asado y de cama.

Carvalho saluda. Al salir da un golpe con la portezuela que despierta a Silverstein y se dirige hacia la *boîte* con las piernas aplomadas por el alcohol y las proteínas. En la puerta le llega el comentario de Silverstein con medio cuerpo fuera de la ventanilla.

—Quién lo iba a decir. El gallego tiene sexo.

El Salto es un puticlub como todos, con chicas de alterne, escasas luces, música estridente y el inevitable travestí brasileño que es la más guapa de todas.

—Me afeito tres veces al día —espeta el brasileño a don Vito cuando se siente desdeñado después de diversos intentos de pegar la hebra.

Don Vito permanece acodado en la barra, abrumado por el ruido y las luces, pero guiña el ojo a todas las chicas que hay a su alcance. Cuando Carvalho le pone la mano sobre el hombro se vuelve y le expresa su alivio.

—Dios me libre y me guarde. Ya era hora. Tengo las orejas llenas de esta mierda. Me voy a casa corriendo a ponerme tangos de Libertad Lamarque. Son los más sedantes. Voy a perderme el partido Boca-Independiente.

Carvalho contempla al personal femenino, sigue las miradas libidinosas de don Vito tratando de adivinarle los gustos.

—No parece pasarlo tan mal.

—La música tan fuerte provoca impotencia. Fijesé en aquel hombrón que está junto a los baños. Lo llaman el Guapo y es el que corta el bacalao y lo que haya que cortar aquí dentro. No tengo edad para tirarle de la lengua.

Don Vito se pone el sombrero, saluda a Carvalho dándose un suave toquecito en el ala y se va, pero camino de la puerta se inclina ante la cigarrera en *topless* y le dice:

—Si me das las bombachas que llevás puestas te compro media docena.

No da tiempo a que reaccione la muchacha y sigue su camino hasta la calle. Ante un whisky con hielo Carvalho ve de refilón cómo el Guapo se acerca al cajero y le comenta algo.

—¿Y qué querés hacer: meterte para dentro para ver si se pincha? No la armés —le aconseja el cajero.

El Guapo parece difícil de contener. Es igualito que Gabriela Sabatini. Carvalho le aborda.

—¿Mucha drogata?

El Guapo va a contestar chulescamente pero nota en la mano un billete de cincuenta dólares que le ha dejado Carvalho fingiendo que iba a estrechársela.

—¿Detective privado? Cana no sos porque la cana no paga.

—Sociólogo —aclara Carvalho.

Queda el Guapo desconcertado y Carvalho se aprovecha de la sorpresa.

—¿Qué sabe de la *topless* asesinada?

—Ya dije lo que la policía quería que dijese. La chica tenía nombre. Se llamaba Carmen Lavalle.

—¿Pascuali es el que lleva la investigación?

—¿Lo conoce?

—El inspector Pascuali y yo somos como hermanos. Ya sé que usted le dijo que se trajinaba a la *topless*.

—No hay chica por acá que no haya pasado por mí —contesta orgulloso el Guapo—. Pero yo no soy un buitre. Tengo mi ética. Aunque me la cogiera de vez en cuando, sabía que esa chica era diferente. No lo hacía por gusto. Cumplía y eso era todo.

162

Carvalho estudia al chulo tratando de controlarlo a distancia pero él no le cede tiempo de reposo.

—Estudiaba latín.

—¿Latín?

—Latín.

Carvalho le pone otro billete de cincuenta dólares en la mano.

—Seguro que usted sabe la dirección del profesor de latín. Por cierto, ¿no será usted hermano de Gabriela Sabatini? Se le parece mucho.

El Guapo le escribe la dirección sobre una servilleta de papel y Carvalho confirma que el movimiento se demuestra huyendo, al menos del puti club. En un barrio venido a menos, y en una escalera en la que no hay ni portero automático ni portero humano, Carvalho busca el nombre de alguien entre los titulares de los buzones. No lo encuentra. Tres apartamentos no ofrecen el nombre del propietario en el indicador. Mira escaleras arriba. Baja una mujer difícilmente, como si le dolieran los pies, y lleva un viejo aparato de radio metido en una cesta.

—¿Quiere que la ayude? ¿Le duele a usted algo?

—Tengo demasiado cuerpo para tan poco pie.

—El pie pequeño es síntoma de la delicadeza de espíritu.

La mujer está muy contenta de sus pies, se los mira.

—Usted quizá pueda decirme en qué piso de esta escalera hay un profesor de latín.

La mujer arruga la nariz. Contempla a Carvalho todavía con aprecio, pero en sus ojos se ha instalado el disgusto.

—En la escalera lo llaman la peste. Parece que está peleado con el jabón y por si eso fuera poco está rodeado de gatos. De su departamento sale un olor asqueroso.

—Dios mío. Cómo es posible. Un sabio. Un latinista.

—¿Un lati qué?

—Un latinista. Una eminencia en el habla de los antiguos romanos.

—Espero que hablaran mejor que los de ahora. Mi marido es hijo de italianos, de Roma, y le salen alacranes por la boca. El profesor vive en el tercero segunda. Si toma el ascensor tenga cuidado, no vaya a caerse por el agujero que tiene casi en el medio.

La mujer le da la espalda en un avance quejumbroso. Carvalho sube la escalera cuidadosamente, sin otra iluminación que la filtrada por los ventanucos que comunican con el patio interior. Llega ante la puerta y pulsa el timbre frunciendo la nariz. La peste es espantosa y del interior le llegan maullidos desesperados. Nadie responde. Prueba a abrir con la tarjeta de crédito. Es una cerradura demasiado antigua y necesita ensayar con varias ganzúas hasta que la puerta se despega más que se abre. Un pasillo por el que avanza contra él una manada de gatos. Algunos salen a la escalera, otros se frotan contra los pantalones de Carvalho. El pasillo es breve. Las habitaciones a él abiertas compiten en suciedad y desorden. Desemboca en una cocina-comedor, cacharros en la fregadera con restos viejos de comida no identificable. Toda la vajilla de tercera mano o de tercera vida. Abollada. No muy limpia. Una mesita-comedor con hule. Estanterías en todas partes con libros viejísimos. Estanterías incluso en la cocina, con los libros ahumados y grasientos. Carvalho abre la ventana para respirar. Luego se vuelve convocado por un olor dominante. Avanza hacia una puerta entreabierta. El cadáver del profesor está sobre la cama, con los brazos y las piernas en aspa. Ya no le queda sangre, convertida en una película seca sobre la manta y el suelo. Un gato sigue a su lado lamiendo la sangre seca. Amarillo en vida, más amarilleado por la muerte y la sangría, la cara ha empezado a macerarse. Carvalho abandona la contemplación del muerto y se entrega al examen de los cajones de su despacho. Una confusión de papeles y objetos, incluso medio bocadillo enmohecido, un cuaderno sobre el que se había escrito con letra morosa: relación de alumnos. Carvalho se mete el cuaderno debajo de la camisa y sigue su inspección. Libros, fotografías antiguas de gente probablemente muerta o ya viejísima, pero Carvalho tiene que volver la cabeza cuando oye una voz a sus espaldas.

—Siempre busca lo mismo que yo.

La voz de Pascuali. Carvalho se vuelve aparentemente tranquilo.

—Esta vez he sido tan amable que le he abierto la puerta.

Una hora después el piso se ha convertido en un lugar de reunión de la mitad de los policías de Buenos Aires. Carvalho arruga la nariz y se encara con Pascuali y su media mitad, Vladimiro.

—Prefiero que hablemos fuera, si no le importa. Este olor nos va a impregnar durante semanas.

Pascuali también se defiende del hedor con la nariz arrugada y los dos de acuerdo seleccionan un bar con carácter, con jugadores de billar al fondo, la inevitable madera en los revestimientos, y señores que parecían de cualquier período de entreguerras, pulcros, lustrosos y bien vestidos que comerciaban o parecían comerciar. Pascuali pide un batido y Carvalho un oporto.

—¿Pueden beber batidos en horas de servicio?

—No se relaje, gallego. No se tome confianzas.

Lo quería ver lejos de Buenos Aires y resulta que abrió una oficina de detectives.

—Me limito a ayudar a mi jefe, Vito Altofini.

—Otro chanta. Un manguero que tiene de detective privado lo que yo de bailarín clásico. ¿Ya no busca a su primo?

—Se ha escondido muy bien. ¿Sabe usted si el Capitán aún le busca?

Pascuali se inclina amenazadoramente ante Carvalho.

—Yo soy un funcionario público. No creo en los detectives privados como usted. Ni en los servicios paralelos como los del Capitán.

—Lo tiene mal en este mundo, en este siglo. En el futuro, toda la policía será privada y todos los Estados mafiosos, llenos de servicios paralelos, fontaneros de mierda, especialistas en cloacas.

—¿Quién lo metió en el caso del *topless* y su profesor de latín? ¿El novio de ella? ¿Ese otro fugitivo? Un cheto de buena familia que debe de estar escondido bajo las polleras de alguna tía solterona de su mamá.

—¿Por qué estudiaba latín una *topless*?

—A lo mejor quería hacerse monja.

—La respuesta no está a la altura de su clase, señor Pascuali.

Pascuali parece que se le va a echar encima, pero recupera bruscamente la serenidad.

—Pasemos al otro hombre oculto, su primo. No tan oculto. ¿Le interesa Alma?

—¿En qué sentido?

—Un hombre, una mujer.

—Tengo novia fija, en España.

—¿También detective privado?

—No. Era puta, puta de esas de teléfono. Pero luego le entró la depre, se quedaba sin clientes por lo del sida. Envejecían los amantes fijos, yo mismo ya no era el que fui. Se fue. También la busco. Buscar personas es el signo de mi vida.

—No me extraña nada que su novia fuera puta. Pero Alma tampoco es trigo limpio. Visita con frecuencia su casa, cena con usted, van a escuchar tangos y a Silverstein y después recibe a su cuñado, a Raúl Tourón. Pasan la noche juntos.

—¿Completaba usted el triángulo?

—Tengo una fuente de información segura.

—¿Y cómo dejó que se le escapara? No hay nada tan indefenso como un hombre en pelotas y en la cama.

Pascuali no puede contenerse y lanza un puñetazo por encima de la mesa que da en plena nariz de Carvalho. Mira luego a derecha e izquierda por si alguien le ha visto.

—El puñetazo se lo dio el hombre, no el policía.

Carvalho le devuelve el puñetazo, que se estampa contra la nariz del policía. Pascuali se la toca. Mana sangre, como de la de su oponente.

—¿Sabe que lo puedo encanar diez años por lo que hizo?

—El puñetazo se lo he devuelto al hombre, no al policía.

Pero Pascuali le había dado más plenamente y desde esa satisfacción deja que el detective se marche. Le duele la nariz y el alma, a través de los conductos secretos que unen las narices con las almas. Ya en casa los dedos se le mueven sobre el dial del teléfono; sin control convocan el número de su despacho en las Ramblas.

—¿Biscuter? Sí soy yo. ¿Todo va bien? ¿Recibiste el dinero de mi tío? Dile que todo va bien, que mi primo está a tiro, pero que, en fin, complicaciones técnicas. Que Raúl está bien de salud. Pues he cenado... unos calamares en su tinta. Sí, en Buenos

Aires hay calamares y argentinos deprimidos, sí, sigue lleno de argentinos deprimidos y policías paranoicos. Siquiatras, también. No se han exiliado todos a Barcelona. ¿Charo ha llamado? ¿No ha dicho esta boca es mía? ¿Qué te has hecho para cenar? ¡Una tortilla de *fredolics*! Charo, no ha llamado, ya. ¿Barcelona qué tal? ¿Y las Ramblas?

Carvalho, empequeñecido, agarra el teléfono como si de pronto todo su entorno se hubiera agrandado, en medio de una inabarcable sensación de soledad y de la abarcable impresión de que Pascuali le había roto la nariz.

La casa estilo nostálgico inglés emergía de un césped impecable, mobiliario de jardín del Edén, una barbacoa sin duda producto de un diseño no por debajo de Foster, comensales que visten con elegancia gauchesca como si posaran de gauchos Giorgio Armani para un asado libre en la naturaleza libre, contrarrestado los aromas de la carne carbonizada con dosis equidistantes de Must de Cartier las gauchas y Opium los gauchos. Carvalho desciende por el talud de césped y se aproxima a los bebedores de aperitivos y desganados degustadores de canapés servidos por camareros disfrazados de camareros gauchos ricos, mientras esperan el asado.

—Nos descubren a nosotros o a cualquiera de nuestros hijos con cien gramos de cocaína y salimos en la televisión como criminales. Descubren al Pelusa ciego de coca y lo convierten en un mártir nacional. Ésa es la demagogia peronista. ¿No le parece a usted? —escucha Carvalho de los labios de una rubia dama bien conservada arengando a dos atentos caballeros, uno de ellos el Capitán, que viste también de asado de lujo.

El Capitán contesta cortésmente:

—La política siempre es demagogia.

—Usted que fue un hombre de armas y uno de los más inteligentes defensores del Estado.

Le habla un senador que parece haberlo sido desde que nació.

—¿Fue? ¿Quién dice que no siga siéndolo? Quien tuvo retuvo —objeta la dama.

—Son ustedes muy amables.

—Bueno, usted, que es un hombre de acción, y al mismo tiempo desde los servicios de información, sabe más que nadie qué quiere decir hacer política. ¿Se puede hacer política sin caer en la demagogia? —pregunta el probable senador.

—Si le digo que no, me expedientan.

Ríen, el Capitán saluda y pasa junto a Carvalho, que le da la espalda, y marcha en dirección contraria, como si fuera al encuentro de un ricacho disfrazado de mariscal del ejército de Rosas, orador ante un grupo variado y rumiante de canapés.

—Los radicales siempre han robado con la mano izquierda, pero los peronistas con las cuatro manos.

—¿Cuatro manos, Brucker? —pregunta un interlocutor.

—Che. ¿No comprendés que son primates? ¿Que acaban de bajarse del árbol?

—¿Se lo decís a tu yerno, que fue más peronista que Perón?

—Pero fue a los mejores colegios y es de una excelente familia —contesta Brucker.

—¿Busca usted a alguien? —pregunta un criado a Carvalho rompiendo su estatuto de escucha invisible.

El criado disuasorio, respaldado por otros dos criados disuasorios, interrumpe el camino de Carvalho, ante la curiosidad de un par de corrillos que se aprestan a contemplar la escena.

—No queremos periodistas ni mirones.

—Repito que el señor Honrubia me ha citado.

—Aquí hay un tal... —El criado consulta a través de un walkie-talkie.

Carvalho le tiende la tarjeta, donde dice «Altofini y Carvalho. Detectives Asociados».

—Un tal Altofini-Carvalho.

Recibe órdenes benévolas y cachea a Carvalho.

—Siga esa vereda hasta llegar al lago, el señor Honrubia lo está esperando en el embarcadero.

El Capitán contempla lo sucedido a distancia. No pierde de vista la marcha de Carvalho por la vereda hacia el estanque y el embarcadero. Un hombre corpulento está sentado sobre la pasarela y contempla las aguas como si le tentaran blandamente a un suicidio blando o como si ocultaran a un ahogado que sólo él ve. A medida que se acerca Carvalho aumenta el corpachón del hombre y su cara de perro triste.

—¿El señor Honrubia?

Honrubia estudia a Carvalho. La melancolía se vuelve recelo.

—¿No le gustan los asados? Lo veo muy solitario.

—¿Es usted de la revista *Gourmet*?

Carvalho le tiende la tarjeta.

—Ya me habló Alma. ¿Cómo está Alma?

—El otro día fuimos a un asado con Girmenich, Silverstein, Güelmes, a casa de los Baroja.

—Qué colección de dinosaurios. ¿Sabe usted por qué se extinguió el dinosaurio? Es un chiste. Un chiste ruso. ¿No lo sabe? El dinosaurio se extinguió porque era un dinosaurio.

170

—Los dinosaurios recordaron aquellos tiempos en que usaban el «fierro» y la goma dos, hablaron mucho de usted.

—Mal. Seguro. Yo soy el traidor que se casó con una señorita de la oligarquía contra la que luchábamos.

—Me pareció que era usted profundamente envidiado. Se ha casado con la hermana de una persona que usted secuestró cuando era montonero y está a punto de que le nombren administrador general de las empresas de su suegro.

El corpachón se alza. Un brazo se mueve hacia Carvalho. Puede ser amenazador, juega a serlo, pero finalmente se posa sobre los hombros del recién conocido y le invita a caminar en dirección a la fiesta.

—He sido guerrillero, exiliado, muerto de hambre en el exilio, atracador, alto funcionario corrupto, cesado y ahora soy un oligarca. Pero soy fiel a aquellos versos de Pavese: «El hombre que ha estado en la cárcel vuelve a la cárcel cada vez que muerde un pedazo de pan.»

Está casi emocionado, se pasa una mano por los ojos y señala a los que esperan el asado.

—Fijesé. Todos posan para la revista *Caras*. Si no existiera la revista *Caras*, esta gente no existiría. Parecen monos y hablan como monos desclasados. El que fue montonero lo sigue siendo en el fondo de su corazón, toda la vida. El que luchó a favor de la Historia nunca pierde esa identidad.

—Güelmes dice lo contrario.

—Ése nunca fue montonero. Ése es un mierda.

Una muchacha joven y controladamente atractiva corre hacia ellos.

—Antes de que llegue mi mujer, ¿qué quiere usted de mí?

—Busco a Raúl, a Raúl Tourón.

Ya no hay melancolía en la cara de Honrubia. Simplemente recelo. La muchacha se cuelga cariñosamente del brazo del hombretón y los tres se aproximan al escenario del asado. Llegan en plena elucubración filosófica de Brucker y sus invitados.

—El asado sigue siendo cosa de criados. Una cosa es la estrategia y otra la realización.

—En cambio a mí me encanta ponerme los guantes de amianto y asar, asar, asar.

El señor Brucker proclama:

—¡Los corderos los controlo yo! ¡Nadie les da el toque que yo consigo!

Algunos invitados asienten, complacientes.

—¡Nadie asa los corderos como papá! —exclama la mujer de Honrubia, y el marido corrobora, otra vez con la cara de perro triste. Carvalho, Honrubia y su mujer siguen a los invitados al lugar donde se asaban los corderos. Cinco cristos, en cruz de aspa, como crucificados ante las brasas.

—*Agnus Dei tolis pecata mundi!* —reza Honrubia.

—¡Hasta sabés latín! ¿Qué dijiste? —pregunta su mujer entusiasmada.

—¡Cordero de Dios que quitas los pecados del mundo! —salmodia Honrubia con rostro de profeta bíblico.

—*Ora pro nobis* —secunda Carvalho.

Atardece especialmente para Honrubia y Carvalho sentados en el salón-biblioteca, en sillones de una confortabilidad riquísima, de los mejores cueros de las mejores vacas. En la chimenea arden los mejores leños de los mejores bosques de Misiones o

Bariloche. En cambio Honrubia bebe un llenísimo vaso de whisky malo. Carvalho también.

—¿Qué le hace pensar que yo pude haber escondido a Raúl?

—Ustedes son dueños de media Argentina.

—Exactamente de un cero, coma, cero, nueve de Argentina.

—No está mal, teniendo en cuenta lo que les toca a los demás argentinos.

—Algún día estas casas arderán y todo este mundo se caerá. La revolución es inevitable. El mundo no puede seguir dividido entre una minoría de gentuza como nosotros y millones de muertos de hambre.

—Mientras tanto...

—Mientras tanto —interrumpe Honrubia—, yo pensaba que este whisky era excelente hasta que usted me ha dicho que no. Usted es de los pocos que saben apreciar un buen malta, por lo que veo, y éste no lo es.

—Ni siquiera es un malta.

—¿Es usted subversivo?

—Lo fui. Ahora me limito a beber y fumar todo lo que puedo, y de vez en cuando quemo libros.

Honrubia le señala toda la biblioteca.

—Queme lo que quiera. Son de mi suegro o de su padre o de su abuelo. ¡Qué importa! Nunca leyeron nada.

—¿De verdad puedo?

El propio Honrubia predica con el ejemplo. Se pone de pie, coge un libro evidentemente caro y lo tira a la chimenea. Carvalho le imita y Honrubia continúa la cadena incendiaria. Al rato, una humareda de incineradora de media cultura occidental sale por la chimenea de la biblioteca. Varios criados guiados por el señor Brucker e invitados residuales penetran en la habitación. Se la encuentran vacía, pero algunos libros arden en el hogar todavía.

—Menos mal. Solamente son libros —dice Brucker.

La primera sonrisa que recoge es la del Capitán.

Carvalho sigue mientras tanto a Honrubia por las escaleras que conducen al sótano-bodega, donde le conmueve una espectacular colección de botellas.

—Hay botellas de Burdeos de 1899. Para mirarlas, no para tomarlas.

Honrubia busca una portezuela y sale al jardín. Un caminillo conduce a un viejo, pequeño palacete belvedere.

—Mi estudio. Un lugar sagrado.

Caminan hacia él y nada más traspasar el dintel Carvalho cree haber accedido a otra dimensión. En las paredes, pósters revolucionarios (Evita, el Che, Castro), libros, pasquines y armas en una vitrina. Honrubia ordena a Carvalho que se siente y él desaparece por una puerta. Carvalho dedica una cierta ironía a la escenografía. También hay un telescopio para contemplar las estrellas por una cúpula de cristal que se abre en el techo en el momento en que Carvalho se acerca al aparato. El cielo estrellado. Un ruido a sus espaldas. Carvalho se vuelve. Honrubia y Raúl le están mirando.

—Diez minutos —advierte Honrubia antes de retirarse.

Raúl permanece de pie, Carvalho sentado. No hablan durante segundos.

—¿Cómo está mi padre?

—Sobrevive porque te espera.

—Es una cuestión patrimonial. El viejo tiene miedo de que mi tía y mis primas le chupen la sangre. Yo también le chupé la sangre toda la vida.

Conseguí llegar a lo que fui gracias a él y lo perdí todo sin contar con él. Ahora ya es tarde.

—Todo sería más fácil si volvieras a España conmigo.

—Todo sigue siendo difícil. Descubrí que soy argentino. En España me sentía como un sudaca, ¿no nos llaman así? Aquí, en algún lugar, está mi hija. A Alma ya renuncié. Aquí está mi pasado, mi nostalgia. En España no tenía futuro y había perdido el pasado.

—No sólo te busco yo. El Capitán. Pascuali. Con Pascuali puedo pactar que te deje salir del país.

—Me bastaría sólo con una cosa: que me dejara vivir aquí, no salir. La búsqueda que más me preocupa es la tuya. Vos sos el que más miedo me das. Sos un salvador. Me querés salvar de mí mismo.

—Soy un profesional. Cobro por devolverte a España.

—Busco a mi hija. Estoy en el buen camino.

Raúl lo estudia para finalmente decir:

—Dentro de dos semanas se celebra un asado familiar.

—¿Otro asado?

—Todos los asados son iguales y a la vez diferentes. En casa de un tío segundo mío, en Villa Flores. Un primo de mi padre. Ahí no me encontrarás a mí. Pero tendrás mi respuesta definitiva. Tampoco me encontrarías aquí. No puedo seguir por más tiempo aquí; por lo tanto no te empeñés en volver. —Le tiende un papel—. Es el lugar para la cita definitiva o para la despedida definitiva.

Carvalho se aleja de la casa de Brucker dentro del Mercedes más lujoso de todos los Mercedes. Un chófer uniformado aprieta un mando a distancia y la potente puerta de hierro forjado de la residencia

Brucker se despliega abriéndoles el horizonte. Ya fuera del jardín del Edén, el chófer pregunta:

—¿Le gustó el asado, señor?

—Excelente.

—Cada asado es diferente. Yo lo hago en el patio de vecinos, todavía vivo en uno de los conventillos que quedan, siempre que tengo libres los domingos. Es lo que más me tranquiliza, es sedante, te devuelve a la verdad de la vida: matar, comer.

Carvalho contempla el cogote del chófer con curiosidad.

—¿Usted también fue guerrillero?

—Muy de la base, sí, señor. Yo estudiaba en una academia de mala muerte de Barracas y fue ahí donde me reclutó el señor Honrubia. Ha metido a muchos viejos compañeros a trabajar aquí.

—Preparando la revolución pendiente —dice para sí Carvalho—. Los Brucker no saben lo que les espera.

Varias motocicletas merodean en torno a los muros de la casa. Finalmente se concentran ante una de las entradas. Bajan los conductores sin perder el casco, ni la máscara. Los dos guardianes encargados de proteger aquella puerta no los hostigan. Uno de ellos incluso la abre después de pulsar una clave de alarma.

—La desconexión cubre únicamente la zona que rodea el estudio del señor Honrubia —comunica el guardián.

Los motoristas asienten. Se distribuyen en torno al palacete de Honrubia, del que se filtran rayas de luces interiores. Uno de ellos mira por la ventana. Honrubia parece leer mientras los leños arden en la chimenea. También canta. Los motoristas rodean la casa. Mientras uno da una patada a la puerta otro se introduce en la estancia lanzándose contra la cristalera. En décimas de segundos los seis están encañonando a Honrubia, que sigue sin perder su cara de perro triste, aunque en los ojos se adivina un resto de inquietud. Dos de los invasores se meten en la otra dependencia y envían una señal afirmativa. Uno de los que encañonan a Honrubia le sigue. El cuarto de baño parece cohibir a los asaltantes, pero superan el síndrome de intrusos al ver corrido el bidé, y bajo él aparece lo que en principio podría ser un zulo. Las ametralladoras apuntan hacia el agujero. El bidé termina de girar, la boca del zulo se agranda. Una potente linterna revela todas sus vacías dimensiones. De regreso al salón el comando, una voz neutra ordena a Honrubia:

—Siga donde está durante un cuarto de hora. Sin moverse. Ni siquiera se asome a la ventana.

De retirada, el comando recupera la puerta donde aguardan los guardas jurados que les habían facilitado las cosas. Dos de los motoristas sacan una botella de las profundidades de sus monos de cuero, un pañuelo; las narices de los guardianes se adelantan a la espera de la sumisa cloroformización. Ya en el suelo las cabezas de los guardianes reciben culatazos, recuperan los asaltantes las motos y llegan hasta un coche oculto en el bosque. Al volante el hombre gordo. Uno de los motoristas se quita el casco y las gafas que ocultaban su cara. Es el Capitán.

—Ese guerrillero oligarca de mierda se ha librado de su compinche.

—¿Le apretó las tuercas? —pregunta el gordo.

—A veces parecés imbécil —dice el Capitán dejándose caer en el asiento trasero—. Es un Brucker postizo, pero un Brucker.

Carvalho tiene abierto sobre la mesa el cuaderno que se ha llevado del apartamento del profesor de latín. La escritura cuidada de la portada prosigue en el interior al servicio de anotaciones maniqueas sobre alumnos: los que pagan y los que deben. Los ojos de Carvalho unifican el grupo: Juan Miñana, funcionario de correos; Mudarra Aoíz, estudiante repetidor; Carmen Lavalle, bailarina y estudiante de filología clásica; Enzo Pasticchio, profesor.

—Por lo que pagaban, si no lo matan se hubiera muerto de hambre.

—Estos jubilados tienen una resistencia increíble —comenta don Vito sentado frente a Carvalho.

—Si usted los vio en la manifestación de delante del Congreso, algunos parecen esqueletos y lo son porque se alimentan casi de huesos. Otros son hermosos viejos bronceados por el sol de las manifestaciones, que broncea mucho. Algunos van con el tórax al aire presumiendo de la musculatura épica del trabajo. Pero la mayoría son supervivientes. Yo compro a veces en las carnicerías de mi barrio desde que me dejó mi quinta esposa y ahí ves a los viejitos: señora, pongamé doscientos gramos de carne de tercera, es para el perrito. ¿Comprende, don Pepe?

—Dividamos a la gente. Carmen Lavalle ha muerto. Usted a por Mudarra Aoíz y Enzo Pasticchio, yo Juan Miñana.

—Dos a uno.

—Yo sigo teniendo a mi primo. O mi primo me tiene a mí. A veces pienso que es él quien me está vigilando.

Como Alma acaba de entrar en el despacho, don Vito la suma al inventario.

—Y a su prima. Aquí tiene a su prima.

Carvalho contempla a Alma con una especial sorna que consigue sorprenderla, antes de pasar a desafiarle con la mirada. Don Vito capta el duelo.

—Este. Ya me iba. Estamos trabajando hasta aquí.

Se justifica ante Alma, la saluda mediante una ligera reverencia que ella secunda. Carvalho se dirige a la mujer y le muestra la silla de los clientes.

—Siéntese, por favor.

—¿Vamos a jugar al detective y a la cliente?

—Vamos a jugar.

Alma se sienta, cruza las piernas, contempla a Carvalho como a un objeto sexual y sentimental.

—¿Viene usted a encargarme que encuentre a su marido, perdón a su cuñado?

—Ése es su problema.

—Tal vez empiece a ser el suyo después de la estupenda noche de amor que pasaron en su apartamento la otra noche. Toda la noche.

Alma se levanta indignada.

—¿Me estabas espiando?

—Yo no. Pascuali sí, y Raúl se libró por los pelos de ser detenido.

—¿Y qué hay si estuvo en casa? ¿Tenía la obligación de decírtelo?

—Estuvo en tu casa la noche anterior al asado aquel de los cojones con los ex combatientes y tú cínicamente pediste ayuda para encontrarlo: «Hay que llegar hasta él antes que el Capitán.»

—No tratés de imitar mi voz. Yo no hablo como un maricón.

—Y me convenciste cuando afirmaste: «Lo ideal, repito, es que su primo se lo lleve a España.»

—¿Por qué te burlás? Lo ideal sería que te lo llevaras a España y vos te fueras con él. Cuanto antes.

Coge lo primero que encuentra sobre la mesa, un liviano dossier, y se lo tira a Carvalho. Se marcha, pero cuando él corre y la alcanza en la escalera, se deja atrapar.

—Fue tan triste. Fue como el final de una historia de veinte años que nunca existió. Le dije que lo mejor para los dos era que se fuera con vos.

—Para que me vaya yo también.

Ella sonríe algo desalentada.

—Raúl no sé si se irá, pero vos, gallego, un día u otro te vas a ir, con Biscuter, con Charo, a tus Ramblas. Tenés cara de hombre que tiene miedo de no poder volver a casa.

Carvalho parece incluso conmovido.

—Nunca he vuelto a casa. Y lo malo es que no recuerdo el momento en que me marché, ni de qué casa.

Alma le abraza intentando transmitir un abrazo cómplice.

—Desde cuándo. ¿Desde que eras chico? ¿Así? —Y calcula una estatura infantil de Carvalho.

—Te invito a cenar en un boliche sin luz y malísimo que queda a dos cuadras —dice Carvalho recuperando la entereza.

—Me lo pedía el cuerpo.

Carvalho se abre paso entre sacas, furgonetas, carteros, capataces, hacia la oficina del jefe de personal.

—¿Juan Miñana? Ya no trabaja aquí. Era novelista en sus horas libres. Ganó un premio literario importante y se fue a Europa. Tenía un tío en Europa. Antes esto estaba lleno de europeos y ahora todo el mundo quiere irse a Europa.

—¿Le conocía usted bien?

—Fue como un hijo para mí. Yo lo estimulé para que siguiera escribiendo, estudiando. ¿Qué es preferible: ser cartero o escritor?

—Lo de cartero es más seguro y, además, ¿qué sería de los escritores sin los carteros?

No le da tiempo para instalarse en el desconcierto.

—¿Sabe usted que estudiaba latín? ¿No le parece extraño?

—Se nota que usted no es escritor —dice el funcionario, que ya sumaba dos desconciertos—. ¿Qué iba a estudiar? ¿Quechua? Lo único que nos aportó el quechua es la palabra chinchulines. ¿Para qué es necesario el latín? ¿Usted cree que se puede escribir bien en español sin saber latín?

—¿Usted sabe latín?

—¿Si yo supiera latín cree que estaría aquí?

Carvalho no quiere molestarse en considerar el considerando del malhumorado padrino intelectual de Miñana y se va a la cita con don Vito, en el mismo escenario del primer encuentro.

—Es más seguro hablar aquí que en casa. Sospecho que está llena de micrófonos —dice Carvalho.

—Los ponen sólo por joder. Por pura morbosidad anticonstitucional. Los necesiten o no los necesiten.

—Balance —apremia Carvalho.

—Pero bueno, ¿por qué me agrede? A veces me parece usted más alemán que gallego. Va directo a las cosas. Hay que darle un poco la vueltita a las cosas, compadre —dice don Vito fingiendo bailar consigo mismo.

—Balance.

Don Vito se resigna.

—La *topless* muerta, el cartero novelista en Europa. Enzo Pasticchio es un profesor de latín de enseñanza media que trata de ganar un concurso para meterse en la universidad, y el chico Mudarra, eso, un chico, un chico extraño, hijo de viuda inválida, pasea todas las noches a su perro, *Canelo* se llama el perro; él, Mudarra, es una mezcla de nobleza y sordidez, rubio, elegantes gestos, pero se hurga la nariz sin respetar la presencia de extraños.

Se interrumpe ante el gesto de asco de Carvalho.

—No puedo soportar a la gente que se hurga la nariz en público.

—El profesor de enseñanza media es un todo terreno. Da clases en el instituto, en dos mil academias, y tiene la obsesión de la universidad. Se quedó calvo de tanto utilizar la cabeza para conseguir tan poca cosa. Nada notable pero...

—¿Pero?

—Mudarra me contó la causa de que hace algunas semanas abandonara las clases del profesor. Carmen Lavalle y el señor latinista estaban solos en su oficina. Profesor inclinado sobre Carmen, con las manos en los hombros mientras ella se concentraba en la lectura del libro que estaba sobre la mesa. Sospecho que el profesor la aconsejaba mientras sus ojos se descolgaban por el escote en busca de los valles perdidos entre los senos: lea más espaciadamente, recreándose en la emoción de Catulo. *Bebamus mea Lesbia atque amemus...*

—¿De dónde ha sacado usted esos versos?

Pero don Vito no quiere interrupciones y prosigue su monólogo:

—Carmen leyó el poema amoroso de Catulo y las manos del profesor pasaron a ser acariciantes. Carmen dejó de leer, se dio vuelta y en su cara había una expresión divertida. ¿Qué le pasa, profesor? ¡Los viejos también tenemos corazón!, contestó el latinista con expresión de lástima. ¿Se refiere usted al sexo?

—Don Vito, ¿está improvisando?

—Estoy ofreciéndole una situación en tres dimensiones y a dos voces. El anciano latinista opone: ¿por qué no? También tenemos sexo. Muy mal alimentado pero tenemos sexo. Carmen cierra el libro, se levanta, pone sus manos sobre los hombros del profesor avergonzado, con la cabeza gacha. Le alza la calavera con una mano. Carmen le besa la frente. Luego le da un beso apasionado sobre los labios. Cuando los rostros se separan el profesor parece confuso, casi aturdido. Carmen, entre risueña y divertida. En la puerta se enmarcan Pasticchio y Mudarra, que acaban de entrar y han presenciado asombrados el final de la escena. Entre alarmados y conmocionados. ¿Comprende? —pregunta don Vito, pero continúa, sin esperar respuesta—: Pasticchio es un hombre de principios, tiene seis hijos, ha sido seminarista, está en contra de los condones. Ni qué decir tiene que todos los hijos son de la misma mujer.

—¿Y Mudarra?

—No tiene músculo. Es como un muchacho sin músculo —dice despectivamente llevándose la mano a la bragueta.

Hace años que nadie ha extirpado las hierbas bordes, ni podado los árboles, ni mediado en el duelo entre ratas y gatos salvajes, pero la línea del cielo de la casa, más francesa que inglesa, sigue siendo hermosa, despegada del programa de vida que alguna vez albergó. Escalones de mármol hasta la puerta de madera repujada con llamador de bronce turbio que no es preciso utilizar porque la puerta se abre en cuanto Raúl apoya la punta de los dedos sobre ella y del amplio zaguán salen puertas y una escalera de mármol rosa iniciada en una estatua de ángel acogedor. Se filtra música por una de las puertas y hacia ella va Raúl, la abre y una llama sale en estampida perseguida por los gritos de un loro que se balancea en un trapecio.

—¡Me gustan las locas! ¡Me gustan las locas! ¡Me gustan las locas! —insiste el loro que sobrevuela la estancia llena de almohadones policrómicos distribuidos sobre el suelo y se posa sobre el hombro de un negro.

A su lado semiyace un hombre disfrazado de explorador fin de siglo XVII al menos, aunque Raúl se confiesa incapaz de adivinarle el siglo. También el negro viste como un negro fantasía de grabado romántico y es cariñoso el pase de su mano por la cabellera canosa y lacia del hombre blanco.

—¿Qué fue lo que lo asustó, el loro o la llama?

—Vengo de parte del señor Honrubia.

Se ríe el explorador y comenta con el negro:

—Si viene de parte de Honrubia, habría que registrarlo, no sea que vaya armado.

Raúl separa las piernas, alza los brazos, inclina la cabeza sobre el pecho resignado.

—No lo registrés, Viernes. A este hombre lo registraron demasiado a lo largo de su vida. ¿No se lo notás?

El negro tampoco se había movido y ahora contempla al intruso divertido mientras el explorador especula.

—Si usted es un amigo de Honrubia que no merece ser registrado, eso quiere decir que usted fue uno de los perdedores de la guerra sucia. Solamente los perdedores de la guerra sucia nunca merecerán ser registrados. ¿No es cierto, Viernes?

—Sí, mister Crusoe.

Es decir, aquéllos están jugando a Robinsón Crusoe, la isla desierta, el fiel criado Viernes. Reprime Raúl las ganas de irse por donde ha venido, adivina que le someten a un juego y que el explorador espera la reacción del abandono. Pide permiso para sentarse sobre los almohadones y el gesto que le autoriza es tan generoso que le incita a considerar todo el ámbito como propio.

—En esta casa no rigen los principios de la propiedad privada. ¿Quiere un vaso de leche de llama? ¿Agua fresca? ¿Un faso de marihuana? Aquí no tomará ni Coca-Cola, ni Seven Up. Solamente queremos bebidas sanas y antiimperialistas.

Dice Raúl que también es abstemio de bebidas sanas y antiimperialistas, pero expresa cierta curiosidad por beber leche de llama.

—Ya me imaginaba que iba a pedir lo imposible. Nuestra llama acaba de escaparse y es muy difícil agarrarla, por lo menos no antes de que llegue la hora de darle el pienso. Bueno, tiene nuestro permiso para explicarnos el motivo de su visita.

Raúl resume su vida y la general historia que la ha condicionado. Explica la caída de 1977, la desaparición de su hija, su retorno alienado e impotente a España de la mano de un padre hiperprotector, la crisis de identidad de los últimos meses, la necesidad de encontrar a su hija, el consejo de Honrubia: has de ir a ver a un amigo en las señas que te diré, no puedo decirte su nombre, pero por raro que te parezca, ese hombre te ayudará. El explorador ha examinado una por una las señales que envía el cuerpo, la gesticulación, las palabras, la voz, los diferentes tonos de voz que Raúl ha aportado. De vez en cuando ha consultado con los ojos del negro en un código que sólo ellos comprenden, y tras el fin de la perorata del cliente, Robinsón y Viernes deliberan con las miradas, en silencio. Lo rompe el loro.

—¡Me gustan las locas! ¡Me gustan las locas! ¡Me gustan las locas!

Pero como si el animal hubiera quebrado la conspiración del silencio, Robinsón alza su alta, armoniosa estatura y habla a Raúl:

—Hubo un tiempo en que fui poderoso y, como todo hombre poderoso, me rodeé de información y de archivos disuasorios. Algo conservo de todo eso, aunque es muy raro que lo utilice en mi nueva vida, consagrada a reclutar voluntarios para organizar un falansterio en las islas Malvinas. Tengo que decidir si merece nuestra ayuda, no solamente porque sea un hombre angustiado, o un padre atribulado. Si usted me conociera sabría que yo no soy una persona compasiva. Ni me dejo llevar por arbitrariedades como el optimismo o el pesimismo. Yo soy esclavo de la lucidez. Si mi lucidez me indica: ayuda a este hombre, lo ayudaré. ¿Vos qué opinás, Viernes?

—Es una historia demasiado sentimental.

—Es cierto, es su defecto, pero ¿contra quién va? ¿No es interesantísimo contra quién va?

Viernes parece haberse dado cuenta, admirado, del prodigioso sentido de la finalidad de su dueño y señor de la isla desierta. Asiente entregado. Robinsón exclama:

—¡Lo voy a ayudar, porque usted y yo estamos contra la oligarquía!

Es un boliche venido a menos, Tacuarí a punto de llegar a San Juan, periferia interior de Buenos Aires, cuatro o cinco sillas, algunos parroquianos, casi sólo una barra y tras ella un camarero cansado, y es su desgana la que envejece demasiado el café y desasosiega a Carvalho, consumidor de una grappa nacional, pero con la vista puesta en un portalón al otro lado de la calle. Mira el reloj. Las doce de la noche. El portalón se abre y aparece un muchacho inconcreto tirando de un perro viejo, sin demasiado entusiasmo por salir, ni el perro ni su amo. Es un muchacho rubio, con aspecto de tuberculoso o de príncipe de genes en decadencia. Joven, pero viejo y triste todo lo que lleva encima, en especial los zapatos. La antigüedad no del medio pasar, sino de la pobreza disimulada por una limpieza relavada. Carvalho envuelve unas croquetas en un papel de estaño, paga y sale a la calle. Camina por su acera, a cierta distancia de Mudarra y su perro. El joven tira de vez en cuando del animal y provoca entonces un conato de rebeldía. Mea *Canelo*. Caga. Carvalho atraviesa la calle y se hace el encontradizo. El paseante le mira sin expresar emoción alguna.

—Es usted un reloj. Cuando yo vuelvo de cenar aparece usted con *Canelo*, ¿se llama *Canelo*? ¡*Canelo*! —El perro parece muy contento con la presencia de Carvalho—. Si serás listo.

Saca del bolsillo el paquete con las croquetas, lo abre y deja caer la comida ante *Canelo*, que se lanza sobre ellas.

—Ya comió —dice el joven con una cierta inseguridad.

—Los animales comen todo lo que les echas.

Canelo engulle las croquetas. El joven contempla a Carvalho con curiosidad.

—¿De dónde nos conoce?

—De verlos salir del portal, todas las noches. A las doce y poco más. Soy un habitual del bar.

—¿Cómo sabe que mi perro se llama *Canelo*?

—Porque le he oído llamarle más de cincuenta veces. En cambio no sé su nombre. El perro no suele llamarle por su nombre.

—Mudarra. Me llamo Mudarra.

—Curioso nombre. Es de cantar de gesta.

—¿De qué?

—De un cantar de gesta español.

—Mi padre era español. Creo que de Navarra.

Mudarra tira de *Canelo* para proseguir el paseo. Carvalho se pone al lado de ambos como si fuera en la misma dirección.

—Yo quiero mucho a los animales. Hace años me mataron a una perra lobita, se llamaba *Bleda*. Me juré no tener otro perro. Me parecía una traición a *Bleda*. ¿Qué tal su madre, se ha repuesto?

Mudarra sonríe como si no quisiera comunicar lo que le motiva la sonrisa.

—¿También conoce la existencia de mi madre?

—Los camareros de los bares lo saben todo.

—Yo nunca he entrado en un bar.

—¿Seguro?

—No me gustan.

Cavila y vuelve de su breve viaje mental.

—¿Quiere conocer a mi madre? Le encantan las visitas.

—¿A estas horas?

—Mi madre no duerme. Yo tampoco. El único que duerme en casa es éste.

Tira de la cadena de *Canelo*.

—Es muy tarde. Pero otro día subiré. Su madre está inválida, como lo estuvo la mía.

—Más. Mucho más. Mi madre siempre estuvo mucho más inválida que nadie.

Canelo recibe otro tirón de cadena.

—Escuchenmé con atención —dice Pascuali, y sus cuatro ayudantes habituales prestan atención, Vladimiro el que más.

Pascuali lee el informe que tiene entre manos:

—«Confidencial. Allanamiento morada de los Brucker. Nocturnidad. Grupo de desconocidos vestidos de motociclistas con los rostros prácticamente ocultos. «¿Les suena lo de los motociclistas?» Golpearon y cloroformizaron a la policía de seguridad de una de las puertas traseras de la mansión y entraron violentamente en un belvedere, habitual lugar de reposo y meditación del señor Honrubia. Por fortuna no molestaron a nadie en el belvedere, es decir, no molestaron a Honrubia, y todo quedó en daños materiales y en la agresión a la policía privada.» ¡Confidencial! ¡Con-fi-den-cial! Ni una sola palabra a la prensa. Nada fuera de este departamento. ¡Confidencial!

El simple contacto manual con el informe le excita, de pronto con el informe en la mano atraviesa todas las puertas que se le oponen y sale al pasillo de la Dirección General de Seguridad. Pasa por varias antesalas ante la sorpresa de las secretarias y se planta ante una puerta evidentemente importante. La empuja, entra y la cierra a sus espaldas. Un hombre demasiado joven para creerse director general de algo contempla el vídeo del partido Boca-Independiente.

—Hola, Pascuali. Perdone, pero no pude ir al partido, ni verlo por televisión. ¿Vio cómo acarician la pelota? Mucha caricia, pero aquí nadie define. Es como si a Bilardo se le hubiera olvidado que el fútbol se juega con las pelotas. Como si se hubiera contagiado de la cháchara de Menotti. ¡El fútbol arte! ¿Leyó el otro día la entrevista con Valdano? ¡El fútbol de izquierda! Tocarla y tocarla y tocarla, de izquierdas. Jugar poniendo las pelotas, de derechas. A Bilardo le extirparon el cerebro. El Flaco me lo dejó medio tonto.

Pero la cara de Pascuali es poco cómplice y el papel que sostiene en su mano invita al director general a desconectar el vídeo y a enfrentarse al subordinado desde la silla giratoria.

—Muchas gracias por su información confidencial, pero me parece que tenemos un caso de injerencia de servicios que no tiene nombre en una investigación oficialmente policial, que lleva este ministerio, su Dirección General, mi departamento.

El director le deja hablar sin descomponerse.

—Yo me paso al Capitán y sus motociclistas por los huevos si me da el poder para ponerlos en su lugar.

El director general estudia a Pascuali, finalmente habla.

—Usted no se pasa al Capitán por los huevos, Pascuali. El Capitán estaba aquí defendiendo el Estado antes que usted y se ensució las manos, no fue el único. Todo Estado necesita cloacas y expertos en cloacas, y sobre todo un Estado democrático. Lo que la mano pública no sabe, lo hace la mano oculta. No sea tan ingenuo.

—Si mantenemos esta especie de policías paralelas terminaremos otra vez en la mismísima mierda.

—No exagere. Un Estado democrático nunca

está del todo en la mierda, pero tampoco deja de tener mierda. Cada cuatro, seis años renueva sus dirigentes en las urnas. ¿Qué son las papeletas, papel higiénico? También. Las papeletas sirven para limpiar la mierda. Trabaje en lo suyo, que lo hace muy bien, y marque al Capitán y sus chicos. Pero sólo marcarles. Son un poco, no sé, teatrales. Usted en cambio no es teatral. Es demasiado soso, Pascuali.

Da un giro a la silla y vuelve a conectar el vídeo. De los labios de Pascuali salían silenciosas, progresivamente mayores culebras, mientras su rostro es pura mueca de indignación contenida, incontenida cuando alcanza su despacho y se encula en el sillón, frente al semicírculo de sus cuatro ayudantes expectantes. Los invita a marcharse, pero retiene a Vladimiro.

—Vladimiro, quedate.

Permanece Vladimiro en silencio, estudiando las emociones que pugnan por hacer estallar los labios, los pómulos, los ojos de Pascuali.

—Decime, Vladimiro, ¿el día que entraste en la policía dejaste las bolas colgadas en el picaporte de la puerta?

—Nadie me lo dijo.

—Mirá, yo pensaba que éste era un oficio en el que había que tener huevos, pero no, hasta yo tengo que dejar los huevos colgados en el picaporte de la puerta antes de entrar. Así, cuando cualquier político de mierda me pegue una patada en las pelotas invocando la razón de Estado, como ese cretino bienudo lleno de másters, el director general, Morales, se encuentre con la gran sorpresa de que no llevo las pelotas puestas. ¿Entendés lo que quiero decir, Vladimiro?

—Creo que sí.

Mira el muchacho el reloj y no escapa el gesto a Pascuali.

—¿Estás apurado?

—Sí. Para serle sincero, sí.

—¿Una ternerita?

—Pues casi. Un asado. En familia.

—¡Ah! Los asados son sagrados. Andá nomás Vladimiro y olvidate lo que te dije.

—¿Y qué hago con los huevos?

—¿Con qué huevos?

—Con los míos. ¿Los dejo colgados en el picaporte de la puerta? ¿Los llevo puestos?

Revienta Pascuali y se vuelca sobre Vladimiro, que retrocede.

—¡Aquí el único que tiene que llevar los huevos siempre puestos soy yo!

El patio trasero de una villa de barrio, doce metros de fachada y cien años de olvido en sus herrerías de cancela y balconcillo, más parece el camarote de los Hermanos Marx en *Una noche en la ópera*. Cada vez más gente, sobre todo matrimonios entre los treinta y los cincuenta años, de niños, adolescentes y parientes desparejados, perdidos ellos sin collar, ellas con collar. Los más activos se afanan en torno a una modesta barbacoa que ya había asado lo suyo y que aún tenía que asar dos veces más lo mismo. Se bebe sidra efervescente. Otros tiran la sidra natural a la asturiana. Se comen empanadas como aperitivo y rodajas de chorizo español hecho por un carnicero italiano. La vieja esposa de Favila intenta una y otra vez ser útil, llevar bandejas aquí y allá en lucha contra su Parkinson y sus nueras o nietas o sus hijos que tratan de disuadirla. Ella no se da por enterada y pone en peligro carnes y botellas, aunque nunca se le cae nada, nunca se le ha caído nada, alguien recuerda. El hijo mayor la abraza por los hombros.

—Mamá, ¿por qué no se va a buscar al viejo? Dígalé que estamos todos... hasta la policía.

Señala a uno de los presentes, Vladimiro, y todos ríen.

—Que a nadie se le ocurra decirle al viejo que Vladimiro es policía. Él se cree que trabaja de abogado. Él se cree todo lo que necesita creer —dice la madre.

La evidente compañera de Vladimiro parece algo contrariada.

—La verdad, no entiendo por qué no se puede ser policía.

Nadie le hace mucho caso, ni siquiera Vladimiro, que está merodeando el asado con ojo de experto. La vieja deja el patio y se va a la cocina. Trabajosamente, se acerca como siempre al pulsador del escondite, lo acierta y se abre la puerta. Grita.

—¡Favila! Ya está todo el mundo. Es tu cumpleaños. ¡Favila! ¡Sal de una vez, leche!

De la oscuridad brota el pálido viejo Favila vestido de día de fiesta.

—Se nota que eres española por lo mal hablada.

—Hablo como me sale del moño.

—¿Seguro que no hay moros en la costa? —pregunta Favila mientras no interrumpe pero sí entrecorta el avance hacia el patio.

—En las de Argentina no. No te ha jodido.

—¿Os habéis acordado de la sidra?

—¿Por qué no te has preocupado tú en lugar de estar jugando al escondite?

La vieja prosigue su marcha sostenida por todas sus indignaciones acumuladas. Antes de llegar al patio, don Favila culmina el brillo de sus dolorosos zapatos negros con la ayuda de una servilleta que encuentra a mano. En cuanto aparece en el patio, todos los parientes e invitados le aplauden y rodean, le besan, le dan regalos.

—¿Ha venido Vladimiro? —pregunta Favila.

Vladimiro se acerca a su padre y él le besa con especial emoción.

—El pequeño, y a pesar de los difíciles tiempos en que naciste, bajo la dictadura de aquel aprendiz de asesino que se llamó Onga...

—Se atraganta, tanta es la pasión con la que habla. Una hija trata de cortarle el discurso.

—Papá. Nada de política. Hoy es tu día anual de terrestre.

—Vladimiro se llama así en homenaje a Lenin, como tú te llamas Rosa en homenaje a Rosa Luxemburg, y tú Dolores gracias a Dolores Ibárruri *la Pasionaria* —informa Favila obstinadamente, señalando con el dedo a cada uno de sus descendientes.

—¿Y yo, papá, por qué me llamo Fulgencio? —pregunta otro hijo—. ¿Por Batista?

—No me irrites. Te llamas Fulgencio porque así se llamaba mi padre, tu abuelo. La revolución no está reñida con la tradición. A ver. Quiero tirar yo la sidra, que vosotros sois unos mastuerzos, criados con la Coca-Cola y el Seven Up.

Señala a los más jóvenes.

—Coca-Cola, la bebida del imperialismo.

Le dan una botella de sidra natural.

—La compramos en la tienda de la calle Corrientes, ya sabés, la que vende productos españoles.

Asiente con los ojos don Favila. Coge el vaso ancho de rigor. Se pasa la botella por detrás del cuello con una mano, con la otra sostiene el vaso abajo y lo alcanza con la proporción justa de chorro de sidra que se apodera del fondo entre espumas. Aplau-

194

sos y vítores. Ofrece gentil el vaso a su mujer. Lo coge temblorosamente. Llora la vieja. Bebe la sidra, pero comenta.

—Nunca me gustó, parecen orines.

Las gentes toman asiento entre intentos frustrados de protocolos. Ya están dispuestas sobre la mesa las primeras carnes, ensaladas, empanadas, pastas a la italiana, incluso una fuente llena de fabada de lata. Suena el timbre de la puerta. La vieja trata de marchar para abrirla, pero una nuera la disuade.

—Cuando usted llegue, la visita ya se habrá ido.

—La madre que te parió. Así se te congele el coño —protesta la vieja por lo bajines.

Al rato aparece la nuera acompañada de Carvalho, tanto ella como el detective cortados, ella porque no sabe cómo explicar lo que sin duda es una larga historia y Carvalho porque no se esperaba tanta gente. Y más aumenta su disimulado desconcierto cuando ve entre los sentados a la mesa a Vladimiro.

—Es José Carvalho Tourón, un sobrino de Evaristo Tourón, su primo —señala a Favila— e hijo de Evaristo Carvalho, hermano de...

Favila se levanta emocionado y exclama.

—¡Sobrino!

Se desparraman los comentarios y las memorias mientras Favila abraza a Carvalho.

—No te conocía, pero eres el vivo retrato de tu tío y de tu padre. El padre de este hombre fue un héroe que desafió al franquismo, y se tiró cuarenta años en la cárcel.

—Cinco, sólo cinco —corrige Carvalho.

—En aquellos años, cinco eran cuarenta.

La mirada de Carvalho se cruza con la de Vladimiro y en el aire queda flotando el mensaje desesperado del policía. Favila le va presentando a sus hijos. Fulgencio como su abuelo. Rosa como Rosa Luxemburg. Dolores como Dolores Ibárruri, Vladimiro como Lenin.

—Felicidades. El último leninista —comenta Carvalho, antes de ser empujado por don Favila a sentarse a la mesa y sumarse a la fiesta.

Se sienta y come, cada vez más golosamente, más a sus anchas, como si los sabores le permitieran volver a casa. Al cabo de un rato, de un poso de su memoria le acude un festín de boda, en Barcelona, un primo se casaba con una muchacha de servicio, gallegos los dos, años de noviazgo, de ahorros, un festín de pote gallego, carnes con chachelos, empanadas de berberechos. Era el banquete de su memoria infantil, la felicidad de la abundancia y de un extraño momento de relajación vital o quizá mejor decir histórica. La Historia le había marcado la infancia y la vida entre hombres y mujeres ocultos y ahora volvía a sentirse feliz, comiendo, bebiendo sin miedo, contestando preguntas, sobre todo de don Favila.

—Yo sigo escondido, por si acaso. Un día u otro estallará otro golpe de Estado o por fin la revolución y conviene que no nos pille por sorpresa. Hemos sido y seremos vanguardia. Las revoluciones fracasan cuando desaparecen o se debilitan las vanguardias, como en la URSS. Con gente como tu padre o como yo.

Rosa Luxemburg se lleva un dedo a la sien advirtiendo a Carvalho sobre el estado de don Favila. La fiesta transcurre en el estómago y en el corazón, y finalmente llega a los cerebros, saciados. Se reparten las porciones del pastel esparcido también por el mantel y los rostros a causa de los diez soplos que don Favila ha necesitado para apagar las ochenta y cuatro velas. Carvalho contempla la escena con un vaso en las manos. Cara de póquer, aunque con una punta de emoción en su mirada. Se le acerca Vladimiro.

—Usted ha sido la sorpresa de mi vida.

—Mi padre no sabe que soy policía.

—Mi padre murió sin enterarse de que yo había dejado de ser comunista y que mi oficio era el de policía privado.

Vladimiro duda, pero finalmente habla.

—Yo sabía que usted iba a venir, pero no en plena comida. Raúl me encargó que le dijera que por el momento no tiene una respuesta para usted. Volvió a esconderse. El Capitán allanó la casa de los Brucker.

—¿El enlace de Raúl era usted?

—Es mi primo. Un primo segundo, pero mi primo. ¿Cree que podría volver a mirar a mi viejo a la cara si fuera yo el que lo detuviera?

—¿Y Pascuali?

—Un policía con un buen par de huevos.

—¿Hay algún policía que no tenga dos cojones? El problema es saber dónde los tiene. Si los tiene en la cabeza, mal asunto.

Vladimiro recupera su lugar junto a su chica. Su chica, piensa Carvalho, no parece su mujer. Sus ojos se distraen siguiendo la figura de la vieja, en pleno secreto inventario de objetos reales o imaginarios por la cocina. Parece rezar. Desde la ventana la vieja le envía una sonriente mirada y con un dedo garfio le invita a meterse en la casa. Carvalho se reúne con ella en la cocina y ve que don Favila le espera semioculto en un ángulo que no puede verse desde el jardín.

—He de volver a esconderme. He tentado demasiado la suerte. Un día es un día, pero no conviene confiarse. Pero he querido que te quedaras porque tú, en representación de tu heroico padre, mereces conocer mi secreto. Vivo oculto y sólo salgo una vez al año, el día de mi cumpleaños.

—Y cuando pasan un partido de Boca por la tele —aduce la vieja.

—¿Qué hombre no tiene debilidades? ¿Acaso a Lenin no le gustaba aullar como un lobo bajo la luna?

Don Favila oprime el resorte y se abre la puerta de su refugio. Se mete primero e insta a Carvalho a que le siga. Carvalho deja paso a la vieja, se predispone a ayudarla a que le preceda.

—¿Yo ahí dentro? Ni muerta me meterían. Cuando éste vuelva a la cama, a cumplir como Dios manda que cumplan los maridos, yo me meteré en ese hoyo que debe de ser la puerta del infierno.

Carvalho se mete en el zulo. Cuatro escalones, don Favila los baja con sabiduría y conecta la luz. Se encuentran en una habitación subterránea suficiente, pero Carvalho no puede avanzar, detenido por el asalto de los mensajes de las paredes. Parece un museo de cultura roja desde comienzos de siglo hasta los años setenta, con alguna muestra de iconografía de la protesta actualísima, posmarxista. Incluso algún cartel de la «teología de la liberación» junto a pacifistas de la guerra del 14. Insumisión de los soldados españoles en la guerra de África. La *Spain Civil War*. El Che. Castro. La Revolución de Octubre. Fotografías de los ídolos de la revolución mundiales. Libros seleccionados para el naufragio de un rojo en los años treinta en una isla desierta. Una maqueta de una de las estatuas gigantescas de Lenin. Otra del proyecto de la III Internacional de Tatlin. Una fotografía del subcomandante Marcos enmascarado. Rigoberta Menchú. El viejo estudia el efecto que la iconografía produce a Carvalho.

—El mundo está lleno de hombres ocultos. Esta ciudad también. Desde siempre ha habido que esconderse de alguien. Buenos Aires está llena de túneles secretos, y me consta que en la calle Perú hay una completísima red de catacumbas. ¿Por qué he de salir de aquí? Me reconozco en cuanto veo. Allí fuera lo han hecho todo a la medida del imperialismo. De momento ha ganado, pero un día, una nueva generación, descubrirá el viejo y el nuevo desorden y todas estas esperanzas volverán a tener sentido. ¿No es cierto?

Carvalho asiente. Se deja sentar por el viejo, que pone en una gramola manual un disco de piedra de 78 revoluciones. Al rato suena el himno de la brigada Thaelmann de las Brigadas Internacionales durante la guerra de España. El viejo lo sigue en un supuesto alemán. Carvalho acaba fingiendo también que lo canta, pero sobre todo lo secunda con un brioso braceo.

—¡Los alemanes siempre han tenido un gran talento sinfónico!

Carvalho le da la razón con la cabeza.

Carvalho y Alma se abren paso por Tango Amigo en busca de dos sillas cercanas a la peana. Norman está acabando su monólogo del mes sobre los hombres ocultos.

—Yo respeto a los que se esconden porque se olvidaron dónde está Buenos Aires, Argentina, América, el mundo, y solamente reconocen el rincón donde tuvieron, tienen, tendrán miedo. —Abandona el tono trascendente—. Y ahora la oculta Adriana Varela por fin les va a cantar ¡*Hombre oculto*!

Sale Adriana Varela. Es el tango con escote y con una dicción como hecha a la medida para el tango narrativo.

¿De qué vas?, hombre sin sombra.
¿De qué vas?, entre tinieblas,
a la luz de un viejo miedo
que te abriga y que te hiela.

¿De qué vas?, dueño sin perro.
¿De qué vas?, amo de nada,
que has matado tu mirada
para no ver, ni matar.

Hay quien teme a los verdugos,
hay quien teme tener miedo,
hay quien teme ser verdugo,
hay quien quiere seguir ciego.

Hay quien huye de su suegra,
hay quien huye de un recuerdo,
hay quien huye de sus sueños
para poder seguir cuerdo.

¿De qué vas?, hombre sin sombra.
¿De qué vas?, entre tinieblas,
a la luz de un viejo miedo
que te abriga y que te hiela.

¿De qué vas?, dueño sin perro.
¿De qué vas?, amo de nada,
que has matado tu mirada
para no ver, ni matar.

Tú verás entre las sombras,
tú verás entre tinieblas

lo mejor de tu memoria
que te abriga y que te hiela.

Si lo blanco ya era negro,
cuando todo era tan blanco,
¿para qué salir del hoyo?,
¿para qué volver al bollo?

Ya has matado tu mirada
para no ver ni matar.

Termina el tango, Adriana rutilante, Carvalho alelado, la palabra que escogía Alma para calificar su fascinación por Adriana y otra vez la mano de Alma borrándole la retirada de la cantante.

—¿Sabés por qué te gusta tanto Adriana? Porque canta tangos, y para vos representa lo que pensás que es el prototipo de la mujer argentina, una mezcla de culpa, sexo y melancolía.

—Culpa, sexo y melancolía. No está mal. Recuerdo un *show* de Cecilia Rosetto que vi en España. El monólogo de una pobre histérica. Por cierto, sigo sin ver a la Rosetto.

Se levanta con celeridad repentina.

—¿Ya te vas? ¿A ver a la Rosetto? Mira la cartelera.

—Soy un detective privado. Siempre buscamos a un hombre oculto, a una mujer oculta. Pero esta noche no es Raúl ni la Rosetto.

—¿Tenés una colección completa?

—Es una colección inacabable.

Sale a la calle seguido por la mirada de Alma. Esta vez debe callejear a medio paso por San Telmo, ganar tiempo y acercarse a las estribaciones del barrio para ir a por el universo límite del joven Mudarra y de *Canelo*, el melancólico perro devorador de croquetas. Se mete en el bar. El camarero parece más cansado que nunca. De vez en cuando se adormila. Mudarra no sale esta noche y ya han dado las doce. Se sitúa Carvalho ante la casa y espera como otras veces a que se abra el portalón. Consulta el reloj. Las doce y media. Vuelve al bar y pregunta al camarero que está recogiendo las sillas:

—¿El chico ese del perro? No sale esta noche.

—No sé. No es cliente nuestro. La verdad, no creo que ese chico sea cliente de nadie porque viven muy mal. La única guita que entra en esa casa es la de la pensión de la madre. Imaginesé lo que deben comer, menos que un caníbal en una pecera. Ese chico siempre anduvo mal de los nervios.

Carvalho va hasta el edificio de Mudarra y abre con su llavero la puerta de la calle. Sube a tientas una escalera iluminada por la corriente eléctrica que le sobra a La Recoleta. Llega ante el apartamento de Mudarra. Duda acariciando su llavero. Finalmente lo guarda y llama. Pasa un cierto tiempo y finalmente la puerta se abre. Mudarra contempla a Carvalho sin emoción aparente.

—He venido a saludar a su madre. Me dijo usted que le gustaba que la saludaran.

Mudarra se retira para dejar paso a Carvalho. Un piso tan pobre y triste como el del profesor, pero limpio, limpísimo. En el comedor, sala de estar y cocina al mismo tiempo, ante un televisor en blanco y negro, sin imagen, con las líneas locas, permanece una mujer aparentemente inválida en su silla de ruedas, con una manta sobre las rodillas. Pero Carvalho le ve sangre en la cara. Los ojos muertos. Finge no advertirlo.

—Duerme. Siento...

—Duerme, por fin.

—¿Y *Canelo*?

Mudarra le señala con la cabeza una lejanía indeterminada.

—También duerme.

Carvalho avanza seguido por el joven, levemente sonriente, parsimonioso. Entran en un cuarto de baño. Una bañera que había tenido pretensiones, ahora un desconchado paquidermo sobre tres patas que debieran ser cuatro. En el interior agua mezclada con sangre y el cadáver de *Canelo*, la cabeza emergente, los ojos turbios, los dientes enhiestos, como si amenazara inútilmente a la muerte o esperara las croquetas de Carvalho.

—Lloraba demasiado. Los vecinos se quejaban. Mi madre no se movía. Todo el mundo es falso. Y si no, fijesé en mi madre. Me quería porque me necesitaba, pero si no me hubiera necesitado hubiera confesado que me odiaba.

—¿Y el profesor de latín?

Mudarra no se sorprende ante la pregunta.

—Otro farsante. Un libidinoso, un viejo cerdo con la bragueta siempre a medio cerrar. Ese olor a meadas. No puedo soportar el olor a meadas.

—¿Y Carmen Lavalle?

—Una puta. Se mandaba la parte de que se pagaba los estudios laburando de bailarina, pero le daba lo mismo chuponearse con cualquiera, incluso con el viejo.

—¿Con usted no?

Mudarra se frota los labios como si los llevara sucios, una y otra vez. Carvalho contempla por última vez todo el horror que contiene el piso. Pasa quedamente al lado de la mujer muerta.

—Adiós, señora.

Mudarra le sigue y se le adelanta para abrirle la puerta. Carvalho, ya en el descansillo, se vuelve hacia el rostro de príncipe tuberculoso sin emociones.

—¿Y usted? ¿Qué va hacer?

—Nunca más volveré a salir de casa.

Cierra cuidadosamente la puerta, poco a poco. Carvalho oye cómo se accionan los cerrojos. Luego empieza a bajar la escalera.

3

La guerra de las Malvinas

En Florida nunca se ha visto nada igual, y ¿cómo es posible que algo nunca haya sido visto en Florida? Un hombre disfrazado de explorador o de náufrago, con el atuendo copiado de una ilustración decimonónica del *Robinsón Crusoe*. Tras él marcha un negro con no menos estrafalario atuendo, un Viernes de diseño nostálgico. Incluso el negro lleva un loro sobre el hombro y Robinsón una llama como animal de compañía. Robinsón y Viernes, dos ejemplares imponentes, con bien cuidadas melenas hasta los hombros. El blanco lleva barba de varios años, camina arrogante, y Viernes actúa como el buen salvaje receloso ante la gran ciudad y sus gentes tan vestidas. Los paseantes creen asistir a una situación de teatro de animación callejera o a la secuencia de un programa televisivo, provocador de las reacciones del público, tal vez un concurso millonario. Robinsón coge un amplificador de sonido rudimentario, un simple embudo, a la manera de cantantes callejeros o vendedores de cancioneros anteriores a la guerra de Corea, y Viernes toca rítmicamente el tambor subrayando las frases de Robinsón.

—¡Ciudadanos de la República Argentina! En estos tiempos de corrupción y de hundimiento de los valores éticos, sociales y patrios, en los que el hombre es un lobo para los demás hombres y la mujer la peor de las lobas para las demás mujeres, hay que regenerar al hombre y a la patria desde el espíritu de Robinsón. Volvámonos isleños. Recuperemos la soledad pura, la grandeza aislada de Robinsón en su isla para reconquistar un continente, el mundo. ¿Desde qué islas?, ¿Necesitamos imaginarlas como Daniel Defoe? No. Tenemos nuestras islas, las Malvinas. Hay que reconquistar las Malvinas para salvar la Patria.

Aplausos, silbidos, algún rebuzno, la sorna de un hombre manco:

—Yo tengo que volver a las Malvinas porque me dejé un brazo. A ver si me lo han guardado los gurkhas, se lo han comido o se lo metieron en el culo.

La tristeza de una mujer mal envejecida:

—Y yo dejé un hijo. A ver si me lo han guardado también.

Pero Robinsón ha terminado su mensaje y se cuela seguido de Viernes, la llama, el loro, en los almacenes Harrods. No cesa su avance hasta llegar a la barbería, donde los escasos clientes salen de su duermevela decimonónico para sorprenderse ante la aparición. Robinsón sobre una silla de barbero. La llama. Viernes y el loro. Los barberos se han quedado con las navajas cortando el aire. Los guardas jurados no saben si intervenir. Robinsón habla y los clientes escuchan con la cara a medio afeitar o el cabello a medio lavar o cortar. Las manos ·de las manicuras se ·han detenido sobre las manos de los manicurados. Robinsón proclama:

—Y cuando hablo de las Malvinas hablo a la vez de unas islas reales y simbólicas. Tenemos que ocupar nuestras islas, pero sin pensar que sólo son solamente nuestras. Son un primer paso para la reconquista de la razón universal, de los valores de la ética, la solidaridad, la igualdad y la libertad.

Es el mismo cuarteto, amo, esclavo, llama y loro, el que se pasea ante la puerta de la Facultad de Letras hasta tener la audiencia reunida. Robinsón parece continuar su único discurso, indiferente a la composición de los oyentes, incluso diríase que indiferente a los oyentes.

—Conquistar las Malvinas para reconquistarnos a nosotros mismos, la inocencia que nos quitaron los torturadores y sus cómplices, pero ¿cómo conquistarlas?

Es Alma la que alza su voz entre un público dividido entre el desdén y la curiosidad.

—Antes que nada hay que llegar ahí. Nadando. Como la otra vez, cuando los milicos mandaron a nuestros chicos nadando.

No sólo risas, sino también el comentario constructivo de un estudiante.

—Hagamos balsas.

Robinsón se cruza de brazos y los mira como compadeciendo la levedad de su punto de vista.

—¿Por qué no nadando? ¿Por qué no en balsa? Mi plan está destinado a salvar el ecosistema, y podemos convocar a los nuevos revolucionarios de la Tierra, los ecologistas y los «teólogos de la liberación» para una invasión pacífica y universal de las Malvinas. ¿Que harían los británicos si miles, millones de pacifistas ocuparan las Malvinas?

De nuevo la voz de Alma trata de poner la Historia en su sitio.

—Ametrallarlos.

Risas y silbidos esta vez y la renovada indignación de Alma.

—Pero ¿de dónde salió este profeta? ¿Sos un loco o un miserable? ¿Vos te creés que podés volver a excitar a las masas como si fuera un partido de fútbol entre la Argentina y Chile?

—Mujer, ¿quién te quitó la fe?

—¿Dónde estabas vos mientras a mí me quitaban la fe Videla y compañía?

Tanto los aplausos como los silbidos empujan a Alma a abandonar la situación, a expresar el disgusto por haberse dejado llevar. Entra airada en el aula, deja libros y apuntes sobre la mesa. Se sienta y quiere serenarse. Levanta la mirada. Algunos estudiantes empiezan a entrar. Entre ellos Muriel, que asume un lugar próximo a la mesa, que Alma agradece, espera que ocupe, porque le gusta tener cerca la encantada mirada de la muchacha. Lentamente van entrando todos los alumnos. Discuten entre ellos sobre las palabras de Robinsón y de pronto dos se enzarzan en una batalla a puñetazos. Alma grita:

—¡Basta! ¿Qué pasa ahí?

Pero son más efectivos los brazos de los compañeros que los separan que los gritos histéricos de la profesora. Un alumno le hace el balance de la situación.

—Éste dice que por las Malvinas daría la vida y este otro dice que por las Malvinas no daría ni...

—¿Ni qué?

—Ni...

Es rubor lo que da color al rostro del estudiante, y toma la palabra el que ha pronunciado la frase.

—Fui yo. Dije que por las Malvinas no daría ni el pedazo de papel con el que me limpié el culo.

Más silbidos que aplausos esta vez, y Alma ha

recuperado su sitio, su voz, su razón de estar un metro por encima del nivel de los chicos.

—Entre la literatura tremendista y la escatológica todavía hay una distancia. Las Malvinas existen. Son un referente nacional, nacionalista para la conciencia de muchas personas. Antiimperialista, quizá. Ya no sé si es bueno o es malo. Ahí están. Pero ese payaso de la puerta hablaba simbólica, irresponsablemente. Sin contar los muertos que cuestan las aventuras.

Es Muriel quien interrumpe.

—Perdone, profesora, pero ¿por qué lo llama payaso?

—¿A usted qué le parece?

Traga saliva Muriel, pero se arroja al vacío.

—Un poeta. Además, me gustan los payasos.

Alma contempla a Muriel con curiosidad. Retiene en la punta de los labios la frase brillante con la que podía machacarla. Pone dulzura en su mirada.

—Hay poemas peligrosos, incluso músicas peligrosas. Los payasos son inocentes, pero hay payasadas criminales, como las del general Galtieri provocando la guerra de las Malvinas.

Luego repetirá mecánicamente la frase: hay poetas peligrosos, incluso músicas peligrosas, payasadas criminales, cuando viaja en el colectivo, cuando camina los pasos que separan la parada de la puerta de su casa y tarda en asumir el espectáculo que le espera en el zaguán de entrada: Robinsón, Viernes, la llama, el loro. Atraviesa el cuarteto la mujer mientras deja caer su comentario pregunta.

—¿Ya llegó el carnaval?

Es Robinsón quien se inclina para acercarle su voluntad de cortesía.

—Quisiéramos hablar con usted.

Alma contempla el cuarteto.

—Ustedes forman el más pintoresco cuarteto de Buenos Aires que jamás se vio. Y ahora por lo visto quieren formar un quinteto conmigo.

—Solamente queremos hablar con usted.

—Si quieren hablar tienen que ser todos, la llama también.

El quinteto ocupa el ascensor y es pasmo lo que povoca cuando el elevador pasa ante los vecinos que esperan y no se creen la ascensión a los cielos de Alma, Robinsón, Viernes, la llama y el loro. Ya en el apartamento, Alma deja los libros, sus apuntes, los invita a que se pongan cómodos.

—Como si estuvieran en su cabaña. Lamento que esta casa no tenga empalizada porque se sentirían más seguros.

Robinsón toma asiento en el sofá, Viernes a su lado, el loro sobre su hombro, la llama olisquea plantas de interior. Alma está dispuesta a asumir su papel de anfitriona.

—¿Extrañaban este confort? ¿Quieren tomar algo: una galleta salada, tasajo? ¿Señor Robinsón? ¿Siempre se ha llamado Robinsón Crusoe?

—Yo me llamaba de otra manera y elegí ser Robinsón. Usted se llamaba de otra manera y eligió llamarse Alma.

Alma se pone en guardia. Robinsón ya no es el personaje lunático que pasea por las calles. Habla con extraña calma.

—Yo soy ingeniero en hidrocarburos. Ése es mi oficio y lo ejercí en Oriente Medio y en la Argentina. Después trafiqué con armas, con influencias, con divisas. Estuve blanqueando el dinero negro de muchos asesinos planetarios. Mi chofer y mayordomo predilecto puede decir si miento.

Ha señalado a Viernes y la mirada de Alma va

del amo al esclavo para volver al amo y finalmente afrontar al esclavo.

—¿Habla con acento de esclavo agradecido?

Viernes responde como una mujer afeminada.

—Me gustan las locas como vos porque a su lado yo parezco cuerda.

Robinsón está muy satisfecho por el comentario de Viernes. El loro también, y repite:

—Me gustan las locas, me gustan las locas, me gustan las locas.

La llama olisquea el ficus preferido de Alma y a ella la preocupa que se lo coma. Pero Robinsón la distrae de su preocupación.

—Las apariencias engañan, pero es lo único con lo que podemos contar. Yo podría ir disfrazado de sacerdote de cualquier secta, ¿por qué no de Robinsón? Yo contribuí a la guerra de las Malvinas, a cualquier guerra, vendiendo armas, cobrando comisiones. En las Malvinas mataron a mi hijo, a mi hijo más chico. Era un idealista que creía en Videla, Galtieri, y en su padre, sobre todo en su padre. Creía en mí.

Viernes se le acerca y le besa en la mejilla, le pone un brazo sobre los hombros, parece querer protegerlo de sus propios fantasmas. Alma trata de poner hielo en la voz.

—¿Y yo qué tengo que ver con todo eso?

Robinsón dice sin esfuerzo y al parecer sin segunda intención:

—Me han hablado mucho de usted.

—¿Quién?

—Raúl. Raúl Tourón.

Oscuridad ordenada en la sala. Una gran pantalla de televisión reproduce un vídeo que unas manos gordezuelas, llenas de anillos, han puesto en marcha. En la penumbra se distingue el perfil rapaz del Capitán contemplando las imágenes, al hombre gordo moviéndolas, a otros personajes comparsas y confusos. El gordo maneja los mandos y frunce los ojos como un cazador de imágenes. El vídeo reproduce las apariciones callejeras de Robinsón y Viernes. La voz del Capitán salta como una piedra.

—¿Confirmada la identificación?

Es el gordo quien contesta:

—Confirmada. Joaquín Gálvez, uno de los ex vicepresidentes conjuntos de la patronal no hace muchos años, del grupo de Ostiz, Brucker y todos ésos. Creo que lo fue hasta los primeros meses de Galtieri. El negro entonces era su chofer y siempre conducía un Rolls-Royce blanco. Le mataron al hijo más chico en las Malvinas.

El Capitán escupe:

—Lo conocí. Un histrión.

El gordo se sabe el informe de memoria.

—Tráfico de armas, de divisas, bien relacionado con los yanquis, se decía que era íntimo amigo del presidente Reagan, antes de que fuera presidente.

—¿Y ahora dónde construyó la cabaña de Robinsón?

—Conserva un viejo caserón a orillas del río. Antes de llegar al Tigre.

—¿Arruinado?

—No consta. Una gran parte de sus negocios marchan bien y los lleva su hijo Richard Gálvez.

—¿Por qué Richard?

—Homenaje al ex presidente Nixon. Homenaje

cuando todavía no era presidente ni ex presidente, sino vicepresidente de Eisenhower. En esa época Gálvez estaba vinculado a un *lobby* californiano, el mismo que respaldaba al joven Nixon.

Es el momento en el que Robinsón arenga a los universitarios y el Capitán ordena al gordo que se calle y devuelva la voz a Robinsón:

—Mi plan está llamado a salvar al ecosistema, y podemos convocar a los nuevos revolucionarios de la Tierra...

—Pendejo de mierda, payaso, irresponsable.

Pero interrumpe la letanía el Capitán, porque se le impone la presencia de Muriel en la primera fila de los estudiantes.

—¡Es la nena! ¡Quitá el sonido y dejá quieta la imagen! ¡Es Muriel! El hijo de puta me la está envenenando a la nena. ¿Se puede agrandar un detalle?, ¿ves a quien veo yo?

—La señorita Muriel.

—Agrandá el tamaño de la foto de mi hija.

La muchacha parece conquistada por lo que está diciendo Robinsón. El Capitán se frota la cara, como si quisiera borrar esa imagen.

—Pero ¿serás desgraciada? ¿Quién te mandó a meterte en esa comedia? ¡Seguí, gordo, seguí!

Vuelve Robinsón con su voz:

—¿Qué harían los ingleses si miles, millones de pacifistas ocuparan las Malvinas?

Primero la voz:

—Ametrallarlos.

Luego la propietaria de la voz: Alma. Salta el Capitán de su asiento.

—La que faltaba. ¿Viste? ¡La que faltaba!

Sigue la voz, la expresión airada de Alma:

—Pero ¿de dónde salió este profeta? ¿Sos un loco o un miserable? ¿Vos te creés que podés volver

213

a excitar a las masas como si fuera un partido de fútbol entre la Argentina y Chile?

Robinsón responde:

—Mujer, ¿quién te quitó la fe?

Alma:

—¿Dónde estabas vos mientras a mí me quitaban la fe Videla y compañía?

Por la frente del Capitán bajan sudores tan delgados como su rostro. Ordena:

—¡Corten!

Y con la luz se instala el silencio, el rostro del Capitán, oculto por las palmas de sus manos, el gordo, dubitativo, los demás paralizados. Se da cuenta el Capitán de que la luz lo está delimitando.

—¿Quién dijo que enciendan la luz? ¡Únicamente dije que corten la imagen!

Está desencajado y todos recurren al silencio de la prudencia, a secundar sus movimientos cuando abandona la sala de proyección y va hacia el aparcamiento. Se arroja más que se sienta el Capitán en el asiento trasero y conduce el gordo, que poco a poco va asumiendo seguro la situación. Medita su preocupación en voz alta.

—Ya le dije que iba a ser peligroso lo de la universidad. Ésa es una mala planta que nunca muere. ¿Treinta mil desaparecidos? Vuelve a haber treinta mil zurdos. Los zurdos rebrotan como las plantas parásitas, y la nena en medio de ellos.

—No podía negarle que estudiara, condenarla a ser un vegetal borracho como mi mujer.

—Ahora ni siquiera podemos acompañarla ni irla a buscar, para no encontrarnos a esa subversiva.

Por el cerebro del Capitán pasan *flashes* del vídeo. Alma respondiendo a Robinsón: «Pero ¿de dónde salió este profeta? ¿Sos un loco o un miserable...?» También Muriel, fascinada por el discurso de Robinsón. Los rostros de Alma y Muriel llegan a confundirse. El Capitán cierra los ojos. El gordo estudia por el retrovisor las evoluciones de su estado de ánimo.

—Jefe, si quiere la saco del medio.

—Podría hacerlo yo, pero hoy por hoy esa gente es intocable. Además me fascina la situación: una madre dando clases de literatura a una chica que es su hija sin que ella lo sepa. Aunque Muriel es mi hija porque yo se la quité para salvarla de una dinastía de subversivos. Es una apuesta. Un juego.

—No se puede jugar a la ruleta rusa con los sentimientos. Dejemé que la liquide, jefe. Algún día la nena podría...

—Por ahora no me pierdan de vista al Robinsón y a la profesora. Todavía tenemos que encontrar a Raúl Tourón. Y mucho ojo porque podría haber una derivación grave, muy grave. Un encuentro entre Gálvez, Robinsón y Tourón podría ser muy peligroso. De mi hija me encargo yo.

Silverstein, a lo lejos, sigue con su show del que llegan risas y su propia voz sin que Alma ni Pepe perciban lo que dice. Tal vez porque la conversación es acalorada, lo suficiente para que Alma deje a Carvalho a media frase y se deslice por un pasillo lateral para escuchar el monólogo.

—Antes si tu mujer se iba con otro mientras vos estabas en la cana o en la guerra, por ejemplo en la de las Malvinas, estaba muy, muy, muy mal visto. Cuanto más patrióticas eran las guerras, peor visto estaba el adulterio. Hoy lo que está mal visto es que cuando volvés de la cárcel o de la guerra, ahí está, ahí está la muy boluda esperandoté porque no hay quien cargue con ella. Ahora esperan porque no encuentran un amante que las jubile de amas de casa. La crisis, la crisis ética, la corrupción de las costumbres. ¿Hay malas mujeres? ¿Hubo alguna vez buenas mujeres? ¿Vivas? Escuchen el tango de Adriana Varela, la voz que no canta solamente sino que es toda, toda una orquesta. El Polaco dijo: no me gusta que las pibas canten tangos, solamente puede hacerlo Adriana Varela.

El reflector recoge a Adriana para llevarla como una silueta mítica troquelada en la oscuridad, y cuando silencio, oscuridad y silueta troquelada coinciden, la música del bandoneón subraya la entrada en la primera estrofa:

> Por una mala mujer perdés la vida,
> te decía tu mami, que era una santa;
> por una mala mujer perdés la guita,
> te decía tu papi, que era un manta.

Silverstein se aleja de la voz de Adriana para conseguir formar grupo con Pepe y Alma. Enfurruñados y silenciosos, los colores de recientes fiebres continúan en los pómulos de Alma. La indignación de Pepe empieza a naufragar en un vaso de whisky.

—¿De qué se discute?

Y ante el sólido silencio:

—¿De qué discutían?

Carvalho señala a Alma con un simple movimiento de hombro.

—Alma se hizo amiga de Robinsón Crusoe y de Viernes.

Antes de que Alma consiga coordinar la indignación con las palabras, Silverstein pone una rodilla en tierra, le coge una mano y recita:

—Todos los náufragos más tarde o más temprano se encuentran.

Carvalho esta vez sí mira a Alma con ironía cuando dice:

—Hasta sabe dónde tienen la isla.

No es cara a cara, sino casi nariz contra nariz, la agresión de presencia que Alma perpetra contra Carvalho.

—Escuchame, gallego de mierda: o te callás o me voy. Es todo mucho más simple, Norman. ¿Vos no viste a esos dos que van por la calle Florida vestidos de Robinsón y de Viernes?

—Hace tanto tiempo que no veo Buenos Aires. De día duermo, por la tarde ensayo piezas de teatro que muy pocas veces se representan, a pesar de las ochenta o noventa salas de Off Off que hay en Buenos Aires, y de noche trabajo.

—Son dos místicos o dos farsantes. No importa. Predican un nuevo orden universal.

—Igualito que Menem.

—Van disfrazados de Robinsón y Viernes. Predican un nuevo orden universal igualitario. Pero eso me importa un carajo. Viven en un viejo caserón, cerca del Tigre, entre San Isidro y el Tigre. Ahí les da refugio a los mendigos, fugitivos. Y ahí va de vez en cuando Raúl. Robinsón me ha dicho que está ayudando a Raúl. ¿Vos creés que es una boludez seguir ese rastro? ¿No lo podés convencer a este gallego de mierda, cabezón como él solo, de que yo no soy una mentirosa imbécil?

Carvalho insiste, torvo:

—Es una trampa.

—¿A quién se le ocurrió esa trampa? ¿Al inspector Pascuali, que tiene menos imaginación que una abeja macho? ¿Al Capitán? Pero vos te los podés imaginar a los hombres del Capitán disfrazados de Robinsón Crusoe? La cosa es que tengo una cita en ese caserón, y voy a ir con ustedes dos o sola.

Silverstein se ha apoderado de Carvalho por el procedimiento de pasarle un brazo sobre los hombros.

—Nosotros dos te vamos a acompañar.

Abre los brazos ante Carvalho, reconociendo su impotencia, y soporta con una sonrisa los consuelos de Norman.

—Las malas mujeres consiguen de nosotros lo que quieren.

E invita a que atiendan el tema de la canción de Adriana.

Por una mala mujer perdés la vida,
te decía tu mami, que era una santa;
por una mala mujer perdés la guita,
te decía tu papi, que era un manta.

Antes, rubias fanés descangayadas,
ahora, flacas flambés con mil pelucas;
antes eran budines atorados,
ahora son esqueletos apurados;
pero sean chusma sean cacas,
al llegar ya te escupen el asado.

Margaritas Gautier de mil poemas
acabaron en tisis sus tragedias,
o afanaron a algún triste cornelio
que las amaba sin sentirse degollado,
enconchado como gil en un conchario.

Ahora son mises de extrarradio,
del Cosmos, de Belgrano, de Misiones,
tops-models de desnudos diseñados
por el dedo de un bacán con pretensiones
que vende y compra, compra y vende Buenos Aires.

Por una mala mujer perdés la vida,
te decía tu madre, que era una santa;
por una mala mujer perdés la guita,
te decía tu padre, que era un manta.

Yo, que soy la mala mujer de esta garufa,
puedo decirte que soy concha estufada
de tanto gil que me busca por ser mala,
fugitivo de ser huésped de su cama.

Antes, rubias fanés descangayadas,
ahora, flacas flambés con mil pelucas;
antes eran budines atorados,
ahora son esqueletos apurados;
pero sean chusma sean cacas,
al marcharse te escupen el asado.

Como si le abriera la caja de lo inevitable, el lla-
vín se ha metido en la cerradura con una vacilación
impropia del Capitán. Ha necesitado dos intentos de
acertar con la ranura y al tercero se abre la puerta,
a la evidencia de su mujer, sentada frente al televisor zumbante, ensimismada, borracha, con los
ojos desesperadamente rómbicos para demostrar
que la botella vacía situada en la mesita nada tiene que ver con ella, que no comprende por qué su
marido le dice:

—A veces pienso que no te movés de la silla ni para mear. ¿Llegó la nena?

La mujer señala hacia las alturas y sigue parapetada en el fingimiento de su dignidad, de su lucidez, pero cuando el Capitán empieza a subir la escalera dice en voz baja primero y luego la sube hasta alcanzar la condición de grito:

—Hijo de puta. Hijo de puta. ¡Hijo de puta!

Muriel oye la llamada de los nudillos de su padre sobre la puerta y esconde lo que está escribiendo bajo un montón de libros, luego concede el pase.

—Adelante.

Y devuelve una sonrisa a la expresión cariñosa de la cara del Capitán. Se levanta la muchacha, le abraza, le besa.

—Mi oso cavernario chiquitito...

—Muriel, Muriel, ¿vos creés que a un padre se le puede llamar oso cavernario?

—Si es un oso cavernario y, además, es un oso cavernario chiquitito... entonces sí...

El Capitán parece convencido, abarca con la mirada los libros que pueblan la habitación.

—Libros, libros. La vida normalmente queda fuera de los libros.

—Pero siempre va a parar a los libros. No se puede hacer nada, ni bueno, ni malo, que no vaya a parar a un libro.

El Capitán busca una silla, pellizcando los ojos los pósters de héroes del rock que nada le dicen como Kurt Cobain, de Nelson Mandela, de viajes, casi todos a islas del Pacífico. Ahora repasa póster por póster, como si les pasara revista.

—Viajar sí, viajar es hermoso, Muriel. Tengo que hablar con vos.

—De mamá.

Por un momento el Capitán se desorienta, pero

es la propia muchacha quien le devuelve a los puntos cardinales.

—Ya sé que no te gusta hablar de ella, pero necesita ayuda. Cada día toma más. Está más aislada. Necesita ayuda médica, de un siquiatra. Dice cosas muy raras.

—¿Qué cosas raras dice?

—Insiste en que un día va a decirme algo que va a cambiar el sentido de nuestras vidas.

Apenas parpadea el Capitán.

—Delira. No quiere o no sabe ayudarse a sí misma, eso es todo. No. No es de tu madre de lo que quería hablarte. Muriel, hija, me dijeron que hoy fue a la facultad un profeta, un farsante, predicando la revolución.

—Pacífica.

—No hay revoluciones pacíficas. Sé que eras una chica sana, con las ideas claras, pero ahora te veo demasiado metida en un mundo libresco, abstracto, impotente ante la realidad, fabulador, falsificador. ¿Cuánto tiempo hace que no vas al club, a jugar al tenis, a nadar? El deporte nos quita las telas de araña del cerebro. Yo conocí a muchos chicos sanos, de buenas familias, cultos, a los que después se les pudrieron las ideas y terminaron mal, luchando contra la sociedad de la que venían.

—¿Los subversivos?

—La mayoría no eran malos chicos, pero las malas lecturas, las malas compañías, la propaganda comunista. Llegó un momento en el que tuvimos que defendernos de ellos porque iban a convertir a la Argentina en un campo de concentración marxista.

—Pero ¿desaparecieron, no? En realidad construyeron el campo de concentración para ellos mismos.

—Querían cambiar nuestras vidas sin otros argumentos que veinte pesos de ideología. No desa-

parecieron todos. Siguen en activo, más disimuladamente, pero en activo. Ahora van con la flor ecolo-
gista, la teología de la liberación, las ONG, todo eso.
Lo peor son los profesores. Muchos son antiguos
montoneros que ahora matan con palabras. ¿Qué
tal tus profesores?

—Hay profesores buenos y malos. Pero sobre
todo hay una excelente, la profesora Alma Modotti.
Me encanta esa mujer, aunque noto que no le caigo
bien.

—¿Cómo lo sabés?

—Vibraciones. No sé. A veces me parece todo lo
contrario, que me mira de una manera especial. La
verdad es que me exige más que a los demás. Eso
es bueno, ¿no? Desde que era muy chica vos me re-
petiste siempre que los profesores y los padres deben ser exigentes, ¿no es cierto, mi oso cavernario
chiquitito?

«Altofini y Carvalho. Detectives Asociados.» Ya
existen, al menos consta en la serigrafía grabada sobre el cristal granulado de la puerta, y al abrirse,
aparece la espalda de un hombre en trance de monólogo. Un cincuentón atildado aunque con evidente angustia en el rostro, el pelo cuidadosamente teñido y las patillas sobrenaturalmente blancas.

—Es decir, resumiendo, que la culpa la tuvo una
mala mujer.

Carvalho procura metabolizar la conclusión sin
sonreírse, protegido por la distancia y por la mesa
comprada por Alma en una tienda de desechos más
que antigüedades en una de las calles que prolon-
gan o le sobran a San Telmo.

—Por una mala mujer, sí. Quiero que usted, que ustedes la encuentren. Mi hijo era la persona más indecisa de este mundo, influenciable, una buena persona, demasiado. Lamento mucho no haberle hecho compañía. Yo soy viudo. Trabajo muchas horas en mis negocios de lencería fina. El chico creció a la suya y no siempre estuvo bien acompañado. Una buena persona, mi pobre Octavio, demasiado, pero desde que encontró a esa fulana cambió. Se volvió molesto, agresivo, se esforzaba en llevarme la contra, lo que era difícil porque hablábamos poquísimo. Trataba de no encontrarse conmigo.

Carvalho olisquea, huele a rosas y lo comprueba cuando se abre la puerta y entra don Vito Altofini. En efecto, huele a rosas. Lleva un pañuelo blanco en el bolsillo superior de la chaqueta, le brillan los gemelos, la aguja de la corbata, el diente de oro, la mirada.

—Mi socio y titular del negocio: don Vito Altofini, diplomado en criminología por la Universidad de Buenos Aires.

Don Vito primero se sorprende del título recién adquirido, pero lo asume y lo aumenta.

—¿Diplomado? Pero estos gallegos todo lo minimizan. Doctorado. Doctorado. Y hay que añadir un máster en criminología y otros excesos en el MIT.

—Disculpe, don Vito, doctorado en criminología. He aquí un lamentable caso. El hijo del señor ha desaparecido por culpa de una mala mujer.

Don Vito lo encaja con gravedad, pero canturrea:

—«Por una mala mujer perdí la vida...» ¡Cuánta verdad hay en los tangos! Prosiga, caballero, prosiga. Solamente un padre que peina canas y no sabe dónde están sus hijos puede entender lo que dice.

223

El hombre está conmovido. Le cuesta recuperar el hilo de la historia.

—Por la influencia de esa mala mujer mi hijo se convirtió en mi enemigo, y una mañana, me acuerdo como si lo estuviera viendo, llego a mi despacho y encuentro a mis principales colaboradores con cara de funeral.

Carvalho se dirige a don Vito.

—Don Leonardo es un importantísimo fabricante de lencería fina.

Y don Vito se pone soñador y erudito.

—¡La verdadera piel de las mujeres! Dijo un escritor importante: lo más profundo en el hombre es la piel. Y yo añado: ¿y en la mujer? La ropa interior.

Carvalho invita a Leonardo a que prosiga.

—Bueno. Un desfalco. Mi hijo, en mi ausencia y usando los poderes que le había dado para esos casos, se llevó de nuestras cuentas un millón de pesos.

—¿De los de 1984?

Don Leonardo parece ofendido ahora por la valoración de Altofini.

—¿Se preocuparía usted por un desfalco de un millón de pesos de 1984? Hombre de Dios. Un millón de pesos de 1984. ¡Si cabían en un billete!

Don Leonardo ignora el silbido valorativo de don Vito, decidido a concluir su exposición.

—Ahora pienso: ¿qué es un millón de pesos comparado con la vida de mi hijo? No lo denuncié a la policía y encargué a la agencia de detectives Davidson que lo buscaran.

Altofini se lleva primero una mano a la cabeza y luego la baja para taparse la boca, pero la boca se niega al silencio.

—¡Qué horror! Y usted perdone. Son unos mediocres, los Davidson. Cuando se veían perdidos, atascados, me consultaban sus casos por teléfono.

—Yo solamente quería que llegaran a mi hijo antes que la policía y llegaron. Estaba en las Bahamas con esa guacha, esa chupasangre. Yo no quería recuperar el dinero, quería recuperar a mi hijo. Lo juro. Que me muera ahora mismo, si no digo lo que pienso. Ordené que se sintieran vigilados, y no pude ordenar peor cosa. Ella tuvo miedo y lo abandonó. Él se sintió solo, a lo mejor pensó que yo lo despreciaba. Huyó. Nadie sabe dónde está. Presiento que nunca lo volveré a ver.

Estalla en una crisis de llanto el cliente. Don Vito, a su manera, llora y pone una mano consoladora sobre el hombro del padre roto, que pronto recupera la serenidad.

—Encuentren a esa mujer.

Carvalho merodea por sus pensamientos y emite el que más le preocupa:

—¿Para qué?

—Quiero que me la presenten, bajo nombre supuesto, claro. Quiero descubrir su asquerosa alma y hacerle todo el daño que pueda.

Se ha marchado ya el cliente cuando don Vito se plantea si es ético buscar a alguien para que el cliente lo mate.

—Eso he entendido yo.

Carvalho le tiende el cheque del anticipo. Don Vito no renuncia a una mirada desganada, pero lo coge, se concentra en la cantidad.

—¿Y esto es solamente el anticipo? Bien. Analicemos el caso desde el punto de vista de la deontología profesional.

—Mi deontología es aplicada y muy simple. Nosotros cumplimos encontrando a la mujer, presentándosela directa o indirectamente al cliente. Lo demás es cosa suya.

Don Vito queda maravillado.

—Che, me ha quitado las palabras de la boca.

—Además, conozco a esa mujer.

—¿Ya?

—No. Antes. En Barcelona se me presentó un caso calcado. Demasiado calcado. Un padre buscando a la mala mujer que había sido la perdición de su hijo. Algo distinto el caso. El chico se había suicidado. Allí la mala mujer se llamaba Beatriz, Beatriz Maluendas. Pero ¿a que es la misma?

Alma, Carvalho y Silverstein permanecen quietos, como hipnotizados por las aguas. Silverstein tira piedras para que reboten sobre la superficie, como un niño impresionado por el misterio de la lejanía en relación con la profundidad. Carvalho se vuelve y contempla el caserón tras una tapia desbordada por la hiedra, las madreselvas, las glicinas. Mansión de estilo francés que aún conserva algo de su pasado esplendor, poderosa en el contexto de las mansiones de San Isidro, próximo al Yacht Club. Una alta puerta de hierro forjado con la divisa de César Borgia: o César o Nada. Se acercan a la puerta. Alma pulsa el timbre pero no suena. Carvalho empuja el portón y se abre a un jardín que estuvo cuidado y aún conserva estatuas, caminos y setos que nadie se ha tomado la molestia en reparar y domesticar. Pero no son inesperados intrusos. Viernes los espera en la puerta.

—Los negros abrimos las puertas mejor que nadie.

—Para ser negro le veo muy pálido.

No responde al sarcasmo de Carvalho. Lleva el afeminamiento exagerado. Siguen su culear por la casa residencial descuidada, vacía de muebles, huellas en la pared de cuadros que han huido del naufragio. Algunas estatuas de alabastro no lo han conseguido. Desembocan en un gran salón que parece un depósito de cojines, que forman un túmulo para que Robinsón toque desde allí la flauta, y sobre el resto se reparten marginados de muestrario: adolescentes con sida, viejas llenas de golpes y con los ojos beodos, locos «cazamoscas». En la chimenea de la estancia que fue lujosa cuece algo dentro de una inmensa olla de cobre a la que de vez en cuando se acercan los mendigos para llenar sus escudillas con comida. Robinsón interrumpe el concierto.

—Viernes, búscales almohadones grandes y limpios.

Viernes arroja sucesivamente los almohadones a los pies de los tres recién llegados. Alma y Norman se sientan, pero Carvalho permanece erguido.

—¿No tiene una silla?

—La última que tenía se está quemando en la chimenea. Hay que podar los árboles para conseguir leña, pero ¿quién puede podarlos?

—No me gusta sentarme en almohadones. Prefiero permanecer de pie.

—Si te quedás parado tenés el espíritu bloqueado.

—De pie o sentado, lo tengo bloqueado desde el día en que nací.

Robinsón lo estudia, pero repara en que Alma repasa más que contempla el catálogo humano y parece decepcionada.

—Esperaba, esperábamos encontrar a Raúl.

—Raúl sabe que están aquí. Si quiere vendrá. Si no, yo puedo transmitirles su mensaje. Es fácil de resumir. Todavía no sabe lo que quiere, pero espera que yo se lo aclare. Si yo me dedico a descubrirle el alma, se quedará con su alma. Si yo me dedico a encontrar a su hija, encontrará a su hija. Le da lo mismo.

Les propone con un gesto que le sigan y suben por una escalera noble, de mármol rosa, Robinsón al frente, Viernes tras él, Alma, Silverstein, Carvalho. En el piso superior faltan casi todas las puertas.

—Hemos quemado las puertas. Las puertas no deberían existir. Son un invento burgués. En las casas del buen salvaje no había puertas.

Estancia dedicada a biblioteca. Alma se siente impresionada por la cantidad y la calidad de los libros. Sus comentarios elogiosos hacen sonreír a Robinsón.

—Los compré a metros hace muchos años. Ahora los leo. Poco a poco. Éste es el lugar predilecto de Raúl. ¿Están tranquilos? Observen que aunque la casa tiene un estilo francés, los interiores son ingleses. Yo soy uno de esos argentinos anglófilos que tuvo que hacer de tripas corazón durante el conflicto de las Malvinas. Yo jugaba al cricket en el Hurlo, con el té y las tostadas, y la mermelada incluida a las cinco de la tarde, y mis bares eran el Dickens Pub, el John Bull, el Fox Hunt Café y estaba suscrito al *The Buenos Aires Herald*. Bueno, ya les conté mi secreto y les he enseñado mi cubil, la cabaña de Robinsón. A lo mejor los ayudo a encontrar sentido a mi parábola de las Malvinas. Parábola, metáfora. Raúl dice que en realidad soy un socialista utópico, y que si me dejaran, llenaría el mundo de falansterios.

—¿Y no tiene miedo de una redada?

Robinsón se echa a reír.

—Alma, mi pasado me protege. Fui tan rico que las puertas de esta iglesia inspiran respeto a la policía. La policía respeta la riqueza. Yo puedo ayudar a Raúl. Me parece que tenemos enemigos comunes. Pero ¿qué puedo hacer por ustedes?

Silverstein no espera a que contesten los otros.

—¿No le interesa invertir en negocios teatrales?

—No se me había ocurrido.

—Piense en eso y mientras tanto ayúdenos a salvar a Raúl. Es una vieja historia. Lo persigue media Argentina de antes y media Argentina de ahora.

—¿Qué quiere decir para ustedes salvarse?

Es Carvalho ahora quien interviene.

—No se nos ponga metafísico, amigo. Salvarse quiere decir que no te maten antes de que te mueras.

«Leonardo. Lencería Fina.» Si Carvalho tuviera un negocio de lencería fina, ¿qué rótulo le pondría? «Carvalho. Lencería Fina.» No. Lencería fina, desde luego, no. Alguna imagen, sin duda, evocadora de la piel femenina, desde la fascinación infantil que ha conservado hacia las combinaciones, visos los llamaban las gentes de su barrio, las clientas de su madre a las que entreveía furtivamente por el resquicio de la puerta del minúsculo taller. Anochecida la calle sin otro carácter que ser calle de almacenes y pequeñas industrias, con el zumbido próximo de los coches que pasan por la Panamericana. Carvalho espera la salida del personal, sus ojos van descartando, se concentran en una muchacha de unos treinta años, muy delgada, más delgadas todavía las piernas que corren cómicamente tratando de alcanzar un autobús desleal. Carvalho contribuye a que se frustre su empeño.

—¿Doña Esperanza Goñi?

La mujer da un paso atrás antes de reconocer que se llama Esperanza Goñi y de que ya no tiene ninguna oportunidad de alcanzar el colectivo; además, Carvalho le enseña una credencial que ella considera importante.

—Detective Carvalho. No se asuste. Estoy en una investigación sobre la desaparición de don Octavio. Protocolario. Compañías de seguros, qué voy a explicarle a usted, que es una secretaria eficacísima.

Esperanza, entristecida, comienza a caminar a pasos cortos permitiendo que Carvalho la acompañe.

—Era secretaria. Ahora ya no. Lo fui de don Octavio, pero su padre me metió en los archivos, en cierto sentido me rebajó de categoría, me hace responsable de la otra vida de su hijo, de que yo no le informara a él.

—Un empresario es siempre un empresario. Seguro que usted era fiel a su jefe, don Octavio; al fin y al cabo era su obligación.

—Ésa es mi ética.

—La única posible. Usted sabrá quién era la acompañante de su jefe. Usted lo comprenderá. Mi compañía está al borde de la quiebra y no hay archivos en los que puedan meterme. O me sale bien este caso o...

Se rebana el cuello Carvalho con un dedo y mira penetrantemente a una señorita Esperanza solidaria.

—Ayúdeme. He de encontrar a esa mala mujer.

—¿Mala mujer? ¡Pero si era encantadora!

—Mejor, mucho mejor. Pero necesito hablar con ella. Usted quizá sepa cómo encontrarla.

Guarda un secreto Esperanza excesivo para ella sola, y Carvalho está seguro de que el secreto escapará de su pecho antes de que regresen a la parada del autobús para esperar el próximo.

—A veces nos telefoneamos. Con Marta. Esa mala mujer se llama Marta y tiene apellido de casada.

—¿Está casada?

—Lo estuvo. Con un piloto de Aerolíneas Argentinas. Perdone. Se me escapa el colectivo.

Malcorren las piernecillas zancudas de Esperanza, mientras Carvalho recuerda que Beatriz Maluendas también estaba casada con un piloto de Aerolíneas Argentinas, y o se trata de la misma mujer o las estadísticas les tienen manía a los pilotos de Aerolíneas Argentinas.

—Don Vito, vaya volando a Ezeiza y pregunte por un piloto apellidado Fanchelli. Se trataría del marido original de la mala mujer.

Los viajeros más torpes o más exhibicionistas han abandonado el avión cansinamente, con ganas de ser los últimos, de ser esperados por los viajeros más diligentes a bordo del autobús del aeropuerto; pilotos y azafatas suben a la furgoneta para el personal de vuelo. Cuando descienden ante el edificio central de Ezeiza un empleado bisbisea algo al oído del piloto adelantado. Asiente. Es un hombre fornido y atlético. Camina con elasticidad con un maletín en la mano hasta llegar a un pequeño despacho donde don Vito lo acoge con una ancha sonrisa. Le estrecha la mano tomando la iniciativa y le tiende una tarjeta mientras la explicita en voz alta.

—Altofini y Carvalho. Detectives Asociados.

El piloto ha dejado la cartera en el suelo. Sostiene la tarjeta en una mano. La derecha. Espera que don Vito diga algo más.

—Señor Fanchelli, es de vital importancia que encontremos cuanto antes a la señora Fanchelli.

—¿A quién dice usted?

—A su esposa, a la señora...

No tiene tiempo de decir el apellido. El piloto le sacude un izquierdazo en la mandíbula que derriba a don Vito. Luego deja caer sobre el cuerpo yaciente la tarjeta recibida. Coge la cartera y sale de la habitación tranquilo, diríase que feliz. Ya en el despacho de Altofini-Carvalho. Detectives Asociados, Carvalho y Alma tratan de restaurar la mandíbula de don Vito.

—Era zurdo.

—¿Cómo lo notó?

—Porque me pegó con la izquierda sin soltar la tarjetita que sostenía con la derecha. ¿De qué se ríe, Alma? No entiendo por qué a las mujeres siempre les divierte que nos humillen a los hombres. Cuidado. ¡No me la toque, Carvalho, como si no fuera suya! Ya me la tocaré yo. La mandíbula me duele a mí. Cuando me la toca usted, Alma, me duele menos.

Carvalho abandona sus intenciones de curandero y se disculpa por no haber avisado a tiempo a don Vito de que Marta, la mala mujer, se hace llamar Fanchelli algunas veces, pero que su matrimonio ya no existe desde hace años.

—En efecto, es española de origen y aquí debuta con Fanchelli y se casa con él. Después de Fanchelli vivió con un importador de zapatos de lujo. Picoteó otras fortunas. Volvió a España. Trató de hacer cine, en España y aquí.

—¿Lo consiguió?

—No, pero sí algunas capitas de armiño, alguna estola de visón, nunca un abrigo completo.

—Tampoco en España consiguió un abrigo completo. Es su sino. Una mala mujer con un tapado de armiño. Nos ahogamos en el tango. ¿Y sabiendo todo eso por qué no me avisó? ¿Dónde podemos encontrarla ahora?

—Las Bahamas, Santo Domingo, Miami, Las Vegas, Nueva Orleans, siempre los mejores hoteles, en Miami, por ejemplo, el Fontainebleau. Su último patrocinador es Pacho Escámez. Está en Buenos Aires y esta noche cenan en Chez Patrón.

—¿Pacho Escámez? ¿El de la televisión?

—El de la televisión.

—Parece imposible. En España implicó a un productor de televisión, aquí a un presentador. Esta mujer es genial. Repite hasta los oficios de sus fulanos y las situaciones.

Carvalho coge el teléfono y marca un número.

—¿Don Leonardo? Convendría que cenáramos esta noche juntos en Puerto Madero. Chez Patrón, ¿le parece? No, no es un capricho. Pero hay muchas posibilidades de que usted pueda ver en persona a la señora Fanchelli. Montaremos una mesa verosímil. Usted ponga la tarjeta de crédito y yo todo lo demás.

Alma pregunta:

—¿Qué es una mesa verosímil?

—Tú, don Vito, yo, don Leonardo.

Alma se retira sin volver la cara y desde la puerta informa:

—Conmigo no cuenten. Tengo mis propias teorías sobre lo verosímil.

—Chez Patrón. ¿Y se lo pierde? Una mesa sin una mujer no es verosímil. ¿Y si yo trajera una primita?

Ya en el portal, Alma consulta el reloj. Busca un taxi impaciente. Aparece uno con una misteriosa celeridad.

—A la universidad, todo lo rápido que pueda. Llego tarde.

Se distrae Alma contemplando los fragmentos rotos de coches y personas. El taxi busca la ruta de la Ciudad Universitaria, pero de pronto Alma se sorprende, le parece que están dando un merodeo excesivo y más tarde comprueba que han tomado un camino que desconoce, que rechaza su memoria. Un cristal le separa del taxista. Alma da unos suaves toques.

—¿No se equivoca, señor? Le dije que estoy apurada.

El taxista ni se molesta en volverse, y Alma decide no inquietarse, pero se inquieta. Primero comprueba que las portezuelas no se abren. Están bloqueadas. Ahora decide irritarse, asustarse. Empieza a dar puñetazos en los cristales de las ventanas tratando de llamar la atención de los escasos transeúntes de aquellos lugares solitarios. El taxi marcha por calles que desconoce, pero que supone próximas a Quilmes, y se eterniza la salida de la ciudad hacia bosques sucios y solitarios, para escoger una vereda que se adentra en la penumbra boscosa. El terror no le ha impedido ver cómo un dedo del taxista ha apretado el mecanismo y las puertas se desbloquean. Alma reacciona rápidamente para abrir la de la derecha y salir, pero la conquista del exterior le cuesta topar con dos motoristas que la cogen por los brazos y la atontan mediante un puñetazo en la mandíbula.

Cuando se despierta ve las copas de los árboles, el cielo nublado, pero también a cuatro motoristas y al gordo que la rodean. La han atado al suelo, en aspa, entre cuatro estacas. El gordo empieza a darle patadas suaves con la punta del zapato en el sexo. Alma aúlla de miedo o de dolor. El gordo se inclina sobre ella. Su rostro se agiganta en el primer plano.

—¿Sabés lo que es esto?

Le enseña una navaja barbera.

—¿Qué preferís que te corte? ¿Los pezones? ¿El clítoris? O quizá preferís esto.

Una mano enguantada le ofrece una sustancia viscosa.

—Tomá, comé mierda. Es mejor mierda que la que sale de tu boca. Esta mierda es mía. La cagué esta misma mañana.

Alma mueve la cabeza, aprieta los dientes pero no puede evitar que la masa viscosa caiga sobre sus labios, sobre la nariz.

—Es el último aviso. Cuidado con lo que hablás con tus estudiantes. Cuidado con tus lavados de cerebro.

Desaparece el gordo. Las copas de los árboles. El cielo otra vez. Las lágrimas de Alma sobre la suciedad de su rostro y las arcadas que predicen el vómito que el estómago y las lágrimas le niegan.

Los ojos de Pascuali se niegan a asumir lo que ven en el suelo. A sus espaldas Vladimiro forcejea con el deseo de vomitar y otros dos policías esperan órdenes instalados en la compasión. Alma abre los ojos para que salga el terror. Asco y compasión en los de los policías. Pascuali escapa de su parálisis, se acuclilla, arranca las estacas, desata a la mujer con la ayuda ya precipitada de sus compañeros. Uno de ellos trae un bidón del coche y Pascuali moja su pañuelo para limpiar la cara de Alma, agua y pañuelo insuficientes, hasta que ella misma se apodera del bidón y vierte el agua sobre su cara, sobre su cabeza. Se ha incorporado y llora bajo los chorretes de agua, busca refugio entre los brazos de Pascuali, se lo conceden, la nuez de Adán del hombre sube y baja al compás de una muda angustia, mientras los desgarradores sollozos de la mujer le golpean el pecho. De pronto Alma se da cuenta de dónde está y se retira bruscamente, como si abrazara algo desagradable, frente a frente, los rostros de la mujer y de Pascuali recuperan la distancia, el recelo.

—¿Quién fue?

—¿Usted no lo sabe? Claro... paseaba por el bosque y me encontró por casualidad. ¿Es su bosque preferido?

—Aviso telefónico. ¿Reconoció a alguien?

—Use la imaginación. ¿Es necesario que le diga yo quién o quiénes pueden atreverse a hacer una cosa así? ¿Quién, quiénes siguen disfrutando de una impunidad total?

—En la Argentina de hoy, nadie.

Alma grita histérica:

—¿Nadie? ¿Iba a decir que nadie disfruta de impunidad? Se lo voy a decir, reconocí al gordo, a ese gordo hijo de puta, el lugarteniente del Capitán. Y a esos tipos que van en motos. ¿Lo va a detener? ¿Quiere que lo acompañe?

Pascuali insta a Alma a que se meta en el coche. Se sienta a su lado, conduce Vladimiro, por el espejo retrovisor estudia el mutismo encastillado de Alma y Pascuali hasta que ella propone:

—Déjeme en mi casa.

—Disculpemé pero no puedo llevarla directamente a su casa.

—No estoy para declaraciones.

—La declaración es inevitable. No se trata de una declaración solamente. Primero hay otras cosas que hacer.

Vive Alma una larga, inacabable travesía de Buenos Aires, y el recorrido se concreta en los paisajes que llevan a la mansión de Robinsón. El coche de

Pascuali se mete por la puerta abierta que da al jardín, ocupado por otros coches de la policía, también una ambulancia, el rostro herido, cansado, asombrado de Alma a través de la ventanilla. Y recibe la orden de bajar, de seguir a Pascuali, a buen paso, un paso impropio de su cansancio anímico, la escalera que lleva a la planta superior, el distribuidor que conduce a un dormitorio muy amplio, una cama para dos matrimonios y sobre las sábanas ensangrentadas el cadáver semidesnudo de Robinsón. Un corte en el cuello casi le secciona la cabeza. La llama rumia en la esquina del dormitorio. El loro en su columpio dice de vez en cuando: «Me gustan las locas. Me gustan las locas.» Alma ha apartado la vista del cuadro sangriento y se sobrepone a las ganas de reír por la salmodia del loro.

—¿Era necesario traerme aquí, así, tal como estoy?

—Se conocían. Estuvieron hace pocos días aquí, su gallego, el payaso judío y usted.

—¿Qué le molesta de Norman: que sea payaso o que sea judío?

No responde Pascuali y Alma elige pasear por la habitación.

—¿Es el único muerto?

—¿Se le ocurre a usted alguno más?

—Viernes.

—¿Viernes? Ah, sí. Robinsón y Viernes. No. No está. ¿Qué le parece la explicación de un crimen pasional? Un criado negro y maricón degüella a su señor blanco y maricón que resulta ser Robinsón Crusoe.

El loro parece respaldar la tesis de Pascuali.

—Me gustan las locas. Me gustan las locas...

—¿Estaba Raúl aquí cuando vinieron ustedes?

—No. Se lo juro. Pero Robinsón, bueno, como se llame...

—Se llamaba Joaquín Gálvez Rocco y seguro que el nombre le dice algo. Era uno de aquellos oligarcas que ustedes extorsionaban, denunciaban, a veces secuestraban, atracaban, asesinaban o ajusticiaban o ejecutaban, ¿qué palabra empleaban?

Alma contempla al muerto como si acabara de conocerlo.

—Gálvez Rocco.

—¿A quién beneficia su muerte? —le pregunta Pascuali.

—Al género humano en su conjunto. Gálvez Rocco era uno de los oligarcas que respaldaban a la Junta Militar, como Ostiz o Pandurgo o Mastrinardi. No pierda mucho tiempo con este tipo. ¿No va a hacer algo sobre lo mío? ¿Buscan al gordo?

—No lo podemos encontrar. No va a ser tan ingenuo como para esperar en su casa a que investiguemos una denuncia contra él. Ni siquiera sabemos dónde vive.

—¿Y en la casa del Capitán?

Vacila Pascuali.

—¿Tampoco saben dónde vive el Capitán?

—Es materia reservada, al menos para mí. Nadie sabe dónde vive el Capitán, ni se le conoce un apellido fiable, y así es difícil encontrar al gordo.

El puño metálico que golpea el rostro del gordo se recrea con las grietas y las tumefacciones que ha ido construyendo. Le sangra la boca, se lleva la mano a ella, saca un diente roto, mira con miedo y sorpresa de perro apaleado a su agresor, pero recibe dos puñetazos seguidos, en el bazo, en el estómago. Se derrumba gimiendo. Ya en el suelo implora pie-

238

dad con la mirada. Ante él se alza el Capitán. Frío. Sus pies patean al caído. Luego lo coge por las solapas, lo alza a pesar de su peso, lo estrella contra la pared, le pega un rodillazo en los testículos.

—Jefe, por compasión.

—¿Quién te pidió que te metieras? ¿Quién te pidió que secuestraras a la profesora? ¿Quién te pidió que mataras a ese desgraciado?

—Yo no maté a nadie, jefe, se lo juro.

Un guiñapo ensangrentado contra la pared. Incluso parece haber adelgazado. Aprovecha la tregua de golpes.

—Confieso que me pasé con la profesora porque me duele el mal que puede hacerle a la nena. Pero yo no maté a nadie, que lo digan éstos.

El coro de motoristas permanece en la penumbra y en silencio.

—¿De qué muerto me habla, jefe?

El Capitán pulsa el percutor del vídeo. En la pantalla, el cadáver degollado de Robinsón sobre la cama.

—El degüello es bueno, gordo.

—No es mío, jefe, se lo juro. Pero sé a quién encargarlo. Es bueno. Pero no es mío. Yo sólo quería proteger a la nena.

—Tal vez ese degüello me proteja a mí más que a la nena. O no. Protegerme a mí es proteger a Muriel.

Carvalho reprime el vuelo de sus manos por las solapas del policía. Pascuali las esperaba y uno de sus puños se había cerrado hasta blanquear los nudillos.

—Está usted a la altura de su oficio. Esta mujer ha sido secuestrada, golpeada y usted la retiene desde hace horas sin ninguna acusación.

—Ya la atendieron. La revisó nuestro equipo médico. También le dieron calmantes, y si sigue aquí es por lo mismo que están ustedes. Fueron las últimas personas reconocibles que vieron con vida a Robinsón Crusoe y a Viernes.

—¿Qué esperamos? Por lo visto le encanta retenernos en esta comisaría.

—Esperamos al hijo de Robinsón. Es su expreso deseo.

—¿Desea vernos a nosotros?

Se niega a contestar Pascuali y les da la espalda, condenándolos a una espera que Silverstein dedica a acariciar el rostro dolorido de Alma y Carvalho a maldecir las circunstancias que le han llevado a Buenos Aires y a esa sensación de complicidad con estos residuos humanos e históricos, y se repite los adjetivos con rencor y compasión mientras contempla la Piedad que componen Silverstein y Alma.

—Os queréis demasiado. Os compadecéis demasiado.

—¿Qué está diciendo el gallego?

No tiene tiempo el gallego de responder. Es evidente que ha entrado alguien importante. Un hombre de unos cuarenta años, viste de sport, sport selecto, sport de gala, va seguido de dos hombres estrictamente disfrazados de abogados. Camina con la seguridad de llevar en el bolsillo diez tarjetas de crédito oro y se dirige al guardia de la entrada como si fuera un bedel.

—El inspector Pascuali me espera. Soy Gálvez Aristarain. Anúncieme.

El guardia bedel le indica el camino de acceso al despacho de Pascuali y le precede. Pasa el recién lle-

240

gado ante la derrotada tropa carvalhiana, ensimismada y abatida por la inercia. La puerta del despacho se ha abierto y enmarca a un Pascuali enfurruñado que atiende el anuncio del policía chambelán que lee la tarjeta que le ha entregado el recién llegado.

—Gálvez Aristarain.

Prescinde del introductor Gálvez Jr. y propone su mano a Pascuali.

—¿Pascuali?

Pascuali asume la mano magnéticamente.

—Lamento mi retraso, pero mi avioneta no fue diseñada para luchar contra tempestades serias. Ya es un milagro que estemos aquí. Pasé por la Morgue. En efecto. Es mi padre. Nuestros únicos contactos fueron notariales hasta hace un par de años y telefónicos desde que se convirtió en Robinsón Crusoe.

Pascuali le invita a que le acompañe al despacho y desde allí le ofrece la contemplación de los que han quedado fuera.

—Ahí tiene a tres personajes singulares: una profesora de la universidad, un detective privado gallego, un cómico. No. No, no estoy loco. Fueron los últimos personajes identificables que vieron a su padre con vida. Los mendigos que cobijaba han desaparecido. Viernes, el criado...

—Liberto. Mi padre lo obligó a llamarse Liberto desde que lo contrató. Su nombre real se me escapa.

—Bueno, Liberto desapareció y yo le voy a hacer una pregunta que necesito hacerle, aunque es posible que la pregunta y la respuesta queden solamente entre usted y yo. Su padre y Liberto, ¿tenían relaciones? En fin...

—Mi padre, en el momento de hacerme entrega

de la gestión de buena parte de sus bienes, me confesó también secretos de familia. Algunos usted no los necesita. Otros, por lo que parece, sí. Mi padre me dijo que siempre había sido bisexual y que a partir de los cincuenta y cinco, cincuenta y seis años se hizo claramente homosexual.

—Los análisis demuestran que Viernes, digo Liberto, tiene un sida galopante. Tuvimos acceso a la ficha médica del tratamiento del negro. Le quedan meses de vida. Aquí tiene usted al curioso grupo con el que se relacionó su padre por motivos que supongo...

—¿Qué motivos?

—En los últimos tiempos, la vieja residencia de San Isidro se convirtió en una especie de hospicio para la basura humana. Por ahí anda un *desaparecido*, un piantado, amigo y familiar de esta gente, y no me extrañaría que su padre fuera el vínculo de unión. Los retuve para que hablen con usted, a lo mejor esa conversación aclare alguna cosa.

Valora Gálvez Jr. al trío que espera y niega con la cabeza.

—No me interesa esa reunión.

—Pero usted me dijo...

—Sé lo que le dije, pero el encuentro dejó de interesarme.

Se encoge de hombros Pascuali y aún los lleva encogidos cuando despacha a Carvalho, Alma y Silverstein.

—Pueden marcharse, pero sigan recuperables.

—Como si fuéramos envases.

—No me haga enojar, Carvalho. Puedo convertirme en su sombra y hacerle el trabajo imposible.

—A partir de las nueve treinta puede encontrarme en Chez Patrón. Cocina de autor.

Pascuali renuncia a molestarse. Gálvez sonríe

curioso y Alma se guarda la indignación, que estalla cuando el trío llega a la calle.

—O sea, que el gallego se va a cenar, vos te vas a tus tangos y después del día que tuve yo... ¿A casa? ¿A esperar que vuelvan por mí? ¿A esperar a que vuelvan a buscarme y me llenen la cara de mierda?

—Es una cena profesional. Estabas invitada y no quisiste. ¿Quieres que deje solo a don Vito y al seguro esperpento de prima o sobrina que va a traer?

—Decime... ¿vos te creés que me siento como para salir a cenar?

Silverstein la protege con su brazo sobre los hombros.

—Venite conmigo. Te podés recostar un rato en mi camerino.

—Luego pasaré a buscarte. Esta noche duermes en casa.

Alma se resigna a que los dos hombres dispongan de su vida. A punto de disolverse el grupo, uno de los abogados de Gálvez tiende una tarjeta a Carvalho.

—El señor Gálvez Aristarain tendría mucho interés en hablar con usted de asuntos profesionales.

Gálvez Aristarain pasa a su lado. Carvalho le aborda.

—¿Esta tarjeta es suya?

—Sí.

—¿No sabe repartir tarjetas a mano? ¿Necesita un abogado?

Los abogados se están poniendo nerviosos y uno de ellos hace el ademán de encararse con Carvalho. Gálvez Jr. le detiene. Recupera la tarjeta de la mano de Carvalho, la rompe, saca otra del billetero y se la entrega.

—¿Conforme?

—Es usted un joven muy bien educado.

Alma está muy orgullosa de Carvalho.

Acincuentada y en technicolor, don Vito la luce como su mejor prima, de hablares muy finos, incluso cultos, como si pensase en caligrafía, perfiles y gruesos. Carvalho está solo y alivia el gesto de animal atrapado por la cordialidad de la dama y la zalamería cortés de don Vito, cuando ve aparecer a don Leonardo. Es Carvalho quien hace las presentaciones.

—Madame Lissieux, profesora de ballet y sobrina de mi socio, ya le conoce usted.

—Es mi prima, no mi sobrina; y es bailarina de danza moderna. Hay que precisarlo.

Don Leonardo le besa la mano.

—Tratándose de usted no podría ser otra clase de danza.

Tras tomar asiento, don Leonardo queda a la espera de una explicación. Carvalho le indica con la barbilla una mesa vacía y añade:

—Si mi intuición femenina no me engaña, a esa mesa se sentará la mala mujer y su actual amante, un presentador de televisión que ya no presenta casi nada, pero ella no lo sabe.

—No. No vengo preparado. No sé si mi reacción será la correcta.

—Contrólese y recuerde aquella máxima de Confucio: espera en la puerta de tu casa a que pase el cadáver de tu enemigo.

Madame Lissieux corrige a Carvalho en un aparte, en voz baja.

—Es un proverbio árabe.

—Lo sé. Pero a los clientes suele impresionarlos más como máxima de Confucio. Yo se lo atribuyo a Confucio casi todo. Hasta los pensamientos de Menem.

Se suceden los platos, la mesa señalada por Carvalho sigue vacía y don Leonardo filosofa sobre lo que está comiendo.

—¿Esto es *nouvelle cuisine*? No es la comida que más me gusta, a pesar de que puedo permitírmela. Lo mío son los boliches, La Cabaña, si quieren, la Costanera, y para hacer buenos negocios y comer bien, nada como el restaurante de la Cámara de Sociedades Anónimas, por Florida, detrás del Cabildo. Y esa mujer no llega.

—A esta cocina podríamos llamarla «cocina de autor».

Madame Lissieux le secunda.

—Como la que hacía el Gato Dumas. Creo que se retiran Robuchon y Girardet. Cocina de autor. Como el cine de Bergman.

Don Vito está orgulloso del nivel de su pareja.

—Claire, eres indispensable en las cenas interesantes con gente interesante.

Don Vito y Claire enlazan las manos y los ojos de Carvalho van de las cuidadas manos de Claire a la puerta. Allí está la mala mujer acompañada del presentador Pacho Escámez. Bastante alta, suficientemente llena, rubia, de una piel blanca, lechosa como si la hubieran barnizado con la misma leche que podría salir de sus pechos suficientes asomados al escote. Es Beatriz, Beatriz Maluendas, pero pasa junto a Carvalho sin reconocerle. A su lado el viejo Escámez disfrazado de héroe posmoderno de televisión arrastra a don Vito hacia una consideración escatológica.

—Qué viejo está Pacho. Parece una momia recién salida del cementerio de La Recoleta. Pero en pantalla todavía da bien.

Todo lo que en Escámez es seguridad de antiguo seductor telegénico, en la mujer es alegría de vivir, que se le ve en su simple avanzar hacia la mesa, en la ilusión con que escoge menú, con que acaricia la mano venosa y pecosa del viejo. Gesto por gesto los persiguen los ojos incisivos de don Leonardo. Carvalho lo estudia. Le recomienda.

—No los mire demasiado. Se darían cuenta.

—Pensar que esta hija de puta...

Don Leonardo inspira aire para contener sus emociones. Contención y emociones excesivamente obvias, piensa Carvalho. La mala mujer en cambio lanza humo de su cigarrillo a la cara de Escámez, que trata de reñirle sin ganas. Don Leonardo mira con agradecimiento a los que le rodean.

—Gracias por haber sido tan eficaces. Ahí la tengo. Ahí está la causante de la perdición de mi hijo.

Carvalho suspira y se enfrenta a don Leonardo.

—No deja de ser una metáfora.

—¿Por qué?

—Si no me equivoco, su hijo tiene treinta años, y la señora, de casada Fanchelli, Marta Fanchelli, o Beatriz Maluendas, para ser más exactos, debe de ir por los treinta y cinco. No puede hablarse de infanticidio.

Leonardo sonríe tristemente.

—Mi hijo podía ser el número uno en cualquier cosa, pero en asuntos de mujeres acaba de salir del cascarón. Nosotros somos de otra generación. Hemos vivido menos abrigados. Yo empecé vendiendo ropa interior femenina por las casas y a plazos y me cogía a la mitad de la clientela, con perdón, señora Lissieux. ¿Saben adónde fue a parar mi hijo? Me dijeron que se metió en una de esas sectas americanas instaladas en Centroamérica. Está programado. ¿Qué puedo hacer?

La insistencia de la mirada de don Leonardo ha alertado a Marta Fanchelli y le corresponde con una sonrisa.

—¿Vio cómo me mira?

Madame Lissieux está al quite.

—Lo que pasa es que usted es muy pintón.

Don Vito aprieta un brazo de su prima y es como una señal. Madame Lissieux se levanta y va hacia la mesa del presentador y su pareja. Don Leonardo mira a Carvalho sorprendido, pero sigue los movimientos de la bailarina de danza moderna sorteando mesas, camareros, mesitas en llamas para los flambeados.

—¡Gambetea como el Burrito Ortega! —jalea don Vito.

Claire lleva un cuaderno en la mano y un delgado bolígrafo de oro. Supera la sorpresa con que la recibe Pacho.

—Perdone, pero lo reconocí en cuanto entró. Usted fue y sigue siendo mi presentador de programas preferido. También me acuerdo de sus tiempos de galán. Nadie consiguió superar todavía *Nostalgia de organdí*, ni *La guita ensangrentada*, junto a Mirta Legrand. No. No. Ella era la Laplace.

Amplia sonrisa en los labios lilas de Escámez. Toma de buena gana el bolígrafo y escribe una larga dedicatoria. Madame Lissieux se vuelve hacia Marta.

—En mi mesa comentábamos que usted sin duda será una próxima gran estrella del canal, del canal ¿ocho? ¿Su último descubrimiento, don Pacho?

—Puede ser.

Besa el viejo la mano de madame Lissieux cuando se retira. Carvalho se ha inclinado hacia don Leonardo y las instrucciones que da en voz baja parecen órdenes inapelables.

—Usted se llama Álvaro de Retana, es fabricante de imitaciones de antigüedades y tiene varias tiendas de cueros por la zona lógica, Santa Fe, Paraguay, por allí. Tenga. Éstas son sus tarjetas.

Don Leonardo contempla con estupor las tarjetas que Carvalho le tiende. Consta como «Álvaro de Retana. Cueros Los Macabeos». Una dirección que no le dice nada.

—Me he permitido contratar en su nombre un lujoso apartamento junto al hotel Alvear. Ahora va a dar el paso para entablar contacto con la señora, y entonces sí nuestro trabajo habrá acabado. Usted irá con madame Lissieux, ella entretendrá a Escámez y usted le da una de estas tarjetas, con mucha discreción, a la mala mujer. Todo lo que ocurra a partir de ahora será cosa suya. Incluido pagarnos la minuta.

Leonardo no sabe si indignarse o cumplir lo ordenado. Madame Lissieux no le da opción. Se levanta e inicia la marcha, don Leonardo la sigue, Carvalho y don Vito observan y esperan que lo que suceda confirme su estrategia. Madame Lissieux y don Leonardo saludan a la pareja. Pacho atiende la conversación con la Lissieux y don Leonardo dialoga con la mujer. Algo pasa de su mano a la de Marta.

Con las manos protegiéndose la boca don Vito comenta:

—Seremos cómplices de un crimen.

—O del inicio de una gran amistad.

—¿Con la que llevó a su hijo a la perdición?

—Me parece que hay una tragedia griega en la que pasa algo así.

Don Vito está maravillado por el buen hacer de madame Lissieux.

—¡Qué bien lo hace Claire! Yo había pensado en hacerle un regalito. Cuando cobremos, claro. No una coima, entiendamé. Un detalle. Algo fino.

Hay ilusión en la mirada de Carvalho, que contempla los preparativos de las avionetas, como si quisiera subir a ellas. Se vuelve cuando nota la presencia de alguien a su espalda. Gálvez Jr. y sus abogados. Se estrechan la mano suficientemente y busca el financiero un aparte.

—Lamento la precipitación del encuentro, pero estoy en una época en que parezco una hoja de papel, de aquí para allá. Quiero que usted investigue paralelamente a la policía y me tenga al día de por dónde van. Lo del sida no me ha hecho ninguna gracia. Si Viernes tiene el sida, eso nos puede infectar a todos; para empezar, la memoria de mi padre. Los negocios de hoy en día se basan en la apariencia, en la buena imagen. Si se les tira petróleo se convierten en incendios gigantescos. En cuanto se quema el petróleo se acabó el incendio.

—Perdone, pero no comprendo. Soy duro para las metáforas.

—Entienda o no entienda las metáforas, lo que sí entendió es que queda contratado. Le dejo a uno de mis abogados para que se pongan de acuerdo. El dinero no es problema.

Camina hacia un hermoso avión privado acompañado de dos de sus acólitos; junto a Carvalho queda el abogado que le sobraba.

—¿A usted no le pasean en avioneta?

—No es una avioneta. Usted y yo tenemos que hablar de dinero.

—Le advierto que quiero hacer las Américas.

El abogado no entiende la metáfora.

—Usted y yo somos duros para las metáforas. ¡Guita! ¡Mucha guita! ¡Mucha!

Es Carvalho quien tiende el cheque para que lo vea don Vito, ocupante del sillón habitual de Carvalho.

—¡Guita! ¡Guita! Mucha guita. Pero también mucho trabajo. El caso de la mala mujer. Ahora el de Robinsón Crusoe.

—Necesitaremos un ayudante.

—Eso ya sería una multinacional o un despacho de abogados o de arquitectos. No me gustan las multinacionales.

—Distribuyamos el trabajo. Hay que organizarse.

—Usted especialícese en mujeres malas, yo me voy en busca de Viernes.

—Y de su primo. No se olvide de su primo.

Nada más darle la espalda Carvalho, un don Vito irritado por el desprecio a su oferta le hace la señal de los cuernos. No ha querido verla Carvalho, pero no puede dejar de ver la presencia de Pascuali que se le echa encima nada más salir del portal. Echa a andar Carvalho a la espera de que el policía tome la iniciativa. De momento camina a su lado como si le acompañara, seguidos a dos metros por sus ayudantes preferidos.

—No se puede negar que usted es muy trabajador.

—Usted parece un policía a destajo. Es un buen ejemplo de la productividad de los trabajadores públicos. ¿Ya le ha dado Menem la medalla del trabajo? ¿Le pagan comisión por cada detenido?

—¿Está aprendiendo a volar? Ayer lo vieron en el aeropuerto, en compañía de Richard Gálvez. No vuelva a cruzarse en mi camino.

—Me mueve la lógica de la situación. El caso Robinsón conduce a Raúl. En cuanto encuentre a Raúl y consiga convencerle de que vuelva conmigo a España, adiós. Le liberaré de mi presencia. Pero lo que no entiendo es por qué le molesto yo más que el Capitán. El que le jode de verdad es el Capitán. ¿Quién controla en esta mierda de orden? ¿Usted ante las cámaras de TV o el Capitán desde las cloacas?

—No me venga con problemas éticos a estas horas. Estoy aquí para proponerle un pacto que en realidad siempre existió: Viernes por Raúl. Si usted encuentra a Raúl, yo le pongo un puente de plata para que se lo lleve si quiere, se lo lleve a la mismísima mierda; pero en todo lo referente al caso Gálvez Robinsón, quiero que me diga inmediatamente cuanto averigüe.

—Demasiado interés por un Robinsón. Es un simple caso de arteriosclerosis. Lo pudo degollar Viernes, un mendigo...

—Para que compruebe mis buenas intenciones le voy a dar una información que a lo mejor no sabe. Robinsón nos salió chantajista.

No disminuye la marcha Carvalho, pero Pascuali percibe que al menos ha cambiado el paso.

—Chantajista por amor a la humanidad, claro está. Amenazaba a grandes tiburones de las finanzas, la industria, el comercio, quería un impuesto revolucionario para recuperar las Malvinas, para sus falansterios, para redimir a la humanidad. Conocía todas las basuras que ha producido la oligarquía de este país en los últimos treinta años. ¿Comprende por qué le cortaron el cuello?

—Oligarquía. Vaya lenguaje, Pascuali. Parece usted un policía convencido de la existencia de la lucha de clases.

—Tampoco soy partidario del sida, y el sida existe.

Acelera la marcha el detective por si también lo hace Pascuali, pero el policía abandona su estela, mientras hace una señal para que se movilice un coche que seguirá a Carvalho.

Sin duda es la sala de los enfermos más enfermos y pasa como de puntillas para no molestarse a sí mismo con un exceso de compasión. El médico que le precede parece caminar dormido, pero lo que ha sido somnolencia se trueca en nerviosismo cuando queda a solas frente a Carvalho en el interior del despacho.

—Le advierto que mi amistad con Raúl Tourón, con su mujer, Berta, que en paz descanse, nunca fue política. Tampoco debería hablar con usted acogiéndome al secreto profesional.

—Es un caso de vida o muerte. Viernes, es decir, Liberto, el antiguo mayordomo de los Gálvez, está en una fase terminal, ¿cierto?

—Cierto, y en cuanto a su estado clínico no le diré más.

—Necesita un tratamiento, un tratamiento que usted le daba y hace días que no viene por aquí.

—Positivo, y me extraña, aunque también leo los diarios y veo algo la tele. Lo relacioné con el asesinato del señor Gálvez, del Robinsón.

—Tiene usted poder deductivo.

—La ciencia utiliza la deducción y la inducción.

—No esté rígido, amigo. Esta entrevista ya no será necesaria a partir del momento en que usted me diga algo sobre dónde puedo encontrar a Viernes. Si encontrar a Viernes significa encontrar a Raúl, no se preocupe. Ustedes se conocieron de estudiantes. Soy su primo. Alma, su cuñada, ya le habló. Está de acuerdo.

—Lo único que sé es que Liberto tenía un amigo por Bolívar. Detrás del parque Lezama. ¿Se ubica?

—¿Un amigo muy amigo?

—Muy amigo.

Como Carvalho se encoge de hombros, el médico consulta una ficha y le escribe una dirección que le entrega con ganas de sacárselo de encima.

—A todos los efectos, yo no he hablado con usted.

Demasiada gente en el horizonte y, por si acaso, Carvalho ordena al taxista que se detenga y avanza a pie hacia el escenario del tumulto, donde se concretan coches de policía, agentes cortando el tráfico, curiosos y entre los curiosos se infiltra Carvalho tratando de llegar a la primera fila del espectáculo. Cuando lo consigue dirige sus ojos adonde todos: las ventanas de un inmueble que traducen movimiento de la cana, como si el interior ya estuviera coordinado con la expectativa del público. Pascuali permanece tras la ventana y escucha las explicaciones del forense o mira hacia el lecho donde Viernes, en slip, muerto, conserva el *atrezzo* de la sobredosis: una goma en el brazo, la jeringuilla colgándole de la vena, en el momento en que el forense la retira con las manos enguantadas. Pero para hacerlo ha debido pasar sobre otro cadáver, en el suelo, un muchacho que parece dormido con el antebrazo sobre los ojos.

—¿Sobredosis? ¿El del suelo también?

El forense asiente con la cabeza y Pascuali pega un puñetazo en el aire.

—Llevensé todo lo que puedan llevarse y registren hasta detrás de las pinturas de las paredes.

Se acerca de nuevo a la ventana y su rostro cambia de registro. Ha podido distinguir entre los curiosos a Carvalho y ve cómo va ganando plazas hacia él otro viejo conocido: Raúl. Pronto se producirá el encuentro al que permanece ajeno Carvalho, y Pascuali saca del bolsillo un comunicador a distancia.

—Atención, agentes de los coches cuatro y cinco. Tomen posiciones junto a la tienda de electrodomésticos que hay en la esquina. Sin ser advertidos. Nuestro amigo Carvalho y Raúl Tourón están a pocos pasos de la tienda. Operación envolvente sin ser advertidos. Insisto. Procedan a detenerlos antes de que yo llegue, pero yo salgo ahora mismo.

Corta la comunicación y sale corriendo, mientras Raúl ya ha conseguido colocarse junto a Carvalho, invitarle a que le reconozca sin enfrentarse y hablarle de lado, como si fuera un espectador más de lo que ocurre.

—Yo encontré los cadáveres antes que la policía. Estuve escondido aquí más de una noche.

—Y sólo se te ocurre quedarte a la vista.

—No me dieron tiempo para que me fuera. En fin. Todavía me queda curiosidad. Viernes iba a pasarme una información póstuma de Gálvez.

Carvalho no quita ojo a los coches estacionados de la policía, se han abierto las puertas, demasiados policías parecen tener ganas de dar un paseo y casi todos quieren darlo en dirección adonde ellos están.

—Si quieres que te detengan, que Pascuali respete el pacto, volver a España conmigo, quédate. Si

254

no, echa a correr porque la policía viene ya por nosotros.

Raúl ha recuperado la actitud de animal acorralado y sale corriendo a la velocidad del miedo. Los policías se desconciertan ante la pasividad de Carvalho y la huida frenética del otro, se dividen tarde, y los que van a por el detective le afrontan en el momento en que enciende un Rey del Mundo especial al aire libre, pero con una parsimonia de fumador de interiores. No les ha gustado el gesto y sacan las pistolas como si fueran sexuadas, gritan alto, quédese sin moverse, histéricamente algún agente, mientras rodea al grupo crece el griterío y un vacío precautorio alrededor del hombre que fuma un puro, sin respetar la gravedad del momento. Llega Pascuali, respira afanosamente, rompe el cerco. Se queda ante Carvalho. Finalmente arrebata el puro de entre los labios de Carvalho, lo tira al suelo y lo pisotea.

En cualquier lugar del mundo los detenidos habituales se parecen, como se parecen los pijos y los locos. Carvalho y siete u ocho detenidos habituales, habituales en sus delitos y sus aspectos, salvo un hombrón semicegato. Se ha dado cuenta de que Carvalho no es un delincuente habitual y le pide lumbre para el cigarrillo.

—El Estado corrupto y corruptor ya no distingue lo que separa la virtud del vicio, se limita a ponerle un límite. Mi papá escribió: «No habrá nunca una puerta. Estás dentro y el alcázar abarca el universo.»

—¿Su papá era funcionario de prisiones?

La infinita paciencia del detenido puesta a prueba ¿cuántas veces? y sin embargo se limita a ser amable cuando responde:

—Mi papá fue Jorge Luis Borges. La literatura en carne y hueso. —Y le entrega una tarjeta al tiempo que se presenta, con más detalles—. Soy el hijo natural de Jorge Luis Borges.

Se saca un cuaderno del bolsillo de la chaqueta y se lo entrega a Carvalho.

—*Elogio de la sombra*, uno de los mejores libros de mi padre. Lo copié a mano. Me lo sé de memoria. ¿Ama usted los libros?

—Tanto que arden en mis manos.

—¡Hermosa imagen! Es verdad. Los libros son como llamaradas que brotan de nuestras manos.

—En mi caso completamente cierto. Los quemo.

Pero ya repara en la presencia de Pascuali al otro lado de la reja. La abre un agente. El policía indica a Carvalho que salga, sin más explicaciones se pone a caminar, Carvalho le sigue, pero saluda al hijo de Borges con un ademán cómplice y Borges Jr. se lo agradece y recita fuerte, honda, calmosamente:

—«*Y no tiene anverso ni reverso,
ni externo muro ni secreto centro.
No esperes que el rigor de tu camino,
que tercamente se bifurca en otro,
tendrá fin. Es de hierro tu destino.*»

Pascuali se ha vuelto y observa torvamente al recitante.

—Hay más locos fuera que dentro de los manicomios.

—¿Lo ha detenido por loco?

—Por suplantador de personalidad.

—¿No es el hijo natural de Borges?

—Es el hijo sobrenatural. Váyase a casa.

No discute Carvalho la propuesta, ya en el zaguán de comisaría lleno de sombras de vigilados y vigilantes. Las manos de Pascuali retienen a Carvalho antes de salir.

—Usted ha roto el pacto. Ayudó a escapar a Raúl, y el acuerdo era que yo le ayudaría a que saliera del país sin problemas. Usted está loco. Ni siquiera yo puedo controlar el caso Raúl Tourón del todo y usted además se mete en el de Robinsón Gálvez, que todavía está más podrido. ¿Sabía usted que Robinsón Gálvez era un tiburón que chantajeaba a sus antiguos compañeros de acuario para reunir fondos con destino a la conquista de las Malvinas? ¿Sabe de qué estaba lleno ese acuario? ¡De tiburones!

Y como si Carvalho fuera un tiburón, Pascuali le invita a salir de la comisaría mediante un empujón que le hace trastabillar sobre los primeros escalones. Sin darle la cara a Pascuali, Carvalho respira hondo y escupe con la voz suficientemente alta:

—¡Hijo de puta!

Le urge volver a casa y comunicar con Barcelona, con Biscuter, cocinar quizá, pero sí tenía claro el para qué, ¿para quién? Desde una cabina informa a Alma de sus propósitos y no recibe seguridades. Ya en casa valora las posibilidades que le ofrece la cocina y recuerda una receta que viera en un suplemento de revista atribuida a una cocinera catalana, de Sant Pol de Mar. El mundo es un pañuelo. *Pilota* catalana sobre fondo de verduras y tallarines de sepia. Amasar la carne picada de cerdo con huevo, pan migado, ajo, perejil, rebozarla de harina blanca, cocerla. Ya escurrida colocarla sobre un lecho de espinacas y tiras de sepia livianas cortadas a manera de tallarines. Una vinagreta con un toque de vinagre de Jerez, algo de soja.

—¿Biscuter? Disculpa, es que no paro.

Biscuter tiene un memorial de agravios y urgencias, pero sí, sí, ha llegado la transferencia bancaria y todo está preparado para cuando vuelva.

—Le preparo un plato para chuparse los dedos, jefe. *Pilota* sobre lecho de verdura y tallarines de sepia. Lo he sacado de una revista, es de una cocinera de por aquí que se llama Ruscalleda.

—No podía ser de otro sitio.

—¿Le sorprende el plato?

—¿A quién no?

—Estoy sofisticando mi cocina. ¿Cuándo vuelve, jefe? Tengo noticias de Charo que quizá le gusten. Me parece que va a volver.

Necesita no contestar, pero Biscuter quiere ser contestado.

—¿Qué le parece?

—Bien.

—¿Sabe qué me dijo cuando me llamó? Me dijo que usted era el hombre de su vida.

—¿De toda su vida?

—Eso no me lo aclaró.

Se deshace Carvalho de Charo más que de Biscuter y vuelve a sus cocinas hasta que suena el timbre. Saca una pistola envuelta en plástico del interior de un pote de pasta italiana. Se la mete en el cinturón bajo el delantal. Pega el ojo a la mirilla. Abre y Alma está allí, tan cansada como él.

—Quiero cenar algo cariñoso. Estoy en horas tan bajas que ni siquiera figuran en el reloj.

Carvalho le abre paso y le describe el primer plato.

—Pero eso es arquitectura, no cocina.

—Tengo otras alternativas preelaboradas: una

tortilla de cebolla con bacalao; cordero a la agri-
dulce con hierbas de Provenza; higos a la siria.

Alma se ríe cada vez con más ganas. Carvalho,
ofendido, espera llegar a la cocina y le enseña lo
que ha prometido.

—Increíble. ¿Y todo eso lo cocinaste para co-
mertelo vos solo?

—Estaba deprimido y siempre guardo lo que sobra. En España cocinaba para un vecino, Fuster,
amigo. Cuando estoy solo esta casa se llena de invitados imaginarios. A veces he tirado al retrete cazuelas de comida que me han costado horas de trabajo.

Han terminado de cenar y Alma permite que la
rodee el silencio de Carvalho; luego su mirada, la
mano del hombre le roza la cara y se apodera de sus
rizos. Ella se acerca con la mirada franca, el cuerpo
abierto, pero suena el timbre y Carvalho comprueba
la hora al tiempo que exclama:

—¡La madre que me parió!

Está alarmada Alma.

—No temas. Es don Vito. No recordaba que le
había citado aquí.

Los ojos de Alma le piden que no lo reciba.

—Me lo sacaré de encima en cuanto pueda. No
te dejes ver.

Don Vito se derrumba en el sillón del despacho,
vencido por el tango que lleva dentro.

—Su llamada evaporó el amor que me rodeaba.

—Póngase Fahrenheit de Yves Saint-Laurent. No
hay quien lo evapore. Ahora va a llegar a la cima de
su carrera. Ha de seguir como una sombra a la policía, a Pascuali.

—Pero ¿se ha vuelto loco? Me subo a un taxi y
le digo al taxista: siga a ese coche, al coche de la
policía.

—Lo ideal es que tenga usted un taxista fijo, es decir, contrate un chofer de confianza y se le paga.

Se ilumina el rostro de don Vito.

—¡Madame Lissieux! Fue campeona femenina de rallyes en Europa.

—Le he devuelto el perfume del amor. Quiero una lista completa de las visitas que haga Pascuali en las próximas veinticuatro horas. Está siguiendo a tipos demasiado poderosos como para citarlos en comisaría. Quiero saber quiénes son.

Alma le está esperando desnuda entre las sábanas, pero aún le quedan preguntas.

—El perseguidor perseguido. ¿Por qué Pascuali?

—He recibido el encargo profesional del hijo de Robinsón, un yupy que utiliza la avioneta hasta para irse a tomar el aperitivo en Mar del Plata y volver a jugar al polo en Buenos Aires. Ha aparecido Viernes, muerto de sobredosis. Raúl estaba allí. A veces se refugiaba en un departamento que tenía un joven amante de Viernes, detrás del parque Lezama. Fue allí y se encontró ante los dos cadáveres. Sobredosis.

—El Capitán.

—No lo sé. Robinsón Gálvez se dedicaba a chantajear a los alegres compañeros de su vida de ricacho para conseguir recuperar las Malvinas. Supongo que Pascuali dispone de una lista de extorsionados y los interrogará en su casa. No les va a llamar a comisaría, aún hay clases. Vito seguirá a Pascuali y en dos días dispondremos de una lista de oligarcas agraviados. Me interesa tener mis bazas, porque el joven Gálvez tiene su juego, presiento.

—Robinsón era un terrorista.

—Éste sí. El original fue el mejor predicador del individualismo burgués y del providencialismo moral del capitalismo.

260

Tan asombrada está Alma por el comentario que se incorpora y le brotan las tetas sobre la colcha aún con los pezones dormidos.

—¡Eso lo digo yo en clase!

—Es probable. Después de este interrogatorio ¿sigues desnuda?

—¿A vos qué te parece?

Cuando Carvalho abraza el cuerpo desnudo percibe electricidades que emanan de todas las puntas de la mujer y se llena en seguida la boca de pelos rubios rizados sobre un pubis de nácar. Necesitaba comer sexo como quien necesita besar el suelo después de un destierro. Alma no habla, no grita, pero sus ojos se ablandan ante la penetración y sus manos amasan la espalda del hombre como reconociéndole a cada arremetida. Luego el amor, ha sido amor, teme Carvalho, los introvierte, melancolía incluso en Alma, semivestida ante los troncos preparados mientras Carvalho rompe un libro y se predispone a colocar los fragmentos bajo la pirámide de leña.

—¡Señor! Cada vez que te veo estás quemando un libro. ¿Querés la dirección de un siquiatra?

Inexorablemente Carvalho quema el libro.

—¿De qué va hoy?

—De Borges. *Elogio de la sombra*, uno de los mejores libros, según su hijo. Me refiero al hijo de Borges.

—¿Un hijo de Borges? Borges nunca tuvo hijos. Se sospecha que murió virgen.

—Se presentó como hijo natural de Jorge Luis Borges y se le parecía.

—¿Dónde?

—En los calabozos de Pascuali. Se me olvidó decirte que me detuvo unas horas. Dudó entre patearme un habano o detenerme, y se inclinó por piso-

261

tearme un habano y meterme en una celda varias horas. En el libro ese que arde, lo hojeé un poco, alguien decía que nunca se sale del laberinto. Ya te dije que siempre he pensado que nunca volvería a casa, desde niño, ¿a qué casa?

—Pepe, estás todavía más triste que yo. Besame, pero no como lo hiciste antes. Besame como un amante impotente.

—¡A mis años! Fingir dos veces. Tan seguido. Fingir potencia. Fingir impotencia.

Pero la besa como un amante impotente y luego se aparta de Alma para reordenar las llamas de la chimenea.

Con su mejor *atrezzo* venido a menos, don Vito aguarda en el interior de su coche. Consulta el reloj demasiadas veces. Un taxi se detiene a pocos metros. Baja un extraño ser de sexo, cuerpo y rostro no identificables. Paga al taxista a través de la ventanilla. Luego se vuelve. Es madame Lissieux disfrazada de campeona de rallyes años cuarenta, incluidas las gafas, las polainas. Saluda cariñosamente a distancia a don Vito.

—¡Y cómo me viene! ¡Parece Fangio!

Pero cambia de expresión para salir del coche y ofrecer el volante a la mujer tras besarle la mano, gesto que queda como la cortesía de un caballero gomoso a un piloto automovilístico equívoco.

—Vos siempre a la altura de las circunstancias.

—¿A quién hay que seguir? ¿A un criminal peligroso?

—Al más peligroso. Al Estado.

A pesar de las gafas se adivina la concentración

profesional de madame Lissieux cuando arranca dispuesta a abordar su destino.

—Manejaba como si se estuviera jugando la vida, mi vida más que la suya, gallego, y gambeteaba los coches para que no se le escapara Pascuali, corriendo el riesgo de que el propio Pascuali se diera cuenta y nos detuviera.

Carvalho se siente a gusto en los cafés de Buenos Aires, donde junto a la madera reinan los metales pulidos y un espacio a favor del tiempo. Don Vito interpreta el papel de hombre cansado después de un día insoportable. Se afloja el nudo de la corbata. Se desabotona el cuello de la camisa.

—¿Usted sabe lo que es seguir a la policía en un coche conducido por un chofer que parece una síntesis de Juan Manuel Fangio y el Hombre Enmascarado y además ese chofer es una mujer: madame Lissieux? ¿Usted ha ido alguna vez al lado de una mujer que cruza la avenida del Libertador y Callao a ciento veinte por hora? ¿Sabe lo que fue cuando se nos acercó un policía en un semáforo para decirnos que íbamos demasiado rápido y madame Lissieux le contestó: no nos detenga, agente, que estamos siguiendo a ese auto de la policía?

—Los han detenido.

—¡No! Al contrario. Nos abrió paso para que pudiéramos seguir al coche del policía.

—Las palabras tienen dueño. ¿Misión cumplida?

Don Vito lanza teatralmente una hoja de papel sobre la mesa.

—Parece la selección nacional de los ricos argentinos pero sin Maradona. Esa gente tiene más guita que Fort Knox.

Carvalho se guarda la hoja doblada. Ha recuperado don Vito el aliento para pegar la hebra con la muchacha sin flor que le calcula lo que cuesta una noche, la cama aparte.

—No me dirigía a vos con esas intenciones, sino por el puro placer de aspirar el aroma de los escotes y las ingles.

—¡Será asqueroso el tipo este!

Carvalho deja a don Vito a su suerte y le pide al taxista que le lleve al Club de Polo.

—¿Cuál, el de Palermo?

—Se llama Club Hurlingham.

—Ah, al Hurlo. Allí va gente de plata plata.

Bajo la noche y los focos de la iluminación, los señores obedecen la inexplicable persecución de la pelota. Un deporte de caballeros, piensa, mientras observa los últimos lances del partido de polo. Distingue de los demás jugadores cesantes a Gálvez Jr. cuando desciende del caballo y lo entrega con desgana y cansancio a uno de los mozos. Ha visto a Carvalho asomado a la baranda y le hace un gesto de reconocimiento. Cuando se acerca a él se está quitando los guantes.

—Voy a ducharme. Tome lo que quiera. Diga que es mi invitado. No les gustan los extraños.

Son muy severos los ojos del criado que han decidido que Carvalho no merece estar en los salones de tan privilegiado club. Pero antes de que le zahiera con alguna insinuación excesivamente educada, Carvalho se parapeta.

—El señor Gálvez me ha rogado que le espere aquí.

Aunque el atuendo de Carvalho no traduce el nivel de encuentro o desencuentro con el poderoso

264

Gálvez Jr., el criado decide que es el suficiente como para que regale al intruso la condición de *clubman*.

—¿Desea tomar algo, señor?

—Cuatro dedos del mejor whisky de malta, sin hielo.

—¿Del más caro?

—Del mejor.

—Es muy subjetivo.

—Es su problema.

Se inclina el camarero y se va. Carvalho padece un ataque de síndrome de Estocolmo y examina al personal convencional con cierto afecto. Atuendos deportivos, cuerpos bien cuidados pero una cierta atmósfera de irrealidad, como si todos fueran extras para una secuencia de bienestar que ya no pertenece al final del milenio. Es el maître, no el criado, quien se acerca ahora a su mesa, con una botella de whisky y un vaso en la bandeja.

—El mozo me ha expresado sus deseos y me he atrevido a interpretarlos. Para estas horas me he permitido escoger un Glenmorangie, un Single Malt que igual cumple entre horas o como aguardiente de sobremesa. Me permito escogerle este veinte años y recordarle que si le pone hielo o agua gana en aroma pero pierde el redondeado en garganta. El whisky, lo sabe usted muy bien, no es como el vino que termina en el paladar y la lengua. El whisky termina en la garganta.

Carvalho da su autorización. Cinco dedos de malta en el vaso y botella, vaso y bandeja quedan a su disposición. Coge el vaso, da los tres olfateos de rigor, de menor a mayor movimiento del líquido, y bebe un trago. La garganta se lo agradece. Asiente Carvalho.

—Excelente, señor...

—Loroño, para servirle.

—En mi próxima reencarnación le contrataré como somelier de whiskies.

—Perdone mi curiosidad. ¿En qué piensa reencarnarse?

—En socio de este club.

La llegada de un Gálvez Jr. impecable corta la respuesta del maître.

—¿El señor Gálvez lo de siempre?

Gálvez asiente. Mira el reloj.

—¿Le espera la avioneta?

—No. Comprendo que parezco un tópico. Avioneta y polo. Mi padre me educó para que tuviera avioneta y jugara al polo, para que fuera un yupy inglés. Mi padre, a pesar de todo, era un anglófilo, de los que creían que el problema de la Argentina empezó el día en que rechazamos la colonización británica. Dirijo treinta empresas a lo largo y ancho del país.

—Los yupies de verdad no saben que lo son.

—He leído algo, no mucho. Lo suficiente para saber que ser yupy no está bien, quiero decir, que no está bien parecerlo.

Carvalho le tiende el papel que le había dado don Vito.

—Su padre, desde la senilidad o la lucidez, se dedicó a extorsionar a estos señores. Quería dinero para apoderarse pacíficamente de las Malvinas y llenar el mundo de falansterios.

La lectura de cada nombre provoca una monótona exclamación, a manera de salmodia, en Gálvez Jr.

—Dios. Dios. Dios. Dios...

Luego contempla estupefacto a Carvalho.

—¿Se volvió loco? Ni siquiera chantajeó a los más moderados, sino a los más duros.

266

—De los que tenía información más comprometedora.

—El efecto ha sido fulminante. Cualquiera de ellos pudo financiar el asesinato.

—¿Es habitual?

—Verosímil. Y peligroso. No se puede desafiar a la mafia secreta y mucho menos a la pública. La mafia pública, eso que los subversivos llamaban oligarquía, es mucho más peligrosa. ¿Hay copias de esta lista?

—Pascuali los ha visitado a todos.

Carvalho cree oír el ruido del cerebro yupy cuando reflexiona, y saca en seguida conclusiones.

—Yo voy a tener que hacer algo por el estilo. Voy a ir directamente a la cabeza. Ostiz y Maeztu. Creo que conviene que sepan que estoy enterado de todo.

El maître le trae lo de costumbre.

—Su combinado de zumos, señor.

Gálvez observa la reacción de Carvalho y se echa a reír.

—Una bebida robinsoniana. Cuando sea mayor, cuando crezca, quiero ser Robinsón Crusoe.

Pero los negocios son los negocios y, tras un trago sano y satisfactorio que Carvalho compensa con otro insano y no menos satisfactorio, Gálvez dicta más que habla:

—Quiero que me acompañe a la reunión con Ostiz y Maeztu.

Un rayo de sol arrebata reflejos dorados de los cabellos rizados de Alma. Muriel persigue con los ojos los destellos, como si de la cabeza de la profesora iluminada escaparan realmente las lenguas de fuego del saber, mientras termina el monólogo.

—Así, el de Robinsón no es un mito inocente, sino una propuesta de entender el papel del hombre en el mundo como un ser individual capaz de dominarlo mediante la experiencia, la inteligencia y el aval de la Providencia. Defoe es un constatador de la filosofía de la burguesía, la clase ascendente, imparable y como propuesta didáctica, Robinsón acabaría siendo más realista que el Emilio de Rousseau. El Emilio de Rousseau conlleva el germen de la transgresión y de la rebelión ácrata. El liberalismo contemporáneo se ha sublevado contra el padre del liberalismo y niega la condición del hombre como buen salvaje que depende del medio social. ¿Literatura didáctica? ¿Qué escritor se atrevería hoy a proponer un Robinsón, un Emilio, un Werther, un Iván Karamázov? Sólo se pueden proponer modelos de conducta desde la esperanza, aunque sea angustiada. La esperanza puede ser una virtud teologal. Pero de vez en cuando es solamente una virtud histórica o una necesidad biológica. Necesidad biohistórica, la esperanza laica de Bloch, él abarcaba el futuro como religión.

Alumnos en retirada, también Alma recoge sus cosas. Al levantar la cabeza ve a Muriel ante su mesa.

—Perdone si la molesto.

—Al contrario.

—He leído *Robinsón* como usted ordenó, bueno, recomendó, y yo hice una lectura diferente, ecológica.

—También se puede leer *Robinsón* como la apología del argentino libre en la casa de fin de semana, haciendo un asado. Es una broma. Toda obra literaria excelente es una obra abierta que puede leerse de muchas maneras. El lector es siempre más libre que el autor y dispone de siglos para imponer su interpretación.

Muriel musita «Gracias» y se marcha. Alma la ve partir. En sus ojos hay una ternura profesoral, pero a sus labios acude una llamada:

—Muriel.

Está sorprendida la alumna de que Alma recuerde su nombre.

—Me gusta mucho cómo participás en la clase y cómo trabajás. Escribís muy bien, por lo menos los trabajos que me entregás.

Se ha quedado sin voz la muchacha, tiene ganas de llorar de gozo y algo le tiembla la voz cuando musita:

—Es que me gusta mucho su materia.

—¿De qué te viene? ¿Tu familia tiene algo que ver con todo esto?

—No. Nada. Mi padre tiene negocios y mi madre no, nada de nada.

—Cuando lleguen las vacaciones me gustaría formar un taller literario, nada pesado, muy lúdico, muy libre, pero reunirnos unos cuantos alumnos, escribir, opinar, comentar textos. ¿Te gustaría?

—¡Claro! —casi grita Muriel.

Se enternece Alma y le propone salir juntas. Lo hacen y al llegar a la escalera le viene como un *flash* la estampa de Robinsón arengando a los estudiantes.

—¿Recuerda lo del vate? ¿Robinsón? El otro día.

Se pertrecha Muriel recordando que no hubo acuerdo entre ella y la profesora.

—A lo mejor no entendí lo que decía.

—No lo mencionaba por eso. No queda nada de aquella secuencia. Robinsón ha muerto, Viernes ha muerto... y yo pienso...

Muriel está asombrada.

—¿Muertos?

—Y yo pienso, ¿qué habrá pasado con el loro? ¿Y con la llama? ¿Y de la llama? Sobre todo con la llamita. Pobrecita.

Don Vito le ha contado cómo terminó la conquista nocturna:

—Que no era puta, Carvalho. Que era una viuda alegre.

Pero adivina que no está el gallego para complicidades y lo comprueba cuando coloca ante sus ojos una página de *Clarín*: «Asesinado Pacho Escámez. La policía sigue la pista de la DAMA BLANCA.»

—Bueno, el viejo Pacho. Que le quiten lo bailado. ¿Qué pintamos usted y yo en este fatal desenlace?

—Devuelva durante unos segundos los pechos soñados a su propietaria y lea sólo cuatro o cinco líneas. Se las he marcado.

«Con un golpe en la nuca se ha tronchado la vida de uno de los mejores presentadores de la Televisión Argentina. La policía busca a la última acompañante habitual del gran profesional, protegida bajo las siglas M. F. M., una mujer que fue descrita como rubia y blanca. El caso ya tiene nombre. El productor y la Dama Blanca.»

—¡La mala mujer!

—Este número de *Clarín* es de hace cinco días, lo cual quiere decir que usted y yo no leemos periódicos o los leemos sesgadamente.

—Tanta corrupción, tantos deportes. Mire. Maradona se caga en los políticos argentinos y dice que confía solamente en Fidel Castro.

—El periódico me lo ha hecho llegar un viejo cliente, don Leonardo, y nos pide que vayamos a verle.

De nuevo abatido don Leonardo, con barba de días, un vaso que ha sido varias veces llenado y vaciado de grappa, colillas en los ceniceros. Un cierto desorden lujoso. Don Vito y Carvalho esperan a que diga algo. Don Leonardo va hacia el televisor y se vuelve a preguntarles:

—¿No vieron los informativos?

Niegan Carvalho y don Vito.

—Lo tengo grabado en el vídeo.

Brota de la pantalla una aglomeración de periodistas y curiosos a la puerta de un juzgado. Pascuali con sus policías. Una mujer rubia y blanca, aunque con un pañuelo sobre la cabeza y gafas de sol, trata de abrirse paso, perseguida por el micrófono del presentador, que opta por volverse hacia la cámara.

—El caso de la Dama Blanca dio este mediodía un giro de ciento ochenta grados. Se presentó voluntariamente a declarar Marta Fanchelli Maluendas, la famosa M. F. M., y de su declaración se desprende que ella no asesinó al presentador Escámez.

Habla Marta con los labios pegados al micrófono, como besándolo.

—¿Cómo voy a desnucar yo con un golpe de karate a nadie? Me paso la vida haciendo régimen y no puedo desnucar ni a una mosca.

—Pero usted sabe quién fue.

—Todo cuanto sé ya es cosa del juez y de la policía.

Señala a los policías y muy preferentemente a Pascuali.

—El inspector Pascuali ha sido muy gentil y muy inteligente.

Todo el protagonismo es ya para el presentador.

—Y no podía ser de otra manera. De las siglas M. F. M., que escondían a Marta Fanchelli Maluendas hemos pasado a las de L. C. L., también capicúa. El nuevo objetivo de las investigaciones policiales.

Don Leonardo corta la transmisión. Se queda unos segundos absorto ante la pantalla. Se vuelve.

—L. C. L. Leonardo Costa Livorno. Yo.

Se indigna don Vito.

—¿Cómo se atreve esa puta?

Carvalho le invita a que se calle, pero don Vito está lanzado.

—¡Esa mala mujer!

Leonardo le mira con cierta ira.

—Las apariencias engañan. Marta. Marta es una mujer extraordinaria. Necesito vaciar mi alma, don Vito, Pepe, permitamé que le diga Pepe. Marta es una mujer extraordinaria. Dedicó su inmensa ternura a mi hijo, trató de persuadirlo para que no cometiera el desfalco. Lo siguió hasta las Bahamas porque temía lo peor, como así sucedió. El hundimiento sicológico del pobre muchacho. Era una mujer, es una mujer llena de amor, vitalista. No es una suicida y mi hijo era un suicida, es un suicida en potencia, como ella me hizo ver muy bien, muy lúcidamente. Yo la quiero, ella me quiere a mí. Ese cerdo de Escámez la chantajeaba, le decía que si lo abandonaba vendría y me lo contaría todo, y además le proponía amantes para que la ayudaran en su carrera.

—¿Lo ha matado usted?

—¿Por qué no yo? Le dije que así lo declarara ante el juez. Yo, en un rapto de indignación cuando escuché las asquerosas proposiciones del viejo.

—¿Es usted un karateka?

—Sé defenderme. Puedo darle el golpe con un puño de hierro.

Don Vito desaconseja con la cabeza.

—Premeditación.

Carvalho también a la contra.

—Olvídese del puño de hierro.

—Mañana voy a entregarme y quiero que ustedes digan la verdad, que yo la odiaba por lo que le hizo a mi hijo. Quiero que el juez conozca toda la historia, que va del odio al amor, no del desquite a la muerte. Les pagaré lo que quieran.

Carvalho y don Vito se miran y es Altofini el que emite el veredicto.

—Nosotros los testimonios no los cobramos.

Al día siguiente Carvalho, Alma y Altofini conectan la televisión para ver los informativos. Confusión de mirones y periodistas, Pascuali y dos policías conducen a Leonardo esposado, pero posan para que el presentador enuncie:

—Leonardo Costa Livorno, autor confeso de la muerte de Pacho Escámez, se presentó esta mañana y contó una historia de amor entre la Dama Blanca y él. Pacho Escámez quiso impedirlo llevando a la mujer hacia la corrupción y la trata de blancas, como así lo ha calificado su abogado.

Como si pasara por allí, el abogado aparece y declara:

—Fue una reacción temperamental ante la malvada alcahuetería de un viejo libidinoso. Un impulso de amor. Don Leonardo en el pasado había odiado a Marta Fanchelli por las relaciones que había mantenido con su hijo, hasta que se dio cuenta de su calidad humana.

Carvalho cierra el televisor. Don Vito canturrea el tango *Cambalache*:

Siglo veinte, cambalache problemático y febril,
el que no llora no mama y el que no afana es un gil.
¡Dale no más! ¡Dale que va!
Que allá en el horno nos vamos a encontrar.
No pienses más, sentate a un lao.
Que nada importa si naciste honrao.
Es lo mismo el que labura día y noche como un buey
que el que mata, que el que cura o está fuera de la
*   ley.*

Alma sorbe un mate y comenta:

—Lo van a cargar de cadenas.

—Primero lo han cargado de atenuantes. Pocas cadenas va a llevar. Sólo en los tangos el mal de amores lleva a la cárcel para toda la vida.

Camareros uniformados y bandejas de plata. Carvalho los ve pasar, engullido por un sillón carnívoro. Gálvez Jr. tiene el cuerpo acostumbrado a tanta entrega, ha conseguido imponer su esqueleto a los propósitos engullidores de la holoturia. Los otros dos interlocutores, Ostiz y Maeztu, están sentados con toda naturalidad, no pierden de vista la lucha de Carvalho, con los codos y el trasero, para situarse en posición de interlocutor. Ostiz, anguloso y calvo de lujo, ha empezado a aleccionar a Gálvez.

—Creo, Richard, que sería estúpido que el cadáver de tu viejo dividiera el antes y el después de unas relaciones que necesariamente deben ser buenas.

Flanquea Maeztu la operación, con ojos de beodo triste y no me olvides de medio kilo de platino.

—Desgraciadamente nada va a devolverle la vida, y vos con tu trabajo y tu inteligencia salvaste lo mejor de tu patrimonio.

Y entra a su vez Ostiz según la invitación de la orquesta.

—Richard, tenés que reconocer que ese último Gálvez, ese hombre poético, tan patético como poético, ésa es la palabra, que se disfraza de Robinsón y nos da la lección de su sentido de la solidaridad universal, merece que no lo olvidemos.

Cierra los ojos alcohólicos y tristes Maeztu para decir:

—Era de los nuestros, y conviene que se sepa que nosotros pensamos en los demás, que no todo se reduce a crear riqueza, indudablemente para los demás, pero también para nosotros. La clase adinerada argentina tiene mala prensa por culpa de un retorno de los descamisados. Pasaron aquellos tiempos, al comienzo de Menem, en los que nos manifestábamos juntos con los sindicalistas. Hasta nuestras mujeres se hicieron peronistas.

—Must Cartier, perfume y sudor de axila. Lo leí en *Nuevo Porteño*.

El comentario de Carvalho ha divertido a Ostiz y enojado a Maeztu. Gálvez asiente para que Carvalho entre a matar.

—Mi cliente y yo no quisiéramos dejar de lado el asunto mínimo, sin duda, de que alguien ordenó asesinar al señor Gálvez y a su chófer.

Ostiz y Maeztu se miran y de común acuerdo reclaman la presencia de un sirviente del club. Acude con una inmensa cartera de piel, de las dedicadas a contener proyectos arquitectónicos, y de la cartera sale un gran plano, y los dos financieros deben levantarse y tenderlo a cuatro manos, como si estuvieran plegando una sábana. Lo más aparente es que allí está el río, entre Buenos Aires y la desembocadura. Y Ostiz asume la explicación del proyecto.

—Vamos a construir una isla artificial en homenaje a tu padre. Se llamará isla «Robinsón Joaquín Gálvez», y ya tenemos garantizado el capital básico, incluso es muy probable que lo podamos asociar con la Bush. Nuestros propósitos son casi benéficos, los de la Bush ya veremos. Vos tenés un quince por ciento asegurado, Richard. En cualquier caso, Isla Robinsón, parque de atracciones, destinará parte de sus beneficios a la investigación contra nuevas enfermedades. No hablaremos del sida para que nadie pueda asociarlo con tu papá.

Es Carvalho el que insiste en su condición de portavoz del mudo Richard Gálvez.

—¿Por qué una isla artificial? ¿No quedan islas naturales?

—¡Están a unos precios! Lo del Tigre ya es prohibitivo, y en Buenos Aires todavía se acuerdan de la paparruchada de la isla artificial de Le Corbusier.

Gálvez Jr. ha entrado en la lógica de los industriales y asiente con la cabeza. Sí, en efecto, una isla natural sería imposible. Maeztu se pone soñador.

—¡Ya lo veo! ¡La veo en la imaginación! ¡Isla de Robinsón, «Joaquín Gálvez»!

Carvalho espera que Richard vuelva a la cuestión de la muerte de su padre y realiza un último intento de plantearla.

—Volvamos de la Isla del Nunca Jamás, señores. ¿Tienen ustedes respuesta para la pregunta...?

—Dejeló, Carvalho —ha ordenado Richard Gálvez como sólo puede hacerlo un patrón de industria, y Carvalho piensa que el viejo Gálvez era el padre de Richard, no el suyo. Y escucha la fluidez de la conversación de Richard con los inductores del asesinato de su padre, cómo se ponen de acuerdo, cómo manejan el mismo código, cómo pactan beber y comer en los próximos días, aunque de vez en cuando Richard repara en Carvalho, tratando de adivinar su proceso interior y de implicarle en el juego.

—El que es un auténtico gourmet es el señor Carvalho.

—¿De veras?

—Odio a los gourmets, pero en cierto sentido lo soy.

—Muy interesante.

Era Ostiz el interesado.

—Yo tengo viñedos, vinos y con unos amigos monté un Club de Gourmets, cenamos a puerta cerrada en Chez Reyero, hablamos de lo que comemos, de lo que comimos, de lo que comeremos. ¿Se daría por invitado, señor Carvalho? Vos también Richard, por descontado.

—Yo no distingo una patata de una berenjena.

—¿Se dejaría invitar, Carvalho?

«¿Me dejaría invitar por esta pandilla de hijos de puta?», piensa Carvalho. «Contesta», se contesta.

—Sí.

Costea el río el yate engalanado. Es tan sucia la niebla como el agua, pero el brillo de las gentes convocadas y las luces otorgan presencia mágica al lento bogar. A bordo delincuentes de excelente vivir, un arzobispo al menos, presuntas figuras de la política, prensa, cámaras de TV. Gálvez es la voz en off que va recitando la lista de invitados notables a la oreja de Carvalho. Desde el puente más alto, Maeztu grita:

—¡Isla a la vista!

El barco fondea. Ostiz, radiante, señala las aguas inmediatas.

—¡Ahí está la isla!

Carvalho no la ve por parte alguna. Pero las gentes van hacia babor y allí descubre una pequeña hormigonera trabajando a bordo de una embarcación, y cuando la mezcla parece ya preparada, Ostiz se inclina para que el alcalde haga el resto y el arzobispo bendiga. El alcalde secunda los movimientos de los operarios que arrojan a las aguas la primera porción de hormigón sobre la que crecerá la isla. El arzobispo bendice. El joven Gálvez musita admirado al oído de Carvalho:

—Han presupuestado veinte millones de dólares.

Pero ha de callar porque es tiempo de discursos y también de un suave, inacabado himno nacional. Gálvez coge por un brazo a Carvalho.

—Papá se sentiría satisfecho. Robinsón, quizá no. No se sienta defraudado, Carvalho. La verdad no siempre es necesaria. Hay que esperar el momento adecuado. Llegará o lo prefabricaré. Le aseguro que esto no quedará impune. Le invito a cenar. Vamos a Puerto Madero, me han dicho que es más interesante la oferta gastronómica que en La Recoleta. Desde que se fue el Gato Dumas, La Recoleta es lo de siempre. ¿No le gusta mi oferta? Le veo muy desganado.

—Se bebe para recordar, se come para olvidar. ¿Cómo resuelve usted este orden de prioridades?

Gálvez se queda pensativo, finalmente reacciona.

—¿No era al revés? La cuestión es recordar u olvidar según lo necesitemos.

Ya en la mesa de un restaurante italiano con pretensiones de pertenecer a la mejor raza de restaurantes italianos, los de Nueva York, Carvalho trata de registrar los pensamientos abundantes y melancólicos del Gálvez Jr. hasta que una mano enguantada se posa en su hombro y al levantar la cabeza allí estaba Marta, la dama blanca, con su sonrisa rosa y su cabellera, cascada dorada.

—¿Me recuerda?

Carvalho se pone en pie para balbucir:

—Beatriz o Marta, es usted inolvidable, ¿me recuerda a mí? ¿De España? ¿El caso Frigola? ¿El señor Frigola?

Pero ella se limita a reír, suponiendo un cumplido que no ha oído. Tiene prisa por comunicar:

—Leonardo está en la cárcel. Por poco tiempo.

—Lo sé.

Ve entonces que Marta va acompañada por un joven de buen ver y vestir que la espera a un prudente metro de distancia.

—Lo nuestro ha terminado, me refiero a lo que hubo entre Leonardo y yo. Pero seguimos siendo buenos amigos. Voy cada semana a verle. No se preocupe. Ya no consiento que se suiciden por mí.

—Es usted temible. Consigue que los hombres se suiciden y maten por usted.

Ríe como loca y agradecida besa suavemente los labios de Carvalho antes de dirigirse a su mesa. Carvalho se sienta y no satisface la curiosidad muda de Gálvez. Marta ha depositado sus caderas en una silla frente a su acompañante y aprovecha la primera copa de champagne que le sirven para volverse hacia su paisano y brindar silenciosamente, a distancia. El detective le corresponde. Gálvez traiciona su curiosidad.

—¿Quién es? ¿Puede saberse?

—Una mala mujer. Por una mala mujer se puede perder la vida, la guita, las dos cosas. ¿Le gustan a usted las malas mujeres?

—Conozco al hombre que va con ella. Es el hijo de Leonardo, el superfabricante de lencería fina.

—¿No se había metido en una secta?

—No estoy al día. Pero contesto a su pregunta. Sí. Me gustan las malas mujeres. Me encantan.

Carvalho abre el brazo, la mano, ofreciendo a Gálvez que salve la distancia que le separa de su perdición.

—Vaya, pero procure no matar a nadie por su culpa.

La mala mujer ha seguido a distancia la conversación que la implica, desatendiendo el discurso severo del joven que la acompaña. Mira intencionadamente a Gálvez Jr. la mala mujer y él sostiene la mirada y alza su copa en un silencioso brindis.

4

El hijo natural de Jorge Luis Borges

EN LA ZONA PORTUARIA más vieja de Buenos Aires, más allá de La Boca turística, un hombre de cuarenta años mal trajeados y descuidados, aunque algo en sus maneras traduce lo en un tiempo llamado «buena crianza», tal vez sólo se trate de la gesticulación del sigilo. Mira recelosamente a un lado y a otro de la calle. Finalmente se mete por la puerta sin proteger de uno de los almacenes abandonados. Vacilante busca un rincón, no le contenta ninguno, pero poco a poco se siente a sus anchas y empieza a preparar una jeringa, con todo el ritual de la heroína. Se pincha. Su rostro pierde progresivamente ansiedad y adquiere una expresión placentera. Otro hombre va tras él. Una luz desde detrás del recién llegado impide ver su cara. El rostro del drogadicto expresa ahora felicidad y confianza. De pronto, del hombre recién llegado emerge un brazo y un puño, directamente hacia el rostro del drogadicto, que recibe los golpes sin gritar. Los ojos viajeros ven venir el puño que los cierra entre oscuridades y fugas de estrellas. Una docena de puñetazos impactan en la cabeza de la víctima, propinados por un agresor cada vez más furioso. Al fin, el cuerpo queda tendido en el suelo, junto a los pies quietos, diríase que prudentes, del verdugo.

Artesonados, alabastros, mármoles, lámparas de lágrimas. Un escenario teatral para una rueda de prensa. Las cámaras de televisión, periodistas de a pie, *radioreporters* de labios a un micrófono fálico pegados, la electricidad errante de los acontecimientos importantes, y de pronto se oye el diapasón de los sucedidos inevitables y, como si bajara de los cielos, una voz profunda y oscura recita:

—«*El círculo del cielo mide mi gloria.*
Las bibliotecas del Oriente se disputan mis versos.
Los emires me buscan para llenarme de oro la boca.
Los ángeles ya saben de memoria mi último zéjel.
Mis instrumentos de trabajo son la humillación y la
   angustia
Ojalá yo hubiera nacido muerto.»

Periodistas sobrecogidos, no sólo los especializados en deportes aquel día obligados a cubrir un acontecimiento anunciado como patriótico y literario, mirando al cenit en busca del origen de la voz de tan exótico Dios. Coincidiendo con el final del recitado, de detrás de uno de los cortinajes aparece un jayán, diríase que el mismísimo Jorge Luis Borges.

—¡Borges! —incluso exclaman los que dudan o los que ignoran que el poeta haya muerto.

Domina teatralmente el hombrón la situación y aprovecha la expectación creada para plantarse en el centro de la peana, contemplar gravemente a los periodistas y exclamar con la más borgiana voz:

—Señoras y señores, me llamo Ariel Borges y soy el hijo natural de Jorge Luis Borges.

Murmullos, cuchicheos, algún silbido, pero el

supuesto hijo de Borges levanta los brazos imponiendo silencio.

—Soy la noticia del siglo y les voy a regalar incluso el titular de sus crónicas: el secreto mejor guardado de la literatura universal.

Flashes, focos para las cámaras de filmación. Ante el supuesto Ariel Borges se precipitan las grabadoras de los periodistas, los micrófonos, las preguntas:

—¿Cuál fue el origen de este prodigio?

—Mi madre era hija de un lord inglés excéntrico y de una princesa de Samarcanda. Era bailarina y conoció a mi padre en una gira por la Argentina.

—¿Qué bailaba su madre? ¿La danza del vientre?

—Mi mamá era contorsionista artística y podía bailar la danza de los cisnes de una manera arácnida, como Carlota von Ussler, que caminaba arqueada hacia atrás, con las piernas y los pies, a manera de cuatro patas.

—Y ¿cómo consiguió su señora madre tan extraño rasgo fecundador de la persona del por otra parte eminente escritor, Jorge Luis Borges?

—Mi papá, es decir, Borges, jamás admitió públicamente su paternidad, para no molestar a tita Nora o a tita Victoria, y mi mamá daba una explicación convincente: Jorge Luis en vez de semen siempre ha tenido tinta de escribir, y admitir que pudo tener un hijo le horrorizaba, como si se le hubieran secado todos los tinteros.

—¿Y usted qué tal de tinteros?

Borges Jr. ni se inmuta. Hace un gesto y desde detrás de los mismos cortinajes de su aparición surge una mujercita pequeña, delgadita, con la expresión impasible e incluso algo asqueada, con un aspecto de institutriz miniatura pero pintada como una vieja que se resiste a envejecer. La mujer fuma en pipa, empuja un carrito de supermercado, lleno de libros hasta desbordar. Los va ofreciendo a los periodistas, al tiempo que canta obsesivamente, como un robot desganado, los títulos de las obras: *Carta secreta a mi padre* e *Historia universal de la infamia*. Mientras la mujer realiza el reparto, Borges Jr. atrona la estancia con su voz.

—Soy hijo de rey y de princesa y por mis venas circula la tinta o la sangre con la que Wordsworth escribiera su *Oda a la inmortalidad*.

Conservará la misma actitud horas después ante las cámaras de televisión, en un estudio acondicionado, con el *atrezzo* hecho a la medida del acontecimiento literario del siglo. Ariel Borges en primer plano continúa la frase que acaba de pronunciar ante los periodistas:

—Yo siempre digo que soy hijo de rey y de princesa y que por mis venas circula la tinta o la sangre con la que Wordsworth escribiera su *Oda a la inmortalidad*.

La cámara abre el campo y, junto al supuesto hijo de Borges, una presentadora fugitiva de alguna fantasmagoría literaria de Jorge Luis Borges. Los dos están en la cama. Ella en combinación y Borges con medio cuerpo en *tweed* y corbata asomando de entre las sábanas, con los dedos entretenidos en una taza de té.

—Pero usted como venturoso fruto de un encuentro poético, nada menos que Borges y una descendiente de princesa de Samarcanda.

—Mi abuelita.

—Eso es, su abuelita. Hay algo mágico en ese encuentro. ¿Cómo fue?

Los grandes ojos del hijo de su padre proceden

a una evocación dramatizada por actores de cómo pudo ser el origen de su vida.

—Mi mamá actuaba en un teatrito de Palermo Chico que ya no existe y mi papá fue ahí aquella noche, con su incondicional camada: Victoria Ocampo, tita Nora, tito Guillermo, que era gallego, Bioy. Si Bioy quisiera hablar, pero Bioy no quiere compartir a Borges con nadie. Aquella noche...

Se difumina el rostro evocador y entra el *flash-back* en la pantalla. La sospechosa irrealidad de la evocación se traduce en la irrealidad, en el no naturalismo del escenario evocado. La contorsionista fuma en pipa y baila sobre sus cuatro patas, arqueada peligrosamente mientras suena el piano por todo acompañamiento. De entre los humos y los contraluces de la sala, destaca la presencia de Borges, encarnado por su supuesto hijo, quien en un momento de la danza se levanta y recita:

> —«*Cuadrúpedo en la aurora, alto en el día*
> *Y con tres pies errando por el vano*
> *Ámbito de la tarde, así veía*
> *La eterna esfinge a su inconstante hermano*
> *El hombre, y con la tarde un hombre vino*
> *Que descifró aterrado en el espejo*
> *De la monstruosa imagen, el reflejo*
> *De su declinación y su destino.*
> *Somos Edipo y de un eterno modo*
> *La larga y triple bestia somos, todo*
> *lo que seremos y lo que hemos sido.*
> *Nos aniquilaría ver la ingente*
> *Forma de nuestro ser; piadosamente*
> *Dios nos depara sucesión y olvido.*»

La mujer ha terminado de bailar y se convierte en un rombo poliédrico y carnal, con las piernas cruzadas sobre su cabeza adelantada, como tratando de distinguir entre el público al poeta. No lo ve bien, y sin abandonar su curiosa posición, se saca unas gafas de algún pliegue inverosímil de su traje de bailarina, se las pone y a continuación otra vez la pipa humeante entre sus labios. Pero recupera la verticalidad y avanza por los bastidores del teatro, llevando de la mano a Borges, un grandullón pesado, lento, torpe, como si ya estuviera ciego. Tanto los bastidores como el pasillo irreales y en off la voz borgiana de hijo:

—«Y traspasaron los pasillos de la propia memoria para llegar al futuro compartido de un lecho de llanto y lujuria.»

El pasillo desemboca en un camerino y al abrirse la puerta todo él está ocupado por un inmenso lecho con dosel y columnas salomónicas. La contorsionista abandona al hombre, corre hacia el lecho y compone una extraña figura, hecha un puro nudo, pero con el pubis en dirección correcta, hacia el avance del amante, repentinamente acelerado como si no pudiera más de deseo y pasión. A pesar de la dificultad de la postura ella sigue fumando en pipa.

Vuelve a la realidad del plató donde la presentadora ironiza con Borges Jr.

—¡Bueno! Lo que usted ha contado es tan fantástico, en el sentido borgiano de la palabra y en el absoluto.

—En el borgiano y en el absoluto, sí. En el relativo no.

—En el relativo no, desde luego. Y dígame, señor, ¿cómo quiere que le llame? ¿Borges, Borges Junior? ¿Junior?

—Cualquier cosa menos Junior.

Carvalho ha contemplado desde su casa la en-

trevista con el supuesto hijo de Borges, la dramatización de su memoria, mientras bate el contenido
de un cuenco lleno de huevos. La presentadora está
preguntando:

—¿Cómo quiere que le llame? ¿Borges, Borges
Junior? ¿Junior?

—Cualquier cosa menos Junior.

Le ha gustado la respuesta a Carvalho, que permanece batiendo huevos ante el televisor.

¿Qué queda del mundo a través del vaso de
whisky? Estanterías donde se reúnen todas las botellas a disposición de los clientes de Tango Amigo.
Carvalho ya se ha contestado la pregunta y comprueba que Alma contempla lo mismo pero sin filtro. Perpleja ante las botellas, pero sin el vaso de
whisky ante los ojos. Al fondo la gente va tomando
posición en las sillas, ante los veladores de mármol.
Alma bebe suavemente algo suave, un batido de frutas cuyo nombre no ha preguntado. Le llega el comentario autista de Carvalho.

—Te juro que el tío se lo toma en serio. Hablaba
de su papá como si creyera que era su papá. Yo esa
cara la conozco.

—Es que se parece a Borges; si no, ¿a qué tanto
revuelo?

—Yo a este tío lo he visto alguna vez.

—En tu anterior reencarnación, tal vez. ¿Fuiste
contorsionista en tu anterior reencarnación?

Carvalho mastica su propia memoria, pero las
luces se apagan, el espectáculo va a comenzar y el
silencio desciende sobre el ámbito en penumbra,
como un velo tan suave como el batido que bebe

Alma o la gasa que matiza sus pechos remontados. Silverstein va vestido de supuesto escritor inglés de transición del XIX al XX, algo disfrazado de Oscar Wilde, con la raya del pelo en el centro de la cabeza.

—Me presento. Soy el hijo de Oscar Wilde y del joven lord Douglas. Se mantuvo en secreto mi nacimiento porque desde que tuve uso de razón mostré instintos inquietantes y mi siquiatra, argentino, lacaniano más que freudiano, sospecha que yo fui Jack el Destripador. Fui al colegio de hijos naturales o de huérfanos de escritores y ahí conocí a Arielito Borges, Macedonita Fernández, Osvaldita Soriano, Manolito Puig y otros cuya paternidad sospechaba pero no era reconocida, por ejemplo había media docena de pibas iguales que Jorge Asís. Nos enseñaron de todo menos a escribir, y como tras un concienzudo examen cromosomático demostramos tener genes de escritor, por encima del nivel exigido para colaborar en *Caras*, se nos extirparon los genes. Nuestros papás no querían la menor competencia, y todo está escrito sobre la muerte del padre, pero ¿y sobre la muerte del hijo? ¿Acaso los padres no sueñan con la muerte del hijo para aplazar la propia? Por eso me extraña que Arielito Borges escriba.

Finge la voz de niño.

—Arielito de pequeñito era muy cabezón y para joder a su papá leía a los escritores ingleses en portugués. Portentoso afán porque no sabía portugués. Arielito Borges, Borges Junior, pero creo que Adriana Varela quiere cantarles algo sobre tamaño prodigio genético.

La luz se va en busca de Adriana Varela. Carvalho no puede apartar los ojos de la vaguada de su escote hasta que Alma le pone una mano sobre los ojos.

—Franelero de mierda.

Aplausos ante la aparición de la cantante. Silverstein va a su encuentro. Le besa una mano, la introduce plenamente en el espectáculo.

—Asombrosa noticia, Adriana, ¿no es cierto? Quién iba a pensar que el viejo tenía algo más que tinta en las venas.

—En las venas se tienen tantas cosas.

—¿Título del tango?

—*Borges Junior*.

—¿Autor?

—Borges Junior.

Aprovechan los reflectores el momento para viajar entre el público y a su conjuro emerge el corpachón de Borges Jr. para pasmo de la mayoría. División de opiniones, aunque predominan los silencios sobre los aplausos. Silverstein enmudece, señala hacia Adriana y desaparece en una zona de sombra. Canta Adriana.

> *¡Hijo!,*
> *Borges Junior*
> *ya te dicen*
> *meretrices*
> *con varices,*
> *profesores*
> *con lombrices;*
> *ten cuidao*
> *con lo que dices.*
>
> *¡Hijo!*
> *Borges Junior*
> *te pregonan,*
> *milagreros*
> *cromosomas*
> *candidatos*

a personas
ya te tocan
las neuronas.

¡Hijo!,
que te aproveche el percal
y gracias por tus servicios
que me hicieron semental.

No me dejes en el aire
con el culo a la intemperie,
que es fervor de Buenos Aires
echarme pa siempre el cierre.

Ten cuidao con lo que dices,
que eres carne de mi carne,
narices de mis narices,
mi lujuria de una tarde.

¡Hijo!,
Borges Junior
ya te dicen
meretrices
con varices,
profesores
con lombrices;
ten cuidao
con lo que dices.

¡Hijo!,
Borges Junior
te pregonan,
milagreros
cromosomas
candidatos
a personas

ya te tocan
las neuronas.

¡Hijo!,
que te aproveche el percal
y gracias por tus servicios
que me hicieron semental.

Y entre los aplausos se impone la voz de Carvalho, que no le ha quitado ojo al hijo póstumo, como un trueno junto a una oreja de Alma.

—¡Ya sé! A ese tío le conocí en los calabozos de Pascuali.

Dos puños se mueven en medio del ring. Puños diestros, jaleados por el clamor del público. Peretti y Negro Salta. Peretti peso medio, unos treinta años, diríase que nunca le han dado un puñetazo en la nariz. Se mueve con un juego de piernas de campeón de esgrima y como un príncipe metido a boxeador. El otro es un prismático *punching* salteño que opone fuerza y coraje al constante jugueteo del príncipe del ring.

—¡Negro! ¡Rompele la cara a ese figurín! —grita un espectador.

—¡Todavía no nació el que pueda darle en la cara a Peretti! —replica una voz.

—¡El boxeo es cosa de hombres!

—¡Subí vos boludo a romperle la cara! —grita una rubia insuficiente.

El acompañante de la rubia trata de contenerla.

—No te hagás la loca que después el que liga soy yo.

Pero la mujer sigue arremetiendo contra el crítico de Peretti.

—¡Sí, claro, aquí abajo tenés muchos huevos!

—¡Venite a la cama conmigo y te voy a mostrar que tengo los huevos más grandes que el cornudo que te acompaña!

El acompañante de la rubia suspira resignado. Se quita un abrigo muy elegante, el fular blanco, lo deja todo cuidadosamente sobre el asiento, se vuelve hacia el que le ha insultado y sin mediar aviso le larga un puñetazo pugilísticamente correcto. Se arremolinan los espectadores. La rubia, histérica, trata de sacarle los ojos al antagonista de su hombre, mientras los puños de Peretti golpean definitivamente a Negro Salta, que da una vuelta sobre sí mismo, con la guardia abierta, y se desploma. Un rugido colectivo. Peretti retrocede de espaldas hacia su esquina, a un ritmo lentísimo. Apoya los codos en las cuerdas y con una mirada de suficiencia abarca al público, entregado a un combate paralelo.

La presentadora de televisión especializada en hijos naturales y sorprendentes pasa revista a las variadas opiniones que ha merecido el descubrimiento de la existencia de Ariel Borges. Su voz en off permanece detrás del rostro de Maradona mientras introduce la ristra de manifestaciones:

—Diversas han sido las reacciones nacionales y universales sobre la posibilidad de que Jorge Luis Borges hubiera podido dejar un hijo natural. Solamente los íntimos de Borges, y muy especialmente su viuda María Kodama, se han negado a hacer declaraciones al respecto o han expresado su mayor desprecio por lo que llaman el oportunismo de un impostor. Pero otros, en cambio, han expresado su criterio.

—El amor puede milagros —dice Maradona.

—Nada me sorprendería sobre la fecundidad de los argentinos —indica Menem.

—Y yo soy hijo de Cristóbal Colón e Isabel la Católica —expresa Serrat.

—Fecundado a base de tinta, ese hijo debería ser negro —comenta Jorge Asís.

—El penúltimo milagro del peronismo —observa Osvalda Soriano.

—Por fin Borges ha ingresado en las filas del realismo mágico —anuncia García Márquez.

—Yo tengo hijos todos los días —reconoce Saddam Hussein.

La narradora recupera imagen y voz.

—Reproducimos a continuación los titulares de diferentes periódicos argentinos e internacionales:

[*Clarín*: «Algo está claro. Ariel Borges no escribe como su padre.»

Página 12: «Un caso de ingeniería genética: el hijo de Borges.»

Somos: «Sólo en un clima de aventurerismo hay sitio para los aventureros.»

La Prensa: «Epílogo a *Historia universal de la infamia*: el supuesto hijo de Borges.»

El País: «El supuesto hijo de Borges se declara antiperonista.»

New York Times: «Supuesto hijo natural del escritor mexicano Pedro Luis Borges.»

Daily Mirror: «Un lord inglés, abuelo del hijo natural de Borges.»]

El rostro de Ariel Borges abandona la contemplación de la televisión para volverse hacia el cristal de la ventana donde ha creído percibir un impacto. Tras el cristal los ojos cegatos de Ariel escudriñan lo que ocurre al otro lado y de pronto retiran el total de la cabeza porque una piedra ha emergido del grupo sitiador, da contra el cristal y lo rompe. Con la rotura llegan voces de la calle.

—¡Impostor!

—¡Hijo de puta y de saliva!

Devuelve Ariel sus ojos enfermos al salón repleto de libros, recuerdos, pequeñísimos objetos fetichistas, muñecas en urnas y hornacinas, caballos de cartón, juguetes rotos de tan antiguos. El hijo de Borges se aparta de la ventana donde ha quedado el cristal roto. La mujercita que le acompañaba en el acto de presentación sigue dentro de su impasibilidad. Fuma en pipa y tricota lo que puede ser un jersey. Hace un gesto para que se acerque el grandullón. Mide lo tejido sobre la espalda de Borges Jr. y se contraría.

—Sos tan hombrón como tu padre.

—Mamá, si ya me tejiste veinticinco pulóveres.

Pero se sobresalta de nuevo porque otra piedra ha impactado contra los cristales que habían sobrevivido. La vieja sigue tejiendo impasible, fumando su pipa de indio norteamericano.

Los tres japoneses permanecen coincidentemente inmutables ante las explicaciones de Güelmes, incómodamente sentados en los cantos de los sillones, con ganas de irse.

—Es la carta de un desequilibrado. Un pobre hombre que, es cierto, en el comienzo colaboró en las investigaciones que más de quince años después, repito, más de quince años después, dieron lugar a los resultados que tratamos de negociar con ustedes. ¿Dónde estuvo mientras tanto Raúl Tourón? En España, y ahora volvió con ganas de revancha. De crear problemas.

Uno de los japoneses trunca la impasibilidad por una sonrisa mecánica.

—Nosotros no invertimos en negocios con problemas.

Otro apoya su toma de posición.

—Ustedes tienen el problema y deben resolverlo.

Los dos que han hablado miran hacia el que ha permanecido silencioso. El japonés silencioso dice algo en su idioma y toma la iniciativa de ponerse en pie. Le secundan sus dos compañeros, ante un Güelmes preocupado, semialzado detrás de la mesa, algo desconcertado. Ni siquiera le vale tratar de ganar tiempo para pensar mientras dice:

—Este...

Se van entre reverencias, pero ya ha recuperado Güelmes el aplomo para dominar la despedida como un ministro y cuando se queda solo se dice:

—¿Qué habrá dicho ese boludo?

Se abre del todo una puerta entreabierta del despacho. Por ella entran el Capitán, Font y Rius y un japonés que les va a la zaga.

—Nosotros sabemos lo que dijo: «Estos racistas se piensan que todos los japoneses somos tontos.»

Le da a Güelmes por pasear impaciente mientras el Capitán permanece sentado sin alterarse y Font y Rius le imita para poder contemplarse la punta de los pies más de cerca. El intérprete espera instrucciones a una correcta distancia.

—Los tontos somos nosotros. Ustedes concretamente.

Señala el Capitán a Font y Rius.

—Si no fuera por sus remilgos, Raúl Tourón ya no sería un problema.

Güelmes estalla.

—¿Quién iba a pensar que ese loco hijo de puta, ese piantado de mierda se iba a entrometer precisamente en esto?

Opone Font y Rius sin muchas ganas que al fin y al cabo fue Raúl quien hizo el descubrimiento, pero no está de acuerdo Güelmes.

—¡Lo formuló! Eso es todo. ¿Quiénes lo desarrollamos y lo convertimos en algo vendible?

—Vos y yo llegamos al acuerdo de que había que respetar la vida de Raúl.

—¡Entonces que no nos toque más los huevos!

El Capitán asiste interiorizadamente complacido a la disputa entre Güelmes y Font y Rius.

—Raúl Tourón lo único que quiere es molestar. Esa carta que escribió a nuestros posibles socios es una declaración de guerra.

Se pone sarcástico Font y Rius.

—¿Sucia? ¿Guerra sucia, Capitán? ¿De las que les gustaban a ustedes?

—No hay guerras limpias.

Se levanta, va hacia la mesa de Güelmes, se apodera de la carta y la exhibe como una prueba inapelable.

—Esto es una declaración de guerra.

El Capitán lee desde una supuesta frialdad constatativa:

—«... Les comunico que el negocio que les ha propuesto Nueva Argentinidad, a través de sus socios, señores Güelmes y Font y Rius, está basado en una usurpación. El abajo firmante es el biólogo que descubrió las posibilidades de la relación entre conducta animal y cualidad alimentaria, hace más de quince años, y una vasta conjura trata ahora de arrebatarme los frutos de mis trabajos. Los remito a las comunicaciones que envié al Congreso de Nutrición y Desarrollo de la CEPAL, en Ottawa, año 1975, y al artículo publicado en *Ciencia Latina* en enero de 1976, *El animal es lo que come*, para demostrar la paternidad de lo que nos ocupa...»

Silencio de los presentes, pero Güelmes ha dejado de pasear, concentra su mirada airada e interrogativa en Font y Rius.

—Me pregunto cómo se habrá enterado ese croto del nombre de nuestros socios. De su dirección. De la delegación que tienen en Buenos Aires. Sospecho que no está solo, de que alguien le ayuda, y no pienso en el gallego ese, ni en Alma, ni en Silverstein.

—Menos palabras y más acción.

El Capitán ha dirigido la sentencia preferentemente a Font y Rius y a él sigue dirigiéndose cuando abandona la estancia seguido del intérprete.

—También yo me hago las mismas preguntas que el señor secretario, perdón, ya ministro. Pero tengo solamente una respuesta. Un croto tiene nuestro futuro en sus manos. Y no crean que va únicamente contra mí. Va contra nosotros los tres y contra todo lo que nos jugamos.

Nada más desaparecer el Capitán y su intérprete, Güelmes increpa a su compañero.

—El Capitán está furioso, sabe disimularlo, pero yo lo noto furioso.

—¿Y a mí qué? Parece como si nada hubiera cambiado y siguiéramos presos del Capitán. ¡Yo no quiero ser preso de nadie! ¿Y vos? ¿De qué te sirve toda esta parafernalia del poder? Seguís pensando como un preso, como un preso del Capitán.

—¿Y vos? ¿No estás preso de tu mala conciencia? ¿Preso de un fantasma, de un Raulito imaginario? El Raúl al que todos queríamos ya no existe. Es un animal acorralado que va a morir matando. Hay que elegir.

—¿Matandoló, como quiere tu capitán?

Rechaza Güelmes la idea con un gesto.

—Este estrés me hace sentir muy mal. Por hoy dejemosló.

Saca de un cajón de su mesa un aparato medidor de la presión sanguínea. Mete el dedo en él y comprueba el resultado. Desmesura los ojos y contempla a Font y Rius, culpabilizándole.

—¿Lo ves? Me han desequilibrado la presión. ¡Catorce y once! ¡Catorce y once! ¡Vuelvo a tener cerca la máxima de la mínima!

Retiene con una mano la marcha airada de Font y Rius.

Es ahora un Güelmes frío.

—Uno de los dos sobra. O Raúl o el Capitán.

El runrún de los jóvenes conversando, consumiendo desayunos, libros, bromas, le llega como el paisaje sonoro de algo lejanamente familiar. Algo que se resiste a llamar juventud. Pero no le suena a nostalgia, ni de la buena, ni de la mala, sino a despropósito. No está en su sitio. Tiene ganas de marcharse cuanto antes. Font y Rius ha contestado con brevedad a la sorpresa de Alma por su cita en el bar de la universidad. Puede más el nerviosismo del hombre que la voluntad de Alma de remansar el encuentro.

—No veo otra solución. No puedo pararlos por más tiempo. Si Raúl no arregla... van a ir a buscarlo.

—¿Cómo pudiste pasarle la nota de las negociaciones con los japoneses, su dirección?

—Raúl vino a verme. Te aseguro que fue como una aparición. Yo estaba distraído con los asuntos más burocráticos y para relajarme un poco miré hacia el jardín. Allí estaban los ingresados de siempre, con sus tics habituales, las enfermeras, los vigilantes. Pero mis ojos detectaban un ruido visual y me di cuenta de lo que lo provocaba. Raúl. Paseaba entre los locos muy sereno, como tratando de asumir su situación. Un rato después lo tenía sentado delante mío. He tratado de hablarle desde el cariño y la responsabilidad. ¿Ya sabés lo que querés? Todo. Nada. Me contestó. Traté de razonar: son malos tiempos para el todo y la nada. Nos conformamos con algo. No se pueden ganar las guerras, hay que conformarse con ganar alguna batalla. Lo dice Luppi en *Un lugar en el mundo*, la película de Aristarain. Estoy de acuerdo. ¿Qué querés? Ser el que soy. ¿El que sos o el que fuiste? El que fuiste es imposible. Ya pasaron veinte años. Para vos, para mí, para todos, para nuestra memoria. Ni siquiera podemos confiar en nuestra memoria. Mi carrera. Mi hija. Creo saber quién la tiene. ¿Seguro? No, seguro no. Estaba más cerca antes de que mataran a Robinsón. ¿Me estás escuchando? ¿De qué Robinsón me hablaba? Perdí la paciencia. ¿Querés recuperar a una hija que no te conoce, que no te *reconoce*? Que ni siquiera sabemos dónde está. ¿No sería peor el remedio que la enfermedad? Lo de tu carrera es más fácil. Y al llegar a este punto es cuando cometí el error. ¿Me estás siguiendo, Alma?

—Te sigo.

—Le propuse: ni el todo ni la nada. Algo, algo a lo que poder agarrarse, Raúl. ¿Querés ser socio nuestro? Me responde. ¿Socio en la explotación de un descubrimiento que me han robado? Le insistí: ni el todo ni la nada. El Capitán es un mal enemigo pero es un buen socio. Están todos secuestrados. Viven en pleno síndrome de Estocolmo. Socios de sus propios carceleros. Ni el todo ni la nada. Algo. Algo, Raúl. ¿Comprendés lo que quería decirle, Alma? ¿Comprendés mi postura?

—Comprendo. Vos sos el policía bueno, el Capitán el malo, Güelmes el policía profesional. Durante los interrogatorios tuvimos tiempo de aprendernos los papeles.

—Para ser tan dura con los demás creo que fuiste demasiado blanda con vos misma. Fui yo el que le dio a Raúl la idea de que nos molestara, de que se cruzara en nuestro proyecto. Era un hecho consumado y yo en ese momento podía hacerles la propuesta de integrarlo, de llegar a algún pacto con él.

—De la escuela yanqui. Llegar al borde del abismo para imponer el pacto. Lo que denunciábamos en la escuela de Kissinger, su cálculo de probabilidades satánico. Bombardear como en Vietnam con napalm para conseguir la paz, exterminar a la izquierda latinoamericana para conseguir pactar con los supervivientes.

—¡Yo tengo una posición y ustedes no tienen ninguna! Son todos como Raúl, unos fugitivos, y no pueden volver a la patria perdida que llevan en la memoria!

Alma se levanta molesta consigo misma.

—¡Pactar! ¡Pactar! ¡Pactar!

Da la espalda a Font y Rius y se va, pero aún tiene tiempo de escuchar el reclamo del hombre.

—Berta, Bertita.

—No me llamés Berta y mucho menos Bertita.

—Alma, haceme el favor de acordarte. O pactábamos o no salíamos de ahí. Vos también pactaste.

Club privado El Aleph o Real Academia Inglesa de Estudios Borgianos. Chalet barrio residencial, construido con madera labrada, como los camareros disfrazados de mayordomos ingleses labrados en piel humana, como si todos se llamaran James, los llaman James los clientes, disfrazados también, recién salidos de una estampa de costumbres victorianas de la transición del XIX al XX. Forman círculo los socios en torno al evidente jefe, el que tiene más aspecto de aristócrata inglés que nadie.

—La villanía alcanza el súmmum si se piensa de qué manera tan grosera se ha satirizado el tópico borgiano, cuando el maestro es la literatura antitópica por excelencia. ¡Y qué tópico borgiano! ¡Nieto de una bailarina de Samarcanda y de un lord inglés e hijo, cómo no, de Borges!

Un académico saca conclusiones por su cuenta.

—Ostiz. ¡Ese perro no merece vivir!

El presidente ordena silencio e insta con un gesto a que intervenga otro académico, disfrazado de lord, parsimonioso y lento en el habla, pálido y rubio.

—De común acuerdo con el señor presidente, el doctor Ostiz, esta mañana me disfracé de Judas el Oscuro, el personaje de Hardy, y me aposté frente a la casa del farsante. No le dejé ni un cristal sano. Soy bueno con los piedrazos. A través de los cristales pude percibir la lívida cara del impostor, más lívida si fuera posible, atormentado por la consecuencia de sus actos.

—James, tráeme un *scotch*, un Langavulin dieciséis años, en copa de coñac. Sin hielo. Sin agua —ha pedido el presidente de la reunión, y provoca una cadena de reacciones en simpatía.

—James, yo quiero una zarzaparrilla con hielo y limón.

Tercer académico al mismo camarero:

—Yo quiero un vino caliente. Con un poco de miel.

Pero algo inquieta al presidente porque observa inquisitivo al joven lord rubio lanzador de piedras y le pregunta:

—¿Por qué ese disfraz de lugareño inglés del XIX?

—El maestro apreciaba mucho a los escritores realistas ingleses del XIX y, sobre todo, a Thomas Hardy. Un día me dijo —imita la voz más cavernaria de Borges—: «Martínez, casi todo el realismo es miserable y el más miserable de todos los realismos es el español. El nuestro se salva porque los escritores realistas de este lado del Atlántico escribían desde el susto que les daba haberse quedado de este lado del Atlántico. Pero el de los ingleses es otra cosa, sea en Hardy, realismo de retaguardia, sea en Kipling, se nota la pulsión de Imperio, porque en cualquier imperio siempre brilla alguna luna.»

Murmullos de aprobación, algunos ojos húmedos. Sofocadas exclamaciones, genial, genial. Algún aplauso abortado por la imperativa orden de silencio del presidente.

—A las guerras sucias hay que responderles con guerras sucias. Nuestra historia nos lo demuestra digan lo que digan los subversivos o la chusma que los protege, todos esos defensores de los derechos humanos. Hay que asustar a ese impostor. Primero hay que asustarlo y si sigue con lo mismo...

Un lord se corta el cuello con un dedo mientras lanza un gruñido revelador. Luego solicita a otro camarero que ha llegado como refuerzo:

—James, un té. La infusión hecha directamente en leche descremada caliente.

Un lord menor, a juzgar por su timidez, ha cuchicheado a la oreja del presidente y sin pedir permiso a los reunidos se levanta y sigue a su informante. En un salón colateral tan enmaderado como el resto del edificio, aguardan Pascuali y Vladimiro.

—El inspector Pascuali tiene algo que decirnos sobre el impostor.

Pascuali no sólo mira, sino que huele cuanto le rodea, como si de la madera repujada, los metales bruñidos y el *trompe-l'oeil* pampero y gaucho del cenit emanara un olor especial. Sus manos sostienen una foto ampliada que reproduce a Borges Jr. recitando. Carraspea el presidente a la espera de que Pascuali vuelva y le señala el rostro de la fotografía.

—¿Ésa es la cara del intruso en el universo borgiano?

—Sí, la cara del caradura.

Vladimiro ríe la gracia de su jefe, pero no le secundan los arcángeles borgianos.

—Espero que la policía tome una decisión adecuada.

—Así lo creo. Mientras sea inofensivo lo vamos a dejar tranquilo.

—Pero ese hombre estará fichado.

Pascuali señala un grueso expediente humildemente depositado sobre una mesa demasiado espléndida.

—Tiene sobre sus espaldas dieciocho intentos de estafa. Algunas veces conseguida. Para él estafar es como un juego. Una vez se presentó como el hijo del piloto Lindberg, el chico que desapareció.

—Ni siquiera daría la edad. ¿No van a detenerle?

—No. Hace muy poco lo demoré en comisaría

porque andaba diciendo que era el hermano más chico de Eva Perón.

—¿Qué va a hacer entonces?

—Abrir el expediente diecinueve.

Se irrita Pascuali.

—Pero ¿en qué mundo viven? Hay que distinguir entre estafadores mayores y estafadores menores.

El doctor Ostiz arruga su nariz de catador de whiskies.

—Eso que acaba de decir me suena a demagógico.

El jersey va creciendo entre las manos de la vieja, la pipa entre los dientes. Borges sentado ante su canterano de antigüedades de baratillo, sostiene en la mano el papel que acaba de sacar de un sobre, y a medida que lee, las manos se le ponen temblorosas.

—«... ceja en tu superchería o los albaceas del universo borgiano te enviaremos a los infiernos de la infamia. Los muros de tu madriguera de alimaña no te salvarán. Por el momento te rompimos los cristales. Después te romperemos el alma, si es que tenés alma, cosa, sos una cosa, ni siquiera un animal.»

—¿Malas noticias?

—Un anónimo.

—Tengo que acabarte el pulóver antes de que te maten. —Interrumpe el trabajo, pensadora, y añade—: Antes de que nos maten.

—¿Cómo estamos de ahorros?

—Para dos entierros alcanzan.

Con la misma tristeza pensativa con que ha aco-

304

gido el comentario de su madre, callejea y aún la lleva puesta cuando entra en el despacho de Carvalho. Se presenta ante don Vito, que ocupa el sitial de Carvalho, le da explicaciones.

—Es que a él le conozco.

—Si lo conoce a él, me conoce a mí. Ya lo dijo Confucio: conoce a tu socio y te conocerás a ti mismo.

—Papá pensaba que Confucio era una invención. Que cada época pone en labios de Confucio palabras que él nunca dijo, para ideas que nunca tuvo.

—¡Los clásicos! ¡Ah, los clásicos! Para eso están los clásicos. Su padre, Confucio, Gardel. Mi socio no tardará.

Don Vito mira impaciente hacia la puerta que separa el despacho con las zonas privadas del apartamento. Carvalho se incorpora en la cama. Ha dormido vestido. Se repasa el cuerpo con la mirada, con las manos, se aprisiona un pliegue de carne o algo parecido, aunque está flaco.

—Demasiados asados, demasiado chimichurri.

Su mirada descubre una botella de whisky Knokando evidentemente vacía, con un vaso volcado, al lado, en el suelo, a poca distancia de la cama.

—Demasiado whisky.

Tiene bocaza y se pasa la lengua por el paladar. Se levanta, se tambalea.

—Resaca. Vieja compañera. Por fin te reencuentro.

En el lavabo la luz de la bombilla sobre el espejo ofrece a un Carvalho sorprendido ante su propio aspecto, con el cepillo de dientes colgado entre los labios, barba de días, ojeroso. Toca con un dedo la bombilla. Quema. Retira el dedo.

—Sol, soles interiores. ¿Qué tiempo hará en Barcelona?

Habla con el personaje que le devuelve el espejo.

—Nunca volverás a casa.

Opta por enjuagarse la boca. Luego se embadurna las mejillas con crema de afeitar que sale de un spray. Mira con odio el spray y luego hacia el techo, buscando imposiblemente los cielos australes.

—Acabo de joder un centímetro de la capa de ozono.

Estudia el techo por si está allí la capa de ozono. Desconchados. Humedades. Se pasa la maquinilla de afeitar estándar y abre un surco de piel en la cara enjabonada. Cuando abre la puerta que comunica con el despacho, se siente restaurado, pero algo cansado. Abarca la composición de don Vito y de Borges.

—Señor Altofini, ¿quiere comprobar en su diario qué tiempo hace en España?

Como si fuera lo más natural a aquellas horas, don Vito coge un diario cuidadosamente doblado que mantenía sobre la mesa y se levanta para dejar el sillón a Carvalho y cumplir su encargo. Carvalho ocupa su sillón y acepta el discurso sin preámbulos de Borges Jr.

—En nombre de nuestra antigua amistad vengo a pedirle ayuda profesional. Nos conocimos en uno de esos lugares donde realmente se conocen las personas: en las cárceles, en las comisarías, en los botes salvavidas.

—Ahora recuerdo. Fue en un bote salvavidas.

—Fue en la comisaría. ¿Se acuerda del hijo de Borges, el que le dio ánimos en momentos de desesperación? Un grupo de fanáticos borgianos que se llaman a sí mismos El Aleph me han amenazado. Me han enviado este anónimo.

Carvalho lo lee.

—¿Qué quiere decir Aleph?

—Es la letra alfa, es decir, la *a* de un alfabeto hebraico. Pero mi padre le ha dado todos los sentidos y ninguno.

Don Vito ha encontrado lo que buscaba.

—Aquí está. Situación anticiclónica en el sur occidental de Europa. ¿Quiere saber las máximas, las mínimas?

—El tiempo es otra cosa. ¿Qué tiene que ver el tiempo con la temperatura?

El detective cabecea preocupado. Blande el papel del anónimo en el aire.

—No hay peores fanáticos que los adictos a los mitos culturales. Y sobre todo en estos tiempos en los que la gente no cree en nada. Cuando cree en algo pueden llegar al crimen defendiéndolo. Será una investigación costosa.

—Muy costosa —apostilla don Vito.

—Carísima —aumenta la presión adjetival Carvalho.

—Estos tíos deben de pasarse el día recitando fragmentos de su señor padre.

—Mancillándolos. No se preocupe por el dinero. Mi madre, yo mismo, tenemos unos ahorros después de dos largas vidas de trabajos forzados. Mamá fue la reina del contorsionismo en unos tiempos en que los clientes la cubrían de enigmas y de joyas. Lástima que sea tan chiquitita porque habría tenido más joyas.

Don Vito agradece a Dios que los enigmas pasen y las joyas queden. Pero le ha dado un arrebato a Ariel Borges, que coge entre sus poderosas manos una de Carvalho y exclama dramáticamente:

—¡Puedo probar que soy el hijo de mi padre!

—Hay muchas posibilidades.

—De niño cuando era un pibe mi mamá me llevaba a verlo a su departamento de la calle Maipú,

307

siempre que no lo supiera tita Nora, ni la mafia borgiana. Pero papá me reconocía. Lo dejó escrito en *El otro*, en 1964, cuando mamá fue a verlo para recordarle su paternidad. El poema se titula *Al hijo*.

«*No soy yo quien te engendra. Son los muertos.*
Son mi padre, su padre y sus mayores;
Son los que un largo dédalo de amores
Trazaron desde Adán y los desiertos
De Caín y de Abel, en una aurora
Tan antigua que ya es mitología,
Y llegan, sangre y médula, a este día
Del porvenir, en que te engendro ahora.
Siento su multitud. Somos nosotros
Y, entre nosotros, tú y los venideros
Hijos que has de engendrar. Los postrimeros
Y los del rojo Adán. Soy esos otros,
También. La eternidad está en las cosas
Del tiempo, que son formas presurosas.»

Borges Jr. ha terminado de recitar y contempla expectante el efecto que ha provocado en Carvalho y don Vito. Altofini está realmente asombrado.

—Recita muy bien.

—Muy bien. Es posible que mi socio pueda atender su caso. Investigar ese club de fanáticos que le amenaza. Nos desborda el trabajo.

—Somos trabajo —confirma Altofini.

—Yo voy tras la pista de un eterno fugitivo, mi primo Raúl Tourón, un hombre atípico. ¿No se lo ha encontrado usted alguna vez?

—Salgo poco de casa.

—No se extrañe por la pregunta. Se la hago a todo el mundo.

—Estas preguntas parecen tontas, pero un día u otro dan resultado. Mi papá decía...

No pudo terminar la evocación porque en el dintel se imponía la presencia de un hombre con ademanes perdonavidas y ojos que tasaban cuanto veían, hasta provocarle en este caso un rictus de ironía. Tendió una tarjeta de presentación al solícito don Vito, con un desdén proporcional a la amabilidad empalagosa del viejo.

—Getulio Merletti, *manager* de Bum Bum Peretti.

Se despide Borges Jr. entre promesas de futuros contactos y seguridades de dedicaciones especiales. Inclina su opulenta cabeza ante el recién llegado que no lo tiene en cuenta y baja la escalera en penumbra preocupado por la torpeza de sus piernas demasiado delgadas para el corpachón. Se detiene ante la agresión del sol, pero le sobrecoge más la de la voz.

—¿Ciego, como papá?

Borges reconoce a Pascuali. No muy lejos ve a los dos policías que le acompañan.

—Estoy limpio.

—Ahora te llamas Ariel. Hace diez años te llamabas también Ariel, Ariel Carriego.

—Me persigue en vano, me he retirado. He recuperado mi propia identidad.

—Y la mamá, la contorsionista.

—A su edad ya no está para contorsiones.

—Se lleva en la sangre. Tu madre, Dora la Larga, consiguió colocarle a un desgraciado una máquina de afeitar Philips diciéndole que comunicaba con los ovnis.

Pascuali señala con la cabeza el portal de donde acaba de salir.

—¿Desde cuándo un choro como vos necesita detectives privados?

—Un viejo amigo. Lo conocí en un calabozo, gracias a usted.

Pascuali le pasa un brazo por la cintura, porque no llega a los hombros del hombre percherón, que aparece triste, abatido y le insta a que ande mientras camina a su lado.

—Borges, vamos a aceptar que te llamás Borges. Hoy quiero que hablemos de Pepe Carvalho. Pero te veo muy pálido. ¿Qué te pasa?

—Tengo hambre. A estas horas tengo hambre. Soy muy hombrón y muy hambrón.

Desvía Pascuali a Ariel hacia la entrada de un boliche y al cabo de media hora permanece el policía fascinado ante una bandeja donde queda ya muy poco de lo que debió de ser copioso asado para cuatro del que el policía ha comido dos morcillas. Pascuali asiste asombrado a la voracidad de Borges Jr., que rebaña los restos de aceite chamuscado con casi media rebanada de pan.

—Es preferible comprarte unos zapatos que invitarte a comer.

—No lo crea. Como mucho porque tengo mucho cuerpo. Calzo el cuarenta y cinco.

—¿Entendiste bien lo que te dije? Me olvido de tu expediente. Jugás a ser escritor. Yo te protejo de esos fanáticos y vos te ganás la confianza de Carvalho, Alma, Silverstein. Ya irán apareciendo. Buscan lo mismo que yo.

—Raúl Tourón. Suena como a uno de esos escritores del XIX que papá se inventaba.

—¿A tu papá también se le daba bien la invención?

Borges se convierte de repente en un perro triste y derrumbado sobre lo que queda del asado.

—¿Pero usted no leyó nada de papá?

—Soy uno de los muchos argentinos que no ha leído a Borges y de los pocos que lo confiesan.

En el despacho de Carvalho, Altofini hace una exhibición de boxeo ante un Carvalho escéptico.

—Y mete la izquierda, pero es un amago. La que sale a una velocidad explosiva es la derecha. La derecha Peretti y ¡bum! No hay mandíbula que se le resista. ¿No es cierto? Es un boxeador inteligente, doblemente inteligente, porque ha habido boxeadores tontos que únicamente eran inteligentes en el ring. Fuera del ring eran unos boludos. Peretti es... ¡el intelectual del boxeo, como Menotti es el intelectual del fútbol!

—Descanse, don Vito, descanse. Le va a dar un infarto.

—El arte me apasiona. Hay carniceros que son artistas, o en cualquier oficio se puede ser un artista.

—Ha habido verdugos irrepetibles. Torturadores perfeccionistas.

—No me haga caricaturas. Usted y yo, en lo nuestro, somos dos artistas.

Alma entra en ese momento.

—¿Y yo? —pregunta.

Altofini sale a su encuentro, le coge una mano, se la besa, la retiene y exclama:

—¡Artista y musa a la vez!

Alma adopta la pose de una reina halagada y pregunta con cierto despegue:

—¿A qué juega hoy?

—El hijo natural de Jorge Luis Borges y Bum Bum Peretti han contratado nuestros servicios —contesta Altofini.

—Es raro, Borges a veces parecía un boxeador ciego, y Peretti no es ¿el boxeador intelectual? —pregunta mirando a Carvalho para que le conteste.

Carvalho no le contesta. ¿Parálisis lingüística? ¿Cambio de luna? ¿Falta de conocimiento sobre la materia?

—No es mi día, ni mi semana, ni mi mes, ni mi año —se excusa Carvalho.

—¿Y la década, qué tal?

—Una mierda.

—¡Mi década fueron los años cincuenta, sesenta, del cincuenta y cinco al sesenta y cinco! Altofini en la cresta de la ola, tenía veinte sombreros de fieltro, dos de copa para el hipódromo y media docena de bombines.

Alma estalla en carcajadas incontenibles ante el desconcierto de Altofini. Carvalho va entrando en hilaridad y acaba también a risotadas. Lloran de risa Alma y Carvalho.

—¿Te lo imaginás con bombín? —pregunta Alma.

—¿Y con dos chisteras, una sobre la otra? —añade Carvalho.

Altofini pasa de la perplejidad a una contenida indignación.

—Un caballero, si quiere realmente parecer un caballero, debe llevar sombrero.

—¿Y caballo no? —pregunta Alma.

Altofini no quiere enfadarse con la mujer, sí está dispuesto a hacerlo con Carvalho cuando sube enfurruñado al coche que va a llevarlos a la cita con Bum Bum Peretti. Contesta parcamente las demandas de orientación de Carvalho para salir de Buenos Aires.

—Al sur. Siempre al sur. En dirección a Mar del Plata. La casa de campo de Bum Bum está entre Dolores y Maipú.

Altofini se ha puesto el sombrero, dispuesto a dar una lección a los que han tratado de burlarse de él. Carvalho le mira de reojo, sin dejar de conducir.

—Realmente tenía usted razón. Con el sombrero parece un caballero.

—Este... Hay que saber llevarlo, eso es todo. Yo soy de una familia muy sombrerera. Mi papá, mi abuelito. ¡Y las mujeres! Mamá jamás, jamás fue a un acontecimiento importante sin su sombrero, y tenía un sombrero para cada ocasión. ¡Mamá!

Soñador, nostálgico Altofini, perfila su sombrero con la ayuda del espejito del parasol.

—No se desboque. En la próxima tiene que doblar a la izquierda. Este auto suyo es de vergüenza. Cuando Argentina era un país rico y civilizado tenía los coches más hermosos y mejor cuidados del mundo. ¿Sabe cuándo me di cuenta de que habíamos caído en la miseria? Cuando vi que la gente no hacía arreglar las abolladuras de los autos ni se limpiaba el blanco de las ruedas.

La primera cita es en un aeropuerto privado y a él llegan cuando en el cielo una avioneta traza círculos de aproximación. Finalmente aterriza y, restablecidos todos los silencios, el primero en salir es Merletti. Los siguientes tienen las narices achatadas y las cejas partidas, hasta que aparece un rubio bellísimo que desciende los cuatro escalones del Fokker mirándose las uñas. Finalmente Peretti. Elástico, poderoso, en lo alto de la escalerilla, marcando la distancia entre los que le han precedido y él. Cuchichea con Merletti sobre la pista de aterrizaje y el *manager* se acerca al coche de Carvalho y Altofini.

—El jefe prefiere hablar en la casa. Sigan la caravana. Por si se descuelgan: estancia Angostura, veinte kilómetros antes de llegar a Maipú.

No se descuelgan y consiguen entrar en la finca a la cola de la comitiva hasta ganar la mansión diríase que trasladada piedra a piedra de algún condado inglés. Merletti los espera con su cara de jugador de póquer agrio. Dedica una mirada algo irónica al sombrero de Altofini.

—Encasqueteseló bien, que aquí hay aire pampero y se lo va a llevar volando.

Don Vito se quita el sombrero y lo mantiene entre sus manos. Entran en el hall de la casona y a pesar de la solidez, casi lujosa, del *atrezzo*, demasiados objetos olvidados o no bien situados contagian inseguridad, como si la casa no estuviera ocupada por sus auténticos propietarios.

—Bum Bum los está esperando. No pudo bajar a Buenos Aires porque se juega mucho en el próximo combate con Azpeitia, ese puto español que lo único que sabe hacer es trabar y pegar cabezazos en las cejas.

—Eso no es un boxeador, es un chivito —dice Altofini.

—Pero no deja una ceja sana, y Peretti no tolera que le marquen la cara.

—La cara es el espejo del alma y por lo tanto del boxeo como una de las bellas artes. Los grandes campeones con estilo han salido con la cara intacta. Cassius Clay.

—Se llamaba Mohamed Alí —le corrige Carvalho.

Atraviesan el hall y por una puerta lateral ganan un patio interior, como si fuera un claustro de la antigua mansión, con surtidor apagado en el centro. Cruzan el recuadro de arrayanes en torno de la araucaria central en dirección a una puerta que da a un gimnasio. Peretti ya entrena con los *sparrings*. Apenas si se le ve el rostro protegido, pero en los ojos hay determinación cuando golpea con ensañamiento. El joven rubio pendiente de sus uñas las

314

maltrata ahora jugueteando con un *punching*. Parodia más que imita los movimientos y golpes que Peretti intercambia con los *sparrings*. Más que sus golpes temblones llama la atención el enorme tatuaje que le ocupa casi todo el brazo izquierdo. Merletti golpea en un gong. El *sparring* detiene la pelea. No así Peretti, que sigue golpeando furiosamente, coge descuidado al *sparring* y le derriba de un derechazo. Luego capta la estupefacción provocada y ayuda a levantarse al caído. Se disculpa. Se quita los protectores y vuelve a ser el boxeador «intelectual» como le llama la prensa, pendiente del acercamiento de Merletti y los recién llegados, evaluándolos a distancia. Merletti se los presenta con desgana.

—Carvalho y Altofini, detectives privados.

Peretti señala primero a Carvalho y luego a Altofini.

—¿Carvalho? ¿Altofini?

—En efecto, ha señalado usted correctamente.

—Con ojo de lince —corrobora Altofini.

—Sencillo. Me dijeron: uno de los dos es gallego, y usted camina como un gallego.

—¿Cómo caminan los gallegos?

—Sin cadencia. Para un gallego el paso es la línea más corta entre dos puntos.

—Es una teoría.

—Iluminada y certera —corrobora Altofini.

—Pasalos al bar. En seguida estoy con ustedes —ordena Peretti a Merletti.

Se va saltando sobre la punta de sus botas, como si prosiguiera el entrenamiento. Le sigue el muchacho rubio y tatuado, que ha exhibido ante los recién llegados la misma desgana que ante el *punching*. En el bar, Merletti sirve unos whiskies de una botella de cristal de roca ahumado.

—¿De verdad no quiere hielo y agua?

—Primero probaré si es bueno —responde Carvalho.

Al instante irrumpe la voz y la presencia de Peretti, siempre a su estela el efebo rubio.

—El gallego es un buen catador de whisky. Tomeló sin agua, ni hielo. Es un Springbank treinta años. Me lo regalaron como bueno.

—Si es un Springbank treinta años, no se equivoca, es buenísimo y carísimo.

—¿Ya lo había probado? —pregunta Merletti sarcásticamente.

—En los aviones de mis clientes no se bebe otra cosa.

Altofini contempla su vaso lleno de agua, hielo, Springbank treinta años.

—Así, con agüita, con su hielo, lo meo todo. Así el whisky se mea todo. Hay que tener los riñones de Bum Bum o del gallego para el whisky solo.

Peretti se ha apoderado de un sillón y del salón. Mueve la cabeza en dirección a su acompañante.

—Robert, mi hijo.

El joven rubio saluda con una inclinación de cabeza.

—¿Cómo, su hijo? —pregunta Altofini—. ¡Pero si sos un pibe! Será adoptivo.

Peretti corta con sequedad, mientras Carvalho trata de reprimir la pegajosidad de Altofini.

—Mi hijo. Con eso basta.

Altofini está tan de acuerdo que va a excusarse otra vez, pero le contiene una muda llamada de Carvalho.

—Y ahora quisiera hablar a solas con nuestros visitantes —anuncia Peretti.

Merletti y Robert se van. Peretti tarda en sentirse a gusto en la nueva situación. Finalmente se relaja.

Busca en el bolsillo de su chaqueta deportiva, saca una carta y se la tiende a Carvalho. La lee en silencio.

Querido Lorenzo. Sé de tus éxitos por los periódicos y alguna vez me acerqué por el Luna por si te veía boxear, pero las entradas son muy caras para mí. Todo es muy caro para mí. Me acuerdo de aquellos meses en los que yo era el joven profesor y vos el alumno adolescente, aquellos tiempos en que fuimos felices, dos en uno, doblemente hombres, como te gustaba decir a vos, y me entristece verme así, hecho una basura, drogadicto de todo y adicto a nada, sin suerte en la vida ni en mi carrera y cada vez con más miedo a la autodestrucción. Necesito tu ayuda. No en nombre de lo que fuimos el uno para el otro, sino de tu calidad humana, de la que tantas pruebas tengo. Escribime al Apartado de Correos 3457. No tengo domicilio fijo.

Loaiza

Peretti espera a que Carvalho diga algo. Asiente cuando el detective solicita permiso para pasarle la carta a Altofini. Carvalho finge esperar la lectura de su socio para ganar tiempo. Cuando Altofini termina de leer adopta una expresión tan aséptica que adquiere una rigidez casi cómica.

—¿Y bien? —pregunta Peretti.

—¿Contestó usted la carta?

—Sí. Confieso que reaccioné por una mezcla de compasión y miedo. Compasión porque admiraba mucho a Bruno Loayza y miedo porque una persona que vive sórdidamente se comporta sórdidamente.

—Joven profesor. Alumno adolescente. ¿A qué época se refiere?

—Fue al final de los años setenta. Yo era un bicho raro que me movía en el mundo del boxeo juvenil amateur, pero también me había anotado en la universidad. Faltaban muchos profesores: perseguidos políticos, exterminados, fugitivos, alguno había quedado, y Bruno era de los más brillantes, como un eslabón con el esplendor intelectual de los años anteriores al golpe. Bruno era tan brillante como poco escrupuloso en sus seducciones. Le gustaba jugar a la ruleta rusa moral y sexual. Recibiera el disparo quien lo recibiera. Pero no le guardo rencor, sino curiosidad, quizá curiosidad por mí mismo, por el joven también curioso y sin límites que fui.

—¿Cuándo terminaron sus relaciones?

—Las más íntimas apenas si duraron un año académico. Como amigos nos vimos de vez en cuando, cada vez menos, sobre todo desde que empecé a destacar en el boxeo profesional y él se hundió progresivamente en la drogadicción.

—Cuando recibió la carta, ¿llegó a verle?

—No. Pero le mandé dinero. Varias veces. Sus cartas se hicieron cada vez más agrias, más exigentes. Más amenazadoras.

Peretti espera a que Carvalho siga indagando, pero el detective calla y Altofini no se atreve.

—Perdone que no le enseñe las cartas siguientes. Únicamente añaden morbosidad y suciedad, como si trataran de manchar algo que fue casi hermoso. Un desliz de juventud. En la universidad. Yo quería ser boxeador y al mismo tiempo un sabio enciclopedista. Me había inscrito en varias carreras. En filosofía conocí a Loaiza, ya les dije que era un joven profesor auxiliar, poeta prometedor, fascinado porque decía ver en mí al hombre completo. Usted no lo pregunta y se lo voy a decir para que conste en acta de una vez por todas, para poner las cartas sobre la mesa. Tuvimos una relación homosexual durante varios meses.

—¿Cuántos, para ser exactos? —pregunta Altofini.

—Cuatro meses y siete días y medio, para ser totalmente exactos, ni un segundo más, ni un segundo menos.

—Los griegos, Platón, los luchadores turcos. No hay que avergonzarse —concede Altofini.

—Ni me avergüenzo ni me arrepiento de nada, pero me imagino perfectamente lo que puede ocurrir si sale a la luz que tuve relaciones homosexuales a los veinte años. En este país podés tirar a tu mujer por la ventana y te perdonan porque sos un macho, pero la homosexualidad sólo se la toleran a algunos cómicos. Necesito controlar a Bruno Loaiza. Saber dónde está. Afrontarlo. Terminar con esta amenaza. No me importa el dinero. Me importa la lógica absurda, caprichosa de un drogadicto.

Abandonan la casa de Peretti ya de noche. Carvalho conduce silencioso, cansado. Altofini, siempre con sombrero, silenciado por cuanto había visto y oído, prosigue un proceso mental del que sale al cabo de treinta kilómetros para inclinarse hacia Carvalho y hacer con dos dedos de cada mano el gesto del coito.

—¿Así se la metían por el culo?

—¿Por dónde si no?

—Claro. Claro. ¡Y qué bien habla el maricón! ¡Qué razón tenía Victor Hugo, mi maestro: lo que bien se concibe bien se expresa / con palabras que acuden con presteza. ¡Condición humana! Cuanto más cultiva el cuerpo el hombre, más admira el cuerpo del otro hombre, como dijo Platón.

—¿El filósofo?

—No. Platón Carrasco, un ex cuñado mío que tenía un gimnasio cerca del cementerio de la Chacarita. Era muy peronista. Quería mejorar la raza.

Carvalho olisquea las paradas, melancólico, sorprendiéndose ante los extraños nombres de las partes de las bestias, de los escasos peces. Alma lo ve meditabundo ante los cortes de carne: vacío, entraña, bife, bife de chorizo. Se le acerca y tolera su actitud contemplativa hasta que Carvalho le habla.

—Un día vendrás a Barcelona y te llevaré al mercado de la Boquería. España está llena de mercados maravillosos. En Galicia hay mercados de pescados que parecen catedrales sumergidas.

—En pleno síndrome de abstinencia de nostalgia. ¿Cómo combatís el síndrome de abstinencia? ¿Te vas a un mercado?

—Primero es el crimen. Después el mercado. Allí intervengo yo.

—¿De qué crimen me hablas?

La invita a que mire alrededor.

—Estamos rodeados de cadáveres: vacas, corderos, peces, lechugas, nabos, apios. Alguien les ha cortado la vida para que los comamos.

—Los matarifes o las vendedoras, ¿son los asesinos?

—Asesinos o encubridores. Nadie se salva.

Alma ve ahora a las vendedoras como cómplices del crimen y contempla a las víctimas una a una, sobre todo a los peces no troceados, desde su muerte pasiva o convulsa. Alma cierra los ojos.

—Qué horror. Desde esta perspectiva parece como si estuviéramos en un cementerio.

—Muertos sin sepultura. La sepultura está aquí y aquí.

Se señala la cabeza y el estómago.

—Nunca más volveré a comer bichitos.

—¿Es más legítimo matar a las plantas? ¿Has visto tú la cara que pone un apio cuando lo arrancas de la tierra? Hay botánicos que dicen que las plantas gritan cuando mueren.

Alma contempla a Carvalho como si fuera el mensajero del horror.

—¿Has venido a horrorizarte?

—Ya he llegado horrorizada. Font y Rius se pasó de maquiavélico y volvió a meterlo a Raúl en el ojo del huracán.

Regresan al apartamento del detective con la cesta llena de muerte y la cabeza de Carvalho de proyectos culinarios.

—Sólo guisar enmascara la tragedia, la barbarie.

Alma le cuenta su diálogo con Font y Rius, pero Carvalho parece hastiado de todo cuanto se refiera a Raúl. Contempla el caer de la lluvia fina más allá de los cristales, Alma sentada ante él, con una calabacita de mate entre las manos. Carvalho se las entiende con un vaso de whisky con hielo, mientras reflexiona sobre la tenacidad del monzón argentino.

—Llueve, llueve desde hace semanas. Me recuerdan las lluvias de Ranchipur. Soy tan viejo que en mi cabeza tengo la versión de *Vinieron las lluvias* interpretada por Mirna Loy y Tyrone Power. ¿Sabes tú quién era Mirna Loy? ¿Qué tiempo hará en Barcelona?

—Cuanto antes encontrés a Raúl antes podrás volver a tu casa. Parecés ET. ¡Mi casa! ¡Mi casa!

—Font y Rius es un irresponsable. Siquiatra tenía que ser. Pero mi primo, ¿cómo se puede poner a jugar a la ruleta rusa? ¿Quién te ha dicho que me encontrarías en el mercado?

—Don Vito. Estaba muy entusiasmado porque ese farsante les pidiera ayuda. El hijo de puta ese que se hace pasar por hijo de Borges.

—Mis clientes no son hijos de puta.

—Ése lo es. Apareció para hundir la memoria del viejo, para ensuciar su imagen.

—¿Tanto te importa la imagen de ese reaccionario? Os puso a caldo a todos los montoneros y aplaudió la guerra sucia.

—¿Quién no aplaudió la guerra sucia? Hasta algunos de nosotros la aplaudimos. Dijimos: ¡que vengan, que vengan a buscarnos! Van a enseñar la verdadera cara del sistema.

—La soberbia armada.

—No me digas eso. Es el título de un libro y una posición que me repugnan. Si lo nuestro era soberbia, ¿lo del sistema qué era? A Borges, dentro de cincuenta años se le leerá como a un escritor, no como a un ideólogo. ¿Quién tiene en cuenta hoy que Virgilio fue un lameculos de Octavio Augusto o que Defoe fue un miserable confidente o que Verlaine era una mala persona?

—No puedo con Virgilio. Yo sólo he leído a Julio Verne.

—Mentira. Y porque tu incultura es mentira, no tenés que humillar a Borges. Humillar la memoria de Borges es humillarnos a todos los que lo necesitamos. Por lo menos hay que creer en la magia de los creadores.

Carvalho toma a Alma por un brazo, tratando de reducir su arrebatamiento.

—No insistas más, me has convencido. Pero mi trabajo es mi trabajo. ¿En tus clases de la universidad dices lo mismo?

—Esta mañana les he dicho lo mismo a mis alumnos. Me quedan pocas verdades, pocos derechos, uno de ellos es el de practicar la necrofagia cultural que a mí más me guste.

Carvalho mete la mano en una bolsa de la compra y saca un pescado grande, muertísimo, pero lo vuelve a meter en su tumba de arpillera porque la cara de Alma es el mapa del asco.

—¿Acaso yo no tengo derecho a elegir los cadáveres que me como?

El capitán viste prendas Nike y hace flexiones a la media plancha, abdominales con pesas, sobre una estera, en su despacho. Más procesador de textos y archivos que libros, un *punching*, una polea, una cuerda pende del techo como una serpiente invertida. Entra corriendo Muriel, con los brazos cargados de libros. Se inclina para darle un beso que interrumpe las flexiones.

—¿Corrés o volás?

—Llego tarde a la universidad. No quiero perderme la clase.

El Capitán se ha levantado, se seca el sudor con una toalla, sin dejar de hacer esgrima con las piernas.

—¿A qué clase vas?

—La profesora Medotti prometió hablarnos de Borges, habló de lo de ese hijo falso que le ha salido y prometió hablar de la *Historia universal de la infamia*. ¿Viste lo del boludo ese que se hace pasar por hijo de Borges?

—¿Boludo? ¿Ése es el lenguaje que te enseñan en la universidad?

—Es un farsante. Hay que conservar el respeto por los auténticos creadores. Es la única magia que nos queda. La de los poetas.

—Hay poetas peligrosos que meten en la sangre el virus de la destrucción y la autodestrucción. Hubo poetas entre los subversivos. Urondo, Gelman. Se llamaban poetas a sí mismos, pero un poeta ha de ser constructivo.

—¡Me encanta Gelman! Con Urondo todavía no empecé, pero Gelman me encanta.

—¿Vos leíste a esa gente?

Se va corriendo Muriel. El Capitán la ve marchar con una ternura que progresivamente se endurece. Va hacia el saco de boxeo, lo golpea, va aumentando la dureza de sus puñetazos mientras alza la voz que grita:

—¡Magia! ¡Magia! ¡Magia! ¡Magia!

Sube Muriel al colectivo a la carrera y el reloj le indica que el tiempo la persigue. A medida que se acerca al centro crece su impaciencia y el colectivo se detiene por un tumulto que concentra a los peatones. Desde la ventanilla, Muriel ve a Borges Jr. caminar por una acera, como imbuido de su recién adquirida importancia y ratificado por los transeúntes que se vuelven a su paso, como si le reconocieran cual animal televisivo. Pero lo que ha creado tumulto es una furgoneta con altavoz, circula parsimoniosa en doble fila, a la altura del Ariel fugitivo. Del altavoz emerge una voz amenazadora:

—Ese pavo real que pasea por la vereda dice ser el hijo del más grande escritor argentino de todos los tiempos. Es un aventurero que solamente tiene sitio en una Argentina de aventureros. Escupan a la cara del impostor. Por la memoria del gran Borges. ¡Escupan a la cara del impostor!

Se lleva el colectivo el asombro de Muriel, mientras Borges Jr. primero encaja la alocución como si no fuera con él, luego acelera el paso. Una vieja le detiene y le escupe. Ariel fuerza su carrera, perseguido por la mirada de los viandantes y por la furgoneta que sigue pregonando: «Escupan a la cara del impostor.» Finalmente corre más que anda y tras dejar atrás varias manzanas se mete jadeante en el portal de la casa de Carvalho. Sube, dificultada su respiración por el peso, se detiene ante la puerta tratando de recuperar la cara y el aire que le falta a sus pulmones y finalmente empuja la puerta del despacho. Carvalho permanece lejano, en el fondo, sentado tras su mesa, a la distancia justa de la respiración que le queda a Borges Jr. hasta que se serena y aplaza la evidencia de su fatiga contemplando desde la ventana el tráfico y las gentes.

—Papá escribió en *El Aleph*: «Esta ciudad es tan horrible, que su mera existencia y perduración, aunque en el centro de un desierto secreto, contamina el pasado y el porvenir y de algún modo compromete a los astros. Mientras perdure, nadie en el mundo podrá ser valeroso o feliz...» ¿No le parece una premonición y al mismo tiempo una descripción del Buenos Aires actual?

—Todas las ciudades contaminan el pasado y el porvenir. Las ciudades y las personas.

—Me acordé de lo que usted me dijo el otro día sobre su primo. Papá era un escritor voluntariamente hermético y en un fragmento de *El Aleph* puede haber una anticipación de su caso. Su primo es como Ulises, que vuelve a Ítaca y nada es como era, ¿no? Tal vez Penélope se haya limitado a destejer y Telémaco no exista o permanezca oculto. Homero le cuenta al protagonista de *El Aleph* que, como Ulises, habitó un siglo en la ciudad de los inmortales, esa ciudad que contamina el pasado y el porvenir.

Carvalho está algo sorprendido y su sorpresa enmudece a Borges Jr.

—¿Y?

—En algún momento su primo tendrá que llegar al mismo descubrimiento que Cartaphilus: «Cuando se acerca el fin ya no quedan imágenes del recuerdo: sólo quedan palabras.»

—Algo de cierto hay. Últimamente mi primo escribe anónimos, pero escribe. Ya se le acabaron los recuerdos. Por eso empieza a ser agresivo. Quiere entrometerse, molestar. No. No quiere morir. Quiere volver a vivir. Hostiga a los que le traicionaron. Hasta escribe cartas a los japoneses. Está ingresando en la modernidad. No hay modernidad sin japoneses.

—Mi padre escribió algunas cosas sobre árabes y chinos, pero que yo me acuerde... nada sobre japoneses.

—¿Su padre estuvo alguna vez interesado en la alimentación animal?

—¡Jamás!

La cocinera remueve con los ojos y con una cuchara de madera el contenido de diferentes cazuelas alineadas sobre un xilofón de fogones. En el vestidor del servicio adjunto, donde las ropas huelen a arqueologías de guisos, cuatro criados se visten de mayordomos con parsimonia y hieratismo busterkeatoniano. Suena un timbre. El de la puerta de servicio, y al abrirla cansinamente un camarero le aguarda la promesa del abrazo de don Vito.

—¿Lorenzo? Vos sos Lorenzo, ¿no?

No respeta don Vito el no mudo del camarero semivestido de mayordomo y se introduce mientras ya exige explicaciones.

—Pero aquí está Lorenzo, ¿no es cierto?

Al camarero le da igual.

—Aquí nos llamamos todos James.

El criado vuelve la cabeza hacia el interior.

—¿Hay algún Lorenzo por ahí?

Uno de los tres criados restantes levanta la cabeza sin demasiado entusiasmo.

—Sí, yo. Yo me llamo Lorenzo.

Entra don Vito entusiasmado, caracteriza y ya prepara los brazos abiertos para el presunto Lorenzo, pero cuando se encuentra en la cocina ante los tres camareros igualmente desganados y a medio disfrazar, se corta, mantiene el gesto porque adivina quién es Lorenzo por la cara menos aburrida.

—¡Lorenzo!

—¿Vito?

—El mismo.

Abraza don Vito, recuerda progresivamente el otro y soporta la cháchara mientras el visitante le fuerza al aparte.

—¿No podemos hablar en un lugar más discreto?

—Lo que pasa es que en seguida se va a armar el quilombo, y los socios son unos piantaos, pero son muy exigentes.

Tres de los criados, ya vestidos como mayordomos, merodean por la cocina, y en la guardarropía don Vito tiene que reconvenir con un ¡chist! la desmesura de la respuesta de Lorenzo.

—Pero... ¿sabés lo que me estás pidiendo? Este es un club privadísimo. ¿Cómo te voy a dejar ver los archivos?

Don Vito es pura nostalgia cuando pone una mano sobre el hombro de Lorenzo.

—¿Te acordás de aquellos tiempos en que te dedicabas al contrabando y yo te cubría las espaldas? Altofini, me decía tu mujer, dale una mano a Lorenzo, que siempre se mete donde no lo llaman.

—Por eso no quiero más líos. Aquí dentro hay muchos tipos peligrosos. Muy señores pero muy peligrosos. Gentes del poder o bien vistos por el poder, proteína pura de oligarquía, que juegan a no sé muy bien qué. A vivir literariamente, dicen ellos. A hacerse los payasos. Pero cuando se sacan el disfraz son unos hijos de puta, unos caníbales. Yo me llamo James, como los otros tres, y eso es lo que cuenta.

—Una miradita a los archivos, Lorenzo. Hoy por vos mañana por mí.

Lorenzo le contempla valorativamente, pero tal vez desde una teoría del valor muy personal.

—Pago mis deudas, pero no voy a pagarte porque me ayudaras a no meterme en quilombos; te pago porque te cogiste a mi mujer y así pude dejar a esa foca. Yo no podía con aquella valquiria.

Emocionado por la confidencia y con ganas de establecer complicidades, don Vito pone una mano sobre el hombro de su protegido.

—Lorenzo, voy a serte sincero. Yo tampoco pude.

—Desaparecé y agarrá esta llave. A partir de las doce aquí no hay nadie.

Será a las doce y cuarto de la noche cuando se abra la puerta que comunica el vestidor de la servidumbre con la cocina. Camina entre cuidados don Vito, atraviesa el guardarropía. Sale al hall distribuidor de las dependencias del club El Aleph y escruta la breve luminosidad que conservan luces de posición. Se saca del bolsillo un papel donde estudia el plano trazado a mano y empieza a subir las escaleras hacia el primer piso. Una vez allí se orienta hacia la puerta deseada, la comprueba en el papel, está a punto de traspasarla, percibe como una tos de ubicación indeterminable. Agarrotado espera la confirmación del ruido, pero no llega y abre la puerta.

Una vez dentro de la secretaría ya no puede oír la confirmación de la tos en la habitación de al lado, ni ver cómo varios socios del club parecen aguardar acontecimientos vestidos como boxeadores de comienzos de siglo. Calzones muy largos, camiseta a listas horizontales, pesados guantes, raya en medio de un cabello engominado, bigote a lo rey de Inglaterra o a lo zar de Rusia. No disponen esta vez de otro mayordomo que Lorenzo. Regocijado les advierte:

—Ese hijo de una gran puta ya está dentro.

Impaciencia en los boxeadores, saltan sobre las puntas de los pies, golpean al aire. El presidente aconseja:

—Hay que darle su merecido.

El piquete de boxeadores sale de la estancia. Su avance es más marcial que deportivo. James, al verlos partir, ha recuperado la cara de mayordomo, pero con los colmillos al descubierto y en los labios la sentencia:

—Vito Altofini, te vas a acordar de este cornudo.

Apenas recordará después don Vito que tenía los cajones de los archivos abiertos, que ya había seleccionado alguna carpeta, que incluso se había puesto las gafas para leer e iluminado los papeles con una linternita regalo de madame Lissieux.

De pronto se abre bruscamente la puerta y cuatro boxeadores a la antigua usanza avanzan hacia él fajándose y lanzando resoplidos. Es cierto que don Vito trata de asumir la situación, aunque quizá no con las palabras adecuadas.

—Sólo se trata de un malentendido.

Pero ya tiene a los boxeadores encima y sólo puede hacerles frente a manotazos y patadas, los boxeadores le cercan técnicamente y empiezan a caerle golpes que saben dónde pegan. Contraste entre la desesperación desarbolada de don Vito y la sistemática entrada y salida de los cuatro boxeadores para darle golpes implacables. Tan implacables que acaban por derribar al hombre, con el rostro tumefacto. Uno de los boxeadores le levanta la cara por los cabellos ya ensangrentados y los otros continúan amasándosela con los puños. Don Vito Ecce Homo ya ha perdido el conocimiento.

Vladimiro rumia en voz alta las confidencias que acaba de hacerle Borges Jr., culpable y cabizbajo.

—Así que don Raúl Tourón ha resucitado de entre los muertos y les está rompiendo los huevos a sus compinches.

Se echa a reír. Borges le mira con ojos de perro triste.

—He traicionado la confianza de esa gente.

Suena a sus espaldas la voz de Pascuali.

—¿Ahora me venís con remilgos? ¿No traicionaste la confianza de la gente a la que estafaron vos y tu vieja?

—No habría timadores sin gentes con ganas de ser timadas.

—No habría asesinos sin gentes con ganas de ser asesinadas. No digás estupideces.

—Esos fanáticos me persiguen, tengo miedo, necesito que usted me proteja.

Pascuali está más fastidiado que de costumbre.

—Sectas. Sólo me faltaban sectas, sectas literarias.

Espera a que el policía encargado termine la redacción del informe, emite con la cabeza un mensaje a sus acólitos que Borges no descifra y recorre los pasillos que le separan del despacho utilizado por el director general durante sus visitas a la comisaría. No muy locuaz el encuentro y Pascuali deja bajo los ojos dióptricos del político el informe que acaban de entregarle.

—¿No me puede adelantar el contenido? Aunque sean cuatro palabras.

—Sectas. Sectas literarias.

—¿Sectas literarias? ¿Y eso con qué se come?

Pero el mutismo de Pascuali le obliga a leer el breve informe. Antes de levantarse mira a Pascuali por encima de los lentes, como si quisiera verlo sin filtros deformantes. Pero se levanta. Pone los puños sobre la mesa e inclina su cabeza para acercarla a la del policía. Al director general le encanta vociferar a escasos centímetros de las narices de Pascuali.

—¿Sectas? ¿Sabe usted quién forma parte del Club El Aleph? La flor y nata de parte del empresariado. El presidente es Ostiz. ¿Le dice algo el nombre? Altos cargos universitarios, gozadores, gente que tiene mucha plata y mucho poder. ¿Qué quiere usted? ¿Una orden de allanamiento? ¿Y qué más quiere? ¿Que interrogue a Güelmes, un ministro recién nombrado, sobre sus negocios con un grupo japonés? ¿Qué más quiere? ¿Que declare anticonstitucional la Constitución? ¿Que decrete una orden de búsqueda y captura del presidente de la república? ¿Quiere dejarme sin trabajo? ¡Y todo por un estafador de mala muerte y por un chiflado al que está buscando! ¿Qué quiere ese hijo de puta? ¿Qué quiere? ¿Sacarme de quicio? ¿Como usted?

Pascuali resiste la tormenta sin apartar la cara ni cerrar los ojos. El director general se cansa. Va hacia su mesa. Saca del cajón un medidor de presión estándar, de los utilizados de director general para arriba, y se lo aplica.

—¡Catorce y once! ¡Catorce y once! ¡Nunca había tenido tan cerca la máxima de la mínima!

Pero habla a nadie. La puerta se ha cerrado tras Pascuali. El director general saca su teléfono móvil de un cajón, lo conecta y marca un número que ha recuperado de su ordenador de bolsillo.

—¿Güelmes? Pascuali presiona cada vez más. Hay que hacer algo. Tenemos que vernos. Por cierto, catorce y once. ¿Y vos?

El médico brota, más que sale, de la puerta contemplada con angustia. Carvalho va a por él, seguido de Alma. El médico susurra palabras y sugiere una dirección hacia la que se precipitan para llegar ante el biombo que los separa de Vito Altofini momificado por los vendajes. Apenas puede mover los labios hinchados. Alma y Carvalho se han detenido, sacudidos por la brutalidad del espectáculo, pero don Vito invita con un cabezazo a que se acerquen. No se oye lo que trata de decir y Carvalho se inclina a la orilla de los susurros. Carvalho asiente y se vuelve hacia Alma.

—Dice que estamos en un mundo de fanáticos. También me ha dicho que, en las películas, la chica besa a los enfermos cuando va a verlos al hospital.

Alma sonríe, pero cuando está a punto de besar a don Vito ve que sólo tiene descubierta la boca.

—Sólo puedo besarlo en la boca.

—Me parece que es lo que quiere.

Don Vito expresa la irremediabilidad de la situación. Alma le besa en la boca con complacencia, sin la menor intención de cubrir el expediente. El primer o el último beso de una historia de amor. Húmedo. Profundo. Los ojos de don Vito en éxtasis, pero se truecan en ojos alarmados y con la cabeza que trata de indicar algo. Carvalho y Alma le miran, se miran sorprendidos, finalmente comprenden, se vuelven: Pascuali en el marco de la puerta. Invitados a salir, Carvalho y Alma avanzan, a la zaga va el policía que masculla, para que sólo ellos lo oigan:

—¡Me tienen muy harto. Muy harto. Donde meten la nariz meten la mierda!

Acaban el pasillo, y ya en el hall de salida, Pascuali retiene a Carvalho por un brazo, de malas maneras.

—Quiero saber.

Carvalho exterioriza la paciencia que necesita para soportar a Pascuali.

—¿Qué quiere saber? Vito Altofini ha sido salvajemente agredido por unos fanáticos, unos fundamentalistas borgianos.

—¡Dejesé de martingalas! Quiero saber todos los detalles del chantaje de Raúl Tourón, con los japoneses incluidos.

—Uno de los implicados en el lío es el Capitán.

Se acerca a Pascuali y le repite.

—El Capitán. ¿Demasiado Capitán para usted, Pascuali?

El policía no responde, ni siquiera gesticula, y Carvalho y Alma tratan de aprovechar su desconcierto para el mutis, pero Pascuali corre tras ellos, toma a Carvalho por un hombro y le obliga a volverse violentamente.

—El Capitán, gallego de mierda, es un milico, un residuo de la era de los milicos. Pero eso un día u otro se va a acabar y la sociedad lo único que necesita son policías, no milicos. Los milicos ya los pondrán los yanquis.

—Es una teoría.

—Es una evidencia necesaria. Yo soy el futuro, la única posibilidad de orden.

—También la policía privada.

—¿Usted?

—No. Yo soy el último mohicano. Me refiero a la que está y estará al servicio del orden. Yo estoy al servicio del desorden. Yo soy desorden.

Platos y cubiertos limpios, bruñidos, agrupados según ritmo visual que el pinche respeta objeto por objeto. Raúl exprime el estropajo-esponja para escurrir las últimas gotas de agua sucia. Lo tira al fregadero. Contempla la cocina. Todo reluce. Sonríe satisfecho. Por el ventanal se prende de las luces reclamo que navegan por el río a la altura de Costanera Norte. Se deja caer en un taburete. Se pasa las manos por el rostro. Bate la puerta y deja paso al jefe de cocina, que examina el estado de las cosas y aprueba con la cabeza.

—Ha sido un día terrible. Le dimos de comer a medio Buenos Aires.

—Y el otro medio nos trajo también sus platos sucios.

Raúl coge el sobre que le tiende el jefe, lo aprieta por los bordes para que se abra un poco y pueda ojear los billetes que contiene. Se guarda el sobre masticando un gracias que el otro hombre ni escucha porque ya sale de la cocina. Raúl se levanta, se quita el delantal, mete la cabeza debajo del chorro de agua del grifo, se seca con un trapo de cocina limpio. Cuando sale de la encerrona del trapo, despeinado, con el rostro enrojecido por las frotaciones, se da cuenta de que no está solo. Pero reconoce al intruso. Le dice que sí con la cabeza. Ya en la calle el acompañante le insta a que suba a una inacabable limusina Lincoln de cristales oscuros. El hombre que le espera en el interior huele a perfume recién puesto y tiene la piel rosada como los niños. Se pone en marcha el coche y el monólogo del anfitrión.

—Las cosas claras desde el principio. Sé quién es usted y usted debe saber quién soy yo. Gálvez Jr., Richard Gálvez Aristarain. ¿Se acuerda? Mi padre, el Robinsón, Viernes. Apenas si hace unos meses que lo mataron. Mi padre le prometió ayudarle a encontrar a su hija. Como ya le hice saber yo, descubrí entre sus papeles algunas indagaciones sobre su búsqueda. Interesantes. No definitivas pero interesantes. En las notas mi padre refería una conversación en la que usted alude a un descubrimiento sorprendente, doloroso, recientemente experimentado. Un desvelamiento. ¿Aquí, en Buenos Aires?

—No. En España.

—Debido a ese descubrimiento usted vuelve a la Argentina, ¿no es cierto?

—No exactamente. Yo estaba ya por volver cuando se produjo la revelación.

Queda encuriosado Gálvez Jr., pero Raúl no le compensa. Suspira.

—En fin. Las cartas sobre la mesa. Tuve desde

el comienzo sospechas de que la muerte de mi padre tenía que ver con los chantajes que había dirigido a buena parte de mis amigos y colegas de lo que ustedes llamaban la oligarquía. Nosotros no sabemos cómo llamarnos. Se admiten sugerencias. Uno de los chantajeados más peligrosos fue Ostiz. ¿Le suena el nombre?

—Un cómplice del golpe militar.

—Casi todo el dinero argentino fue cómplice de aquel golpe, pero Ostiz además es muy bravo, le encanta pagar las cloacas y hacer de cloaquero. Mató a mi padre, seguro, y después contribuyó a financiar la primera piedra de un parque temático sobre Robinsón. La primera piedra. De la segunda nadie se acuerda.

—¿Qué tiene que ver Ostiz con mi hija desaparecida?

—Ésa es la incógnita, pero en los papeles de mi padre encontré la siguiente correlación de vectores: hija de Raúl-Ostiz-señora Pardieu.

—¿Por qué juega de mi lado?

—Juego al mío. Yo no puedo chocar de frente contra Ostiz, pero quiero hacerle pagar la muerte de mi padre. Sabíamos quién era usted, quién es Ostiz, pero nada de la señora Pardieu. Estuvimos investigando a la tal señora y aparece como una madre soltera de una hija nacida en Buenos Aires en 1977. El nombre de inscripción de la piba es Eugenia y nada se sabe sobre los siguientes movimientos de la madre soltera, ni de la niña. Un muro. Sin fisuras. Entonces hay que volver a Ostiz. ¿Por qué mi padre establece esa relación? Ostiz fue uno de los oligarcas que respaldaron el andamiaje económico de los principales implicados en la represión directa, incluía la adopción de hijos de desaparecidos y no sería de extrañar que respaldara el pecaminoso alumbramiento de la madre soltera Pardieu. Muy hábil. Una madre soltera permite enmascarar mejor la presencia de cualquier militar o policía en el asunto.

—¿No existe ningún militar apellidado Pardieu?

—No iban a ser tan ingenuos.

Carvalho abre los cajones de los archivos. Uno tras otro. Vacíos. Se revuelve, temeroso de haber caído en una trampa. Va hacia la puerta, la entreabre, nadie en el campo que puede discernir desde su posición. Vuelve hacia atrás. Registra las mesas de la oficina. Nada de interés en los cajones. Contempla las paredes, los muebles, como si estableciera un inventario visual. Finalmente se saca un bulto de debajo de la gabardina. Es una lata de gasolina. Traza un reguero por la habitación, como una rúbrica que zigzaguea alrededor de los archivos, sobre la mesa y prolonga hasta salir al remate de la escalera. Esparce lo que queda en la lata por los escalones. Toma distancia. Enciende un mechero. Quema un folio de papel enrollado y lo arroja hacia el reguero de gasolina. El fuego brota y va subiendo afanado las escaleras. Carvalho contempla el comienzo del incendio y luego se retira con una celeridad controlada. Mientras vuelve a su casa le bailan las llamas imaginadas ante los ojos, como si estuvieran más allá del parabrisas, y se imagina las reacciones personalizadas. Pascuali. Los jefes de Pascuali. Eres un pirómano, se dice. Ya lo eras.

El director general vocifera ante el teléfono. Lo cuelga, se deja caer en el sillón, al borde de la autocompasión más licuada. Repentinamente abre un cajón de mesa y saca el medidor de presión. Mete el dedo en él. Le aterran las cifras que le ofrece el medidor. Levanta la mirada y el terror se convierte en indignación porque ante él permanece paciente Pascuali.

—¿Quién me ha quemado el Club El Aleph?

—Quizá los bomberos podrían contestarle.

—¿Los bomberos? ¡Las pelotas! ¡Tenga! ¡Lea! Salga de su suficiencia de policía de película.

Le lanza un papel que sobrevuela y Pascuali debe cazarlo al vuelo. Lo lee. Finge indiferencia mientras al director general le da por el sarcasmo.

—Es la lista de socios del club. ¡Dos ministros de este gobierno y no sé cuántos de todos los gobiernos! ¡Desde los tiempos de Sarmiento y Mitre! ¿Financieros? Los que quiera. Para empezar, el mismísimo Ostiz, un capo de la patronal, es el presidente de esos pirados.

Se levanta para realzar su estatura y su jerarquía ante Pascuali.

—¡Quiero al pirómano! ¡Quiero orden! ¡No quiero alterarme innecesariamente por el desorden que usted está permitiendo!

Esta vez es el director general quien deja en el despacho con la palabra en los labios a Pascuali. Va por los pasillos rechazando consultas y toma el ascensor hasta el último parking. Le basta un gesto para que los dos policías que inician la operación de respaldarle se retiren y abre con su propia mano una puertecilla férrica. Más allá una habitación de encuentro con un estilo *déco* venido a menos por la humedad y los años y Güelmes sonriente, acogedor, abrazador.

—Ojalá tuviera su optimismo. Acaba de arder el Club El Aleph, y tengo a todo Buenos Aires pidiéndome la cabeza del responsable.

—Caso Borges Jr. Asunto menor. Vamos a continuar una antigua conversación, Morales, querido Morales. Tomemos asiento. Vamos a sentarnos y a relajarnos un poco.

No muy seguro de relajarse se relaja Morales porque se lo ha mandado un superior.

—Morales. Tanto en el caso Raúl Tourón, que algo tiene que ver con el de Borges Jr., como en una serie de acciones incontroladas que los dos tenemos en la memoria, aparece el Capitán. Por cierto, ¿conoce usted sus verdaderas señas? ¿Sabe dónde vive?

—Eso es un secreto de Estado al que no tengo acceso.

—Conozco al Capitán. Se ha llamado de muchas maneras: Lage, Bianchini, Gorostizaga. Ahora se apellida Doreste. Cuando yo estuve en sus manos era Gorostizaga. Reconozco que pronunciar el apellido impone, sobre todo si tenés la lengua y los genitales hinchados por la picana. Pero no se alarme. No viajo al pasado, sino al futuro. No podemos enfrentarnos a personas como el Capitán, pero nos estorban. Son poderes que ahora ya resultan innecesarios. ¿No es cierto? No podemos levantar la mierda que esconden, pero podemos recurrir a la técnica del jiu-jitsu. ¿Conoce usted las reglas del jiujitsu?

Negó el director general con la cabeza.

—Se basan en aprovechar la agresividad del otro para vencerle, su agresividad es su propia trampa. El Capitán se siente prepotente, pero tiene un eslabón débil: su relación con Raúl Tourón. No es normal que arremeta contra él con tanta virulencia. Hay algo que los relaciona y que nosotros todavía no sabemos.

—Bueno... ¿y?

—Propongo organizar un comando que secuestre a Raúl Tourón y averigüe lo que sabe. Nada oficial. Ni siquiera Pascuali debe saberlo. Una vez aclarado lo que sabe Tourón, si de verdad es una pieza contundente que puede destruir al Capitán, lo soltamos para que actúe, nos mantenemos alerta, incluso le ayudamos como el capitán Nemo auxilia a Ciro Smith en *La isla misteriosa*. Si no tiene nada en sus manos, entonces aprovechamos la detención y se lo pasamos a Pascuali.

—¿Y el comando?

—El director general de Seguridad es usted. Pero no se preocupe. El Capitán y otras personas de su estilo me enseñaron a organizar comandos.

Como si dialogara y se peleara con el alumno escondido tras las páginas de la prueba, Alma tiende los brazos tensos, trata de ayudarse de las manos para subrayar lo que está diciendo, sola, ante un montón de exámenes escritos.

—Pero, pero ¿cómo es posible? ¡Amanecer con hache! Y no te sabés ni el año en que se publicó el *Martín Fierro*. ¿Pero vos, vos a qué escuela fuiste? ¿Y vos? ¿Cómo es posible ser tan lerdo? ¿Cómo es posible escribir Curcius y no Curtius? Curtius. ¡Curtius!

Tira el bolígrafo sobre la mesa.

—Voy a bochar a la mitad. No podemos seguir creando promociones y promociones de ignorantes con título universitario.

Suena el timbre. Alma levanta la cabeza, mira el reloj, se incorpora y avanza recelosa hacia la puerta. Cuando está a punto de alcanzar la mirilla, la voz que le llega desde detrás la detiene, le hace volverse y aparece su rostro angustiado, excesivamente angustiado. Trata de serenarse. Se vuelve. Abre la puerta. La credencial en una mano enorme que se le acerca.

Carvalho se inclina para comprobar la fuerza del fuego bajo la cazuela en la que se cuece un guiso. En esta operación le sorprende el timbre de la puerta. Se alza cauteloso. Va hacia el cajón de los cubiertos y retira una pistola del ángulo más oculto de su interior. Con ella en la mano va a salir de la habitación, pero se detiene y con la mano libre coge una cuchara de madera y prueba el sabor de la carne y la salsa en la que se cuece. Entre satisfecho y preocupado, va hacia la habitación contigua. El detective se acerca a la puerta y se sitúa ante la mirilla. Suena en este momento un segundo timbrazo impaciente. A través de la mirilla ve las imágenes deformadas de dos policías. Se aparta y suspira resignadamente.

—Ya va.

—Policía.

—A sus pies.

Retrocede y esconde la pistola tras los libros que esperan la cremación en la alacena. Vuelve a la puerta y la abre. Dos policías. Uno de ellos le tiende la credencial, que ocupa el horizonte.

Un evidente moribundo soporta las explicaciones de las hazañas de don Vito, vendadísimo, pero ya erguido en una silla de ruedas, con toda la gesticulación en los brazos y una cierta expresividad en el rostro a medio descubrir, en el que se adivinan restos de heridas y moretones.

—Perdone que me detenga en algunos detalles, pero mi intervención fue decisiva, y el inspector jefe, Mendoza, me dijo: Altofini, si no hubiera sido por usted ya estaríamos rodeados, es decir, perdidos. Estaban a punto a punto de llamar en su ayuda hasta a la policía de Rosario.

El moribundo no puede más. Se incorpora con tanta agonía como incredulidad en la voz.

—¿Pero cuándo se ha visto que la policía de Buenos Aires pida ayuda a la de Rosario?

—Pero cómo se nota que usted únicamente vio policías en el cine. La policía rosarina es muy competente. Se fija mucho en las cosas. Mi mamá era de Rosario y no se le escapaba ni una.

Se derrumba el moribundo dispuesto a dejarse morir y don Vito va a continuar su explicación cuando una placa de policía brilla ante sus ojos y al levantar la cabeza allí está Pascuali. Pero tanto el inspector como el detective ven convocada su atención por los ruidosos estertores del moribundo, especialmente el último, una auténtica señal de indignada despedida.

—¿Lo ve? Yo lo estaba entreteniendo. Entreteniendo.

La historia es largamente explicada por Altofini a Carvalho y Alma cuando se los encuentra en la furgoneta de la policía. Llora recordándose a sí mismo dando la última conversación.

—Era de Rosario y quise darle ánimos diciéndole que en Rosario tienen muy buenos policías. Me detuvieron ilegalmente. Seguro que no pueden detener a un convaleciente.

Carvalho, Alma, Vito en su silla de ruedas, dos o tres pobladores tópicos de comisaría: la ramera detenida por un escándalo, una pareja de jóvenes que permanecen con las manos unidas y la voluntad de que nadie los devuelva a casa, el sicópata que se mueve como un animal eléctrico, policías comportándose como pastores de sicópatas y sospechosos en general.

Los estudiantes forman corrillos, especialmente tenso el de Muriel, como si estuviera a punto de tomar una grave decisión. Por fin uno de sus miembros, Alberto, jalea su nombre, recibe el encargo de tomar la iniciativa y sube a la tarima desde la que Alma imparte habitualmente sus clases. Reclama el silencio de sus compañeros.

—Detuvieron a la profesora Alma Modotti con la excusa ridícula de ser sospechosa de participar en el incendio del Club El Aleph. Esta excusa, inaceptable, nos previene sobre posibles violaciones de los derechos humanos y nos obliga a tomar una actitud solidaria. Tenemos que pedir que la dejen inmediatamente en libertad.

—Y el aprobado.

—No es el momento de frivolizar.

—Ni de rascarnos las bolas.

Vocerío de pros y contras. Desaliento en el estudiante de la tarima y en el rostro de Muriel. Mueve los labios como si quisiera decir alguna cosa, pero no puede o no le deja el griterío generalizado. El rostro diseñado por la impotencia le acompaña hasta su casa, allí se vuelve expectante, aplastado contra el cristal de la ventana de su habitación, a la espera del regreso de su padre. Una ráfaga de los faros del coche le avisa de la llegada. Muriel se aparta de la ventana, sale al descansillo, baja las escaleras de dos en dos, ni repara en su madre, en su duermevela ante el televisor conectado, con la botella de Grand Marnier cerca de la mano que aún sostiene el vaso. Muriel llega a la puerta en el momento en que enmarca al Capitán y al gordo tras él.

—Papá, esta noche tengo que salir. Pero antes

quiero pedirte una cosa, una cosa que quiero con todo el corazón.

—¿Qué cosa?

—Detuvieron a una profesora. Ya sabés quién es. Alma. Alma Modotti. La acusan de una estupidez de incendiar un club. Vos conocés a mucha gente de arriba.

—¿Y vos qué sabés a quién conozco yo?

—Tengo ojos en la cara y no soy sorda. Sé que te relacionás con milicos, con policías.

—¡Lo único que me faltaba era que una hija mía me llamara milico!

—Perdoname. Entre nosotros llamamos milicos a los militares, aunque sean nuestros padres. ¿Podés hacer algo por Alma?

La mujer sigue semidormitando ante el televisor, el gordo permanece en un prudente segundo plano y Muriel, de pie, aguarda el veredicto de su padre. El Capitán se ha sentado controladamente en su sofá, permanece aparentemente relajado, pero hay tensión en los apretones que se cruzan sus manos y en su mirada, fija en su hija.

—Así que la señorita me pide que utilice mis influencias militares, mi prestigio ganado a pulso en las guerras, en la guerra de las Malvinas, para que vaya a mis superiores, por muy superiores que sean y les diga: ponganmé en libertad a la señora Alma. ¿Alma qué? Modotti, ahora me acuerdo, porque es profesora de literatura y ya sabemos que la literatura es inofensiva. Todos los profesores son inofensivos pedagogos.

—No entiendo el sarcasmo.

—Permitamé, Capitán, pero quizá sea hora de que la nena sepa quién es esa gentuza que manipula la universidad.

El Capitán crucifica al gordo con la mirada.

—¿Qué es lo que tiene que saber?

—Que no es oro todo lo que reluce.

—¿Quién te dio vela en este entierro?

Muriel ha ganado la puerta y se vuelve hacia su padre.

—¿Vas a hacer algo o no vas a hacer nada?

—¿No estamos en un Estado de derecho? ¿En una democracia? Que la justicia siga su curso. No me parece ético que yo utilice mi influencia.

—¿Confiás en la ética del poder? ¿Cuántas veces te escuché decir que esta democracia es una farsa?

—Yo digo lo que quiero y hago lo que creo justo.

Muriel toma la puerta de la calle y ante la sorpresa del gordo y del Capitán abandona la casa dando un portazo. La madre se despierta por el ruido. Mira al Capitán, al gordo, con miedo, con odio.

—Un tiro. Eso fue un tiro. ¿A quién mataron ahora?

Entre dos policías llevan la silla de ruedas en la que permanece don Vito exagerando su postración. Alma los sigue, vigilante de la imposible destreza de los agentes. Cuando don Vito se reconoce depositado en las aceras, saluda militarmente a los policías que le devuelven el saludo. Alma se hace cargo de los asideros del respaldo de la silla de ruedas y empieza a empujarla por las aceras mientras atisba la posible llegada de un taxi. Su rostro pasa de la expectación a la sorpresa, a la emoción. Por una bocacalle han desembocado Muriel y dos compañeros. Alma espera que se le acerquen y para entonces ya tiene luces en los ojos. Acaricia los rostros de los chicos, se funde en un abrazo con Muriel, propicia a su calor, a su-

ternura. Luego va recobrándose y adquiriendo una cierta distancia irónica, aunque tiene que secarse los ojos con la palma de la mano mientras comenta:

—Pero ¿en qué país se creen que vivimos? Esto es una democracia.

Señala el edificio de la comisaría.

—¿No se acuerdan de la frase de Alfonsín? A algunos intelectuales habría que recordarles que la diferencia que hay entre la democracia y su carencia es la misma que hay entre la vida y la muerte. ¿Se la creen? Yo no pienso moverme de aquí hasta que salga Pepe.

Fotos de Carvalho para la ficha policial. De frente. De perfil. Ojeras de insomnio más que de preocupación. Cierta fatalidad en el rostro y el ademán. Una mano le toma una de las suyas y la conduce para la impresión de las huellas digitales. Las manos limpiándose el pringue de la tinta. Carvalho se deja conducir por brazos anónimos que van señalándole la conducta, hasta que lo abandonan en una habitación mejor amueblada que las anteriores en la que le espera un hombre de aspecto tan anodino y pulcro que diríase es un diplomático. Carvalho finge una sorpresa mayor a la que realmente experimenta. El diplomático le tiende una mano, se la estrecha y en la otra ya tiene la tarjeta de visita, prodigios de tahúr. Mientras Carvalho la lee, la voz del visitante aclara su identidad:

—Pertenezco a la embajada de España. Me encargo de asuntos comerciales, pero el compañero que se dedica a estas cosas ha tenido una niña.

—Felicidades.

—Bueno. Ya tenía otra. Pero se las daré de su parte. Me ha dicho, el inspector Pascuali, que no va a retenerle por ahora, pero que permanezca localizable. Si quiere.

Carvalho espera perplejo una aclaración a las últimas palabras.

—¿Si quiero?

El diplomático se le acerca y le habla en voz bajísima.

—Me parece que tienen ganas de que se vaya de Argentina y a cambio archivarán lo del incendio.

—No sé de qué incendio me habla. Yo sólo quemo libros. Ya que presumo que usted es un liberal.

—En mi juventud milité en el Partido Liberal de Pedro Schwartz.

—Se le nota en el acento. Quemo libros. Quemo los libros que me compro con mi dinero. No los libros ajenos.

—¿Usted quema libros?

—Siempre que puedo.

—Pero ¿libros importantes? Por ejemplo, ¿usted quemaría el *Quijote*?

—De los primeros que quemé. De no ser importantes, ¿para qué quemarlos?

—Tiene sentido. Lo tiene.

—No pienso irme de Argentina. Toda mi vida he soñado con hacer las Américas.

El diplomático le pide que se le acerque al máximo y aún baja más la voz para hacerle una confidencia.

—Desista. Este país no hay quien lo arregle. Ni los japoneses podrían arreglarlo.

—¿Y los catalanes?

—Tampoco. Empezaron a llegar en el siglo XVIII, a finales, y luego en buena medida en el XIX. ¿En qué se nota? ¿Ha notado usted la presencia catalana en Argentina?

Reflexiona Carvalho sobre los datos que posee sobre la influencia catalana en Argentina y deduce que no tiene suficientes. Pero no quiere darle un disgusto al diplomático.

—Ahora que usted lo dice... Por cierto. No quiero irme de Buenos Aires sin ver a Cecilia Rosetto.

Alma detiene el tenedor cargado de comida que se llevaba a la boca.

—¿Loaiza? ¿Bruno Loaiza?

Carvalho, sentado frente a ella, asiente.

—Un paparulo que se creía el más piola del mundo.

—Paparulo. ¿Me lo puedes traducir a la lengua de la madre patria?

—Tonto. Un tonto pedante. Nos separaban varios años. Cuando yo terminaba él empezaba. Le mandaba la parte de haber sido un sicobolche, como Font y Rius, pero ya era considerado como un bla, bla, bla que representaba a una nueva generación «apolítica», ¿entendiste? Después esa coartada apolítica le sirvió para convertirse en un profesor vendido a los milicos, un colaboracionista al que tenían agarrado por los huevos porque tenían dossiers hasta de cómo meaba.

—¿Me traduces sicobolche a la lengua de la madre patria? Nunca me acuerdo de qué quiere decir.

—Un marxista pasado por Freud o un freudiano pasado por el marxismo y además con mucho Reich y mucha teoría orgónica de por medio.

—Sospecho que no te caía bien.

—Depende del piso del que se cayera. Si se hubiera caído de un sexto piso para arriba, perfecto. Y se cayó. Cuando yo volví del exilio y me metí acá —abarca con una mirada el bar del ámbito universitario—, Loaiza ya era una joven ruina. Desacreditado como filósofo, quemado por su colaboracionismo con los chupaculos del Proceso y con una vida privada de marqués de Sade para arriba. Se decía que era el principal cliente de todos los sádicos de Buenos Aires.

—¿Sádicos o sádicas?

—El sádico es neutro.

Carvalho gesticula cual hambriento y se va hacia la barra del self-service de profesores. Aguarda su turno para servirse. Luego pasa ante cada una de las ofertas, como si hiciera un análisis secreto de los pros y contras de lo que le ofrecen los aparadores. Defraudado vuelve a la mesa de Alma con la bandeja casi vacía, sin más vituallas que un racimo de uvas en un platito, un botellín de vino y un panecillo. Alma observa el espectáculo desolador.

—¿No había nada a la altura del paladar de su excelencia?

Carvalho se sienta y suspira resignado.

—Si se confirma mi esperanza de vida, he calculado que me quedan unas siete mil comidas en condiciones más o menos dignas. No quiero hacerme trampas. Eso que hay ahí no es comida.

—¿Y los etíopes? ¿Vos sabés el hambre que pasan los etíopes?

—Después de haber sido español durante más de cincuenta años, ¡qué me vas a contar tú de etíopes!

Varios mendigos de distintos sexos aguardan en la cola para recibir su ración de rancho en la casa de comidas de caridad. Loaiza uno de ellos. Aún lleva en el rostro las huellas de una paliza. Raúl forma parte de la misma cola. Recibe su ración y busca un espacio en una mesa libre. Se sienta frente a Loaiza, que come sin muchas ganas y distraído. Raúl se limpia la boca en un pañuelo antes de beber de un vaso de latón. Loaiza se fija entonces en él y Raúl se da cuenta de que es observado.

—¿Poco apetito? —pregunta Raúl.

—Como para vivir. Soy poca cosa, luego como poco. El hombre es lo que come.

—Lo ha dicho mucha gente. Aristóteles. Feuerbach.

Loaiza se echa a reír.

—El país debe de estar muy mal o muy bien. ¡Qué formidable clase media venida a menos! ¡Un lector de Feuerbach en este sitio! ¿Filósofo desocupado?

—Soy Batman, pero estoy de incógnito.

Loaiza le tiende una mano por encima de la mesa.

—Yo soy Mirtha Legrand y también estoy de incógnito.

Raúl le mira las heridas de la cara, pero nada comenta.

—Una paliza, no lo pregunta pero se lo digo. Una paliza. Precisamente a mí, que tengo el síndrome de Dorian Gray y me horroriza envejecer. Una de esas palizas que hacen mucho mal y te asustan de verdad. Sin pasión. *Bum bum bumm*, en sitios bien elegidos. Un matón profesional. ¡Así te pagan lo que hacemos por ellos!

—Si no es indiscreción, ¿qué hacemos por ellos? —pregunta Raúl.

—Marginarnos, y al marginarnos nosotros les regalamos el papel de emergentes, de estamentos dominantes. Si no hubiera marginados, ¿de qué serviría la gente integrada? Es la misma pregunta que antes

350

se resolvía de la siguiente manera: para que haya ricos tiene que haber pobres.

—¿Es usted marxista?

—No. Al revés. Soy bastante fascista. De la fracción masoca. Soy fascista masoquista. Creo en la afortunada desigualdad de los hombres. No se ría. Hablo en serio. Creo en los seres superiores, en la desigualdad congénita, en el dominio de la élite sobre la mayoría, en que no se puede comparar el voto de un imbécil con el voto de un profesor de universidad y mucho menos con el voto de Bernardo Neustadt o de Palito Ortega.

Raúl ahora recela de la aparente seriedad de Loaiza.

—Es usted un cínico.

—En el sentido más común de la palabra, sí. En el filosófico no. En el filosófico soy —se levanta para tender una mano a Raúl que se la estrecha automáticamente— Bruno Loaiza, nietzschiano de derechas.

—¿Es que hay nietzschianos de izquierda?

—Pasmosa conversación en este ámbito.

Alza su cuerpo y su voz para preguntar a gritos:

—¿Cuántos nietzschianos hay en esta sala?

Sólo responde el tintinear de los tenedores contra los platos de estaño.

El inspector Pascuali curiosea uno de los expedientes elegidos del montón que tiene sobre las rodillas mientras departe con Vladimiro al volante, más atento a las indicaciones del retrovisor que a lo que le dice su jefe.

—Sorprendente. A esa gente que en teoría busca a Raúl Tourón, de repente les entra la fiebre y me remueven todo Buenos Aires. Después se cansan y el caso languidece, como si no tuvieran otro objetivo que dejar pasar el tiempo. Al Estado le da igual. Al nuevo director general le importan un huevo los casos sin solución, y parte de la teoría de que no vale la pena esforzarse en solucionar lo que no quiere ser solucionado.

Vladimiro se encoge de hombros.

—A vos te da lo mismo. Tenés alma de funcionario. A mí me jode que ese histérico ande suelto por Buenos Aires, me jode que su primo el gallego de mierda se crea que puede tomarnos el pelo. Yo no me rompo la crisma por nada. Lo voy a hacer cagar a ese hijo de puta.

—Ya sé, jefe, ya sé —interrumpe Vladimiro tratando de calmarle en su progresiva excitación.

Pascuali pega un puñetazo contra el aire. Parece determinado a hacer algo.

—¿Sabés por qué le doy trompadas al aire cuando estoy furioso?

Vladimiro se encoge de hombros.

—Porque si los pegás contra la mesa como en las películas, te estrolás la mano.

A Pascuali le hace gracia su propio chiste.

—Jefe, ya sale.

Carvalho ya ha salido de su casa y recorre una cuadra en busca de su coche y se sube a él. Pascuali y Vladimiro adecuan el seguimiento. Carvalho se detiene en una calle anodina, como si buscara un sitio en el anonimato urbano. Se acerca un mendigo y se inclina hacia la ventanilla.

—¿Qué tal?

—Don Vito, parece el deshollinador de *Mary Poppins*.

Altofini se introduce en el coche. Está satisfecho de su disfraz, de sí mismo. Merodean por Buenos

Aires hasta que Carvalho se detiene para que descienda Altofini. Con paso firme se mete en la noche recién llegada y Carvalho prosigue su marcha.

—¿A quién seguimos?

Pascuali desplaza a su ayudante del volante por el procedimiento de correrse y casi obligarle a salir del coche.

—Vos al mendigo. Yo al gallego.

Norman y seis copas de grappa sobre la barra de Tango Amigo. Bebe para que Alma le riña. Pero a su lado, Alma contempla abstraída el interior de un vaso lleno de whisky, y en la pista termina la actuación de Adriana Varela cantando las últimas estrofas del tango. Norman suma sus aplausos a los del público al instante que llega Carvalho y se instala al lado de ambos.

—Llegás tarde —le recrimina Norman.

—¿Para qué?

—Para casi todo —aduce Alma.

Norman cabecea de acuerdo con Alma, y ante la situación, Carvalho hace ademán de levantarse y marcharse.

—Me joden los metafísicos a estas horas.

—Tomate algo y entonces vas a ver las cosas como nosotros —dijo Norman reteniéndole.

Carvalho acepta y bebe un primer trago con una cierta ansiedad.

—¿De caza? —pregunta Alma.

—De ampliación de estudios.

—Yo me voy a clausurar el funeral —interrumpe Norman.

Va hasta la pista y cierra el show despidiéndose

del público con la poca voz que le queda. En la barra, Alma y Carvalho acodados juntos, algo bebida ella, a punto de estarlo Carvalho.

—¿Me acompañas a Fiorentino's?

—¿Qué es eso?

—Uno de los locales habituales de Bum Bum Peretti. Me ha citado Merletti, su hombre de confianza. Pero sin Bum Bum Peretti. Está entrenándose para el combate de mañana, a doscientos kilómetros de Buenos Aires. Parece ser que hay un vasco que quiere partirle la cara.

—No va a poder.

—Ya lo veremos. ¿Vienes?

—Yo no me voy sin Norman. Está depre. Quiere suicidarse

—Fóllatelo.

Alma le pega un bofetón paródico.

—Si quiero. Pero no quiero. No tengo noche de madre Teresa de Calcuta. Tengo una noche de araña asesina, de mujer araña.

Recorre blandamente con sus uñas la cara de Carvalho.

—Le pediré a Norman que me acompañe.

Norman ha abandonado el escenario y se desmaquilla en su camerino. Desliza un adiós maquinalmente a Adriana Varela que se asoma por la entreabierta puerta, y con el maquillaje corrido y aún no sustituido, Norman se contempla en el espejo. Con los dedos de una mano compone una pistola y se dispara un tiro en una sien.

—Indefinido, indeterminado, imperfecto, inmaduro. Únicamente lo que me niega me define.

Se levanta como movido por una idea irresistible. Va hacia un armario, remueve sus ropas de trabajo y escoge una boa color granate con la que se rodea el cuello y se abanica ante el espejo. Luego perfila sus pestañas con el rímel y se pinta los labios verde turquesa. Alma ve algo que la obliga a parpadear y a ponerse en tensión.

—¿Vos viste eso?

Carvalho mira en dirección a lo que tanto sorprendió a Alma. Norman, vestido de rubia de propaganda de Buick años cuarenta, avanza hacia ellos.

—Llamenmé Nelly, por favor. Esta noche soy Nelly.

Carvalho pone el dinero sobre la barra y empieza a desaparecer.

—No contéis conmigo.

—¿Y así despreciás el gesto de Norman? ¿Tan machista sos que no querés jugar?

—Estos gallegos son más machistas que mi madre —dice Norman con una voz exageradamente afeminada.

Carvalho detiene su huida. Se vuelve suspirando. Ofrece su brazo y su noche a Norman.

—Señorita Nelly, recuerde que me debe todos los bailes de esta noche.

—Serás mío, gallego, serás mío.

Entre las sombras, Pascuali contempla la salida estupefacto. Se quita el cigarrillo que le colgaba de entre los labios, lo tira al suelo, en seguimiento del trío. Entra a su estela en Fiorentino's y a primera vista reconoce a media docena de figuras del cine y del teatro a la sombra protectora de los iconos del pasado que ocupan todas las paredes del local. Remanso de rumores, predominan las conversaciones relajadas y amaneradas, mucho último modelo de lenguaje y penúltimos chismes. Norman se despega de Carvalho.

—Está lleno de avestruces y pavos reales. Dejame suelto. La noche es mía. Hoy juego de tortillera. A ver si me atraco a una *starlette*.

—¿Y éste y yo? —pregunta Alma.

—Tan aburridos como siempre. Este milenio no fue el de ustedes, che.

Norman se aleja contoneándose. Carvalho ve a Merletti sentado en un ángulo del local.

—Tengo una cita breve con aquel perro dogo de la esquina. Espérame.

—¿Para qué vine con ustedes? ¿Vas a dejarme plantada?

—Liga.

Carvalho va hacia la mesa donde Merletti se aburre en compañía del hijo de Bum Bum y dos muchachas. Merletti les informa a medida que se acerca Carvalho, y cuando llega a la mesa, Merletti ya está solo. El detective sitúa a sus acompañantes. Norman —Nelly— trata de ligar con una joven inequívocamente joven actriz del cine argentino que trata de parecerse a la Benedetto. Alma departe muy animadamente con un otoñal especializado en papeles de millonario o simplemente millonario.

—¿Y sus acompañantes?

—¿Y los suyos?

—Son demasiado jóvenes.

—Los míos están como *Alicia en el país de las maravillas*.

—¿Un Talsken diez años? Aquí no tienen Springbank.

Carvalho asiente. Mientras Merletti da instrucciones al camarero, observa cómo el hijo de Bum Bum se besa con una de las jovencitas. También lo ha visto Merletti desde una mirada helada, dura, como duro es el rictus de su boca y con la misma dureza habla.

—Al grano. Lo hice venir para hablarle a espaldas de Bum Bum, pero a favor de Bum Bum. Es un hombre inteligente, demasiado a veces, y las personas demasiado inteligentes la cagan. ¿Me sigue? Todo este asunto de las cartas, el chantaje, el recurrir a ustedes es una estupidez. Peretti no tendría que haberse dado por aludido. Peligra su reputación. ¡Lo voy a hacer mierda!

El grito se le ha escapado, así como el ademán de incorporarse e ir en busca de Robert, que se está dando un beso profundo con la muchacha, mientras la otra ríe como una loca.

—¿Está prohibido besarse en este local? —pregunta Carvalho.

Merletti recupera la compostura. Han llegado los whiskies y espera a que Carvalho paladee el suyo.

—Quiero que usted me considere su cliente, en igualdad de condiciones que Peretti.

Carvalho demuestra facialmente su extrañeza.

—Le voy a pagar para ser el primero en saber todo lo que descubra sobre Loaiza y las relaciones con Peretti.

—No es ético. Ni por su parte ni por la mía.

—Lo único que quiero es proteger a Bum Bum. ¿Y si me lo hace gratis, es ético?

—Aún menos. Me expulsarían del cuerpo de investigadores privados.

—No tengo sentido del humor.

—No se angustie. Le pasa a mucha gente.

—Para proteger a Bum Bum soy capaz de todo. Ya lo ve usted, hasta hago de niñera de su «hijo».

—¿No es su hijo?

—Adoptivo. Sí, señor. A todos los efectos. Y le costó nueve meses conseguir los papeles, es decir, un embarazo.

Se echa a reír. Le gusta el chiste que se ha contado. Carvalho bebe en silencio. Alma empieza a ser sobada por el otoñal. Norman empieza a sobar a la *starlette*. Finalmente Carvalho toma la iniciativa.

—¿Qué sabe usted de Loaiza?

—Lo suficiente como para no echarme a llorar si uno de estos días aparece en un tacho de basura con cuatro tiros en los huevos.

Altofini ha encendido el mechero para vislumbrar los bultos humanos que yacían semidormidos en torno a los rescoldos de una hoguera en el patio de tinglados del Puerto Viejo. Uno de los bultos se incorpora. Ante Altofini aparece el rostro feroz de un mendigo que le enseña los dientes brillantes y a continuación una navaja que prolonga el resplandor de la dentadura. Altofini presencia inmutable el despertar de otros mendigos, otras navajas, otros objetos amenazadores. Sigue sin alterarse. Carraspea y pregunta.

—Perdonen que los moleste. ¿Alguno de ustedes vio por acá al Gran Globero?

Los mendigos, tan desconcertados como Vladimiro, oculto a una distancia suficiente, o como Loaiza, que contempla la escena desde la ventana mellada del primer piso del almacén. El recién llegado ha conseguido ganarse la atención de los demás mendigos. Loaiza recela. La voz de Raúl suena a su lado.

—¿Quién es ése?

—Parece un piantado, pero no me fío —responde Loaiza.

Raúl mira desde la ventana, nota algo familiar en Altofini. Loaiza percibe ese reconocimiento.

—¿Lo conocés?

—No creo. Por un momento me ha parecido. Creo que no. Por un momento me pareció que sí. Pero no, creo que no.

—¿Qué te pareció?

—Fue una falsa impresión.

—¿Qué te pareció?

—No te pongás histérico. Creí que era alguien que me estaba buscando.

—También te buscan. ¡Mirá! Hay otro *voyeur* al acecho.

Desde la perspectiva de Loaiza y Raúl se descubre a Vladimiro escondido entre unos bidones.

—Parece que todo el mundo está jugando al gato y al ratón. ¿Y a ése lo conocés?

—No lo veo demasiado bien. Pero me parece un policía. Creo que lo vi con Pascuali.

—¡Pascuali! ¿Sabés que estás muy bien relacionado?

Merletti no puede contenerse más y va hacia el grupo del hijo de Peretti.

—¿Sigue la farra? Hay que volver. Peretti dijo que volviéramos antes de la madrugada y son doscientos kilómetros. Ya sabés cómo se pone en vísperas de un combate.

—Volvé vos, tío.

Las chicas ríen. Merletti se inclina hacia Robert, lo coge por una solapa y lo levanta hasta casi encontrarse las caras.

—Te voy a dejar tirado en Buenos Aires, sobrino.

—No tenés huevos para eso.

Merletti lo deja caer. Da media vuelta y se va a la barra. Carvalho a medio camino, entre Merletti y el grupo de jóvenes. Robert reclama su atención.

—¿Te tomás una copa con nosotros, sabueso?

Carvalho se sienta a la mesa en su compañía.

Una de las muchachas se le pega y le acaricia el brazo. Parece una rubia frágil de ojos malvados, pero instintivamente Carvalho retira el brazo. Examina a Robert, maquillado, estilo Helmut Berger adolescente.

—¿Te gustan mis amigas?

—De cintura para arriba, sí.

Robert y las chicas se miran sorprendidos.

—¿De cintura para abajo, no? —pregunta la rubia clara.

—No.

—¿Por qué? —pregunta Robert.

—Porque las dos tienen una pipa que se la enrollan en la cintura.

—¿Una pipa? —pregunta de nuevo la rubia clara.

—Una polla. Una pindonga. Sois un par de maricotas.

—¡Te voy a arañar! —grita histérica la rubia oscura.

—Quieta. La culpa es de ustedes por el camuflaje —tercia Robert—. Se les ve la poronga a una legua.

—Únicamente lo notó este chanta de mierda —se defiende despectivamente la rubia clara.

Carvalho se inclina sonriente, casi amable, hacia Robert.

—¿Sabe tu papá que te relacionas con esta gentuza?

—¡Voy a arrancarle los ojos! —insiste la rubia clara.

—Mi papá se pasa el día *bumm... bumm...* Y de noche duerme para reponer fuerzas.

Carvalho, imprevistamente, le levanta la manga de la camisa y aparece un fragmento del tatuaje.

—¿Cárcel? ¿Reformatorio?

—Tengo otro en el culo.

—¿Querés verlo? —pregunta la rubia oscura.

Carvalho se levanta para dirigirse a la barra. Merletti bebe y recibe las confidencias de Norman, con ojos asombrados.

—¿Ya les han presentado? —pregunta Carvalho.

—¡Qué nochecita! Esta mina dice que no es una mina, que es un actor que estudió con un método ruso.

—Stanislavski —aporta Norman.

—Si él lo dice —suspira Carvalho—. Esta noche nadie es quien parece ser.

Se les acerca Alma excesivamente indignada.

—Ese tipo era un franelero.

Merletti asume a Alma bajo sospecha. Carvalho la acentúa.

—Merletti, el manager de Bum Bum Peretti. Gustav Mahler, campeón de halterofilia. Lo disimula muy bien. Es un prodigio de trasvestismo, pero es un campeón de halterofilia.

Merletti se queda boquiabierto ante una Alma igualmente desconcertada. Pascuali, semiescondido en una esquina del local, en una de sus escasas mesas perdidas, con un vaso tras el que trata de ocultar la cara, reparte sus cavilaciones entre el grupo de la barra y el que forman Robert y las dos rubias.

Altofini se pasa la lengua por los labios para hidratar la salida de las palabras; los mendigos, sentados en el suelo, escuchan, entregados.

—En los años cincuenta y sesenta, de 1955 a 1965 para ser más exactos, no había una gran estafa en Buenos Aires en la que no estuviéramos metidos el Gran Globero y yo. A un cosechero de Mendoza le vendimos una máquina de encontrar trufas y le dijimos que también servía para falsificar guita. Yo trabajaba con mi santa, con mi *babbo*, con la mía *mamma*. Una familia que funcionaba como una maquinaria de perfección. Mi abuelo había sido soldado de Garibaldi. Todos nosotros éramos anarquistas de origen italiano que cumplíamos a rajatabla la consigna que nos había dado Evita cuando me nombró capitán de descamisados.

—¿Vos la conociste a Evita?

—¿Conocer a Evita? ¿Sabés lo que me estás diciendo? Me sacó de un reformatorio cuando yo tenía diecisiete años. ¿Por qué estás aquí, pibe? Por bacán no será. ¡Bacán, yo, que parecía un bacalao de flaco que estaba! Estoy aquí, Evita, por afanar. No te preocupés, me dijo ella. El que roba a un ladrón tiene cien años de perdón. El capitalismo merece ser desvalijado.

—¿Eso te dijo Evita? —pregunta otro mendigo admirado.

—Eso me dijo. ¡Evita! ¡El Carlos Marx de los argentinos!

—¿También conociste a Carlos Marx?

Altofini se lleva un dedo a los labios.

—Ésa es otra historia, demasiado larga y confusa en estos tiempos en que, después de la caída del Muro de Berlín, en fin, ya saben...

—Cuando era pibe me gustaban las películas de los Hermanos Marx —informa el mendigo más locuaz.

—Carlos era el hermano mayor de los Marx. El que viajaba más, el que sabía más. Pero Groucho era el más simpático —opina Altofini.

—Groucho era muy simpático —insiste el mendigo marxiano.

—¿Así que no lo han visto últimamente al Gran Globero?

—No estaba bien de salud —contesta el portavoz de la mendiguez.

—Lástima, porque necesitaba que me pusiera en contacto con el filósofo Loaiza. Bruno Loaiza.

—¿Qué tiene que ver el Gran Globero con un filósofo?

—Filósofo es un apodo, porque Loaiza fue profesor. Y ahora creo que vive por acá.

—¡Ah! —exclama el mendigo marxiano—. El profesor. Ése es una rata de almacén. A lo mejor está por ahí dentro. Está más enganchado que un chicle. Es un bocina que se cree más piola que los demás y es igual que los demás. No tiene a dónde caerse muerto. Hace poco le dieron una paliza de locos.

—¿Ahí dentro? —pregunta Altofini mirando hacia el tinglado.

—Yo que vos no me metería de noche —le recomienda el primer mendigo—. Aunque únicamente tengás un solo diente de oro, yo no me metería ahí.

—Todo lo que tengo encima es mío. Incluso la mugre.

Se sienta resignado ante el fuego. Luego se acurruca como un mendigo más, escrutando los rostros desvelados, hipnotizados por el fuego. Altofini los recorre con la mirada, destrucción por destrucción. Traga saliva. Finge dormir, pero no puede evitar que un ojo permanezca abierto. En el interior del tinglado, también Loaiza tiene un ojo abierto y lo dedica a observar a Raúl, que no puede dormir.

—¿De qué o de quién te escondés? Vos no sos un pichicatero, no tenés dependencias, tenés cultura. ¿Qué mierda estás haciendo por acá?

—Si pudiera contestar tus preguntas, todos mis problemas se habrían resuelto. Me escondo de la realidad. No quiero aceptar la realidad.

—Exiliado.

—¿Se me nota?

—Yo lo noto, lo notaba antes de que se exiliaran y lo noto ahora que están de vuelta. Nunca registraron la realidad.

—¿Vos sí?

—La registro, pero no me interesa, no puedo destruirla, me autodestruyo. Pero de lo que vos estás huyendo ya pasó mucho tiempo. ¿Quién te persigue? ¿Fantasmas?

—Fantasmas y personas reales.

—¿Te persigue Pascuali?

—No mucho. A la fuerza. Me persigue más un personaje siniestro vinculado a los servicios secretos. Tampoco sé por qué se ensaña tanto conmigo.

—Servicios secretos. ¿Tiene nombre tu perseguidor?

Raúl vacila, pero finalmente suspira y habla.

—Un nombre que no dice nada, el Capitán. Hay que haber estado en aquella guerra para saber todo lo que quiere decir *el Capitán*. No conseguimos saber nunca su verdadero nombre.

Loaiza se deja caer en el montón de sacos y lonas. Contempla el alto techo.

—El Capitán —dice, interesado.

Norman sale del Fiorentino's, sostenido por Carvalho y Alma. Merletti, el último de la barra, bebe solo. Pascuali se acerca al grupo de Robert y las dos rubias.

—¿Molesto?

—Según —contesta Robert.

—Qué vas a molestar. Me gustan los hombres que saben presentarse con imaginación —dice la rubia clara.

Pascuali se sienta junto a la rubia oscura. Robert y la otra se hacen una señal de inteligencia y se van.

—¿Cine? ¿Teatro? ¿Televisión? ¿Tus labores? —pregunta la rubia a Pascuali.

—Megafonía y efectos especiales.

La rubia queda algo desconcertada, pero no por mucho tiempo.

—¿Muy especiales?

—Especialísimos.

—¿Querés hacerme algún efecto especial?

—¿Acá?

—No. En mi casa.

Pascuali se deja llevar por un túnel de noche y de silencio. La rubia oscura abre la puerta de su apartamento. En el rectángulo de luz aparece el policía en su seguimiento, que prosigue tras las luces que la rubia iba encendiendo a medida que se adentraba.

—Ponete cómodo y servite una copa. Yo voy a ponerme algo más liviano.

Pascuali se llena una copa del único licor que no huele a dulce mientras hace preguntas en voz alta dirigidas a la mujer ausente.

—Así que ese sabueso, Carvalho, me dijiste, tiene negocios con Bum Bum Peretti.

—Eso me dijo su hijo. Preparate para la gran sorpresa.

Pascuali no quita ojo de la puerta por donde ha desaparecido la rubia, que no tarda en reaparecer, graduando inmediatamente los efectos de luz. Va en *deshabillé*, sonríe provocadora y segura de sí misma. Pascuali deja la copa. La rubia llega a su altura. No permite que se levante y le revuelve el cabello. Luego deja caer el *deshabillé*. Pascuali ha contemplado el desnudo y sus ojos tardan en aceptar que debajo de los pechos pequeños y redondos, de un ombligo de caramelo, de la cintura para una sola mano, cuelga una pinga corta, delgada, operada de la fimosis, como un pintalabios. Retira los ojos del pintalabios y los clava en la cara de la rubia.

—¿No te gustan las variantes?

—¿Variantes? Yo no veo ninguna variante.

Pascuali se levanta, quedando frente a frente de la rubia oscura y desconcertada. Pascuali sonríe con neutralidad. Se inclina. Coge una mano de la rubia y la besa.

—Señorita. Acabo de darme cuenta de que se ha hecho muy tarde y tengo que darles de mamar a mis hijos.

Se inclina ceremonioso, le da la espalda y se va, dejando a la falsa rubia con una mueca en las mejillas y un comentario en los labios.

—Y el tiempo perdido, ¿quién me lo paga?

Alma desvencijada por la risa y a su lado Muriel también.

—Nadie era lo que parecía ser. Únicamente el gallego, con su cara de palo. Ése siempre pone cara de gallego. Con la cara paga.

—Pobrecito. Por lo que usted cuenta parece tan, tan desvalido —dice Muriel.

—¿Pobrecito? ¿Desvalido? ¿Carvalho? ¡Socorro! Norman estaba para comérselo, parecía una gran fulana, de las que salían en el cine argentino de los cuarenta, una de esas fulanas que llevaban a los

366

hombres a la perdición. Pero lo definitivo fueron las falsas pibas que iban con el hijo de Bum Bum Peretti.

—¿Lo conociste a Peretti?

—No, pero puedo conocerlo. Va a boxear en la Federación de Box. ¿Querés venir? ¿Te gusta el boxeo?

—No, pero sí me gusta Peretti, es tan tan...

—¿Desvalido? ¿Te parecen desvalidos todos los hombres?

—Interesante. Insólito.

—Y te lo parecerá más si te cuento algo que no debería, que no tendría que contarte.

Los ojos de Muriel están ilusionados. Alma se inclina y le hace confidencias junto a la oreja, mientras el rostro de Muriel pasa de la ilusión a la sorpresa.

—Así que Peretti, de joven...

—De muy joven. Hay que encontrar a ese Loaiza. Voy a ver qué saben de él sus compañeros de promoción. Aunque en algunos casos se lo pregunte con los dedos en la nariz porque huelen como olía Loaiza.

—¡Me gustaría tener un autógrafo de Bum Bum! ¡Te voy a ayudar!

—Entonces será mucho más fácil.

—¿Te estás riendo?

—Voy a dar la clase.

—¿Clase de qué hay hoy?

—De las interpretaciones de Lionel Trilling sobre la obra de Henry James.

Muriel remolonea, como si no se atreviera a decirle a Alma que no iba a clase.

—¿No venís?

—No creo.

—¿Tenés compromisos sentimentales?

—Quiero dejar las cosas definitivamente claras con Alberto.

—Así que tuviste que fijarte en Alberto. El más canchero. El que más problemas va a tener. ¿No han escarmentado allí dentro, en la cabeza? ¿Qué va a decir tu familia? Nada menos que Alberto.

Muriel no puede creer lo que oye.

—Pero ¡me estás hablando como una madre de película viejísima!

Vuelven a reír las dos, abrazándose.

—Un día me tenés que presentar a tu padre porque de tu madre nunca me hablás.

No tiene respuesta oportuna Muriel, como siempre que Alma le habla de su familia. Alma suspira y antes de meterse en la facultad deja sobre los brazos de Muriel tres libros.

—Toma. Al menos documentate.

Alma se mete en el edificio y Muriel le grita.

—¡Si ves a Peretti antes que yo, pedile mi autógrafo, por favor!

Alma le dice que sí con la cabeza, sin volverla, y Muriel se queda leyendo los títulos de los libros: *La imaginación liberal, El yo imaginario, A la mitad del camino*. Irrumpe en su espacio Alberto, sobresaltándola.

—¡Te agarré!

—¡Burro! Me asustaste. ¿En qué me agarraste?

Alberto le arrebata uno de los libros.

—¡La imaginación liberal! Huele a Escuela de Chicago. A perro neoliberal. A idiota criollo o a idiota norteamericano.

Muriel no tiene un buen día. Le arrebata el libro, le grita ¡imbécil! y se marcha. Alberto queda desconcertado.

—Pero si era una broma. Un chiste intelectual.

368

Amanece cuando en el interior del tinglado del puerto Loaiza se agita, saliva, gime, insulta, blasfema, padece escalofríos.

—¡Hacé algo! ¡Hacé algo!

Raúl no sabe qué hacer. Se acerca a la ventana, a través de los cristales rotos, y mira hacia el patio. El coro de mendigos ha desaparecido, menos Altofini, que sigue durmiendo junto a la hoguera apagada.

—¡Hacé algo, por Dios!

—¿Qué querés que haga? ¿Llamar a la cana? Una ambulancia. Eso es. ¡Una ambulancia!

Loaiza le retiene el brazo con violencia.

—¡Nada de ambulancias ni de canas!

Loaiza se registra los bolsillos y el interior de las ropas. De una camiseta sucia de franela blanca saca un monedero. Le tiemblan las manos, pero consigue sacar un papel doblado. Se lo tiende a Raúl.

—Pedile guita a este hijo de puta, decile que es para mí. ¡Comprame una pichicata, una pichicata! ¡Corré hijo de puta! ¡Corré!

Parece desmayarse, pero tiene que darse la vuelta para no vomitar sobre los sacos. Lo hace sobre el suelo, el más pestilente vómito que jamás ha olido Raúl. El asco le paraliza, sostiene, indeciso, el papel que le ha entregado Loaiza. Finalmente va hacia la ventana. Altofini se ha incorporado. Entumecido. Le duelen todos los huesos. Raúl musita algunas palabras casi mudas. Hace un gesto como convocando al distante Altofini, pero nota un movimiento a su lado. No tiene tiempo de volverse. El rostro contraído, húmedo, amenazador del pichicatero y en sus manos un palo con el que le golpea la cabeza hasta hacerle perder el conocimiento.

Altofini aún camina con dificultad cuando sale de los almacenes. Repasa primero el contenido de sus bolsillos y luego su aspecto, lamentable. Otea el horizonte. Pasan pocos coches. Algún taxi. Se adelanta hasta el centro de la calzada.

—Quién se va a parar con esta facha.

Aprovechando el adelantamiento de Altofini, Loaiza también sale del almacén y avanza agazapado, pegado a la pared. Un coche se detiene ante Altofini. Pascuali y Vladimiro con cara de sueño.

—¿Madrugando? —pregunta Pascuali.

—Lo mismo que ustedes, por lo que veo.

—¿De carnaval?

—De meditación trascendental. De vez en cuando me gusta vestirme de miserable para recuperar la verdad sobre la condición humana. *Polvus eris et polvus reverteris*.

—Mal sitio y mal aspecto para encontrar un taxi —se lamenta Pascuali.

—Llegaron como caídos del cielo. ¿Se puede?

Trata de subirse al coche, pero Pascuali lo adelanta algunos metros. Altofini asume resignado el desaire. Vuelve a acercarse al coche. Pascuali asoma la cabeza por la ventanilla.

—Esto no es un taxi. ¿Qué estaba buscando por acá?

Altofini le expresa su impotencia. No puede hablar. Pascuali se encoge de hombros. El coche arranca.

—Policía. Policía tenías que ser. ¡Cana! El mejor cana es el cana muerto.

Ve una cabina telefónica a lo lejos y va hacia ella pero está ocupada. Vuelve sobre sus pasos y se queda contemplando la silueta del almacén abandonado. El hombre de la cabina parece tener conversación para rato. Un anhelante y semiderruido Loaiza mantiene el aparato pegado a los labios y conversa entre estremecimientos.

—¡Intermediarios no! ¡Quiero hablar personalmente con el Capitán!

Raúl va recuperando el conocimiento. Le cae sangre por la frente. Abre los ojos. El techo del almacén pende amenazador. Se angustia. Está atado. Impotentemente forcejea con sus ligaduras. Altofini se resigna y vuelve hacia el almacén. Saca una pistola de debajo de las ropas y una pequeña linterna. Se adentra en el edificio, va recorriendo las naves destartaladas. Sube escaleras a punto de derrumbe. Restos de fogatas y excrementos y latas por todas partes. En una de las habitaciones, Raúl, atado, implora ayuda.

—¿Hay alguien ahí? Ayudenmé, por favor.

Altofini no ha percibido los gritos. Sigue buscando, entreteniéndose con los hallazgos de diferentes destrucciones, filosofando.

—No somos nada.

Cree percibir sonidos. Va hacia ellos tras amartillar la pistola. Los sonidos se van precisando. Finalmente Altofini desemboca en la habitación donde yace Raúl atado.

—Soy Raúl Tourón.

—¡Mierda! —exclama Altofini mientras se precipita a desatarle.

—El mundo es un pañuelo. ¿De qué va disfrazado ahora, de croto? ¿Quién le hizo esto?

Raúl, ya desatado, le tiende el papel que le ha dado Loaiza. Altofini lo lee.

—¿Peretti? ¿Bum Bum Peretti? ¿Qué tiene usted que ver con Peretti?

—Nada, pero el que me golpeó y me ató, sí.

Altofini se da un golpe en la cabeza.

—¡Loaiza!

—¿Lo conoce?

—Trato de conocerlo. ¿Él lo ató? ¿Está lejos?

—¿Por qué? Tenía el mono. Yo quería ayudarle. Me dio estas señas para pedir ayuda. Estaba muy seguro de conseguirla pero de repente me golpeó.

—¿Qué le contó usted? ¿Le contó algo de lo suyo?

—Más o menos.

—¿Le mencionó a alguien? ¿A Pascuali? ¿Al Capitán?

Raúl asiente.

—¡Mierda! Hay que salir de acá cuanto antes. Ese tipo ya habrá movilizado a todo el mundo.

Loaiza llega tambaleándose ante la verja de un caserón a las afueras de Buenos Aires. La empuja y la verja cede. El esfuerzo termina con sus energías, y cae cuando entra en el jardín. Se incorpora, prosiguiendo su marcha hacia la puerta. Se desmaya al llegar a ella. La punta de la jeringuilla repleta se acerca a la vena dilatada de Loaiza. Pasa de la angustia a la satisfacción, abre los ojos parpadeando, y en primer plano aparece el rostro difuso del gordo, su corpachón, retirado para dejarle ver al Capitán, que contempla al yonqui con asco. Loaiza balbucea:

—Capitán. Gracias.

—De nada. Usted ya cobró. Ahora quiero cobrar yo. ¿Qué información tan valiosa tenía?

—Raúl. Raúl Tourón. Lo tengo.

—¿Dónde?

—¿Cuántas dosis?

—Cuántas dosis, buena pregunta. Gordo, dale una dosis.

El gordo va hacia Loaiza y le pega dos patadas en la cabeza.

—El alma de los mercados, Carvalho, es el fantasma de la Naturaleza asesinada.

—Coincide con mis tesis. ¿Es de su padre?

—No. Mío.

Camina Borges Jr. junto al errante Carvalho contemplador de carnes, frutas y verduras en el Mercado de Abastos.

—Me tiene muy descuidado, Carvalho. ¿Qué hay de lo mío?

—Hemos ido casi a la cárcel por usted. Creo que lo del Aleph está parado.

—Vi lo del incendio. Muchas gracias. El fuego no purifica, pero evita.

—¿De su padre?

—Tampoco. Mío. Pensé que estaba usted tras de lo de su primo.

—Apenas si me he dedicado. Tenemos entre manos un encargo de Bum Bum Peretti.

—Los boxeadores se guían por el tacto.

—Es suyo.

—No. De mi padre.

Borges siempre se queda a un metro de distancia cuando Carvalho se detiene ante algunas paradas a dialogar con las vendedoras. Ya han asimilado que no es viudo, ni jubilado, ni sarasa.

—¿Y qué va a hacer esta noche? —pregunta una vendedora.

—Después de un combate de boxeo, ¿a usted, qué le parece?

—¡Picadillo de hígado!

—Buena idea. *¡Fegatini con funghi trifolati!*

—Demasiadas cosas en un solo plato —le recrimina la vendedora.

—Recomiéndeme un plato criollo que me sorprenda.

—¿Ya probó la carbonada? ¿Sí? ¿Y los «niños envueltos»?

—Ni envueltos ni desenvueltos.

—Pues anote, que es cosa rica y fácil de hacer. Mezcle arroz, carne picada, una cebollita también picada y lo condimenta con sal, pimienta, el jugo de limón y aceite. Deshoje un repollo y sumerja las hojas dos minutos en agua hirviendo para que se ablanden. Lo demás es fácil. Hoja por hoja de repollo rellena con el picadillo y va colocando los paquetitos uno encima de otro en una olla. Los cubre de agua y deja que se cocine todo unos tres cuartos de hora. Queda muy sabroso con cualquier salsa.

—Me suena a plato catalán. Algo parecido son los *farcellets de col*, al menos el procedimiento. ¿Quiere usted la receta de los *farcellets*?

—Demelá, que el otro día hice en casa la que me dio y mi marido se chupaba los dedos. ¡Calamares rellenos de setas!

Carvalho dicta la receta de los *farcellets de col* acompañado de la división de opiniones de las mujeres que esperan. Las hay que también toman apuntes y las que expresan en voz alta que no es el momento, que es prioritario respetar la prisa de los clientes. Borges Jr. aprovecha el final de la lección y la continuación del paseo para intervenir.

—Mi padre estuvo en Cataluña poco antes de morir y le ofrecieron pan con tomate. ¿Cierto? ¡Pan con tomate!, decía el viejo: ¡qué miseria!

Se inclina ceremonioso, previo al mutis.

—Un día de éstos pasaré a saldar las cuentas.

Continúa Carvalho su paseo por el mercado en busca de los elementos necesarios para los *fegatini*. Hígados de pollo, *funghi porcini* secos, apio y cebollas, hierbas aromáticas. En el rostro de Carvalho se dibuja una felicidad relativa, controlada, consciente de que el día aún no había terminado. Ya en casa procura prolongar la ilusión trabajando con cuidado las materias del guiso. Carvalho prepara el plato de pasta. Los higadillos bien limpios y pulidos en un plato, las setas a remojo, la cebolla y el apio cortados. Al trasluz, Carvalho comprueba la cantidad de vino blanco que hay en una botella próxima. Llaman a la puerta y va maquinalmente hacia ella. Pero se detiene y adopta un mínimo de medidas de seguridad. Abre el chivato y comprueba quién es con una cierta desilusión.

—Altofini.

Pero Raúl precede a Altofini, ya no vestido de mendigo, sino de elegante de la década de los sesenta, con sombrero. Carvalho cierra la puerta tras ellos, después de comprobar que no hay nadie en el descansillo. Va hacia la ventana y examina la calle. Parece limpia.

—Lo dejé vestido de deshollinador.

—He ido a casa a adecentarme. Mire a quién encontré en aquel basurero.

Un Raúl abrumado por la fatalidad, a la espera de la sanción de Carvalho.

—En España pensarías de mí que soy un gilipollas.

Carvalho se dirige a Altofini.

—¿Qué palabra podríamos aplicarle en Buenos Aires?

—Quizá un gil. Buscaba a Loaiza y no lo encontré.

—Lo encontré yo —dice Raúl.

Medita y finalmente se pone a dar explicaciones. Carvalho le escucha sin pronunciarse. Cuando acaba de hablar, Raúl queda a la espera de la sanción de Carvalho.

—¿Y visteis al Capitán en persona?

—Lo saqué del almacén, como ya le dijo, y estuve escondido en una grúa de esas que casi se caen. Llegaron los motociclistas, como siempre y el coche. Dentro iban el gordo y el Capitán. Lo que pasó en el almacén me lo puedo imaginar. Se llevaron un chasco.

—Y Loaiza.

—A ése no pude verlo, se me debió de escapar entre la multitud, porque aquello parecía Florida un sábado. No faltaba nadie. Hasta Pascuali y su acólito, ese chico con nombre de bailarín del Bolshói.

—Seamos lógicos. Pascuali le seguía a usted por si daba con Raúl. No hay otra explicación. Y nosotros seguíamos a Loaiza y dimos con Raúl. El Capitán iba a por Raúl, al que había vendido Loaiza. Todo cerrado y todo abierto. ¿Tú quieres seguir en tu telefilme particular? ¿Quieres seguir haciendo de fugitivo?

—Ojalá fuera al menos un fugitivo.

Carvalho se impacienta.

—Pero ¡qué leches quieres!

—¡Que no me grite nadie!

—Pero ¿vas a recibir a ese farsante?

—Me relaja.

Merletti se encoge de hombros y consiente con la cabeza. El ayudante de Peretti abre la puerta y Borges Jr. impone su humanidad de peso pesado y blando que estremecido se amontona sobre el boxeador para estrechar su mano ya enguantada.

—Borges Jr., para servir a una de las glorias de la esgrima. Vos no sos un boxeador. Sos un espadachín y, más que un espadachín, un angélico luchador de cuchillos de descampado.

—¿Su papá escribió sobre el boxeo?

—Se quedó en los cuchilleros.

Borges coge una de las manos enguantadas de Peretti y se la besa. Luego le saluda mestizo de húsar de la reina y *croupier* elegante del Mississippi y se retira sin darle la espalda. Por la puerta abierta llega el ruido sólido, ruido de Federación Argentina de Box, que antecede al combate. El público grita como si hubiera pasado cien años de soledad y silencio. Salta al ring el *speaker* con el micrófono en la mano. En uno de los ángulos del ring, un mocetón vasco con su equipo de asistentes. Tiene la larga nariz tan aplastada que parece una segunda cara parapeto. En el otro, Peretti con los suyos. En primera fila Merletti, Robert, entre sus amigas. Un poco más lejos Carvalho, Alma y Muriel, las dos mujeres muy excitadas.

—¡Campeonato del mundo de los superwelters! El aspirante, ¡Aitor Azpeitia! —grita el *speaker*.

El público escupe abucheos y silbidos.

—¿No aplaudís a tu compatriota?

—No es mi compatriota. Él es vasco y yo soy mestizo.

—Pero los dos son europeos.

—Yo soy afroeuropeo —responde Carvalho a Alma.

El *speaker* levanta la mano y el público deja de silbar y de gritar.

—Contra el actual campeón, ¡Bum Bum Peretti!

La ovación es patriótica y el éxtasis étnico se instala en el público como las lenguas de fuego del Espíritu Santo se habían instalado sobre las cabezas de los apóstoles. Los boxeadores saludan según su estilo. Tosca y bravuconamente Azpeitia y con elegancia desganada Peretti. Suena la campana. El árbitro da instrucciones. Se pegan un manotazo de saludo con los guantes, en el instante que el vasco susurra a Peretti:

—Te voy a dejar la cara como un mapa, guapito.

Peretti sonríe sin contestarle. Se va a su rincón. Suena el gong. Los boxeadores acuden al centro del cuadrilátero. Empiezan pegándose manotazos con los guantes. Pero Azpeitia pronto arremete. Peretti le burla con su juego de piernas. Los golpes del vasco son fuertes, pero Bum Bum los esquiva y de pronto coloca un derechazo que no da plenamente en el rostro del aspirante pero hace daño. Un ¡uy! del público.

Muriel ha cerrado los ojos. No quiere ver los golpes, sólo quiere presenciar la victoria de Peretti. Alma los contempla, suma los puñetazos con un mohín de disgusto en los labios, mientras Carvalho permanece impasible. Robert grita animando a su padre. Lo propio hace Merletti. El vasco mete la cabeza y da en el rostro a Peretti. Bum Bum, rabioso, se lleva una mano a la cara. El árbitro advierte al vasco. De nuevo el cuerpo a cuerpo. Peretti acierta con dos golpes sin fuerza y suena el gong. Luego suenan diez gongs más y el vasco resiste el castigo, metiendo las manos pesadas con el propósito de darle a Peretti en la cara, aplastado por los gritos y los insultos del público.

—¡La derecha, Bum Bum! —gritan—. ¡Rompelo todo!

Muriel está pasando un mal rato. Abre los ojos y los pasea por la sala. De pronto los desorbita. Su padre está allí. A su lado, el gordo. Muriel trata de esconderse detrás de Alma.

—¿Qué te pasa?

—Nada.

Pero Carvalho ha seguido el viaje de la mirada de Muriel y ha localizado al Capitán. Alma no entiende la actitud de la muchacha y expresa su incomprensión a Carvalho. Carvalho no dice nada, pero a partir de ese momento mira indistintamente al ring, al Capitán, a Muriel. En el asalto número once, el vasco está cansado. Se agarra a Peretti y le da dos cabezazos. El árbitro vuelve a advertirle. A la salida de una de las advertencias, Peretti conecta un izquierdazo al hígado del aspirante, y cuando trata de cubrirse, le da un contundente derechazo. Azpeitia trastabilla y abre la guardia. Un segundo derechazo y un izquierdazo. La gente se ahoga de éxtasis: Sólo el Capitán y Carvalho permanecen inmutables. Mirándose.

—¡Pepe! ¡La chica! —grita Alma advirtiendo que Muriel ya no está a su lado.

—No le gusta el boxeo —contesta Carvalho.

Pero el griterío los obliga a volver los ojos al ring. El vasco ha caído y el árbitro empieza la cuenta. Peretti ganador. El público estalla a favor del vencedor. Robert y Merletti se abrazan y Alma busca a Muriel entre el gentío. Carvalho mira hacia donde estaba el Capitán. Ha desaparecido. Peretti marcha corriendo hacia el vestuario y al llegar, mientras el ayudante le quita las vendas de las manos, Merletti habla y habla excitado, comentando el combate sin que nadie le oiga. Peretti se mira en el espejo, repasa uno a uno los impactos de los puños del vasco. Recorre el rostro con la yema de los dedos, se acaricia especialmente una contusión sobre la ceja.

—¡El hijo puta un poco más y me hace mierda la ceja!

—¡Un auténtico hijo de puta! —repite Merletti—. Pero lo dejaste planchado, Bum Bum. Ese puñetazo en el hígado lo convirtió en *paté de fois*.

Robert ríe incontrolado.

Entra un conserje y dice algo a Peretti. El boxeador queda pensativo y vacilante. Finalmente afirma con la cabeza. De un tarro que le tiende Merletti, saca un poco de crema con los dedos y se la aplica suavemente sobre los golpes de la cara. Se vuelve en el momento en que entran en el camerino Alma y Carvalho.

—Me acompaña una ayudante, la profesora Alma.

Peretti besa la mano de la mujer, que asume el beso contenidamente fascinada. Carvalho hace un aparte con Peretti, ante la desconfianza de Merletti y de Robert.

—Digamos que el caso se complica —dice Carvalho—. Hemos llegado hasta Loaiza pero no le tenemos. Su amigo tiene relaciones extrañas y no precisamente sexuales. Además, me consta que recibió una paliza anónima hace algunos días.

—Yo no tuve nada que ver.

—Le creo. Tan preocupante como la paliza es que tenga relación con antiguos grupos de «incontrolados».

Peretti se sorprende y se le escapa una mirada dirigida a Merletti que Carvalho percibe.

—A Bruno siempre le gustó jugar con juego. Con *juego*, no con *fuego* —dice Peretti dejando de mirar a Merletti.

—¿Tenía esos contactos cuando ustedes se relacionaban? —pregunta Carvalho.

Peretti piensa la respuesta.

—Bruno era un provocador. El clima de la universidad estaba marcado por la represión y el oficialismo, a Bruno le gustaba desacreditar a los izquierdistas y asegurar que eran tan asesinos potenciales como los propios milicos.

380

—¿Pensaba usted lo mismo?

—No me gustaba el terrorismo, pero tampoco la dictadura. Yo era y soy apolítico. Me pidieron que hiciera como Ortega o Neumann y me metiera en las listas de Menem o en las de los *radichetas*, los radicales. La política es más insegura que el boxeo. Entre Perón y los militares escojo a Jünger.

—¿Es una marca de tanques?

—No. Es un escritor prusiano.

—La política sólo es segura cuando deja de ser política y se convierte en boxeo. Sospecho que las amistades peligrosas de Loaiza darán señales de vida.

—Soy amigo personal del presidente.

—No lo dudo. Sólo le rogaría que no me ocultase lo que sabe. Entre el público de esta noche he visto a un personaje emblemático, el Capitán, le llaman. Tuvo poder en los sótanos de la dictadura y se lo sigue tomando en los de la democracia.

—Seré leal con usted.

Carvalho hace la señal de retirada a Alma. Ella, por el contrario, se acerca a Peretti y le tiende un papel y un bolígrafo.

—Sería tan amable, un autógrafo.

Carvalho no da crédito a lo que ve ni a lo que oye.

—¿Para usted? —pregunta Peretti.

—No, para una alumna, dediqueseló a Muriel, estaba aquí, pero es tan tímida.

Peretti escribe una frase y firma. Tiende el autógrafo a Alma, que le mira respetuosa. El boxeador contempla preocupado la salida de Alma y Carvalho. Se le echa encima Robert.

—¿Qué te dijo de mí?

—¿Qué tenía que decirme de vos?

Merletti interrumpe el diálogo.

—Pasá la revisación médica y después te lo explico.

Al salir del vestuario de Peretti, Carvalho y Alma atraviesan el salón vacío por el pasillo central. Muriel los espera en la salida.

—¿Dónde te metiste? —pregunta Alma.

—No sé qué me pasó.

—Tomá, tu autógrafo.

Muriel lo toma y lo guarda en su bolsón. No sabe qué decir. Tiene los ojos enrojecidos por el llanto.

—Les voy a contar la verdad. Vi a mi padre entre el público.

—¿Y qué?

—Es muy especial. Muy conservador. Les tiene bronca a los profesores. Dice que son todos unos corruptores de menores. Yo le di una excusa para volver tarde, pero no le dije que venía con vos a ver la pelea.

Alma la coge con un brazo por el talle y le insta a proseguir la salida.

—Los padres. Uno no elige a los padres. Hay que tomarlos como son.

El rostro de Carvalho está de luto y hasta siente niebla almacenada en la recámara de los ojos. El Capitán los ve partir semiescondido detrás de una columna y decide volver sobre sus pasos para ganar el vestuario. Apoyado de espaldas contra la pared junto a la puerta, de refilón puede ver y oír lo que pasa entre Merletti y Bum Bum. Merletti da explicaciones al boxeador, que está muy enfadado.

—Tenía que hacerlo, Bum Bum. Vos sos un idealista. Yo no hubiera recurrido a extraños, yo lo habría arreglado por nuestra cuenta, por eso lo cité al gallego en Fiorentino's y allí estaba también Robert con sus amigas, ya me entendés. Juega, juega a tener tres sexos, cuatro. Por eso estaba preocupado por lo que pudiera contarte el gallego, y de paso me dejó en pelotas.

—¿Qué más me escondés?

—Nada.

—Esa paliza a Loaiza es cosa tuya.

—¿Cómo puedo habérsela dado si no sabía dónde estaba?

—Fuiste vos, no me vuelvas a mentir.

—¡Sí, qué mierda, fui yo! ¿Qué vas a hacer vos cuando lo encuentren? Ponerle un restaurante o darle guita para que se drogue. ¿No es cierto? La mierda sólo entiende de mierda.

Peretti no puede contenerse y pega un puñetazo controlado a Merletti, que le contesta con el brazo blando. Pero a los pocos segundos pelean con coraje, librándose de sus furias, sin ganas reales de hacerse daño, hasta que se quedan sin respiración, Merletti derrumbado en la camilla de masaje, Peretti de cara a la pared, como buscando un refugio para su cuerpo y para su cara. Ajeno a la pelea, Robert sale del vestuario sin fijarse en el escucha adosado a la pared, y a continuación de la Federación de Box. Observa desganado el revuelo que convoca un hombrón que recita poemas entre carcajadas y perplejidades de la multitud que aún lleva los puñetazos de Peretti en los ojos y en el cerebro.

> *Los puños de los ángeles baldíos*
> *engendran planetas alocados*
> *tras las huellas del capador de astros.*

Robert se mete en un cupé. Al volante la rubia oscura la noche de Fiorentino's, ahora chico afeminado, teñido de rubio, oscuro. Se besa fugazmente con Robert y arranca.

—Los días de combate hay una tensión terrible. Todo el mundo se vuelve agresivo.

—¿Quién ganó? ¿«Papá»?

Se echa a reír después de haber pronunciado la palabra papá.

—No te rías de Bum Bum. Es un tipo gaucho, muy legal.

—Legal, legalmente rico. ¿Lo fajaron en la cara? —Suelta el rubio oscuro la mano del volante para hacer carantoñas a Robert—. ¿Le han desfigurado la carita al papá de mi nene?

Robert le da una bofetada. El rubio deja de controlar el coche por un momento, histérico, recupera el volante con las dos manos.

—¿Estás loco? ¡Un poco más y nos reventamos!

—¡Respetá a Bum Bum! ¡Respetá a quien nos da de comer!

El rubio oscuro recupera la tranquilidad. Repasa el coche con la mirada, sin dejar de conducir.

—Pero te compra coches poco generosos. Vos te merecías un Porsche y no este cupé de cuatro pesos. Vos sos un hijo de Porsche.

Un coche les envía señales luminosas desde detrás. El rubio mira por el retrovisor. No le gusta lo que ve, menos todavía cuando suena la sirena.

—¡La cana! Esta noche debimos de pisar mierda, carajo.

Frena y aparca junto a la acera. También lo hace el coche de policía. El rubio comprueba por el retrovisor que se les acercan dos policías de paisano, uno por cada lado del coche.

—¡Oh, no!

—¿Qué pasa? ¿Qué pasa? —pregunta Robert nervioso.

Pero ya Pascuali se asoma por la ventanilla del conductor.

—Eso digo yo, ¿qué pasa? ¿Conducen borrachos? ¿Coco?

—Ni borrachos, ni coco —contesta Robert.

—Conducen en zigzag, una nueva fórmula. Afortunada coincidencia, porque quería hablar contigo.

Pascuali señala con un dedo a Robert. El rubio oscuro suspira aliviado.

En el Fiorentino's la especie humana no ha cambiado. Peretti, con leves huellas del combate en la cara, toma una copa junto a Merletti. Cuando alguien le saluda y le felicita, el boxeador devuelve la gentileza con una sonrisa superwelter.

—Haceme caso. No tenías que dejar esto en otras manos.

Merletti se levanta y va hacia el lavabo. Se lava las manos, y en el espejo, a su espalda, aparece el Capitán.

—¿Habló con él? —pregunta el Capitán.

—Poco a poco. Dejeló a mi manera.

—No tengo por qué.

Merletti está preocupado. Se seca las manos y sale del lavabo, se junta con Peretti ya en la puerta y abandonan el local. Merletti camina cabizbajo, pero cuando levanta la cabeza ve cómo el Capitán avanza hacia ellos, no respeta su mirada de contención, va directo a por Peretti.

—Peretti. Un admirador.

Peretti le estrecha la mano, pero el Capitán se la queda.

—No sólo soy un admirador, sino también alguien que puede hacerle un gran servicio.

Peretti trata de alejarse sin perder la sonrisa. El Capitán sólo dice un nombre.

—Loaiza.

Peretti se para. Merletti cierra los ojos porque sabe que la suerte está echada.

Carvalho provoca la luz del apartamento, Alma le sigue cansada o desganada. Carvalho cierra la puerta y pasa ante ella para abrir la comunicación del despacho con la vivienda privada.

—Puedes salir.

De la puerta del dormitorio brota Raúl y Alma musita su nombre, como si sólo lo dijera para ella. Luego le abraza.

—¿De qué jugás hoy? ¿De gato? ¿De ratón?

—De ratón, como casi siempre.

Carvalho remolonea por el comedor, mientras Alma y Raúl se sientan en el despacho, las sillas separadas, las manos unidas.

—¿No estás cansado ya de escapar?

—Es casi un vicio. A veces me imagino a mí mismo en la normalidad, viviendo como una persona normal, y me parece asistir imaginariamente a una vida ajena. No soy yo.

—¿Quién no está cansado? No me ilusiona nada. Norman está igual. El gallego no se aguanta ni a sí mismo. Hasta voy al boxeo.

Raúl se calla lo que iba a decir. Carvalho sostiene el teléfono entre la clavícula y la oreja mientras ordena los platos y cubiertos a su alcance sobre la mesa.

—¿Biscuter? ¿España? ¿Barcelona?

Cuelga furioso y vuelve a marcar gritando como un histérico.

386

—¡El día en que se juntaron la telefónica española y la argentina debió declararse la tercera guerra mundial!

A sus gritos acuden Alma y Raúl, expectantes ante su histeria.

—Pero bueno. El gaita perdió los estribos —dice Alma.

—¿Qué gaita ni qué carajo? ¿Dónde está la gaita?

—Un gaita es un gallego. Un español.

—¡Yo nunca he soplado una gaita! ¡El que se inventó el lunfardo era un soplapollas!

—A ver. Explícame tus problemas —le propone Alma.

Carvalho le tira el teléfono.

—No me sale España. Este teléfono sólo comunica con la Patagonia.

—A ver. Dame el número.

Carvalho le dicta el número y se equivoca al dar el referente de España.

—Extranjero. Treinta y tres por España. Tres por Barcelona.

—Me parece que con el treinta y tres te sale Francia, pero no España.

—¿Eres telefonista? ¿Cómo coño sabes el prefijo de España?

Alma no le hace caso y vuelve a marcar con el 34 como prefijo español. Espera.

—¿Biscuter? Le llamo desde Buenos Aires. Soy la telefonista del señor José Carvalho Tourón. No se retire. Mientras llega al teléfono le cantaré un tango como hacen en los teléfonos de los mejores negocios.

Por ser bueno, me pusiste a la miseria,
me dejaste en la palmera, me afanaste hasta el color.

En seis meses me comiste el mercadito,
la casiya de la feria, la ganchera, el mostrador...

Carvalho le quita el teléfono y Alma se aparta bailando el tango sola, ante la sonrisa triste de Raúl.

—¿Biscuter? Una loca. Una loca que va a cenar conmigo. *Fegatini con funghi trifolati* —dice Carvalho ante la expresión de asco cómico de Alma—. Lo había probado en un restaurante de Arezzo, en el Bucco de San Francesco. De entrante *risotto con carciofi*. Estoy harto de quedarme en esta ciudad llena de argentinos y de argentinas como la que se ha puesto. Están locos y me llaman gaita. ¡Gaita! A mí, que la gaita siempre me ha parecido una fábrica de pedos lastimeros. ¿Has encontrado a mi tío? ¿Ni rastro? ¿Qué tiempo hace en Barcelona? ¡Nieva! Aquí no saben lo que es eso. ¡Ha llamado Charo! Nieva y ha llamado Charo. Bien. Ya. Bueno. Ya te llamaré.

—Si molestamos... —propone Alma.

—Claro que molestáis, pero no tiene remedio. Además he hecho cena para un batallón.

—¡*Fegatini*! ¡Después del puñetazo en el hígado que Bum Bum le pegó al vasco! —le recrimina Alma.

Alma y Raúl comen con apetito los *fegatinis*. Carvalho apenas los prueba.

—Creía que te daban asco.

—Andá, quemá un libro. Te traje uno para que lo quemés.

Recupera su bolso y saca de él *Respiración artificial* de Ricardo Piglia. Antes de entregárselo a Carvalho lee:

—«Pero no era, dijo, sobre las leyes del azar que me interesa reflexionar, hoy, aquí, con usted. A todos nos fascina pensar en las vidas que podríamos haber vivido y todos tenemos nuestras encrucijadas edípicas (en el sentido griego y no vienés de la palabra), nuestros momentos cruciales. A todos nos fascina, dijo, pensar en eso y a algunos esa fascinación les cuesta cara...»

Luego cede el libro a Carvalho mientras lanza un suspiro de resignación. Carvalho sigue el ritual y cuando las llamas empiezan a lamerse las unas a las otras, Alma apaga la luz. El fuego les ilumina las melancolías por separado, Carvalho frente a la hoguera, de espaldas a Raúl y Alma. La mujer se le acerca por detrás, le rodea el cuello con los brazos y pone la barbilla sobre su cabeza.

—¿Ha llamado tu Charo? La gaita esa.

—Casi no ha preguntado por mí.

—Una zorra como todas las mujeres. Únicamente piensa en vos y por eso ni siquiera te menciona.

Abandona a Carvalho. Mira ahora hacia Raúl, deprimido, luego a Carvalho. Suspira.

—Niños, niños. Pibes, pibes. ¿Qué puedo hacer por ustedes?

Alma, Raúl y Carvalho están vestidos, tumbados en la cama sin abrir. Miran al techo, mientras Carvalho fuma un habano y Alma de vez en cuando trata de alejar el humo manoteando.

—Es peligroso que Raúl se quede aquí... —dice Carvalho rompiendo el silencio.

—Ya me da todo lo mismo.

—¿Por qué no te vuelves a España conmigo?

Pero Raúl ya duerme y Alma examina su sueño con angustia.

—¿Qué sería de mí sin el espectáculo de estas persecuciones? ¿De verdad te querés volver a España, gallego?

Carvalho no contesta directamente.

—En esta época llegaba del colegio todavía con horas de luz por delante y mi madre me dejaba bajar a la calle, poco rato, era la posguerra en Barcelona y circulaban leyendas sobre hombres vampiros tuberculosos que les chupaban la sangre a los niños. Una mañana mi madre me dio un pedazo de pan que parecía recién hecho o quizá lo imagino recién hecho y un puñado de aceitunas negras, muy sabrosas, de esas aceitunas arrugadas que se llaman de Aragón. Recuerdo aquellos sabores, la alegría de mi libertad en la calle. La mirada protectora de mi madre. Si pudiera volver a aquella mañana. Ésa sería mi verdadera patria. Mi Rosebud. ¿Recordáis *Ciudadano Kane*?

—El país de la infancia.

Alma se levanta y va hasta la ventana. Plácidamente deprimida, mira hacia la calle. Su rostro pasa de la crispación a la ironía. Dos coches de policía acaban de estacionarse sigilosamente ante el portal. Salen de ellos Pascuali y hasta seis ayudantes. Se sitúan en la esquina de cada cuadra y ante la puerta de Carvalho. Pascuali ordena silencio y avanza hacia el portón. Le siguen Vladimiro y dos policías de paisano. Suben aceleradamente pero sin hacer ruido hasta llegar ante la puerta del apartamento. Carvalho no espera a que llamen. Les abre la puerta en pijama y parece somnoliento.

—Vaya horas...

Pascuali empuja la puerta y entra.

—Orden de registro —pide Carvalho sin demasiadas ganas.

—La llevo colgada acá —dice Pascuali tocándose la bragueta.

El gesto sobra, piensa Carvalho. Los policías ya están dentro. Carvalho los sigue cansinamente. Alma está en la cama, aparentemente desnuda, con las sábanas sobre los pechos. Los policías examinan la habitación como si no la vieran y prosiguen el registro de la casa, respaldados por la cara de sorna de Pascuali que no abandona cuando en el comedor hace el recuento de los tres cubiertos. Un policía cree haber descubierto el Atlántico cuando, arrodillado ante la chimenea, grita:

—¡Aquí han quemado algo!

Pascuali se dirige a Carvalho.

—¿Borges? ¿Sábato? ¿Asís? ¿Soriano? ¿Macedonio Fernández? ¿Bioy?

Alma sale de la habitación con la sábana como improvisada vestal.

—Piglia. Ricardo. Nacido en Adrogué, hace unos cincuenta y pico de años.

Vladimiro se cruza con Carvalho y le evita la mirada.

—¿Quién estaba aquí? ¿Raúl Tourón? —Espera Pascuali el efecto de sus palabras siguientes—. ¿O quizá Bruno Loaiza?

—Usted y yo hemos de hablar a solas —propone Carvalho.

—No sabe usted lo que le agradezco la invitación. Me la quita usted de la boca.

No tiene tiempo de atravesar Tres Sargentos en dirección a San Martín. Se ve envuelto y aupado a una furgoneta, sin un golpe, sólo con recordatorio de presiones cilíndricas sobre una espalda educada en amenazas. El cerebro empieza a funcionar más que a alarmarse y ni el olor ni los gestos le indican que esté otra vez en manos del Capitán, tampoco de Pascuali. Es inútil preguntar y no lo hace. Tampoco cuando la furgoneta se mete en senderos de tierra a juzgar por las quejas de sus amortiguadores y por el empeño en agarrarse a las paredes de los cuatro hombres que le guardan. Ni siquiera encapuchados. Que no lleven capucha inspira confianza en primera instancia, pero en segunda sugiere conciencia de impunidad, de muerte. Del exterior llega olor a agua y putrefacciones vegetales, el río está cerca o el delta del Tigre. Fin de trayecto y tampoco se preocupan de que no vea la cara del barquero o de que reconozca los canales del Tigre, solidario Raúl con los sauces llorones caedizos sobre las verdosas turbias aguas. La lancha abandona los canales principales y va en busca de los recoletos, mientras los ojos de Raúl tratan de asirse a los edificios nobles progresivamente alejados, el Cannotieri, el Club de la Marina, el Tigre Club, edificios inseguros en su insegura memoria. No así los árboles que reconoce en su esplendor de gigantes perlados por la humedad del laberinto de ríos, gomeros, jacarandás, pindós, palmeras, araucarias, seibos y setos naturales de cañas y helechos, el regalo de las orquídeas colgantes y el olor a zumo de agua y viejas, profundas podredumbres. Tampoco le impiden que vea el jardín abandonado, ni la casa zancuda en la que han quedado las señales de las crecidas, como si marcaran diferentes arqueologías. Están en el Tigre, en una de las casas traseras del Tigre, rebozadas de maderas ex nobles y oscuras en los interiores, rotos casi todos los cristales y el alma de la humedad subiendo desde el suelo hasta los estucados desconchados del techo. Hay una mesa demasiado nueva para el contexto en el centro del salón con chimenea de columnas historiadas derrumbadas y tras la mesa un hombre sonriente que le ofrece una silla frente a él.

—¿Está bien? ¿Le han tratado bien? Dentro de lo que cabe, cierto. No perdamos el tiempo, señor Tourón. La comedia ha terminado y usted no lo sabe, pero por el bien de todos debe terminar. Su viaje está a punto de terminar, ¿no es así?

—¿Quién le envía? ¿Gálvez?

—Hay muchos Gálvez.

—Ya sabe a qué me refiero. Richard Gálvez Aristarain.

—Pongamos que sí.

—No hacía falta el secuestro.

—¿Secuestro? No utilicemos el viejo lenguaje. Vivamos el presente. Usted busca recuperar su identidad y a su hija. Su identidad se la ofrecen sus socios, pero ahí está el Capitán, el obstáculo del Capitán. Su hija. Queda su hija.

—¿Han descubierto algo nuevo sobre la relación entre Ostiz y la misteriosa señora Pardieu?

—Estamos en ello.

Hace una seña el interrogador para que los cuatro guardianes cumplan su oficio y sube por una escalera atormentada bajo sus pies. En una habitación más desguazada que las de la planta le aguardan Güelmes y el director general Morales.

—¿Y ahora cómo sigo? ¿Escucharon lo que dijo?

—¿Pregunta que cómo sigue? ¡Pero si él acaba de darle el guión! Nos lo ha dicho todo en dos minutos. Richard Gálvez lo ayuda a buscar a su hija a través de Ostiz y una tal señora Pardieu. Morales. Quiero un informe inmediato sobre los citados, Gálvez, el doctor Ostiz, ese borgiano a quien usted tanto admira y la Pardieu. La que él llamó misteriosa señora Pardieu. Usted siga interrogandoló. Prometalé próximas revelaciones y que le hable del porqué del impulso de su vuelta. Que hable. Que hable. Debe de tener ganas de hablar.

Tiene ganas de hablar, sobre todo porque cree ver el final del túnel, sin saber exactamente qué va a encontrar. Eva María. Una silueta de bebé de pronto convertida en una mujer. Él mismo. ¿Cómo sería él mismo al final del túnel?

—Todo empezó en España. Una discusión con mi padre. Un hombre de carácter. El que me falta a mí. Le expresé mi desarraigo. No podía entenderlo. Tienes el poder de mi dinero y de tu ciencia, me gritaba. Y en el calor de la discusión me reveló algo que me dejó aterrado. Él había pactado mi libertad con los milicos. Les había entregado mis cuadernos de investigación y les había prometido borrón y cuenta nueva. El punto final en lo que a mí, a mi familia, a mi grupo correspondía. Renunciaba a buscar a su nieta. Incluso renunciaba a reclamar a su nieta. Yo era su único hijo. Ni siquiera tenía nieta. ¿Comprende?

—¿Con quién pactó todo eso?

—Con el capitán Gorostizaga. Se llamaba entonces Gorostizaga.

El Capitán ordena al gordo que se vaya, pero los motoristas siguen alineados a sus flancos. Merletti está sentado en una silla bajo el peso de un secreto abatimiento y de la mirada inquisitiva de Peretti.

—¿Otra de tus protecciones secretas?

—No prejuzgués, dejalo que hable.

—No prejuzgue. Tiene mucha razón —corrobora el Capitán—. Voy a poner las cartas sobre la mesa. Me enteré del caso Loaiza por casualidad. Nos pediste una paliza a un pichicatero embarazoso. Buscaba un ratón y me encontré con un gato. Loaiza y yo somos viejos conocidos. Fue un antiguo colaborador en los tiempos en que limpiábamos el país de bolcheviques disfrazados de nacionalistas y peronistas. Los verdaderos nacionalistas fuimos nosotros. Loaiza no es lo que era. Es un desperdicio humano que le hace chantaje. No. No me lo niegue. Lo sé todo. Todo. No me meto con sus relaciones, ni con sus gustos. Yo conocí maricas muy machos. Usted es un símbolo nacional y no estamos como para destruir símbolos nacionales como pasó con Monzón o Maradona. Lo de Monzón o Maradona hubiera debido ser declarado secreto de Estado. ¿A quién van a mitificar los argentinos? Venga. —Invita a Peretti a que le acompañe hacia una puerta. Corre la mirilla y se aparta—. Mire, por favor.

Peretti se acerca a la mirilla. En una habitación desnuda, al fondo, Loaiza, en el suelo, convulso, atacado por el síndrome de abstinencia, entre orines, babeante.

—He sido más eficaz que su Pepe Carvalho. ¿Por qué ha metido a ese gallego, rodeado de subversivos, en esta historia? Debíamos arreglarlo entre argentinos.

—Te lo dije, te lo dije siempre, Bum Bum —corrobora Merletti.

—Sueltéló —ordena Peretti.

—¿A quién? —pregunta sorprendido el Capitán.

—A Bruno. A Loaiza.

—No puedo, no debo. ¿Me equivoqué con usted?

—Si no lo suelta, ¿qué va a hacer con él?

—Me equivoqué con usted. Vayasé. Soy fiel a mi respeto a su mito, pero usted, como argentino, me parece sólo un pulastro.

—He dicho que suelte a Loaiza —repite Peretti cogiendo al Capitán por el brazo.

El Capitán sacude el brazo. Peretti le pega un puñetazo en el estómago y lo estrella contra la puerta de la cárcel de Loaiza. Los motoristas se lanzan sobre Peretti, golpeándole con porras, cadenas, patadas, puñetazos. Merletti trata de defenderle, pero también recibe la flagelación de los cadenazos. El Capitán ha recuperado el aliento y trata de intervenir para que termine la paliza.

—¡No toquen a Peretti, manga de desgraciados!

Hay que arrastrar a Merletti y Peretti para meterlos en el coche. El gordo al volante, el Capitán desencajado y vacilante presenciando la partida. Para el gordo es un servicio más y monologa sobre lo divino y lo humano, a veces jaleado por sus acólitos, mientras el coche busca un lugar determinado en la carretera anochecida. Cuando lo encuentra, el gordo aminora la marcha, luego frena. Se abre una portezuela para arrojar a Merletti y Peretti a la cuneta. La cara de Merletti refleja el castigo recibido. La de Peretti es pura pulpa amasada por los cadenazos. Derrumbados, Peretti no aparta las manos de su cara, como si tratara de protegerla ya inútilmente. Merletti no acaba de entender lo que ha ocurrido y persigue con la mirada la huida del vehículo. No va muy lejos. El coche continúa su camino a marcha lenta hasta detenerse junto a un vertedero de basura. Dos motoristas descienden a contraluz de los faros, abren el maletero y arrojan un cuerpo contra la basura. El coche arranca y Peretti corre hacia el basurero donde ha quedado un cuerpo yacente cara al cielo con los ojos abiertos. Es Loaiza, comprueba Peretti, que sigue la ruta del coche con una cólera inútil.

—Es Bruno.

Es Bruno, repite obsesivo horas después, tan obsesivo como la contemplación en el espejo de su rostro deformado por las magulladuras y los cortes que han necesitado puntos de sutura, los hematomas espesos como tumores. En la soledad del lavabo, Peretti llora por Bruno y por sí mismo.

—El síndrome de Dorian Gray. La cara es el espejo del fracaso. Del fracaso fundamental. Así lo pensabas. Bruno. Pobre Bruno. Pobre Peretti. Pobre Bum Bum Peretti.

Sale del cuarto de baño. Merletti duerme tumbado en un sofá. Peretti se acerca a la puerta de una habitación para espiar el sueño plácido de Robert. Luego sale a la calle.

El Capitán entra en su casa y va a la cocina office. Se sirve una taza de café y se la toma de dos tragos. La casa está en silencio. Sube las escaleras y se asoma a la habitación de su hija. Duerme Muriel y el Capitán va hasta la cama para acariciarle la cara con el dorso de una mano. Muriel se despierta. Sonríe.

—Tengo un secreto.

—A lo mejor para mí no es ningún secreto.

—Estuve en el combate de Peretti.

El Capitán queda a la espera. La invita a que prosiga.

—No me gustó, ¡qué salvajada!... —Antes de volver al sueño señala con la cabeza hacia algo que está sobre su mesilla de noche—. Peretti me dio un autógrafo. Se lo dio a alguien para mí. Yo no me atreví a pedírselo.

Muriel vuelve a dormir. El Capitán coge el autógrafo.

A una muchacha desconocida, pero con el aval de que me pide un autógrafo una mujer que se llama, nada más y nada menos, que Alma.

BUM BUM PERETTI

397

Inmutable el Capitán deja el autógrafo donde estaba, desciende la escalera, pasa junto al cadáver adormilado de su mujer y se deja caer en un sillón ante el televisor. Entre cabezadas espera el primer noticiario de la mañana, y las fotografías y las palabras llegan finalmente, construyendo una oración completa en su cerebro: algo le ha pasado a Bum Bum Peretti. Abiertos los ojos contra el sueño va poniendo palabra tras palabra, imagen tras imagen, para reconstruir lo ocurrido en el inicio de la madrugada.

Los empleados del aeropuerto Jorge Newbery, entre el sueño y el trabajo, abren los ojos y la sonrisa ante el recién llegado. Le tienden las manos y le felicitan.

—¡Vaya paliza, Bum Bum!

—Pero esta vez te dieron.

—Por la televisión no lo pareció.

El empleado resume que le gastaron bromas como otras veces, pero que Bum Bum no les contestaba. Peretti escondía los ojos tras enormes gafas de sol, y el rostro camuflado por alguna venda, y las solapas de su chaquetón de piel. Subió a su avioneta en el lugar del piloto. Hizo una señal para que le dieran salida. Ajustó los mandos. Su rostro quedó liberado de las gafas de sol y los demás camuflajes. Era pura destrucción.

—Le habían dejado la cara hecha puré.

Arrancó el avión. Peretti lo condujo con decisión. Remontó el vuelo, subiendo y subiendo. Luego planeó y estabilizó la altura. De pronto el avión se lanzó en barrena contra una autopista. Había decisión en las manos de Bum Bum agarradas al volante y en su rostro contraído. El impacto del avión contra una autopista fue terrible.

—Terrible, porque no sólo lo vimos, ¿comprende? También lo oímos.

El Capitán acaba de darse cuenta de lo que ha sucedido. Bum Bum se ha suicidado.

—¡Merengue de mierda! —grita el capitán con los ojos endurecidos.

Alma y Carvalho ni beben ni hablan en Tango Amigo.

—¿En qué piensas? —pregunta Carvalho.

—¿Y vos?

—No me seas gallega. No me contestes a una pregunta con otra pregunta.

—No me quito de la cabeza lo del accidente de Peretti. O su suicidio. Tampoco puedo dejar de pensar en Muriel. Es tan tierna. ¿Te acordás de ayer, en el combate? Quería un autógrafo de Peretti, pero no podía resistir los golpes. Por eso se fue.

Carvalho no le aguanta la mirada.

—¿No? ¿No se fue por eso? —pregunta Alma.

—Sí, ¿por qué si no? Pero no pienses tanto en esa chica. No es nada tuyo. Tiene su familia. Tiene ese novio. Rojo, según tú.

—Lo del novio, así, así. Se tambalea. Muriel tiene miedo a la reacción de su padre. Un día voy a hablar con su padre.

Carvalho cierra los ojos.

—¿Por qué no pensamos un poquito en Raúl? Nos toca.

—Raúl. Es verdad. Otra vez se salvó por los pelos, aunque creo que Pascuali tiene tantas ganas de encontrarlo como...

—¿Como quién?

—Dejalo. Es cierto. De vez en cuando tenemos que pensar en Raúl. Es en definitiva nuestra finalidad más constante. Sobre todo la tuya. Raúl es el que da sentido a tu permanencia en Buenos Aires. ¿Qué habrá sido de él?

—Ése nos enterrará a todos. Tiene una excelente mala salud social. Oculto. Invisible. Fugitivo. Buscado. Todos los adjetivos que me gustan, que cada vez me gustan más.

—Sigue el espectáculo.

Norman ha salido al escenario disfrazado de mujer, como la noche de Fiorentino's. Se dirige al público.

—Perdonen que venga con esta facha, no soy un mariquita, tal vez un maricón, pero mariquita ¡nunca! Pero de vez en cuando tengo angustias metafísicas e incluso físicas y me hago preguntas fundamentales. ¿Verdad no hay más que una?, ¿mercado no hay más que uno?, ¿ejército no hay más que uno? Posible. La verdad, la única, sería la del liberalismo. Mercado, uno, claro, ya lo ven ustedes. Uno, universal, donde podés comprar de todo y donde únicamente podés vender lo que te dejan. Ejército. Uno. Uno. ¡Faltaría más! El yanqui. El ejército yanqui y en su defecto el inglés para pueblos ambiguos, como el argentino. Pero hay otras magnitudes que no cuadran. Pirámides. A todos nos han educado en el saber de que las pirámides de Egipto son tres... y no, en Egipto hay más pirámides. Sobre los sexos. Dos. Las que tienen la conchita ensimismada y los que tienen la pija retráctil, sobre todo ¡retráctil! De sexos va el tango. Respetable público, tengo el honor de presentarles el estreno universal del primer tango que está a favor de los trolos.

400

Vestida de mujer afeminada más que de hombre afeminado, Adriana falsamente ojerosa y en la punta de la pupila todas las braguetas del salón.

Zapatos de gamuza
sin calcetines,
pantalones de seda,
dedo en la sien,
eran como garufas
caricaturas
de mujeres de cera
de hombres de miel.

Mariquita, maricón,
amores de rugidos
a media voz,
mariposa mariposón,
perfumes de cliente
de waterclós.

Caricatura
de mujer afeminada,
caricatura
de macho bufarrón,
caricatura
de hombre sin mirada,
caricatura
de muchacho en flor.

Ahora van de boda
por los juzgados
con besos en las calles
a pleno sol,
ya agarrás las sartenes

bien por el mango,
pero no hay quien les cante
ni un solo tango.

Mariquita, maricón,
amores de rugidos
a media voz,
mariposa mariposón,
perfumes de cliente
de waterclós.

Caricatura
de mujer afeminada,
caricatura
de hombre bufarrón,
caricatura
de amante sin mirada,
caricatura
de muchacho en flor.

Les canto este tango
sin condiciones,
el sexo siempre ha sido
cosa de tres,
nunca hubo dos sexos
sin rendiciones,
y el que no tuvo cuatro
no tiene dos.

Zapatos de gamuza
sin calcetines,
pantalones de seda,
dedo en la sien,
dejás de ser caninas
caricaturas
de mujeres de cera
de hombres de miel.

—Se ha matado Bum Bum Peretti, mamá. Qué lástima. Con lo caballero que era.

—Lo conocías.

—Desde la infancia.

—Nunca me lo dijiste.

—No te gustaba que me juntara con niños boxeadores. El otro día fui a saludarlo antes del combate. Me abrazó. Recordó poemas míos de memoria. Estoy triste, mamá.

—Andate a dar una vuelta y comete una empanada. Pero no tardés. Hay que ir a San Telmo a vender libros.

Borges Jr. pasea por el parque con un andar torpón, el corpachón vencido por todas sus secretas nostalgias y melancolías. Recita, como si rezara: «Esta ciudad es tan horrible que su mera existencia y perduración, aunque en el centro de un desierto secreto, contamina el pasado y el porvenir y de algún modo compromete a los astros...» Pasan algunos deportistas mañaneros haciendo footing y los ojos miopes no le advierten que dos de los que corren en sincronizada marcha son el secretario Güelmes y el director general de Seguridad, Zenón Morales. Borges prosigue su aparatoso caminar y los corredores su marcha, que se ralentiza a medida que rematan la suave loma desplomada en un talud de césped y senderos, abajo una carretera y nadie en el horizonte.

—¿Es la hora, no?

Consulta el director general la hora y asiente. Se han sentado los corredores entre sudores, con las toallas como gorguera y sin suficientes manos para compensar la congestión del rostro.

—Ahí están.

Se detiene un coche poderoso en la carretera bajo el talud del parque. Se abre una portezuela y sale un hombre como si saliera de la cárcel, agradeciendo la verticalidad y el horizonte. Se palpa el cuerpo. Se limpia con las manos la suciedad que el sueño ha añadido a la suciedad de su atuendo. Se repasa los huesos con la palma de las manos. Luego se ubica, huele a hierba mojada, sonríe satisfecho. Empieza a subir el talud y cuando llega arriba contempla la extensión del parque que crece a sus pies y comprueba presencia humana en un banco rodeado de palomas. Hacia ella va sin haber podido ver a Güelmes y al director general incorporados ya y contemplando su avance.

—Ahí va Raúl Tourón. Sigo sin entender el juego, Güelmes.

—Peter Pan.

—Expliquemeló para que pueda explicarmeló a ·mí mismo. ¿Peter Pan?

—Hoy por ti, mañana por mí. Ese hombre es Peter Pan. No creció. Yo tampoco crecí del todo. Por eso lo protejo. Por la cuenta que me tiene y que le tiene, esto queda entre nosotros. Dejemos hacer a Gálvez Jr. y a Raúl. Nada de nada a Pascuali. Yo ya organicé mi operativo.

—A Pascuali menos que a nadie. Es un *boy scout*.

—Raúl está a punto de llegar hasta los secuestradores de su hija y usted debe buscar a esa supuesta madre soltera, Pardieu. Sospecho que ese descubrimiento puede liberarnos de más de un personaje incómodo heredado del Proceso. ¿Qué hacía usted durante el Proceso?

—Estudiaba en el MIT.

—¿Qué pensaba de los milicos?

—Que no me gustaban, pero que a lo mejor eran necesarios.

—¿Ahora?

—No. Ahora ya no son necesarios.

Toma Güelmes al director general de Seguridad por un brazo y se lo aprieta cómplicemente.

Borges Jr., sentado en un banco, saca alpiste de sus bolsillos, como si los llevara llenos, bolsillos granero. Repara de soslayo en que otro hombre se ha sentado en el extremo opuesto de su banco. Es el recién llegado quien contempla enternecido el afán del hombrón por alimentar al mayor número posible de palomas convocadas de los cuatro puntos cardinales. La mirada del otro se convierte en presencia intrusa en el espacio de Ariel y las palomas. Se vuelve y descubre a un prójimo propicio.

—¿Le molestan los animales?

—No. En parte me gano o me ganaba la vida gracias a los animales.

—¿Criador de perros? ¿Caballos?

—Cuidador, simple cuidador. Los alimentaba.

—¡Como yo! Es el ciclo de la vida. Las palomas comen gusanos, nosotros nos comemos a las palomas y los gusanos se nos comen a nosotros.

—Bien cierto.

Está contento Borges o al menos respira como si lo estuviera.

—El amanecer es como el atardecer. Papá decía: penumbra de la paloma, llamaron los hebreos a la iniciación de la tarde.

—¿Su padre era un colombófilo judío?

—Papá era escritor. El más grande. Jorge Luis Borges.

No hay ironía en la voz del desconocido cuando comenta:

—Me suena a nombre importante. A hombre importante.

Borges cabecea melancólico.

—Escritor importante. ¿Hombre importante? Quizá no. Un fugitivo, como todos, como Ulises. ¿Conoce usted a Homero?

—No tengo el gusto. ¿Es el de los tangos?

—No. El autor de la *Odisea*. Del mito de Ulises. Mi padre, como yo, como todos, se inventó un regreso a casa. Pero cuando se vuelve, ni Penélope, ni Telémaco existen o son como deberían ser.

—¿Su madre? ¿Su hermanito?

—Mitos. Sólo mitos. Al final sólo quedarán los mitos y el obelisco. Todo el mundo tendrá memoria de los mitos, pero ¿quién se acordará de a quién estuvo dedicado el obelisco?

Tiende repentinamente una mano hacia adelante. Llueve. Se levanta como si tuviera miedo a la lluvia.

—Mi nombre es Ariel Borges Samarcanda, y ha sido un placer.

—El mío, Raúl Tourón, y el placer es mío.

Ha cerrado los ojos Borges y al abrirlos apuntan a Raúl como si quisieran absorberlo.

—Raúl Tourón.

—¿Le suena?

—A mito. Podría ser el nombre de un personaje de mi padre.

—Yo también soy el nombre de un personaje de mi padre.

—Su padre, ¿es escritor?

—No. Sólo es, como yo, un superviviente. He tardado en darme cuenta. Apenas nacemos deberían inculcarnos: sos un superviviente, hijo de supervivientes.

Se despide ceremoniosamente Borges Jr. de su

compañero de banco y empieza a alejarse mediante progresivos saltitos casi cómicos, como si no supiera correr. Raúl se deja mojar. Le complace mojarse y sus labios recitan el poema que iniciara Borges Jr.:

—*Penumbra de la paloma*
llamaron los hebreos a la iniciación de la tarde,
cuando la sombra no entorpece los pasos
y la venida de la noche se advierte
como una música esperada y antigua,
como un grato declive.

Corre Ariel bajo la lluvia suave, desemboca en las calles, las supera con velocidad de paquidermo veloz y llega adonde su madre forcejea con un carrito lleno de libros. Refunfuña la vieja la tardanza, pero sigue al hijo mientras se introduce en San Telmo hasta que desemboca en la plaza Dorrego, pero ya hay demasiados vendedores ambulantes y se apostan madre e hijo en una calleja adyacente. Trata de llamar la atención Ariel de los que pasan, mientras su madre va ofreciendo libros desde la impasibilidad cosificada.

—¡Las obras completas del hijo natural de Jorge Luis Borges! ¡*Carta a mi padre*! ¡*Historia universal de la obviedad*!

Se repite como un disco repetido, que no rayado, porque cada vez entona de diferente manera. La vieja tampoco ceja en su empeño vendedor desganado mientras fuma su pipa. Pocos compradores, proclamas, tiempo, arrecia la lluvia y madre e hijo protegen los libros, se protegen, con hules. Borges Jr. empuja un carrito lleno de sus obras. Su madre le ayuda relativamente, aunque más parece apoyarse en el carro que empujarlo. La carga molesta tanto al hombre como la circunstancia y sólo alivia su rictus de tango malevaje cuando abandona el carrito en la entrada de casa y recupera su ámbito de libros y fetiches. Luego requiere de su madre los dineros obtenidos, los desarruga, extiende, apila sobre un canterano, cuidadosamente. Ariel culmina la contabilidad, recuenta, su madre teje y fuma en pipa tras la espalda del jayán, al fondo del salón.

—Apenas cuatro mil pesos en dos meses. Me voy a comer la edición. Costó casi lo mismo imprimirlos.

—¿Le pagaste al impresor?

—Sí.

—Mal hecho. Si no los vendo no cobrás. Eso tendrías que haberle dicho.

—Pero mamá. ¿Qué culpa tiene un impresor si el editor y el autor no venden?

—Algún riesgo tiene que correr.

Abandona su trabajo la mujer e inspecciona a su hijo.

—La literatura será tu perdición.

—Es lo que siempre me ha gustado ser. Escritor.

—Lo de Borges ya está muy visto. Agotado. ¿Y si cambiaras de padre?

Desconcertado, Ariel busca las palabras que le concierten con las estrategias de su madre.

—Vos siempre me dijiste que yo era el hijo de Borges.

—Lo importante es saber quién te ha parido, no con la ayuda de quién. El que está ahora de moda es Sábato. ¿Por qué no escribís algo como Sábato y presentás como hijo natural de Sábato?

—Pero si no me parezco a Sábato. Es delgadito. Tiene poco cuerpo. Va de triste por la vida y por la literatura.

—Tampoco Jorge Luis era un cascabel. A ver. Vení acá.

Borges Jr. se acerca resignadamente a su madre. La mujer le coge una mano. Estudia a su hijo.

—La cabeza más monda y lironda. Bajás bastante de peso. Te irá bien. Un bigotito. Ponés la cara triste. Muy triste. «El hijo natural de Ernesto Sábato.» ¿Cómo suena?

—Prefiero a Cortázar.

—¡Cortázar! ¡Cortázar!

La vieja está disgustada. Vuelve a tejer. Fuma en pipa.

—No sé qué le ven a Cortázar. No pude pasar de la quinta página de *Rayuela*.

Borges mira la calle tras los cristales recompuestos. Tristón.

—Hoy me encontré con un hombre al que están buscando desesperadamente. Sentado en un banco. Bajo la lluvia. Sé quién es. Podría decírselo a los que lo buscan, pero él no quiere que lo encuentren.

La vieja no le ha oído, tampoco él insiste. Ella sigue tejiendo y fumando, pero se guarda una mirada conmiserativa hacia el hombrón y un comentario.

—Julio era muy absorbente. Siempre le gustaba que sus mujeres posaran para sus obras, y a mí me daba mucha vergüenza que me leyeran tantos desconocidos.

5

Asesinatos en el Club de Gourmets

EL CLIENTE DE CARVALHO va muy bien vestido, aunque el cuerpo regordete, los mofletes hinchados y
enrojecidos y las descuidadas gafas cargadas de
dioptrías le rebajen su entidad de rico. Firma un
cheque con una pluma de oro Cartier, mientras que
en la muñeca de la otra mano luce un reloj Cartier
y un riquísimo sello de oro de la misma familia.
Alza la vista y entrega el cheque a Carvalho.

—Nunca pagué con tanto gusto.

—Señor Gorospe, no tengo el menor inconve-
niente en que vuelva a pagarme lo mismo si me lo
paga a gusto.

La contemplación del cheque le satisface y lo demuestra.

—Pagar y comer siempre hay que hacerlo a gusto y sin miedo.

—¡Bravo! ¡Usted es de los míos! ¿Le gusta comer
bien?

—Me gusta saberlo todo sobre lo que como.

—La memoria es selectiva y solamente recuerdo
los platos memorables que me comí. Ni siquiera me
acuerdo de mi mujer. Descubriendo su adulterio,
usted me ahorra la pensión que tenía que pasarle a
esa idiota. Ya ve. Gracias a sus investigaciones me
ahorro mucha guita. Me acuerdo, siempre me acuer-

411

do de las comidas excelsas que he hecho, lo que comí en Girardet todas las veces que estuve en Girardet. ¿Ha estado usted en Girardet?

Carvalho niega con la cabeza.

—Entonces cuando vuelva a Europa no debe perderseló. Aunque el gran Girardet amenaza con retirarse, como Robuchon. También se retira en plena juventud. De Girardet recuerdo una papillote de vieiras y cigalas absolutamente genial, como recuerdo el Popurrí Pantagruélico de Troisgros o el pollo a la sal de Bocuse. Ya ve usted qué sencillez. ¡Pollo a la sal! Girardet es el más completo, pero Troisgros hizo cosas geniales. ¿Sabía usted que Troisgros concibió un postre que se llama Naranjas Tango?

—¿Cómo se guisa? ¿Cómo se come?

—Genialmente elemental. Como todo lo de Troisgros. Naranjas, granadina, Grand Marnier, azúcar en polvo, pero... ¿de verdad no ha probado el Popurrí Pantagruélico de Troisgros?

Carvalho vuelve a negar con la cabeza.

—¿Quiere probarlo?

—No opondría la menor resistencia.

—¡Macanudo! Mañana tenemos una cena ritual de mi Club de Gourmets y el plato rey es el Popurrí de Troisgros. ¡Está invitado! En el restaurante de Lucho Reyero. Un gran profesional y un caballero. Una oveja negra de la oligarquía más añeja que finalmente ha sentado la cabeza como restaurador.

Gorospe, entusiasmado ante la descubierta complicidad del detective, se saca una tarjeta del bolsillo y la tiende a Carvalho con la mano más Cartier de todas sus restantes manos Cartier.

412

Se abren las cortinas del escenario de Tango Amigo y Adriana Varela se aproxima nacarada y rutilante a dos metros escasos del público. El bandoneón da el toque de silencio.

Comen para olvidar,
beben para recordar.
Ensalada Creso,
un buen pastel de queso,
becadas Maître Richard.

¡Berenjenas Stendhal!

¡Naranjas Tango!

Gajos de naranja,
vaso Grand Marnier,
jarabe de granada,
azucar glasé;

pieles de naranja,
granada en xirop,
para la fragancia
basta un buen hervor;

los gajos macerados
con el Grand Marnier,
el almíbar rosado,
adornos de piel.

Y si me preguntan
qué hay de tango en esto,
los que lo ejecutan
pagan el invento.

Comen para recordar
lo que han comido.
Beben para olvidar
lo que han vivido;

tangos de limones,
tangos de vinagre,
los tangos dulzones
no los quiere nadie;

pero un buen gourmet
come lo que sueña,
no le importa el precio
de lo que no suena.

Comen para recordar
lo que han comido.
Beben para olvidar
lo que han vivido.

Beben para olvidar,
comen para recordar.
Ensalada Creso,
un buen pastel de queso,
becadas Maître Richard,
berenjenas Stendhal.

¡Naranjas Tango!

Alma, dignamente borracha, contempla el frustrado intento de Muriel de morderle la oreja a Alberto. Carvalho y Norman han escogido embobarse contemplando los saludos de Adriana tras la interpretación. Alma emerge sobre los bordes del vaso y redescubre a sus dos acompañantes.

—Pues me ha dicho: ¡no te metas en mi vida! Muy bien. Muy bien. No me meteré en su vida, ¿entendés? A partir de ese momento empecé a hablarle de usted. Y añadí: espero que me entregue el trabajo comparativo de *Canto general* de Neruda y *Conquistador* de Archibald MacLeish en los plazos acordados, me di media vuelta y la dejé plantada.

—¿A quién? —pregunta Carvalho apartando la vista del escenario.

—O sea que yo hablo, hablo, hablo y como si hablara un ombú. Les contaba mi pelea con Muriel. Está histérica, insoportable. Tiene miedo de enfrentarse con su padre y tiene miedo de aclarar su relación con Alberto. Miralos ahí. Se mueren de ganas de irse a la cama. Y un día u otro van a hacerlo. ¿Voy a ser yo la alcahueta de todo esto?

—¿Pero estás hablando de tu alumna o de tu hija? —pregunta Norman.

A Carvalho no le ha gustado la observación y le dedica a Norman una fruncida de ceño.

—¿Qué querés decir? —pregunta Alma.

—Que Muriel es solamente una alumna, inteligente, buena, macanuda, cierto, pero solamente una alumna. ¡No es tu hija!

—Norman —insta Carvalho.

—Vos, Pepe, no te metás. Ya sé. No es necesario que me lo recordés, Norman. No me hablés en ese tono, forastero. Te voy a pegar una patada en los huevos.

Acerca Alma su rostro retador al de Norman.

—No quiero peleas, Almita —contesta Norman perdiendo la cara.

—Yo sí.

Norman se retira de la barra riendo y Alma intenta seguirle retadora, pero Carvalho la coge por el brazo y la retiene. Al momento, Alma se acurruca contra él, buscando mimos. Carvalho la abraza y le acaricia las mejillas con las yemas de los dedos. Quiere sentir la piel de la mujer y a ella se le cae la voz cuando confiesa:

—Estoy más sola que la una.

—Nos tienes a tus amigos.

—Gracias por considerarte mi amigo, gallego. Yo siempre lo dije. Los gallegos son unos boludos, pero si te hacés amiga de un gallego te hacés amiga de un boludo amigo. ¿Lógico, no?

—Cabal, diría yo.

—Cabal, diría él.

Pero Alma rompe a llorar. Carvalho no sabe cómo abordarla, aunque trata de convertir su abrazo en un lazo de calor.

—¿Qué te pasa ahora?

—¡Ese miserable de Norman! ¡Ha dicho que Muriel no era mi hija, que sólo era mi alumna!

—Es verdad, ¿no?

—¿Qué le importa a él si yo la considero como una hija, como a la hija que perdí?

Carvalho se acoda en la barra, llevándose las manos a la cabeza, para dejarla caer luego en la horquilla que forman sus brazos y sus manos.

—¿Qué te pasa? ¿Se te cae la cabeza?

—No tengo el cerebro ni el estómago para melodramas. No quiero beber para ponerme a tu nivel, lo siento. Mañana me espera una cena en un club de gourmets y quiero llegar con el hígado de un niño de primera comunión.

—Hay niños de primera comunión con cirrosis.

A Carvalho se le escapa la risa sin ganas y Alma se contagia. Norman vuelve conciliador, ratificado por lo mucho que ríen Alma y Carvalho. Pasa un brazo sobre los hombros de la mujer.

—Qué Almita, ¿se diluyó el quiste de mala leche?

Es céntrico, centrista, centrado el rodillazo que Alma deposita en el centro de la bragueta de Norman. Se retuerce de dolor, hieratizado su rictus por la pintura blanca y las heridas negras de los ojos en rímel, rímel indignado por las risas de Alma, también de Pepe, aunque el gallego se está protegiendo la bragueta con las dos manos.

Duerme Norman dando muchas vueltas, suda, malrespira, se incorpora, desmesurando los ojos, desconcertado ante Carvalho, que está al pie de su cama. Comprueba con la mirada si está realmente en su vivienda. Lo está.

—¿Qué hacés acá?

—Quería hablar contigo, pero sin Alma.

—¿Qué pasa? ¿Le pasa algo a Almita?

Salta de la cama desnudo y Carvalho le mira el pene erecto. Norman se da cuenta y se tapa las partes con las dos manos.

—Fijate vos cómo se me pone mientras duerme, y después, cuando de verdad la necesito, ¡zas!, se me retira a la cascarita.

Carvalho no parece muy interesado por la cuestión. Norman se endosa unos tejanos demasiado anchos para sus caderas. Se llena una taza del café frío que permanece en la cafetera desde hace días. No sólo es la cafetera de siempre, también el café de siempre. Norman ni siquiera se ha lavado. Frotándose los ojos y bostezando, espera que Carvalho diga algo.

—Bueno, ¿qué pasa?

—Ayer tuviste una discusión con Alma a propósito de su relación con Muriel.

—Ella estaba histérica y yo también. Yo me puse his-té-ri-ca.

—Cierto. A veces parecéis dos histéricas.

—Vos también tenés mucho, mucho de histérica.

—Lo reconozco, también soy una histérica. Pero el asunto no es tan fácil de zanjar. Tengo mis sospechas acerca de la personalidad de Muriel.

—¿Qué querés decir?

—Muriel es la hija del Capitán.

Norman abre la boca y la deja a la espera de todas las palabras o todas las moscas de este mundo. Va saliendo poco a poco de su pasmo a medida que Carvalho habla.

—Muriel nunca hablaba de su padre, de su familia. Alma lo atribuía a una relación familiar desafortunada, un padre autoritario aunque estimado y una madre enferma o disminuida, sin saber muy bien por qué. Durante el combate de Bum Bum Peretti al que asistí con Alma y Muriel me di cuenta de que Muriel y el Capitán tenían algo que ver. Luego la propia Muriel ratificó que su padre había estado en el local de boxeo. Nos lo contó.

—¡Parece un culebrón brasileño!

—Primero temí que Muriel fuera una espía del Capitán en nuestro, vamos a llamarle grupo. Pero no, de haber sido una espía no habría revelado que su padre estaba aquel día allí.

—¿Le dijiste algo a Alma?

—No.

—¿Por qué?

—Porque la historia no es tan simple. Muriel aparenta ser la hija del Capitán, pero ¿es realmente la hija del Capitán?

Norman se tapa la cara con las manos.

—No sigás, intuyo adónde querés ir a parar.

—No me hagas de Actor's Studio. No es el momento. Me dirigí a la organización de las Abuelas de la Plaza de Mayo. Sólo quería saber si el Capitán había tenido una paternidad lógica, es decir, sin sombra de sospecha.

—¿Y?

—No hay datos. Ni siquiera se sabe si está casado, ni cuándo se casó, como si se hubiera construido un biombo detrás del cual ocultar la vida privada de un capitán que tiene demasiados apellidos. El real es Doñate, pero Muriel no figura en la lista de alumnos de Alma como Doñate sino como Ortínez. Tampoco figura su residencia y sí la justificación «Motivos reservados». En el registro, Muriel consta como hija de madre soltera y lleva los apellidos de esa madre. Ortínez Ortínez. Tiene exactamente la edad que podía tener la hija de Alma y Raúl.

—¡No quería oírte eso! ¡Precisamente eso!

—Tampoco está probado. ¿Quién puede probarlo si no se hacen exámenes sanguíneos? Mucha casualidad, cierto. Entonces le pedí a la abuela que me atendía si podía estudiar el expediente del Capitán y no me lo dejó llevar, pero sí consultar allí mismo. En un papel perdido, desligado del conjunto de la indagación se citaba un encuentro del capitán Gorostizaga, uno de los apellidos que utiliza nuestro Capitán, con todos los implicados de la familia Tourón-Modotti. Sería normal, pero es que un encuentro es sorprendente y consta expresamente como averiguaciones del abuelo de una niña desaparecida. ¿Adivinas el nombre del abuelo?

Ni lo adivina ni quiere adivinarlo.

Carvalho se encoge de hombros y se dispone a marchar.

—¿Qué vas a hacer?

—Irme a cenar esta noche a un club de gourmets.

—No frivolicés. ¿No me decís el nombre del abuelo que mantuvo contactos con el Capitán?

—Evaristo Tourón.

No hace falta preguntarlo, pero Norman repite varias veces entre interrogaciones ¿el padre de Raúl? Carvalho no contesta a ninguna, tampoco Norman quiere ser contestado.

—¿Qué vas a hacer?

—He llamado a mi tío a Barcelona y le he dejado varios recados. Al parecer no está en la casa de sus sobrinas. Le he dejado la pregunta planteada: ¿por qué tuvo contactos con el Capitán?

—Habría que preguntárselo también a Raúl. ¿Sigue sin saberse nada de él?

—Ni rastro. Tan ido como siempre. Y si aparece, tampoco puedo crearle una falsa expectativa. Imagínate que todo son falsas coincidencias e intuiciones y que el estallido de la sospecha le da en plena cara a Muriel, a Raúl, a la propia Alma.

Carvalho inicia la retirada.

—¿Y te vas así?

—¿Qué quiere decir así?

—¿No vamos a llorar un ratito, juntos? —implora Norman inútilmente, porque Carvalho da media vuelta y Norman tiene que convocarse el llanto en la más absoluta soledad.

Doña Lina Sánchez de Pardieu pone la boquita de piñón después de preguntar:

—¿Qué edad me supone usted?

Carvalho sabe que tiene ochenta y dos, pero también sabe que no puede decírselo.

—Difícil de precisar. ¿Entre setenta y setenta y dos?

—¡Ochenta y dos!

Ha sido casi un grito de afirmación de su capacidad de disimular la derrota frente al tiempo.

—Y eso que no he podido cuidarme, como otras. Mi marido era militar, de los de a caballo, de caballería, y después pasó a la caballería blindada. Me conozco todas las guarniciones de la Argentina donde haya tanques y blindados. En cada una de ellas nacieron mis cinco hijos, y la más chica es María Asunción. Le puse el nombre de una tía mía de Santander, eso está en España, a la que yo quería mucho, como siempre se quiere a los tíos solteros. ¿No es cierto? Como se quiere a los abuelos. Como yo quise a mis abuelos y como a mí me quieren mis nietos, menos los que haya tenido María Asunción. Es como si no existiera. Hace veinte años que no la veo. Me escribe. Me llama por teléfono. Cada vez menos. Ni siquiera sé dónde vive, pero sí sé que es muy desgraciada porque sus cartas son cada vez más tristes y más extrañas. ¿Quiere usted leer la última?

La libertad de movimientos en la Residencia Geriátrica Leopoldo Lugones depende exclusivamente de la capacidad de andar de los asilados, y cuando doña Lina se pone en pie busca el bastón que cuelga de uno de los brazos del sillón y acepta la ayuda del brazo de Carvalho. Por el pasillo que conduce a su habitación evoca a la hija ausente.

—Mis otros hijos vienen de vez en cuando, muy de tarde en tarde, nunca me escriben, ni me llaman por teléfono. María Asunción no viene nunca, ni me llama, pero me escribe, me escribe mucho.

Es una habitación para dos y en un lecho permanece la estatua yacente de una anciana viva con los ojos en lucha con el techo de azulete.

—Es un vegetal. No siente, no recuerda, ni siquiera llora.

De una caja de madera de sándalo que al abrirse desparrama la melodía *Barcarola* saca la última carta de María Asunción, que entrega a Carvalho, y mientras él la lee, los labios de la anciana recitan silenciosamente el texto que sabe de memoria:

Querida madre: Sé que estás bien y aprovecho un rato de tranquilidad de espíritu para hacerte saber que yo también estoy bien y que te quiero, aunque no pueda ir a verte porque tengo dificultades para trasladarme, las mismas que tuve siempre. El trabajo de Ernesto es absorbente, y entre todo lo que absorbe estoy yo. Como viuda de un militar sabés que no tenemos la misma libertad de movimientos que los civiles, y Ernesto siempre ha tenido tareas muy delicadas.

Pronto te mandaré una fotografía mía. El día en que me sienta bonita, ¿te acordás que decías que era la nena más bonita de Rosario cuando estábamos en Rosario, y la más bonita de San Miguel cuando lo destinaron a papá a Tucumán?

Un millón de besos.

Tu hija,

MARÍA ASUNCIÓN

—Ya no tiene la letra tan preciosa como antes. Le tiembla la mano. Ay, señor. Yo creo que mi María Asunción está enfermita y no quiere que yo me preocupe. Era una muchacha preciosa. Su padre solía decir: la he hecho a conciencia. Empecé por los pies y seguí haciéndola hasta la cabeza.

—¿Conoce a su marido?

—No.

No oculta nada. Simplemente, no conoce a su yerno.

—¿No sabe su apellido?

—Doñate, creo que se llama Doñate.

—¿No tiene ningún nieto?

—No. No lo sé. María Asunción nunca me lo comunicó.

—¿Y el domicilio de su hija?

—Buenos Aires, es todo lo que sé. Aunque debe vivir en una zona donde hay árboles y pájaros porque a veces los menciona en su carta.

Se empeña en acompañarle hasta la puerta. ¿Cómo ha dado conmigo? Amigos comunes. No quiere decirle que en la ficha de madre soltera de María Asunción Pardieu consta como hija de Antonio Pardieu Bolos y Adelina Sánchez Fierro. Antes de abandonar la residencia de Mar del Plata, telefonea a don Vito y lo cita nada más regresar a Buenos Aires.

—Tengo el tiempo al límite. Esta noche no quiero perderme la cena en el Club de Gourmets.

En el Patio Bulrich, Altofini rememora aquellos tiempos en que era un gran consumidor, antes incluso de que a comprar se le llamara consumir y que a la riqueza se le llamara capacidad adquisitiva. Se mira de perfil en los cristales de los aparadores después de haber examinado botón a botón, hilo por hilo la sastrería y camisería de importación, las *delikatessen* y los champagnes que le evocan noches, tangos de lujo.

—Fue una buena idea vernos aquí, el Patio Bulrich es el símbolo del inicio del Buenos Aires del consumo moderno, pero sigo sin entender por qué no nos vimos en el lugar de siempre, en el despacho.

423

—No quería llegadas inoportunas. Oídos no deseados. Estamos en un momento muy delicado, don Vito.

—¿Se refiere a nosotros o al mundo?

—El mundo no existe, nosotros sí. Me refiero al caso fundamental que me trajo a Buenos Aires. Mi primo. Tengo la sospecha de que no he ido en la correcta dirección en toda mi indagación. De hecho creo que no he tenido ganas de saber la verdad porque no tenía ganas de volver a España. Sé quién se quedó con la hija desaparecida de Raúl y necesito encontrar la madriguera del secuestrador antes de que llegue Raúl. Pero debo moverme sin que Alma se dé cuenta porque, una de dos, o lo descubre todo y precipita las cosas o estoy equivocado y le creo una falsa esperanza.

—A sus órdenes.

—Hay que seguir a la muchacha para que nos conduzca a su domicilio.

—¿Tiene localizada a la piba?

—Creo que sí. Es una alumna de Alma.

—¡Dios Santo!

Es espanto teatral lo que dilata las facciones de don Vito hasta convertirlas en paisaje y merodeo especulativo sobre la revelación, mil veces se preguntó don Vito cómo era posible, junto a Carvalho, conductor mudo en busca de la boca de la facultad por la que ha de salir Muriel. Carvalho deja que su socio filosofe sobre la grandeza y pequeñez de Buenos Aires.

—¡Doce millones de habitantes y nos conocemos todos! ¿No es cierto?

—La muchacha se llama ahora Muriel Ortínez Ortínez, pero fue registrada como Pardieu Pardieu y no consta su domicilio. Es información reservada, lo que da idea del tratamiento de VIP que tie-

424

nen su padre o sus padres. Usted no la ha visto nunca.

Aparca el coche en las cercanías de la Facultad de Letras. Falta un cuarto de hora para el final de las clases e imbuye a don Vito de las características de la muchacha, y al hacerlo se reconoce afectado sentimentalmente, como si estuviera describiendo a un personaje muy especial de su propia familia, un personaje que mereciera protección.

—No debe seguirla a lo bruto. No debe asustarla. Ni siquiera inquietarla. No la siga contra ella.

—¿Pero por qué me habla como si yo fuera tonto, Carvalho?

—Es que yo no puedo seguirla porque me conoce.

Muriel sale mezclada con un grupo, aunque en especial diálogo con Alberto. El muchacho se ha atado la melena rubia con una cinta negra, está explicativo, cariñoso.

—Tiene un aire de familia —quiere reconocer don Vito.

En la cocina profiláctica de Chez Reyero se celebra una asamblea de cocineros y auxiliares de cocina. Entre el activismo verbal y gestual de los implicados, destaca la pasividad de un cocinero principal por la mayor envergadura de su gorro blanco almidonado y francés, porque no sólo es despreciativo el rictus de sus labios, sino consecuencia de haber pronunciado millones de veces el diptongo *eu*. Su desdén es devuelto con creces por sus compañeros de trabajo y sobre todo por el representante gremial, Magín, en uso de la palabra.

—Compañeros.

—¿Y las compañeras, qué? —interpela una mujer.

—Compañeros y compañeras. Comprendo su posición, pero únicamente critico que no se dieran cuenta cuando les anunciaron que hoy, en el día de descanso de todos ustedes, habría una cena extraordinaria.

—¡Nos quitan el único día franco a cambio de una propina ridícula! —dice un cocinero.

—Que cocinen las señoras de los gourmets —protesta de nuevo la mujer.

—Tienen toda la razón del mundo, pero el propietario se comprometió y no puede echarse para atrás cuando solamente faltan unas pocas horas para la cita.

—Una solución salomónica, el que quiera quedarse que se quede, y los que no, nos vamos —dice otro cocinero—. ¿Qué piensa hacer el *grand chef*?

—Ése es un franchute esquirol carnero —aporta despectivamente una segunda voz femenina.

El *grand chef* interviene desde la más absoluta impasibilidad:

—*Mois, je suis un artiste. Ce soir je deviendrai heureux de pouvoir faire la cuisine par les plus importants gourmets de Buenos Aires. Je ne comprend pas des actitudes gremialistes, corporativistes par rapport à l'art magique de la cuisine.*

—¡Que se calle! —dicen varios al unísono.

—¡Si no sabe español, que lo traduzca al uruguayo!

—¡Que levanten una mano los que se quedan! —propone Magín, y predica con el ejemplo.

Tres más, una de las mujeres y dos auxiliares.

—Compañeros, es un compromiso —justifica Magín—. En estos tiempos de indefensión de los trabajadores, no vamos a darle motivos al patrón para que nos ponga de patitas en la calle. Si el negocio va bien, no va a poder despedirnos. No sé si yo como maître y en la cocina sólo el *grand chef* y tres auxiliares daremos abasto para cumplir lo acordado.

—Comunicale al Gran Explotador que cuenta con el *grand chef*, con el *grand maître* y con tres grandes hijos e hijas de su madre lamecacerolas y lameculos.

La irritable mujer ataca de nuevo y hace explotar la reunión. A por ella van intentos de agresión, en los que no participa Magín, encaminado ya hacia las alturas del restaurante en busca de don Lucho, un cuarentón atildado, vestido entre Milán y Londres, en el seno de un despacho enmoquetado en verde y con un hoyo de golf. Con el palo en alto se queda Lucho Reyero al oír la llamada en la puerta, y lo baja con desgana cuando Magín asoma la cabeza.

—Con su permiso.

—¿Y bien? ¿Qué acordó el Soviet Supremo?

—Yo permanezco al frente del servicio de comedor, el *grand chef* cumple su palabra y tres auxiliares. Los demás, no se puede contar con ellos.

—Los demás van a durar poco en esta casa. Quiero que les hagás la vida imposible para que se vayan.

—Yo cumplo mis compromisos, pero no soy un cazarrecompensas. Era su día franco y cada cual puede hacer lo que quiera con su día franco.

—Muy bien, Lenin. Ocupate de que todo salga perfecto, porque de lo contrario yo mismo organizo un *lock-out* pasado mañana y ya se pueden ir todos a trabajar a un puesto de choripanes.

Le hace una señal imperiosa de que se vaya. Ya

solo, Reyero va hacia un mueble bar, saca una botella de cristal de roca y se sirve un larguísimo trago de whisky que bebe como si fuera agua. Luego contempla a través del cristal el comedor vacío, satisfecho por la impresión de armonía y confort que le transmiten las maderas lacadas de blancos y púrpuras y los cortinajes.

—Señoras y señores, la función va a empezar.

Magín ha vuelto a la cocina y examina sus contenidos: un primer plato de papillote de vieiras y cigalas con cilantro (vieiras, cigalas, cebollas, cebollino, mantequilla, vino blanco, salsa de tomate, cilantro en un molinillo de especies, pimienta rosa, salero, pimientero), con un segundo de Popurrí Pantagruélico (jarrete de buey, codillos de cerdo salados, jarretes de ternera, jarretes de cordero, muslos de pollo, huesos de buey, zanahorias, nabos, puerros, apio en rama, judías verdes, frijoles o judías secas, arroz, vinagre, aceite de cacahuete, aceite de nuez, mantequilla, escalonias, cebollas, cabezas de ajo, perejil, perifollo, tomillo, laurel, clavos de especia, sal gruesa, pimienta, azúcar, ramilletes de hierbas aromáticas, mostaza, pepinillos) y unos postres compuestos por Naranjas Tango (naranjas, jarabe de granadina, Grand Marnier, azúcar en polvo), sorbete de kiwi (kiwis, zumo de naranja, de limón, recipiente con espartam), Mont Blanc con *marrons glacés* (*marrons glacés*, crema Chantilly, Chartreuse) y suflé a la flor de acacia «Liliana Mazure» (racimos de flores de acacia, Armagnac, huevos, mantequilla, crema pastelera, azúcar en polvo y de lustre, sal). A Magín le gusta la obra bien hecha, perfeccionismo cómplice que no es del todo comprendido por sus compañeros gremialistas, pero que tampoco quiere que se identifique con la sumisión castrada del chef. Entre bodegones anda mon-

428

sieur Drumond inspeccionándolo todo con la satisfacción de un intendente del emperador. Se aplaude a sí mismo puerilmente y baila un vals utilizando una espumadera como supuesta pareja. Va bailando hacia la cámara frigorífica, la abre. Cuelgan grandes trozos de carne, corderos enteros, medios cerdos y en las alacenas de mármol los más variados productos del supermercado galáctico. Pese a las congelaciones, el rostro de mister Drumond arrebola.

Güelmes acepta el habano que le tiende Ostiz con una mano reservona, como si en el último momento fuera a retirar la oferta. En el salón más reservado, recién reconstruido del Club El Aleph, sobre la pared campea una leyenda de Borges escrita en letras de oro: «En las repúblicas fundadas por nómadas, es indispensable el concurso de forasteros para todo lo que sea albañilería.»

—No puedo concederles mucho tiempo. Esta noche tengo un compromiso ineludible.

—Una cena en un club de gourmets.

Ostiz se resigna a que el señor ministro de Fomento conozca una de sus debilidades y espera a que Güelmes o Morales muevan pieza, pero no va a ser el director general de Seguridad quien lo haga, porque sus ojos están pendientes de Güelmes y el ministro no está pendiente de nadie. Tiene la jugada en la cabeza, en los ojos, en los labios controlados y calcula mentalmente el ritmo.

—A esa cena va el capitán Doñate. Creo que ése es su nombre real. Únicamente lo emplea para encuentros civilizados, pero no tengo nada que explicarle a usted sobre Doñate. El capitán Doñate es su militar de cámara y usted es su financiero de cabecera.

—El capitán Doñate es un héroe de la guerra de las Malvinas.

—Y de la guerra sucia.

—Yo sigo llamándola guerra contra la subversión.

—Un escritor extranjero que asistió a la primera Feria del Libro de la Democracia, en 1984, me comentó que había tenido la impresión de que el país no había cambiado. Presidía la inauguración Alfonsín, naturalmente, un líder democrático, pero lo acompañaban el mismo presidente del gremio que había ejercido durante la dictadura, el mismo cardenal primado, en segunda fila el mismo jefe in péctore de la patronal, usted.

—Videla y los otros militares ya pagaron un precio por la dictadura.

—La trama civil no.

—¿Qué quiere? ¿Meter en la cárcel al ochenta por ciento de la gente?

—No exagere las estadísticas. Al final estaban ustedes solos.

—Muy al final. Pero no creo que hayan venido para comentar el Proceso conmigo.

Güelmes calla, sabedor de que su silencio y su seguridad enervan a Ostiz, aunque el financiero está acostumbrado a jugar a toda clase de ruletas rusas.

—En la cadena que ustedes formaron durante el Proceso apareció un eslabón débil. El capitán Doñate se quedó con la hija de unos falsos desaparecidos y fue usted el que creó toda la operación de ocultación. Usted ha sido el financiero de Doñate y su grupo, el que le organizó un espléndido aislamiento desde el que de vez en cuando irrumpe como secuestrador, torturador, asesino, impunemente...

—Demuestrenló.

—Ahora podemos demostrar la relación de María Asunción Pardieu, Ostiz, el capitán Doñate y en medio la niña Eva María Tourón, hija de Raúl Tourón y de Berta Modotti. Eva María Tourón fue inscrita en 1977 como hija de la madre soltera María Asunción Pardieu, con los nombres de Muriel Pardieu Pardieu, pero en realidad María Asunción Pardieu vivía maritalmente con el capitán Doñate. Además, ahora ya no se hace llamar Pardieu, sino Ortínez, y Muriel se conoce a sí misma como Muriel Ortínez Ortínez. Hasta la falsa partida de nacimiento se hizo humo. ¿Se va acordando de la situación?

Ostiz reclama la atención del director general, saltándose el protagonismo de Güelmes.

—¿Hay pruebas?

—Las ha reunido alguien a quien usted no le gusta, Ostiz. Y con cierta razón.

Ostiz cierra los ojos y dedica al cigarro una mirada de indignación. Se ha apagado. Respira tres veces hondamente. Vuelve a encender el habano. Da tres o cuatro chupadas reguladoras del encendido.

—Antes de asumir lo que usted insinúa quiero saber qué gano yo en esta jugada.

—Únicamente está en condiciones de no perder.

—¿No me persigue a mí?

—No.

—¿Solamente al capitán Doñate?

—Sí.

—¿Pueden ir a por él sin que aparezca mi supuesta participación?

—No hemos pensado en otra cosa.

—¿De qué les sirvo entonces?

—Queremos las pruebas materiales y circunstanciales, al detalle, del caso Eva María Tourón, para emprender una acción legal contra el capitán Doñate. A cambio, usted ni aparece en el expediente. Nadie sabrá que usted creó la infraestructura de reinserción civil del Capitán, Nueva Argentinidad incluida, le compró la propiedad en la que vive inscrita a nombre de uno de sus testaferros, le subvencionó el sistema de seguridad que lo convirtió en invulnerable. Nadie sabrá que usted hizo matar a algunos desaparecidos molestos y últimamente, como quien dice ayer, al financiero Gálvez, también conocido como Robinsón Crusoe.

—Ese imbécil empezó a estropearlo todo. ¿Ha sido su hijo, no?

Güelmes no contesta.

—Pero Richard Gálvez no se conformará con la caída del Capitán. Va a querer también mi cabeza.

Güelmes le sonríe ampliamente.

—Procure no entregarla usted. Nosotros no se la daremos.

—¿Qué hay que hacer?

—Esperar que Pulgarcito encuentre las pistas que le hemos dejado para llegar a la casa del Ogro.

Magín sale para respirar un poco el aire de La Recoleta. Anochece. Está nervioso y enciende un cigarrillo. Abarca con la mirada el rótulo, la fachada del restaurante, la lucecilla del despacho de don Lucho, la sombra del propietario con un palo en la mano. Don Lucho mete el palo de golf en su estuche. Se sirve otro buen trago de whisky y se lo bebe como si aún le quedara sed. Se acerca a la ventana que da a la calle y entreabre las persianas. Ve a Magín sobre la acera mirando en dirección hacia la ventana, deja caer la persiana y se sienta tras su mesa de despacho. De pronto abre un cajón. Como único habitante una pistola negra, una Luger reluciente que huele a recién engrasada. La coge, la acaricia, la empuña apuntando objetivos que sólo él ve. Deshace el gesto y vuelve a guardar la pistola en el cajón. Piensa con urgencia. Vuelve a abrir el cajón, coge la pistola y limpia las huellas con una gamuza. La guarda porque cree oír voces en la calle más allá de la ventana.

El Jaguar más caro de todos los Jaguar de Buenos Aires se ha detenido delante del local. Un chófer uniformado abre la puerta y Gorospe desciende del vehículo. Da algunas instrucciones y se va hacia el restaurante. En la puerta le espera Magín.

—Don Leandro, es usted bien recibido.

—Pero bueno, Magín. ¿No tienen portero?

—Hoy es día festivo para los trabajadores del restaurante. El trabajo es voluntario —contesta Magín, y al ver que Gorospe tuerce el gesto, añade—: No se preocupe el señor. Todo está previsto.

En la cocina el chef francés ultima un plato y dirige la elaboración de otro con una precisión irritante. Sólo tres ayudantes, una mujer y dos hombres secundan las órdenes del cocinero, que repentinamente ha recuperado el uso del castellano tras probar un fondo con cierto desencanto.

—¡Aligérenme este fondo! ¿Cuánto tiempo llevaba en la *frigidaire*?

—Desde los tiempos de Alfonsín —dice con sorna Lupe.

Ante la mirada desesperada de Drumond ríen los otros, con tantas ganas que a uno de los auxiliares se le caen las gafas en el guiso. Mira a derecha e izquierda por si ha sido observado. Sus gafas se están cociendo y las retira con precipitación, las limpia y se las pone. Aprovechando la carencia momentánea de gafas, el cocinero más joven le ha tocado las tetas a la cocinera, que rechaza sus carantoñas señalándole al cocinero cegato como un peligro.

En la sala comedor entra un matrimonio acuarentado, respetando los diez metros de ventaja que les llevaba Gorospe. Él tiene la piel recién pasada por las manos de una masajista austriaca de noventa kilos y trenza rubia y ella por una catarata perfumada del club Inés Bouza, con termas romanas incluidas. Transpiran riqueza. Ella parece una divorciada de muy buen ver recién casada con un divorciado de diseño. Magín les hace una reverencia y Gorospe sale a su encuentro.

—Dora, Sinaí, ¡qué cara de felicidad que traen!

—¡Leandro! ¡Siempre el primero! —exclama la mujer.

—Para ser el primero en besarte.

Se dan los besos de protocolo. *Muá. Muá.* Pero los brazos de Gorospe se ciñen a la mujer y sus manos se recrean sobándole la espalda y el culo. Ella lo aparta con sonriente discreción y el marido reclama:

—Esas manos, Gorospe, esas manos. ¿Y tu mujer?

—No la traje, para que no le metás mano. —Ríe de su propia gracia y añade, repentinamente serio—: Nada de eso. Me divorcié.

—¿Cuándo? ¡Qué calladito que se lo tenían! —exclama Dora.

—El jueves no tenía nada que hacer, llovía. Ya saben lo triste que es la lluvia en Buenos Aires. Yo siempre me divorcio cuando no tengo nada que hacer.

Dora ríe. Magín les asalta con una bandeja llena de copas de kir.

—Me permito sugerirles un aperitivo propuesto por el chef, champagne Roederer Premier, suavizado con unas gotas de licor de Mandarina Napoleón.

—¡Me encanta la cultura del kir, pero sin el casis. ¡No soporto el casis! ¡Qué buena idea ha tenido el chef! —dice Dora.

—¿Venís del golf? —pregunta Gorospe.

Sinaí niega con la cabeza, incapacitado de pronunciar palabra porque paladea el combinado con devoción.

—¿Al golf, hoy? —rechaza Sinaí—. Está lleno de advenedizos de la nueva clase del régimen. Delicioso. ¡Este kir está delicioso!

—Delicioso —repite Dora prolongando la primera *o* hasta el infinito, para dejarse caer con la respiración cansada y armada con la ese sobre la segunda.

—Este cóctel me parece una mariconada, y perdone, Magín, pero donde se ponga un buen Sauternes de aperitivo o un jerez si lo querés seco, un oporto blanco frío con una rodajita de lima, el mío, mi preferido.

Magín no deja continuar a Gorospe. Le tiende una copa que ya ha preparado. Se iluminan los ojos del catador.

—¡Oporto blanco y frío con una pizquita de limón!

Besa a Magín, que no sabe cómo evitar el beso.

—Sos el mejor maître justicialista que conozco.

—El señor es muy amable.

Carvalho llega a pie. Consulta el reloj y examina la fachada del restaurante. Lee el menú iluminado que hay en la puerta. A su lado suena una voz severa.

—Esta noche no abrimos al público.

—Yo no soy público. Soy un invitado del señor Gorospe.

Magín lo repasa con la mirada. Los invitados de Gorospe no solían ser así. Cuando entra Carvalho en el restaurante, Gorospe, Dora, Sinaí, Dolly y Hermann, alemanes de origen y de solidez, toman unas copas.

—Hay que comer para vivir, pero de vez en cuando hay que vivir para comer —opina Hermann.

—Los días de cada día; dieta, aburrida pero sana. ¿Probaste la dieta Atkins? —propone Dolly.

—Yo no creo en ninguna teología de la alimentación. Creo en el placer de la comida —contesta Gorospe.

El grupo se vuelve cuando la puerta enmarca a Carvalho y Magín. La pareja despierta curiosidad, por el embarazo de Magín y la indeterminación del otro. Evidentemente no es de los suyos.

—Este señor dice que...

—Este señor es mi invitado —corta Gorospe.

Toma a Carvalho por un brazo y lo conduce hacia el grupo.

—Os presento a un gran gourmet español, el señor Carvalho. Hoy representará entre nosotros la memoria del paladar español, que es en buena parte nuestra propia memoria, bueno, la de los que somos de origen gallego. Cuidado, Carvalho, que esto se va a llenar de judíos, macarronis y alemanes.

Le ríen la broma a Gorospe. Durante las presentaciones, Carvalho se recrea en la contemplación de Dora, pero a pesar de la abierta, incluso inteligente sonrisa de la mujer, de sus labios sale un catálogo de simplificaciones étnicas.

—Español, qué bien. Bueno, supongo que usted ya sabrá que los argentinos de pura cepa, es decir, de más de tres generaciones, tenemos una pésima opinión de los extranjeros: los italianos nos parecen unos ganapanes, los españoles cortos de entendederas, los judíos inquietos, inseguros, potencialmente subversivos.

Gorospe convierte la teoría de Dora en soliloquio por el procedimiento de ultimar la presentación de Carvalho en el templo hasta que entran dos hermanos gemelos.

—¡Los Ferlinghetti! —grita Gorospe como si fuera un presentador de circo—. ¡Dos gotas de agua en un océano de guita y de whisky!

Magín sirve a los que van llegando. Trata de ser amable con Carvalho.

—Yo también soy español de origen. De Santander.

Carvalho rechaza el kir y señala lo que toma Gorospe.

—Ya sabía yo que el español era un gourmet de verdad —dice Gorospe satisfecho—. El círculo se va cerrando, ya sólo faltan los Fieldmann, Cari, Sara, Ostiz y Doñate

—¿Viene Doñate? —Sinaí está interesado.

—¿El enigmático Doñate? —pregunta Dora.

—Viene —dice secamente Gorospe.

—Como siempre, va a llegar al borde del abismo, en el momento en que alguien diga: Doñate se retrasa —dice uno de los Ferlinghetti.

—Entonces decilo y aparecerá —aporta Dora.

Ya están bastante trabajados por el alcohol y las burbujas cuando Gorospe les llama la atención.

—¡La flaquita!

Una joven bonita, delgadísima, exagerada Audrey Hepburn, ha entrado por la puerta. La besan todos, con una ansiedad que sorprende a Carvalho, como si temieran no llegar a tiempo de besarla.

—¡Qué guapa estás y qué delgada! ¡Con todo lo que comés! No sabés cómo te envidio —le dice Dora.

—Quemo bien —contesta Cari—. Eso es todo. Y excesos como los de hoy sólo me los permito muy de vez en cuando.

Uno de los Ferlinghetti la besa el último, excesiva, escandalosamente, mientras el otro dirige una mirada de odio a su hermano. Por la puerta entran también los Fieldmann, Isaac y Sara, joyeros atezados por soles de campos de golf y los más viejos de la concurrencia. De nuevo el ritual de los saludos. Por la escalera de comunicación con el piso superior desciende ahora don Lucho, tarareando una canción borracha:

> *Tomo y obligo, mándese un trago*
> *que necesito el recuerdo matar.*
> *Sin un amigo, lejos del pago,*
> *quiero en su pecho mi pena volcar.*

—Todo en orden, Lucho, faltan Sara, Ostiz y, cómo no, Doñate —da el parte Gorospe.

—¿La invitaron a Sara? —pregunta don Lucho.

—¿No es miembro del club?

Lucho no quiere disimular mal su contrariedad, pero se queda cortésmente sorprendido ante Carvalho.

—Un gran gourmet español —informa protector Gorospe.

—Eso ya lo sabemos, pero no nos has dicho nada más de este misterioso personaje —le recrimina Dora.

438

—Soy detective privado —aporta Carvalho.

A Gorospe no le gusta demasiado que Carvalho revele su oficio, pero no está dispuesto a dejar de sonreír.

—¿Muy privado? —pregunta Dora.

—Lo que mandan los tiempos —contesta Carvalho—. En el futuro toda la policía será privada y las cárceles también.

—Esperemos no ofrecerle materia prima esta noche. Que nadie mate a nadie —recomienda don Lucho.

Hay miradas de curiosidad hacia Carvalho, pero también le envían insistentemente la extranjería porque no es de los suyos. Diluye la situación la entrada de una enérgica y angulosa mujer en silla de ruedas conducida con sus propias manos como si estuviera compitiendo en una carrera paralímpica. Es Sara, bisbisea a su oído Gorospe. Don Lucho le dirige una mirada de odio, entre las zalamerías de todos los reunidos. Tratan de ayudar a Sara a instalarse en el centro de la reunión, pero ella lo impide enérgicamente. No hay demasiado tiempo para adecuar la actitud compasiva a la simplemente receptora, porque el financiero Ostiz se apodera del comedor y de sus gentes por el simple procedimiento de entrar con los brazos abiertos. Desliza los ojos por el rostro de Carvalho sin quedárselo cuando son presentados y el detective insinúa:

—Me parece que ya nos conocemos.

Pone cara de inseguro pero propicio conocedor Ostiz.

—¡A la mesa! —grita Gorospe—. Ya saben que solamente cuando nos sentamos aparece Doñate. Es un efecto mágico.

Se sientan buscando el máximo de desparejamiento. Lucho se apodera de la silla de ruedas de

Sara y la empuja hacia la mesa al tiempo que inclina la cabeza hacia la de la mujer.

—¡Hija de puta! —musita don Lucho al oído de Sara.

Ella no se da por aludida. No pierde ni la entereza ni la sonrisa y responde a Lucho:

—Cornudo, cornudo, cornudo.

Lucho se retira y vuelve a su despacho.

—Magín, empiece a servir las entradas —manda Gorospe—. Doñate se retrasa.

Dicha la frase y aparece en la puerta Doñate. Carvalho trata de disimular el esperado sobresalto. Doñate, el Capitán.

Magín entra en la cocina. Los platos con los entrantes están preparados.

—Para abrir boca —dice Drumond con más acento francés que el de costumbre mientras repasa el contenido de los platos llenos de pequeñas cosas—, *Sashimi de thon frais mariné au soja, artichaud déguisé et la marinade de légumes nouveaux aux agrumes, carpaccio de morue... Merde!* Lo correcto sería servirlo uno detrás de otro, pero...

—Se lo comerán igual —opina Magín.

De sopetón suena un fuerte ruido de cacerolas. El cocinero de las gafas precocinadas le ha lanzado una cacerola al más joven. La mujer emite un gritito histérico y protege a su amante.

—¡Puta! —grita el cocinero dióptrico—. ¿Qué se creen? ¿Que no los vi? ¡Han estado franeleando toda la noche!

Empuña un grueso cuchillo y va a por ellos, pero entre el cocinero y Magín lo reducen.

—¡Un poco de tranquilidad! —grita Magín—. ¡Vos! —exige señalando a la mujer—, vestite de camarera y acompáñame.

Entran en el comedor Magín y la cocinera apenas disfrazada de camarera. Llevan caras y platos de entrantes. El Capitán está terminando las presentaciones y le toca el turno a Carvalho. Se miran de hito en hito.

—José Carvalho Tourón, detective privado.

Consiguen no tenderse la mano, conformados con una inclinación de cabeza.

—Somos tocayos. José Doñate, oficial del ejército en retiro —responde el Capitán.

—Lo de tu retiro no se lo cree nadie —le recrimina Sinaí.

Evidentemente los demás no se lo creen, porque se escapan algunas risitas por debajo del respeto que evidentemente les impone el Capitán. Ostiz hace un aparte con él y aparentemente Doñate sólo le ve con un ojo y le escucha con un oído, porque con el otro ojo repasa a Dora, golosamente, a Carvalho disuasoriamente. Sin duda, parece otro, más amable.

—Dora, si las demás señoras presentes no estuvieran tan hermosas como vos, diría que estás muy hermosa —dice el Capitán.

—¡Poeta! —exclama Dora complacida.

Pero el Capitán sólo es amable con Dora. Carvalho se fija en la frase que sus labios mascullan ante las narices de Ostiz: «Andá a hacerte culear.» Ostiz trata de meterle en razón, pero el Capitán no colabora. Sinaí se levanta trascendente y señala la selección de vinos que aguardan en una mesa adyacente.

—Yo hubiera preferido vinos franceses, quizá alguno sudafricano, que son excelentes, pero Gorospe me ha exigido que escogiera ¡*mis vinos!*

Hay aplausos generales.

—Una breve explicación porque doy por sentado que todos son expertos en la materia. Elegí un Côtes de Arezzo como espumoso, champagne, vamos, los argentinos no tenemos que pedir perdón por llamar champagne a nuestro champagne. Un Riesling Sinaí del 89 absolutamente bebible y, como homenaje a mi señora —aplausos entusiastas—, un Chateau Dora joven que se puede alternar con un vino con más cuerpo, el Chateau Margaux Francesca, el nombre de mi madre, que a pesar de su nombre no es un Chateau Margaux imitado sino un merlot de la más pura tradición mendozina.

—¡Muy bien! —dice con voz fuerte Gorospe—. Ya saben que en cuestión de vinos soy nacionalista siempre y cuando no pueda tomar algún buen vino francés. —Los demás le abuchean—. Esto me recuerda una anécdota del gran poeta de la negritud, Senghor, senegalés, claro, al que una vez le preguntaron: ¿conoce usted bien la cocina senegalesa? Y contestó: lo suficiente como para preferir la francesa.

Alegría general, pero ya están por la labor de oler los platos, probar las exquisiteces con la punta del tenedor y emitir gemidos de placer.

—¡Ohhh! ¡Genial! —dicen unos.

—¡Qué delicadeza! ¡Qué textura! —los otros.

—¿Qué le parece, Carvalho? —pregunta Gorospe—. Esta breve muestra de *sashimi* de atún. Aromas de mar, texturas de aire, paladar fugitivo.

—Absolutamente fugitivo —interviene Cari.

—Terso es la palabra —prueba Ferlinghetti.

—Terso. Parece un beso de lengua —aporta Sara.

442

—¿En quién estás pensando, Sara? —pregunta el Capitán—. ¿Lucho no nos acompaña?

—Se lo he rogado, pero no ha querido —responde Gorospe señalando a las alturas.

Desde su observatorio, don Lucho contempla a los comensales. Sostiene una pistola en la mano apuntando en dirección a la inválida y emite el sonido del disparo con la boca. *Bang. Bang. Bang.* En la cocina, la cocinera, semidisfrazada de camarera, ha alcanzado las más elevadas cotas de la histeria.

—¡Esto es una trampa! ¡Me voy!

Se saca el delantal y lo tira sobre la mesa distribuidora, exactamente dentro de una cazuela donde languidecen calamares rellenos de setas. Drumond y su marido tratan de retenerla.

—Lupe, por favor, perdoname. Soy un cornudo.

—¡Claro que sos un cornudo, a ver si te enterás de una buena vez! ¡Sos un cornudo! —grita la cocinera.

—¡No me insultés, Lupe!

—¡Vos lo dijiste!

El cocinero vuelve a blandir el cuchillo y se abalanza sobre su mujer. Se interpone el cocinero más joven golpeando al hombre con una pesada cacerola de cobre. Suena a cráneo roto. Se desploma y el pánico se hace rostro de quienes le rodean. También pánico en el rostro de Magín, que acaba de servir algunos platos de papillote de vieiras, pero faltan otros y la cocinera-camarera se retrasa. Por fin aparece. Aún tiembla, pero lleva los dos platos esperados. Los coloca ante el Capitán y Carvalho con nerviosismo, con el reojo puesto en una mancha roja sobre su pechera.

—¿Salsa de tomate? —pregunta el Capitán.

—No. Culí. Culí de tomate —contesta la camarera.

—Disculpen, el día es excepcional, no puede ser todo perfecto —se disculpa Magín.

—Perfecto lo es. Este papillote está *merveilleuse*. Digaseló al cocinero —dice Dolly con infinita comprensión.

—El cocinero vendrá a explicarles la razón íntima del menú —les hace saber Magín.

—Ahora no puede —tercia nerviosa la cocinera.

—En cuanto pueda —ordena Magín.

Magín va hacia la cocina en seguimiento de la cocinera.

—¿Escucharon eso? —dice el segundo Ferlinghetti—. ¡La razón íntima del menú! Tiene el don de palabra.

—Cocinar hizo al hombre. Hay una teoría materialista del origen del lenguaje y se supone que nació en torno del fuego del hombre primitivo donde se asaba una chuleta de bisonte o cocía un *pot-au-feu* —argumenta Carvalho.

—Una teoría materialista, ¿dialéctica? —pregunta el Capitán.

—Sin duda —añade Carvalho—. El teórico al que me refiero es materialista dialéctico. Se llama Faustino Cordón.

—¿Marxista? ¿Los marxistas comen? —pregunta Dora con cara de incredulidad.

—Yo he conocido gourmets marxistas —dice el Capitán.

—¿Vivos o muertos? —pregunta el primer Ferlinghetti complacido por su sarcasmo.

La risotada del hermano es afrontada por el Capitán con una mirada acerada.

—El placer no admite ideologías, ni violencia. Una buena mesa amansa los espíritus y unifica los criterios —dice Gorospe.

—¿El placer tampoco admite nacionalismos?

Es Dora quien interroga a los presentes.

—¿Quién está dispuesto a romper una lanza o una cara en defensa de la cocina argentina?

La propuesta de Dora es contestada con una serie de mohínes despectivos, hasta que Gorospe los convierte en sentencia.

—Es que no existe. Hay comida argentina excelente, el asado, por ejemplo, las empanadas. Pero no hay una cocina argentina que merezca ese nombre. Hay que distinguir entre comida y cocina.

—¿Piensa usted lo mismo? ¿No es usted un nacionalista? Por lo menos eso es lo que me han dicho.

El Capitán aguanta la mirada de Dora y contesta larga, parsimoniosamente:

—Este. Una cosa es la patria y otra la comida. Los sabores más entrañables son los de la memoria, ligados a la educación del comer, y por eso nos gusta el asado y la cocina de nuestras madres o abuelas. Pero es cierto que la cocina argentina no puede competir con otras culturas gastronómicas nacionales. Díganmé el plato más sofisticado que hemos producido: ¡el matambre! Y lo más criollo que podemos presentar: la carbonada. Como diría Borges: ¡qué miseria!

Aplausos.

Magín entra en la cocina tras la cocinera. Examina la situación sorprendido. Faltan Drumond y los dos cocineros. Se abre la puerta de la cámara frigorífica y salen Drumond y el cocinero joven cerrando la puerta inmediatamente.

—¿Y Santos? —pregunta Magín.

—Mi marido se fue —contesta la cocinera—. Se lo pensó mejor y se fue.

—¡La madre que lo parió! —grita Magín—. ¿Qué vamos a hacer?

—Ya nos arreglaremos —dice la cocinera.

—Drumond, me gustaría que explicara el menú a los miembros del club.

Drumond se bebe un vaso inacabable lleno de ginebra con un toque de tónica y zumo de lima.

—¿Cree que es el momento de tomar? —pregunta Magín.

—Bien sur.

Sube al tren en Retiro, intocado su estilo victoriano, los historiados hierros que tanto le maravillaban desde la infancia, como si el hierro se hubiera tomado a broma su propia consistencia. Desciende donde termina la vieja línea y conoce los modernos trenes del tramo reciclado como tren turístico y contiene la curiosidad de ir descendiendo en cada estación, todas ellas convertidas en centros comerciales. La retícula urbana es paulatinamente sustituida por las casonas con jardines y finalmente los arbolados del Buenos Aires norteño profetizan la llegada al Tigre. La estación terminal está desconocida, enmarcada en una zona comercial de hechuras yanquis, y Raúl fuerza la marcha para ganar cuanto antes los canales, con la ilusión corregida por la urgencia y el recelo, la ilusión con que cuando era niño llegaba al laberinto fluvial, la evidencia misma de la posibilidad del paraíso, con la morbosa curiosidad de contemplar las aguas por si aún conservaban restos de las cenizas de Roberto Arlt a ellas arrojadas. La cita es en la lancha de servicio a Puerto Escobar, y nada más instalado en un asiento junto a la barandilla de babor, según lo convenido, se sienta a su lado uno de los visitantes de la primera cita. Nada debían decirse. Nada se dicen cuando descienden en una de las paradas fluviales junto a una precaria gasolinera para subir a continuación a una lancha que los esperaba. El camino ya se parece al que había hecho la última vez y allí está la casa casi inserta en la selva, podrida por las humedades y el desamor, pero una casa hermosa para vivir, a Raúl le pasó por la cabeza la posibilidad de preguntar su precio durante el encuentro.

El anfitrión es el mismo y sin preámbulos le hace sentar y escucharle.

—Estoy en condiciones de darle excelentes noticias. Las indagaciones que hemos hecho nos llevan a dar sentido a su búsqueda. Su hija vive. Está en manos del capitán Doreste que usted conoció como Gorostizaga, *Ranger* en el argot milico.

Raúl tiene ganas de llorar y se le estrangula la voz cuando pregunta:

—¿Dónde está? ¿Cómo puedo reclamarla? ¿Qué pruebas puedo aportar?

Se siente estudiado y deduce que hay una segunda parte en la revelación.

—Las pruebas dependen de un acuerdo.

—De un acuerdo, ¿entre quiénes?

Se toma tiempo la esfinge, no para meditar sino para propiciar la vehemencia entrecortada de Raúl.

—Yo estoy dispuesto a llegar a cualquier acuerdo que me devuelva a mi hija.

La esfinge está satisfecha.

—Buen principio. Usted entró en contactos con Richard Gálvez Aristarain, que le reveló algunas investigaciones hechas por su padre, el famoso Robinsón. En efecto, las averiguaciones de los Gálvez coinciden con las nuestras.

—¿Quiénes son ustedes?

—Nosotros somos nosotros. A caballo regalado no se le miran los dientes, señor Tourón. El señor Gálvez se movía en esta cuestión para vengarse de Ostiz, al que atribuye la inducción del asesinato de su padre. Ostiz conduce al Capitán y a su hija, cierto, pero Ostiz no debe aparecer en esta historia. Debe comenzar con una denuncia contra el Capitán y su mujer, de soltera Pardieu, que se prestó a la patraña de la adopción de Eva María Tourón como hija de madre soltera. La piba ahora se llama Muriel Ortínez Ortínez y tiene casi veinte años.

El nombre de Muriel le suena familiar, como si hubiera circulado hacía poco tiempo en su entorno.

—Dejar al margen a Ostiz. Gálvez se negará.

—Ya nos ocuparemos nosotros de Richard Gálvez.

—¿Por qué me ayudan? ¿Quiénes son ustedes?

—Usted vaya a buscar a su hija y encarguesé del Capitán. Todo lo demás es cosa nuestra. En este dossier consta la ubicación de la familia del Capitán, los ritmos de actuación para que no levanten el vuelo, el equipo de abogados que va a ayudarle. No mezcle esta historia con las abuelas de Mayo porque las cosas se complicarían y no aportaríamos las pruebas definitivas. En las próximas horas el Capitán y su *troupe* de motociclistas no estarán en su residencia y los dos vigilantes fijos serán neutralizados. Tendrá usted el campo libre para llegar a María Asunción Pardieu, la mujer del Capitán que vive allí con nombre supuesto, porque Pardieu es el apellido de soltera con el que fue registrada como madre de Eva María. Usted debe entrar en la casa, ponerse ante la mujer y presentarse así: me llamo Raúl Tourón y soy el padre de Muriel.

En su despacho, Lucho Reyero saca una fotografía de mujer de la carpeta de la escribanía. La contempla. Está lloroso y habla con el retrato.

—Podías haberme dejado, siempre, entraba en las reglas del juego, pero por esa bollera, por esa lesbiana asquerosa. ¿Qué tiene ella que no pueda darte yo? ¿Cómo tuvo las pelotas de venir acá?

Se levanta y va hacia el cristal. Su mirada localiza a Sara y la insulta.

—¡Asquerosa! ¡Tortillera! ¡Lesbiana de mierda!

Llaman a la puerta.

—¿Quién es?

Desde el otro lado de la puerta llega la voz de Magín.

—Don Lucho, la cocina se está quedando en cuadro. Pasa algo raro.

—Vayasé a la mierda, Magín.

Vuelve a la contemplación voyeurista del comedor, en donde los comensales siguen la conversación animadamente.

—Me gustaría —dice Gorospe— que los más silenciosos, Cari, nuestra joven actriz, Carvalho y Doñate dieran su opinión sobre este Riesling Sinaí.

—Fruta pura —irrumpe Cari.

Sinaí tuerce el gesto, pero no deja de sonreír.

—Diría que no responde exactamente a las características del Riesling y se acerca más a un Frankonen, más próximo al vino blanco de Borgoña, pero con ese bouquet más primaveral que ha adivinado la señorita —aporta Carvalho señalando a Cari.

—De acuerdo con el diagnóstico y paso por ser un amante del Frankonen, que probé en Alemania en mis tiempos de agregado militar. Los alemanes llaman *Bocksbeutel* a la botella, porque aseguran que tiene forma de...

—¿De qué? —pregunta Carvalho maliciosamente al Capitán.

—¡Eso! ¡Eso! ¿De qué? —exige Dora.

—Que lo diga Gorospe, que es más directo que yo —huye el Capitán.

—Huevos de toro —dice Gorospe.

Las risas estallan. Ferlinghetti segundo tuerce el gesto y devuelve la conversación a su origen enólogo.

—Nada que ver el Frankonen con los Riesling, que son vinos más secos, perfumados, sutiles, con un bouquet en el que se funden en maravillosa armonía el tilo, la acacia, la flor de naranjo y a veces, no siempre, un pellizco de canela.

—¡Un poeta! —exclama Cari.

—Simplemente un correcto lector del *Larousse des Vins* —corta Ferlinghetti primero.

Pero ya un Drumond lívido entra en el salón seguido de Magín. Ante la presencia del gran cocinero, los comensales fingen aplausos, pero les salen mudos. Drumond inclina la cabeza como un actor y gana aplomo a medida que habla un correcto castellano con música francesa.

—He aquí distintos homenajes a la *nouvelle cuisine*. Los entrantes pertenecen a la cocina para adelgazar, la *Minceur exquise* de Gérard, mi maestro.

La señora Feldman da un codazo excesivo a su marido que, como ella, come más que habla.

—¡Gérard, en Sainte-Eugénie! ¿Te acordás que estuvimos ahí, comiendo para adelgazar?

—¿Comer para adelgazar? —pregunta Gorospe escandalizado—. ¡Teología de la alimentación! ¡Teología de la culpa! Pero prosiga, prosiga, monsieur Drumond.

—A continuación las vieiras de ese mago que es Girardet, el gran cocinero suizo de la sutileza.

—¡Un aplauso por Girardet! —pide el primer Ferlinghetti.

El aplauso breve pero experto.

—El Popurrí Pantagruélico de Troisgros es un plato simbólico, lúdico, un homenaje al paladar cárnico de los argentinos, porque no olvidemos que lleva carnes de vaca, ternera, cerdo, cordero, pollo, huesos de res, cada cual según su cocción. Un gran plato barroco pero a lo ligero, con el placer de cada textura y el toque de los aceites especiales de nuez y maní —concreta Drumond.

—*Chapeau!* —exclama Dora.

—En los postres me he permitido ir desde la exquisita obviedad de unas Naranjas Tango de Troisgros, homenaje a la Argentina cosmopolita, al Mont Blanc de *marrons glacés* de Bocuse, pasando por el sorbete de kiwi de Gérard, que actuará ahora de *trou normand* antes de la carne, y una fantasía enloquecida, también de Troisgros: ¡el suflé a la flor de acacia «Liliana Mazure»! —exclama Drumond ya en plena apoteosis.

—Genial —dicen todos.

—Una curiosidad —interrumpe Carvalho—. ¿Por qué se llama «Liliana Mazure» el suflé de flores de acacia.

Drumond sonríe cautamente.

—¿Qué sería de la cocina sin misterio? No es grosería, pero permítame, *mon ami*, que me lleve el secreto a la tumba.

El entusiasmo es delirante, especialmente entre las mujeres, hasta el punto de que Dora se sube a una silla, primero para palmotear por encima del ruido ajeno y a continuación para fotografiar al chef. Drumond se retira radiante, en un mutis perfectamente estudiado durante semanas.

—¿Qué sería de la cocina y de la vida sin misterio? —añade Sara.

—Vos misma sos un misterio —le dice Ferlinghetti primero

—Mi único misterio es que soy parapléjica y además diferente.

Ferlinghetti segundo acerca sus labios a la orejita de Cari, se la muerde y luego susurra:

—¿Vos también sos diferente como Sara? ¿Diferente? ¡Muy diferente!

Cari ríe algo tontamente.

—La comida despierta la memoria de la comida —perora Gorospe—. ¿Recuerdan, Dora y Sinaí, aquel almuerzo memorable en París, Le Carre de Feuillant? Tal vez no sea el restaurante más puntuado por la Michelin, pero es de una regularidad exquisita, y comimos aquel civet de carnes de caza. En el otoño de mil novecientos noventa y...

—Dos —apuntilla Sinaí—. Exactamente 1992. Magnífico. Es cierto. Únicamente me molestó que entre la carta de vinos hubiera vinos catalanes, españoles y no tuvieran ningún vino argentino.

—Un colega holandés me hizo probar en Holanda un vino sudafricano extraordinario. Un Jacobsdal Pinotage. Tan bueno que lo pedí en Ciudad del Cabo. Espléndido —dice Fieldmann sin dejar de comer y de mirar cuánto quedaba en los platos de los demás.

—Para lo único que tiene buena memoria es para los vinos y para nuestras discusiones. Yo creo que una cosa y otra se las anota en la agenda —le recrimina la señora Fieldmann.

En la cocina del restaurante, Lupe permanece derrumbada en una silla sin reaccionar. Finalmente parece darse cuenta de lo que ha ocurrido. El cocinero joven trabaja a bajo ritmo y la vigila a distancia. Drumond sólo está pendiente de la cena. El cocinero se acerca tímidamente a la mujer.

—¡No ha habido otro remedio!

Lupe sale definitivamente de su ensimismamiento y mira con progresivo odio a su amante.

—¡Asesino! ¡Era el padre de mis hijos!

Drumond les hace señales de que terminen la discusión. Lupe se levanta. Diríase que lleva puestos ojos de loca mientras busca algo sobre la mesa. Ve el cuchillo que ha blandido su marido, lo coge y sin dar tiempo a Drumond a llegar a tiempo se lo clava en el vientre al amante, que expresa cuanta incredulidad puede expresar un cocinero después de ser apuñalado y antes de caer muerto. Magín entra en ese momento. Mira desconcertado a Drumond. Lupe mira sin ver. Magín se lleva las manos a la cabeza.

—¿Y la cena? ¿Qué hacemos con la cena? —pregunta al fin.

Tozudo el silencio de Drumond. Desde el comedor llegan los gorgoritos de las mujeres y la lucha de las voces masculinas por imponerse las unas sobre las otras.

—Uno de los tópicos es que en Alemania se come mal —dice Hermann—. Se come mal en la Alemania adocenada que perdió las tradiciones a causa de un desarrollo mal digerido y de la invasión de toda clase de bárbaros.

—¿Te referís a los yanquis? —pregunta Sinaí.

—Y a los turcos y a los polacos y a los *otros alemanes* —añade Hermann—. Ésos no solamente no saben comer, es sino que no tienen qué comer tal como les ha dejado la barbarie comunista. Pero yo me acuerdo de la cocina de mi abuela... sólida, exquisita, campesina, ganadera.

—El infierno son los otros —musita Dora—. Yo creo en eso. Es completamente cierto.

—¿Es un pensamiento tuyo? —pregunta Ferlinghetti primero.

—No. De Sartre.

Magín vuelve de la cocina. Lleva todos los platos que podía en las manos, en los brazos.

—Por Dios, Magín —dice Dora—, si es preciso lo ayudaremos.

La mayoría de las mujeres se levantan e inician una marcha hacia la cocina. Magín grita, sin poderlas retener debido a sus brazos ocupados.

—¡No!

El grito es tan estentóreo que las paraliza. Magín deja los platos ante cada comensal con la dignidad y el saber hacer que le resta. Cuando está libre, da explicaciones.

—Ruego me disculpen. Se me ha escapado el grito, pero una cocina sin misterio no es una cocina. La comida no tendría el mismo sabor si penetran en el recinto sagrado de Drumond.

—Muy cierto. Esas modas posmodernas de permitir que los comensales entren en las cocinas de los restaurantes actúan como un preservativo sobre el paladar —dice Gorospe.

Cari ríe.

—¿Hay preservativos de paladar? ¡Leandro! —grita Sara—. ¿Qué vamos a pensar de vos?

—Lo que quieran. La verdad es la verdad.

Los sorbetes ya estaban puestos. Dora cierra los ojos y habla sin abrirlos.

—Es cierto. Abren un agujero en el alma para que puedan entrar los manjares restantes.

—Mariconadas —refunfuña Gorospe—. A mí estas cosas me parecen mariconadas.

454

—Leandro, ¿qué tenés vos contra los homosexuales? —pregunta Cari.

Gorospe se levanta, va al otro lado de la mesa, toma una mano de Cari, se la besa.

—Nada. *Bebamus atque amemus... mea Lesbia...*

Algunos sonríen, menos Carvalho, sorprendido de que los aforismos poéticos de don Vito tuvieran tanta difusión, pero nadie se atreve a decir lo que piensa. Magín aguarda a que terminen el sorbete. Es un manojo de nervios que va sirviendo vino, no siempre en su sitio. Cuando regresa a la cocina la señora Fieldmann no puede contenerse.

—¿Qué le pasa a este hombre?

—Lo que le pase no nos interesa —dice el Capitán—. Es una noche excepcional y nuestra misión es comer.

—Paladear —corrige Gorospe.

—Aguardo con impaciencia el Popurrí Pantagruélico —tercia Sinaí—. Las carnes son lo nuestro, a pesar de que finjamos lo contrario. Yo vi al gran Jorge Luis Borges zamparse un bife de medio kilómetro y en cambio recuerdo aquel poema de *Fervor de Buenos Aires* en el que expresa su repugnancia juvenil por las carnicerías.

—¡Recítalo Sinaí! —grita Gorospe.

—No es el momento —se disculpa Sinaí.

Dora y los demás se suman a la petición. Gorospe se dirige a Carvalho.

—Sinaí no sólo recita como un actor, ¿no es verdad, Cari?, sino que escribe poemas. Cuando lleguemos al Chateau Margaux recitará.

Sinaí no puede negarse ante la multitud de ruegos y declama:

Más vil que un lupanar,
la carnicería rubrica como una afrenta la calle.

Sobre el dintel,
una ciega cabeza de vaca
preside el aquelarre
de carne charra y mármoles finales,
con la remota majestad de un ídolo.

—¡Muy bien! —gritan aplaudiendo a rabiar los demás comensales—. ¡Exquisito! ¡Maravilloso!

Hermann busca un aparte con Carvalho.

—Admiro a la gente que tiene el don del verbo. Yo sería incapaz y soy alemán, la patria de la mejor poesía del mundo. Hölderlin, Heine, Benn, Hofmannsthal.

—Brecht —añade Carvalho.

—¿Brecht? Tal vez. No me gusta. Lo suyo es la subversión y la poesía o el teatro un pretexto. ¿No es verdad, Cari?

—¿Qué? —pregunta Cari distraídamente.

—Vos, como actriz, ¿qué pensás de Brecht?

—¿Brecht? —repite Cari mientras repasaba su archivo mental angustiosamente.

—¿Verdad que no te va? —pregunta Hermann.

—¡Pse! —sentencia Cari.

—¿Lo ve? ¿Qué puede decir un mensaje subversivo a las generaciones de hoy?

Dirige la pregunta a todos los comensales.

—Por favor —interrumpe la señora Fieldmann sin dejar de masticar—, de política hablen en la *toilette*.

—¿Por qué en la *toilette*, Rebeca? —pregunta el Capitán—. Todos los lugares son buenos para hablar de política, y yo recojo el guante de Hans. Yo voy a contestarte. Lo subversivo, viejo, no dice casi nada a las generaciones de hoy, pero lo subversivo ni se crea ni se destruye, simplemente se transforma. Hoy los subversivos se esconden en las organizaciones no gubernamentales. ¿De qué se sorprenden? ¿O es que algunos de sus hijos militan en alguna de ellas? Si es así, vigilenlós. En la vida y en la Historia existe el mal, de lo contrario, ¿cómo podríamos distinguir el bien?

—Muy cierto —corrobora el primer Ferlinghetti.

—¿En la vida, también? —pregunta Cari.

—También —añade el Capitán.

—¿Vos sos capaz de distinguir siempre lo bueno y lo malo? —pregunta Sara al Capitán.

—Siempre —responde el Capitán.

—Felicitaciones.

—Las acepto.

—Pero desde su moral, ¿cómo contempla los errores? —pregunta Carvalho.

—Si son incipientes, remediables; si no, exterminables. La convivencia es tan difícil que no podemos autodestruirnos mediante el error.

—Imagínese que alguien de su entorno, un ser querido, comete errores —sigue Carvalho.

—¿Se refiere a alguien en concreto? —puntualiza el Capitán.

—No tengo el gusto de conocer su entorno.

—Me creé un entorno a mi medida. No me dejo mover por los demás. El que mueve soy yo.

—¡El hombre de acero inoxidable! —exclama Sara—. ¿Y los sentimientos?

—Mis sentimientos son personales e intransferibles. En cuanto transferís tus sentimientos, se convierten en obscenos.

El Capitán levanta la copa de vino, brinda por Sara, luego por Carvalho y especialmente por Ostiz, que no le devuelve el brindis y bebe acompañado de todos, menos de Carvalho, con el que empieza a sostener un duelo de miradas. Pero ya vuelve Magín a retirar los platos, cuando los comensales ven liberado el espacio inmediato, inundan la mesa de conversaciones ruidosas y cruzadas. Magín sirve vino y finalmente empieza a distribuir el Popurrí Pantagruélico. La riqueza del plato liga con los rostros de los comensales, que parecen ingerir su primera comunión. Gorospe se levanta y repica con la cucharilla en la copa, reclamando silencio.

—Amigas, amigos. Una vez cada dos meses nos reunimos en este Club de Gourmets para comer.

Risas.

—Dicho así puede parecer una brutalidad porque comer no es en sí mismo estético, recuerda el primitivismo de la operación. Matamos para comer y comemos para sobrevivir. Así hacen todos los animales, pero únicamente el hombre ha convertido esta operación en cultura, no solamente en memoria animal, sino en cultura. No voy a arruinarles la cena, muchachos y muchachas, compañeros de mi vida —hace una pausa hasta que las risas se paran—, pero quiero recalcar lo que vamos a comer. ¡Popurrí Pantagruélico! Lo vulgar de una antología de carnes, a la que tan aficionados somos los argentinos, y la gloria del primer gran texto literario moderno en favor del placer, de la cultura: *Gargantúa y Pantagruel*, de Rabelais. ¡Mírenlo! —Y como no le hacen caso repite—: ¡Mírenlo! ¿Qué ven?

—Una carnicería —dice con sorna Sara.

La reunión estalla en estruendosas carcajadas. Hasta Gorospe ríe.

—De acuerdo. Pero gracias a la cultura, la brutalidad de la carne muerta se ha convertido en un poema, en una sintaxis maravillosa de sabores, de aromas. Y antes de hincar el cuchillo y el diente quiero brindar por la cultura: ¡por la cultura que nos ha salvado de ser solamente asesinos y caníbales!

Se ponen en pie.

458

—¡Por la cultura! —gritan brindando.

Y se lanzan sobre el plato con la voracidad de los caníbales. Mientras, en su despacho, Lucho Reyero se quita la chaqueta, el chaleco, los pantalones, los ligueros, los calcetines largos, los zapatos, la camisa. Parece alelado mientras trenza los pantalones y la camisa hasta formar algo parecido a una cuerda. Mira hacia el techo. Sus ojos se detienen en la lámpara cenital.

Tango Amigo vacío de público, el barman repasa las existencias, Adriana dialoga con la orquestina y ensaya el arranque de *Naranjas Tango*, Silverstein monologa en voz baja pero gesticula como si ya lo hiciera ante el público. Interrumpido gesto porque Raúl ha entrado en el local, desde la iluminada entrada le cuesta distinguir qué se mueve en las penumbras del fondo. No tiene manos suficientes Silverstein para la gesticulación que le despierta la llegada del fugitivo. Raúl cuchichea algo que pone en tensión a Norman y luego en marcha tras su amigo, sin disculpar la huida, como movilizado hacia una finalidad más importante que todas las implícitas en Tango Amigo. Ya en el taxi respetan el mutuo silencio hasta que Silverstein adivina que se acercan a Villa Freud.

—¿Font y Rius?

—No voy a invitar a Güelmes. Ése es el poder.

Asiente Norman con los ojos y se convierte en el comparsa de Raúl cuando desciende del coche en el jardín engravillado de la clínica y avanza por el jardín hacia las puertas laterales del despacho de Font y Rius. Los espera más allá de la retícula de los cristales y no les pregunta nada cuando les abre la puerta, se quita la bata blanca, repasa sus bolsillos, se alisa con las manos las entradas más que sus cabellos y suspira resignado. Reacciona en cambio al pie del taxi.

—Voy a despedirlo. Vamos en mi coche.

Paga el propio Font y Rius y ya dueño de su volante se dirige a Raúl, sentado a su lado.

—¿Estás seguro de todo lo que me contaste?

—Seguro.

—Y esa gente que te facilitó el acceso al final de la historia después de haberte secuestrado, ¿quién es?

—¿Y qué nos importa eso?

—Qué importa ya nada de nada.

Fue un largo monólogo el del conductor a lo largo de los paisajes fugitivos que alejaban el centro convencional de Buenos Aires en dirección a San Isidro y luego hacia los puentes sobre el Tigre y la promesa del límite del campo abierto donde la ciudad ya ha perdido su nombre.

—Cuando me mataron a la pobre Alma y caí en manos de los milicos, en la Escuela de Mecánica de la Armada, pensé que para mí la vida se había terminado. Estaba convencido de que todos ustedes habían muerto. Berta, Norman, Pignatari, Güelmes, vos, tantos otros, realmente muertos cuyos nombres únicamente nosotros recordamos y recordaremos, aunque fueran nombres de guerra, tan reales como los que les dieron sus padres y sus madres. Nadie podrá negarnos el altruismo, un altruismo suicida, pero si algo hay que establecer como un valor convencional es el altruismo. Después misteriosamente sobreviví. Algo pasó para que sobreviviéramos y pensé: alguien pactó este milagro, bendito sea. Dejé de ser altruista. Pensaba únicamente en mí como proyecto. Hasta odiaba un poco a las dos hermanas, a Berta y Alma, porque las reconocía inductoras de mi insuficiente pasión activista. También era tu caso, Raúl, no el tuyo Norman. Vos militabas por insensatez. No. No me des las gracias. Y fue difícil metabolizar aquella dialéctica entre el altruismo y la supervivencia. Asociarnos con el Capitán fue una canallada contra nosotros mismos, aunque Güelmes lo presentara como la dialéctica entre el amo y el esclavo en la fase en que el esclavo se iguala al amo para terminar destruyéndolo. Ése ha sido el posibilismo de toda una generación de argentinos. De Alfonsín y más allá, del propio Menem. El resultado es obvio. No modificás la cultura del poder; es la cultura del poder la que te modifica a vos. ¿Me siguen? ¿Adónde voy a parar? No hay otra victoria que destruir a los capitanes, a todos los que son como el Capitán, y lo que estamos haciendo es ganar la guerra. ¿No es cierto?

Se apodera del volante con más decisión que nunca y ni siquiera se da cuenta de que sus compañeros callan, que no le contestarán jamás.

En la cocina, Magín, Drumond y la cocinera siguen en sus trece.

—Con ésta no se puede contar —dice Magín desesperado—; se fue y vaya uno a saber adónde.

—Yo sirvo los postres aunque sea lo último que haga. *Mon Dieu! Qu'est que j'ai fait pour meriter ça?*

La cocinera sale de su ensueño y los mira con una expresión de loca loquísima.

—Por respeto a la cena no he llamado a la policía —le informa Magín—, ni se lo conté al patrón, que se ha encerrado en su despacho. Ahora ya es tarde.

—Cuando se hayan tomado la última copa de Armagnac, cuando hayan exhalado la última bocanada de humo y se vayan a casa, llame a la policía y si es preciso aquí están mis manos. *Je suis disposé pour le sacrifice! Moi, le plus important élève de Robuchon!*

—¿De qué hablan? —pregunta Lupe saliendo definitivamente del letargo—. ¿Por qué han matado a mi marido? ¡Asesinos! ¿Dónde está mi Santos?

—¡Va a gritar! —exclama Magín invadido por el pánico.

Lupe grita con todas sus fuerzas.

—¡¡Asesinos!!

Los del comedor se giran ante el grito mientras Drumond y Magín van a por ella.

—¿Escucharon algún grito? —pregunta la señora Fieldmann.

—Están matando un cerdo para el resopón —aporta el primer Ferlinghetti y ornamenta su intervención con una carcajada.

Los invitados no hacen demasiado caso, pero la señora Fieldmann sigue con el oído puesto en la cocina, donde el maître y el cocinero tapan la boca a Lupe y la maniatan con un delantal souvenir de Mar del Plata, cual camisa de fuerza. No saben qué hacer hasta que Drumond señala la cámara frigorífica.

—¡Adentro!

Drumond la abre y Magín empuja a Lupe y la arroja al interior. Cree ver algo raro y va a asomarse, pero Drumond cierra rápidamente y se coloca como parapeto ante la puerta.

—Dejémosla dentro.

—Pero creo que vi...

—Nada. No ha visto nada. Mi gran maestro, Michel Gérard, ¿o fue Robuchon?, me dijo un día en que yo estaba muy nervioso porque las cosas no salían: *Drumond cessons de jeter de l'huile sur le feu, voulez vous et d'alimenter une polémique stérile...* O cocinas o polemizas.

—Reconozco que es usted un profesional como la copa de un pino, monsieur Drumond.

—Mi querido Magín, pasan las ideologías y las modas, pero la profesionalidad, *elle reste!*

En el despacho, Lucho sigue examinando la improvisada cuerda del ahorcado o de fugitivo de Alcatraz que cuelga de la lámpara cenital. La mira desde abajo. Coge el retrato de su mujer y se lo pasa por los genitales.

—Cerda —dice Lucho sacando la lengua—. ¡Aprendé por última vez lo que es un hombre!

Arroja el retrato contra la pared y se rompen sus débiles carnes. Va hacia la cuerda colgante con decisión. Poco le importa el jolgorio que llega de la sala del comedor.

—Con este plato me vienen a la cabeza todas las ideas sobre la obra bien hecha como único valor ético indiscutible. Las perspectivas éticas ¡son tan relativas! —dice Sinaí—. Pero en cambio una obra bien hecha es una obra bien hecha. Por eso me gusta Borges, aunque no sea estrictamente de mi mundo, de mi cuerda ideológica.

—Borges era un anarquista de derechas —insinúa Carvalho.

—¡Eso es una simplificación! —le recrimina Gorospe.

—De derechas o de izquierdas era un anarquista.

Como yo. Como la mayor parte de personas singulares. Si soy sincero, ustedes mismos. Pero hacía obras bien hechas y muchas me las sé de memoria —puntualiza Sinaí.

Mira a Carvalho fijamente. Carvalho no sabe por qué y dirige la mirada a derecha e izquierda, hacia atrás, por si ocurría algo que él no hubiese advertido. Finalmente Sinaí se arranca y recita de corrido:

—«Un par de años ha, he perdido la carta, Gannon me escribió de Gualeguaychú, anunciando el envío de una versión, acaso la primera española del poema *The Past* de Ralph Waldo Emerson, y agregando en una posdata que, don Pedro Damián, de quien yo guardaría alguna memoria, había muerto noches pasadas de una congestión pulmonar...»

Los aplausos le obligan a detenerse.

—¿Pueden adivinar qué fragmento he leído?

—El párrafo inicial del Epílogo de *El Aleph* —dice Ostiz orgulloso de sí mismo.

—¡Borges! ¡Borges! Borges es como el cerdo o la Virgen María, todo Borges sirve y le sirve a todo el mundo —los recrimina Sara—. Yo, sinceramente, prefiero a Sábato. Está menos usado.

—Desde que Ernestito se metió a fraile mercedario en busca de esa chusma de desaparecidos no lo soporto, ni a él ni lo que escribe.

Sinaí reprende más que informa.

—Además, comparar a Borges con Sábato es como comparar la Santísima Trinidad con el Papa, con cualquier Papa.

—Muy bueno, muy bueno, Sinaí.

Un rato más y las botellas ya invaden la totalidad de la mesa. Magín entra para retirar las vacías. Son muchas. El vino tinto corre por las gargantas a la velocidad del agua, a la velocidad de la sed. La señora Fieldmann está borracha a pesar de su contenido aspecto y trata de meterle mano a su marido en los genitales, que el hombre protege desesperadamente entre bocado y bocado.

—¿Es su primer viaje a la Argentina? —pregunta Sinaí a Carvalho.

—Sí.

—¿Qué piensa de los argentinos?

—¿Por qué no le preguntás por las argentinas para ser más sincero? —interrumpe Gorospe—. Pero hombre, Sinaí, recitá lo que quieras pero no hagás preguntas embarazosas.

Sinaí se levanta un tanto furioso.

—Pregunto lo que se me cantan... ¡y vos no sos nadie para llamarme la atención! ¡Chupatintas! ¡Chupatintas rico, pero chupatintas!

—Sinaí, por Dios —ruega Dora.

—¿Chupatintas, yo? ¡Soy el mejor publicitario del Cono Sur!

—¡Yo vendo mi vino litro a litro y vos te forrás de plata porque estás culo y camisa con la chusma menemista, estos descamisados de camisa de seda! —añade Sinaí.

—¡Si no fuera por los pedidos oficiales tu vino no serviría ni para hacer vinagre!

—¡Caballeros! —les exige Hermann.

—Déjalos. Ya sabes que luego se les pasa —intercede Dolly.

Gorospe y Sinaí se inclinan sobre la mesa hasta que sus caras quedan a escasa distancia. Las retiran.

—De cerca sos horrible —le dice Sinaí.

—Y vos te parecés a la muerte de una película de Bergman.

Sinaí se sienta y recupera a Carvalho.

—No me conteste sobre los argentinos. Pero

tampoco sobre las argentinas. ¡Que se jodan las argentinas! Son carne de sicoanalista y más tarde o más temprano nos llevan al sicoanalista, al mismo sicoanalista que se las coge a ellas. Contestemé sobre ¡la Argentina! ¿Qué le parece a usted esta Argentina?

Carvalho estudia la respuesta. Bebe vino hasta agotar su copa. El Capitán toma la iniciativa de llenársela y le incita maliciosamente a responder.

—Esperamos su respuesta. La mirada de un extranjero puede ser muy valiosa. ¿Qué piensa usted de esta Argentina?

Carvalho acentúa su cara de extranjero.

Lucho Reyero da el último vistazo a la reunión de sus comensales que, silenciosos, esperan una respuesta de Carvalho. Lucho ha tomado una decisión. Traslada el sillón bajo la lámpara de la que cuelga la improvisada cuerda. Se sube a él. Se hace un nudo en torno del cuello. Tira de la cuerda para comprobar que ha quedado trabada entre los brazos de la lámpara. Cierra los ojos y se deja caer.

Carvalho mira uno por uno a todos los presentes. Finalmente se decide.

—No creo que exista.

—¿La Argentina no existe? —pregunta Sinaí sorprendido.

—¿Qué dice este hombre? —demanda extrañado el primer Ferlinghetti.

—¿Dónde estamos entonces? ¿En Paraguay? —pregunta Cari.

—Dejenló hablar —pide Sara.

—A este señor, gallego por más señas, le pasa lo que a Borges, que en cierta ocasión dijo: Buenos Aires es horrible de fea, y Pepe María Peña le contestó: lo que pasa es que Borges es ciego.

Sinaí se ríe de su propia genialidad.

—¿A qué se refería usted cuando dijo que la Argentina no existe? —quiere saber Sara.

—Tampoco existe España, ni Europa, San Marino probablemente sí. Pero las realidades complejas no admiten abstracciones metafísicas.

—Empiezo a entenderlo —dice Gorospe más tranquilo—. Dejalo hablar, vinatero.

Sinaí lo concede y se recuesta en el asiento para escuchar.

—Hay muchas posibles y a la vez reales Españas —continúa Carvalho—, como hay muchas posibles y reales Argentinas. ¿Quién puede hablar en nombre de esas totalidades tan complejas?

—Pero escoja un rasgo. Algo que lo impresione por encima de cualquier otra cosa —le pide el Capitán.

Carvalho piensa. Finalmente suspira y mira cara a cara primero al Capitán, luego a Sinaí.

—Los vacíos.

—¿Los qué? —pregunta Sinaí.

—Los vacíos que han dejado treinta mil seres humanos, los vacíos que han dejado los llamados «desaparecidos».

El silencio resultante tiene consistencia de bechamel espesa coloreada con tinta de calamar. Sara observa con curiosidad algo sarcástica a cada uno de los presentes. Hasta los Fieldmann han dejado de masticar, aunque tienen la boca llena.

—Dejemos esta cuestión —pide Gorospe—. Le agradecemos la sinceridad simplificadora de extranjero.

—¿Simplificadora? —pregunta Sara.

—¡Es el tópico! ¡El tango, Maradona, los desaparecidos! —grita histéricamente el segundo Ferlinghetti.

En el silencio, producto del cansancio suena con especial nitidez la voz de Ostiz.

—Treinta mil desaparecidos, dice usted, dice que los encuentra a faltar, nota sus vacíos. Yo creo que todavía fueron pocos los que desaparecieron, creo que todavía queda demasiada gentuza que debimos exterminar.

Ahora Ostiz a quien mira es al Capitán y parece terminar su discurso para él.

—Todos los que no desaparecieron para siempre, resucitan, Doreste. No son desaparecidos reales. Para la próxima habrá que aprender la lección que nos dieron los muertos sin sepultura.

—Toda la culpa la tuvieron los radicales, los *radichetas* de mierda y su empeño por la catarsis. Los radicales son una mierda. —Sinaí vuelve a la çarga—. Los peronistas también, peor todavía. Pero los desaparecidos eran el sida. Como el sida moral de la nación. Usted ignora el clima que había en la Argentina cuando se murió Perón y los subversivos campaban por sus respetos. Ya no servían ni los mafiosos peronistas para detenerlos, como se demostró cuando la Confederación General del Trabajo retiró su apoyo a la Isabelita de las pelotas y fue el presidente en funciones Ítalo Luder quien declaró el estado de sitio y autorizó a las Fuerzas Armadas a aniquilar la subversión armada de la izquierda. Los subversivos nos buscaban a nosotros. Vida por vida primero la mía. Aquí en la Argentina, como en Chile, como en Uruguay, como en Berlín, se ganó la batalla de Occidente contra el comunismo. ¿Qué son treinta mil desaparecidos? ¿Cuántos de nosotros hubiéramos muerto si hubieran ganado ellos? El Proceso de Reorganización Nacional, el Proceso, fue inevitable y bienaventurado. Después... lo de los militares es otra cosa. Videla fue el único que estuvo a la altura de las circunstancias.

—Con un buen par de huevos —explota Dolly.

—Pero tenemos que agradecerle al señor Carvalho que hablara con tanta sinceridad —dice Sara tímidamente.

—Por descontado, los tópicos ofenden pero... —empieza a decir Dora.

—No se me interprete mal. Yo no quiero matar a nadie, ni maltratar, ni nada. Con estas manos no he matado ni una mosca —añade Sinaí.

—Otros lo hicieron por vos —le recrimina Sara deliciosamente sonriente.

—¿Y por vos, no?

—También.

—Pero ¡tengo derecho a la legítima defensa! —grita Sinaí—. ¡Actuaban contra nosotros! Venían a quitarnos las tierras, las industrias, la religión, nuestros valores, el orden sagrado. ¿No es verdad, mi capitán?

Se muerde los labios nada más haberlo preguntado. El Capitán le fulmina con la mirada. Sinaí va a por Carvalho.

—Y en cuanto a usted, señor Carvalho, quiero ser su amigo, y mañana tendrá en su residencia una selección de mis mejores botellas, será un honor que usted las cate.

La voz de Sara se oye por encima de tanta conciliación.

—Felicidades, señor Carvalho, por haber salido vivo. Pero otra vez no mencione la soga en casa del ahorcado.

El alborozo es ahora general. El Capitán y Carvalho se aguantan la mirada.

—¿No oyeron un golpe?

Vuelve a intervenir la señora Fieldmann.

Lucho está caído en el suelo. Tiene sangre en la nariz. Pende sobre él la fracasada cuerda del ahorcado. Gimotea con la nariz contra el suelo. De pronto se da cuenta de lo ridículo de la situación. Semidesnudo, se sienta sobre el parqué. Se toca la nariz, y al bajar la mirada, comprueba la sangre que salpica su cuerpo.

—¡Sangre! —exclama mirando a todas partes sin saber qué hacer.

Magín y Drumond mantienen su Gran Guerra codo con codo.

—¿Los postres? —pregunta Magín a Drumond.

—Los postres —piensa Drumond—. ¿Quiere que le ayude?

—Jamás se ha visto a un cocinero sirviendo la mesa —le recrimina Magín.

—Comprendo —dice Drumond enfático.

Drumond ayuda a Magín a cargarse de platos de postre Naranjas Tango. Magín parece un espantapájaros de pastelería con sus manos, brazos, hombros llenos de platos, preparándose para entrar en un comedor donde empezaban a romperse las composiciones.

—Si aceptás mi invitación te llevo en avioneta a mi estancia —le propone el segundo Ferlinghetti a la actriz.

—¿Y el rodaje? —pregunta ella—. Con lo que me costó aprenderme el papel.

—¿Quién es el productor?

—Ponti Asiaín —contesta Cari.

—Somos íntimos. Atraca su yate al lado del mío en San Isidro —dice Ferlinghetti con una voz profunda y mirada de serpiente.

Dora se levanta y exige a Gorospe que le deje sentarse junto a Carvalho. Lo hace y se le cuelga de un brazo cariñosamente.

—Vengo a convencerlo de que la Argentina no es tan truculenta como se imagina.

—No es preciso que me convenza de algo en lo que ya creo, pero bienvenido sea el placer de que se siente a mi lado.

—¿Escucharon eso? —pregunta Dora al resto—. ¡Es un caballero! ¡Un caballero español!

Pero el contacto físico con Carvalho es real. La rodilla de Carvalho topa con el muslo de Dora. Desde cerca la mujer es bellísima y luce un escote al que se asoma piel humana de primera calidad. A ella no le pasa desapercibida la mirada de Carvalho sobre sus senos y le dice en voz baja:

—Es un caballero, pero no mira como un caballero.

—Me gusta lo que veo. Cuanto más cerca lo vea, mejor.

—¿Es una insinuación?

—Me gustaría mucho, muchísimo hablar con usted de vinos.

—Y a mí —acerca su boca a la oreja de Carvalho—. ¡No haga caso a toda esta gente, son unos hijos de puta reaccionarios. Todos de la Triple A. Los organizó López Rega ya antes de que muriera Perón.

Carvalho la mira sorprendido. Ella ha recuperado una cierta distancia y le contempla como quien acaba de realizar una travesura.

—¿Sara también?

Ella vuelve a dedicarle una sonrisa neutra, pero le habla otra vez a la oreja.

—Ésa es una lesbiana hija de puta que le quitó la mujer al dueño de este restaurante. Si le interesa a usted, usted no le interesa a ella.

Cuando retira la cara vuelve a componer la expresión de la más risueña inocencia.

—¿Es usted subversiva?

—Antes de convertirme en mujer objeto quise ser científica social. La ciencia es neutral. No es de la Triple A.

—La ciencia es de quien se apodera de ella.

—¿Las mujeres también?

La voz de Gorospe interrumpe el aparte.

—Sinaí, tu señora se está insinuando a mi amigo el gallego.

Sinaí mira a su mujer con ojos borrachos y cariñosos, y recita otro poema:

—*Huye, gacela galáctica, si crees huir,*
porque tu huida vuelve
y me encuentra al final de tu locura
como tu único posible garañón.

—¿Qué le dije, Carvalho? El vinatero es poeta. Este poema es suyo, seguro.

—Se nota —opina Sara.

—Es de los más hermosos que me ha dedicado —dice Dora tomando por encima de la mesa una mano de su marido y sonriéndole enamorada.

El teléfono se ha puesto impertinente, una, dos veces, agota todo el tiempo de llamada. En ausencia de subalternos, lo toma Dolly y se impone a gritos sobre los elevados rumores de la mesa.

—¡Pepe Carvalho! ¡Llaman al señor Pepe Carvalho!

Acude el detective bajo la vigilancia ocular del Capitán. La voz de don Vito le impone las condiciones de la llamada.

—No me identifique. Diga sí o no.

—De acuerdo.

—Tengo que comunicarle que, siguiendo a la chica, me encuentro frente a la residencia real de su capitán y ya me disponía a entrar porque no veo vigilancia externa cuando observo que otros tres personajes merodean. ¿Adivina quién es uno de ellos?

—No.

—Su primo Raúl y a su lado veo a un tipo muy raro, canoso, más delgado que un alambre, se mueve como un bailarín de ballet.

—Ya sé quién es.

—El otro parece indeciso. Es alto y tiene muchas entradas.

—También sé quién es. Una reunión de mosqueteros. No son ni tres, ni cuatro. Son cinco. Faltan dos para formar el quinteto.

—¿Los dejo que entren? ¿Me adelanto? ¿Qué hago?

—¿Recuerda usted el nombre de soltera de la dama que vive en esa casa?

—Lo tengo anotado. Pardieu. María Asunción Pardieu.

—Llame al timbre o lo que sea, pregunte por el nombre de esa señora y explíquele todo lo que sabemos y qué queremos.

—¿No prefiere que lo espere?

—Todavía no han servido los postres y no quiero perdérmelos. Ya le explicaré.

Se abre la puerta de la cocina. La aparición del maître materialmente cubierto de postres los deja en silencio y estupefactos. Como si fuera lo más natural del mundo, el maître llega a la mesa y con una habilidad circense deja los platos cada uno en su sitio y sin errar ni un milímetro. Saluda. Se va a buscar los restantes. Los comensales se miran desconcertados y no quitan la vista de la puerta de comunicación con la cocina. Vuelve a aparecer el maître con una exhibición similar y con el resto de los postres.

—Por ahora la Naranja Tango —informa Magín dirigiéndose a todos—. Los *marrons* y el suflé de acacia están acabandosé. Hay que comerlo en todo lo alto.

Saluda y se retira sin dar la espalda.

—Pero... ¿Ustedes vieron lo mismo que yo? —les pregunta Gorospe sin darse cuenta de que ha dicho una obviedad.

Lucho Reyero recoge la ropa escampada por su despacho y se viste las prendas arrugadas. Se lo pone todo, incluso la chaqueta y la corbata. Con la totalidad de la ropa arrugada en su sitio, parece un vagabundo de lujo. Comprueba su aspecto ante un espejo. Se arregla el alfiler de la corbata y añade un pañuelo blanco de seda en el bolsillo superior de la chaqueta. Queda satisfecho de sí mismo. Va hacia la mesa de despacho y recupera la pistola. La comprueba. Está cargada.

Magín entra en la cocina. Drumond examina los suflés individualizados dentro del horno, ya casi en todo lo alto.

—Esto no podrá servirlo usted solo. *Pas possible!* Mientras va y viene, los suflés se bajan. *Tragique!*

—Voy a ver si Lupe ya está tranquila.

Drumond trata de retenerle, pero no llega a tiempo. Magín abre la puerta de la cámara y se queda sobrecogido. De sendos ganchos de colgar los pedazos de res, cuelgan los dos cocineros muertos. En el suelo, Lupe, también evidentemente muerta de congelación. Magín le toma el pulso.

—¡Muerta! —exclama Magín horrorizado sin entender del todo lo que ve. Se vuelve. A medio metro Drumond le impide avanzar amenazándole con un garfio.

—No diga nada. No haga nada.

—Dejemé salir.

474

—La cena no ha terminado. No quiero que me la estropee.

Magín no sabe qué contestarle, ni tiene suficientes reflejos para impedir que Drumond le deje encerrado dentro del frigorífico.

—Lo siento, era usted un gran profesional —le grita el chef desde el otro lado de la puerta.

—¿Y los suflés? ¿Quién servirá los suflés?

—Es vejatorio para un gran chef, pero lo haré yo.

—¡Bajarán! ¡Cuando lleguen a la mesa parecerán una *quiche lorraine*! ¡Un desastre! —le advierte la voz cada vez más desesperada de Magín.

Drumond recapacita.

—Muy cierto.

—Pero ¿qué se ha creído? —le recrimina Magín indignado—. ¿Que es usted el único profesional de esta ciudad, de este país, de este mundo? ¿Acaso insulta a los argentinos negándome la condición de un gran profesional? ¿Cuál es mi misión? ¿Contar los muertos o servir el suflé?

—Servir el suflé, desde luego —contesta Drumond.

—Y es lo que voy a hacer —dice la voz de Magín, crecida ante ciertos indicios de esperanza—. Cada cual tiene lo que se merece, los de aquí dentro también.

Drumond parece muy de acuerdo con él. Tira el garfio. Abre la puerta de la cámara y deja salir a Magín, para señalarle la ruta del comedor. Nada más entrar en él, Magín adopta el cometido de un maître y se dispone a retirar los platos vacíos. Con un ligero gesto llama la atención de los comensales.

—Un oporto cuarenta años, gran reserva Noval. Es lo que escogió el somelier antes de irse a su casa.

Pero si ustedes prefieren aguardientes fríos o Armagnac, coñac.

—¡Acertadísimo! Pero Magín, ¿qué pasa en la cocina? Usted es el único que está sirviendo. ¿Y la cocinera? —pregunta Gorospe.

—Ha tenido una repentina indisposición.

—Pues cómo está la cocina esta noche —dice Dolly ayudándose de un gesto de extrañeza.

—Si únicamente fuera esta cocina —se queja la señora Fieldmann—. ¿Ustedes pueden encontrar un servicio adecuado? En Buenos Aires dicen que hay crisis, pero no se encuentran ni paraguayas. Mi hermana que vive en París dice que allí es una maravilla. Ella tiene a un matrimonio de solistas polacos de violoncelo haciendo de criados. Son extraordinarios.

—Aunque sea poco ortodoxo y en honor a la satisfacción que le provocó disponer de un público de *connaisseurs* como el que nos honra esta noche, el chef y yo serviremos los suflés de flor de acacia «Liliana Mazure».

Da por terminada Magín la explicación y vuelve a la cocina.

—El popurrí estaba delicioso, pero el otro plato vedette sin duda es éste. ¡Un suflé de flores de acacia! —exalta Gorospe.

—¡Qué delicadeza! —añade Cari.

—Las Naranjas Tango no dejan de ser una mariconada al alcance de cualquiera, pero éste es un plato serio. La fórmula original es de Troisgros y me he permitido la libertad de traerla.

Gorospe se saca del bolsillo un papelito y se lo tiende a Sinaí.

—Leé.

—¿Por qué yo? Que lea Cari, que es actriz.

—Leé vos, que sos poeta.

476

Sinaí se levanta y lee.

—«Tiempo de preparación: treinta minutos. Tiempo de cocción: dieciocho minutos.»

—¡Qué poco tiempo! —interrumpe Dolly.

Sinaí la fulmina con la mirada y sigue.

—«Cien gramos de racimos de flores de acacia, dos centilitros de coñac, dos yemas de huevo, cinco claras de huevo, una cucharadita de manteca, un octavo de litro de crema pastelera...» —interrumpe la lectura—. Pero con estas cantidades no hay ni para empezar.

—Es una receta indicativa pra cuatro personas. Seguí.

—Azúcar en polvo, azúcar lustre, sal... Operaciones preliminares: primero: las flores: conservar aparte dos racimos enteros de flores de acacia y desprender el resto, flor a flor...

Mientras Sinaí lee con voz de recitador profesional, Lucho permanece ante la puerta que conduce al comedor preparado para salir. Se mete la pistola en el bolsillo de la chaqueta en posición de firmes como para predisponerse a una acción épica. Vuelve ante el espejo y comprueba su lamentable aspecto recompuesto. No le importa. Deja de mirarse y camina con decisión hacia la puerta, la abre, desde lo alto de la escalera contempla a los ajenos comensales y empieza a descender los escalones lentísimamente, al instante que la puerta de la cocina se abre y aparecen Drumond y Magín con las bandejas y los suflés. Los comensales los reciben con aplausos. Los suflés son colocados majestuosamente ante cada comensal.

—Con lo que me gustan las acacias y pensar que iba a comérmelas, y las flores, nada menos —dice Cari entristecida.

—A mí cuando era chica me gustaban los conejitos y ahora mi plato preferido es el conejo a la cazadora —deja claro la señora Fieldmann.

—¿Y los pajaritos? —pregunta Gorospe—. Las malvices para que sean sabrosas han de ser ahogadas en vino.

—Los gastrónomos de la época de Brillat Savarin se comían crudo un pajarito muy sabroso —añade el segundo Ferlinghetti.

Cari no puede soportar la información. Le vienen arcadas, primero parecen cómicas, pero luego son reales, incontenibles, del tamaño de una ola, brutales, y se pone a vomitar abundantemente sobre los pantalones del señor Fieldmann.

—Pero ¡hacé algo! —incita la señora Fieldmann a su marido.

—¿Qué hace esta chica? —pregunta Dolly con cara de asco.

Los pantalones del señor Fieldmann están pringados de vómito, un vómito que ha salpicado la falda Versace de su mujer. Drumond trata de salvar la situación.

—¡Por favor! ¡No miren! ¡Está bueno el postre! —Toma una cuchara y prueba una porción de suflé del plato de Sinaí, bastante molesto ante el atrevimiento del chef—. ¡No miren y coman!

Se produce un ataque de asco colectivo. Drumond y Gorospe acuden en ayuda de los cada vez más numerosos afectados. Magín se deja caer en un sillón y enciende un puro desentendiéndose. Anímicamente lejos de todo, de todos, Carvalho, el Capitán, Sinaí y Sara comen el postre y se intercambian miradas de aprobación. Gorospe interrumpe sus auxilios, corre hacia su plato, lo prueba.

—¡Exquisito!

Y sin repetir reanuda sus trabajos asistenciales. Ostiz y el Capitán aprovechan la confusión para hablarse. El financiero no mira a los ojos al Capitán, pero de sus labios salen palabras duras, y a Carvalho le llega un retal del discurso.

—Te pasaste.

Y la respuesta del Capitán.

—Así que me dejás en la estacada, ¿no?

Lucho llega ante los últimos tres escalones. No sabe si ultimar el descenso. Contempla la situación tragicómica que viven los comensales. Saca la pistola del bolsillo de la chaqueta y con ella en la mano termina el descenso y se dirige hacia la mesa donde se ha roto el banquete.

—¡Lucho! ¡Luchito! —grita Dora, la primera que se ha percatado de la vuelta de Reyero—. ¿Te animaste a venir con nosotros? ¿A estas horas?

En décimas de segundo, todos perciben la pistola que lleva en la mano y el descontrol del pistolero.

—¿Qué te pasa, Lucho? —pregunta asustado Gorospe.

Lucho levanta la pistola. Mira con determinación a Sara y le apunta con el arma. Sara y Lucho se cruzan miradas de odio. Él va a disparar. Sara retira la silla de ruedas hacia atrás y Drumond queda en la línea de tiro. Un disparo seco y el chef se desploma. Quien no estaba ya histérico grita como si lo estuviera. Sinaí se saca una pistola del liguero y apunta a Lucho con la intención de disparar. El Capitán le da un golpe en el brazo y desvía el tiro.

—Entre nosotros no debemos matarnos —dice el Capitán mirando a Ostiz.

Lucho comprueba estúpidamente la presencia de la pistola en su mano. Se le acerca el Capitán.

—Dame esa pistola.

Lucho se la entrega. El Capitán se vuelve con la

pistola en la mano. Ante él, un espectáculo de comensales a media asta. Sólo Carvalho parece entero,
mantiene una mano escondida en la americana y
aguanta la mirada del Capitán.

Raúl toma el mando, aunque asombrado por la
facilidad que les ha dado la puerta férrica abierta
al jardín, la soledad de la alameda que conduce a
la entrada principal, permitiéndoles comprobar
que la línea recta es la distancia más corta hacia
el secreto corazón de la vida de la bestia. Los tres
hombres miran hacia los cuatro puntos cardinales
en busca de cualquier amenaza, incluso hacia el
cielo, por si el peligro es cenital, o llega en último
extremo la voz prohibidora de algún dios, pero la
casa se agranda, se acerca, algo hay que hacer con
ella cuando se encuentran al pie de la escalinata
que conduce a la puerta principal. Es Raúl quien
sube con decisión, y sin comprobar el ánimo de
sus compañeros impulsa el timbre, una, dos veces
y los tres auscultan el alma escondida de la casa
hasta percibir ruido de pasos y una confusa presencia tras el cristal biselado. Se abre la puerta
y don Vito los acoge con una sonrisa cómplice y
triste.
—Vito Altofini, el socio de Carvalho. Los estaba
esperando. Pueden pasar.
No tienen entre los tres ninguna explicación que
dar al sorprendente anfitrión que los guía por el
amplio recibidor del que parte la escalinata hacia
las plantas superiores y los conduce al salón recar-
gado de muebles de caña gruesa con tapicerías po-
licrómicas, manchistas, en contraste con la dama

480

pálida, ex rubia, ex hermosa que se frota las manos sobre la falda, como si quisiera limpiarse suciedades invisibles.

—Doña María Asunción, estos señores vienen con el mismo propósito que yo, y uno de ellos, se lo presento especialmente, don Raúl Tourón, es el padre verdadero de Muriel.

La mujer mira hacia el techo y don Vito la secunda, mientras advierte a los recién llegados:

—La muchacha está arriba. Acordamos hablar de todo lo sucedido sin llamar a Muriel. Está arriba. Pero ahora, don Raúl, está usted aquí, es usted quien debe decidir.

—Que todo siga igual.

Don Vito invita a la mujer a que hable y ella se toma primero un trago de la bebida oscura contenida en una copa sobre la mesa camilla cubierta con un tapete de cretona.

—Ahora descubro que me resulta tan difícil hablar como permanecer en silencio.

Necesita volver a beber.

—Todo empezó dentro de una nube de inconsciencia. Él me pedía, haz esto, haz aquello, y yo lo hacía. Había recibido cultura militar desde que nací y me educaron para ser la mujer de un militar, de guarnición en guarnición, detrás de mi padre primero, luego detrás de mi marido. Y si junto a mi padre todo era blanco o negro, pero a la luz del día, convivir con mi marido significó meterme en la penumbra. No se podía saber, hablar, ni siquiera se podía decir cómo nos llamábamos, dónde vivíamos. He vivido como una desaparecida desde que él se convirtió en un experto de la guerra sucia, y si al principio me aleccionaba, después con el tiempo ni siquiera eso. Daba por hecho que todo lo que hiciera debía aceptarlo, que yo vivía como una espec-

tadora y ratificadora de su conducta. La verdad
es que no empecé a rebelarme hasta el momento en
que ya era inútil rebelarme y entonces, claro, no me
rebelé. Ni siquiera levanto la cabeza cuando los veo
entrar o salir. Entran y salen, entran y salen. Ni me
miran. Ni me ven.

—La nena, doña María Asunción. La nena. Le
hemos preguntado por la nena.

—Claro. Claro. No les hablo de otra cosa. Vivíamos en unos edificios militares no identificables
desde el exterior y una mañana me trajo a la nena.
Es nuestra. Así, tal como suena. Es nuestra. No le
pregunté por sus padres. Nunca le preguntaba sobre
lo que intuía estaba pasando en la Escuela de Mecánica de la Armada y en tantos otros sitios. Me dijo
que en veinticuatro horas teníamos que mudarnos y
trasladarnos a una dirección que no debíamos comunicar ni a nuestros familiares más próximos. Ni
a tu madre. Ya la irás a ver, me dijo. Y nada de
nada de la nena. Me explicó confusamente que la
nena era solamente mía en términos legales y que
a partir de la inscripción en el registro con mis
propios apellidos, yo apenas si podría aparecer en
público con él e incluso debía cambiar de apellidos. No debían relacionarnos. Salir de casa se convirtió en una aventura procelosa, nocturna, casi
disfrazados cuando íbamos juntos, y poco a poco
dejamos de salir juntos. Yo no salí. Hace quince
años que no salgo y si lo hago aparecen esos mos-
cardones, esos espantosos moticiclistas detrás
mío. Me protegen, dice el gordo. El gordo es el que
más me habla.

—¿Y su relación con la nena?

—No la tengo. La tuve. Pero no la tengo. Cuando
ella llegó se acabó mi vida. Dormito cuando sale.
Dormito cuando vuelve. Alguna vez le pregunto:

¿todo va bien, Muriel? Y ella desde pequeñita me contesta, sí, mamá, todo va bien. Es muy cariñosa, pobrecita, y me lo perdona todo. La oigo discutir con él, tratando de justificarme. Ella es la única que trata de justificarme. Ni siquiera yo me justifico. Cuando era chiquita yo traté de ser su madre, pero él me sustituía, él hacía de padre y de madre, siempre. Supeditaba su tiempo y sus destinos a poder estar el máximo tiempo con Muriel, y cuando no era él aparecía el gordo y me sustituía. No se sentían seguros conmigo.

—¿Por qué?

—A lo mejor porque se daban cuenta de que yo en el fondo no quería a la nena.

—¿No la quería?

—¿Usted es el padre?

—Sí.

—Lo siento, señor. No. No la quería. La compadecía y me portaba muy bien con ella, creo, pero no la quería. Era su hija. Perdone, señor. Sé que no es cierto, pero entendamé, él se lo había organizado, él era el responsable.

—No la quería. No la quería.

Se explica a sí mismo Silverstein a punto de llorar, sorprendido de la vertebración de Raúl, que sigue dirigiendo el interrogatorio hacia el final necesario.

—El final necesario. El final necesario.

Continúa explicándose a sí mismo Silverstein lo que está sucediendo. Y de pronto Raúl plantea el final necesario.

—¿Estaría usted dispuesta a ratificar ante un juez todo lo que nos ha contado?

No vacila la mujer cuando contesta:

—Sí.

Raúl levanta la cabeza hacia el techo. Muriel

está allá arriba. Le bastaría subir unos escalones para recuperar a su hija, pero la mano de Silverstein se posa sobre uno de sus brazos y Font y Rius decreta:

—Todavía no, Raulito.

Raúl Tourón asiente, don Vito confirma la decisión como si Raúl le estuviera pidiendo su opinión, pero Tourón se dirige a la mujer, que contempla melancólicamente todo su pasado en el fondo del vaso vacío.

—Lo mejor es que venga con nosotros antes de que ellos vuelvan. Habría que presentar la denuncia y su respaldo hoy mismo.

Un sí silbante se escurre por entre los labios de la mujer al tiempo que acepta el brazo de don Vito para levantarse y marchar hacia la puerta con las piernas tan temblorosas como las de Altofini.

Pascuali, rodeado de coches de policía y de ambulancias, mira al cielo en busca de una estrella que iluminara un poco la noche tan cerrada y confusa, pero su búsqueda es interrumpida cuando empiezan a salir los comensales. El Capitán y Pascuali se saludan con un breve gesto de los dedos en la frente. El policía casi se descompone cuando ve aparecer a Carvalho tras el Capitán.

—¿Aquí también? ¿Pero usted es ubicuo!

—No. Soy polifacético. Soy un gourmet.

Sale corriendo Vladimiro.

—¡Jefe!... ¡En el frigorífico hay tres cadáveres!

Pascuali entra precipitadamente en el restaurante. El Capitán y Carvalho han escuchado la noticia sin inmutarse.

—¡Quién sabe lo que pasa en la trastienda de los mejores restaurantes! —comenta el Capitán.

—Si lo supiéramos no iríamos jamás a un restaurante —le contesta Carvalho.

Gorospe, desolado, trata de recuperar su prestigio consolando a los que se marchan. Dora sostiene intencionadamente la mirada de Carvalho antes de meterse en el coche que le abre el chófer uniformado. El Capitán observa el cruce de miradas.

—Puede ser un error. Sinaí es muy celoso.

—Toda mi vida es una serie de errores crecientes.

—Ha terminado la tregua de los gourmets.

Y ya se separaban cuando el detective recupera un argumento olvidado y retiene la atención del Capitán.

—Le vi la otra noche en el festival de boxeo.

—¿Boxeo?

—Bum Bum Peretti.

La alarma se ha instalado en las pupilas del Capitán.

—Su hija venía con nosotros, con Alma, conmigo.

—No sé de qué hija me habla. Ni siquiera estoy casado.

—Juraría que usted se dio cuenta de la presencia de Muriel.

El Capitán mastica las palabras.

—No traspase los límites. A partir de ahí no cederé ni un centímetro. Abismo. Abismo puro.

—Cada mochuelo a su olivo y yo a mi casa. Dice que la tregua ha terminado, pero me parece que para usted han terminado otras muchas cosas, Capitán. Entre otras cosas su amistad con Ostiz, ¿no es cierto?

Encaja el golpe Doreste y ya se separaba de Carvalho cuando le llega el último comentario del detective.

—Mis saludos a su señora, de soltera Pardieu.

El Capitán no se vuelve. Se ha tensado hasta el estallido la poca carne que conservaba su rostro y en la ceguera de sus zancadas enérgicas casi se tropieza con Ostiz, flanqueado por sus guardaespaldas. No se saludan, y en los labios del financiero hay una mueca de desprecio, pero cuando el gordo llega a su altura, de la boca de Doreste salen órdenes concretas que alarman a su escudero, hasta el punto de hacerle mirar al este, al oeste, al norte, al sur, como si fuera inminente el desembarco del enemigo, y aunque el Capitán camina pausadamente hacia su coche, el gordo va a la carrera como si el coche no fuera a esperarle. Carvalho ve cómo los camilleros sacan el cuerpo desmayado de Drumond y los policías el de Lucho esposado. Carvalho se acerca a la camilla. Se inclina sobre Drumond y le pregunta algo, ante la mirada de Pascuali, que se acerca desconfiado para enterarse de la pregunta.

—El suflé, ¿por qué se llama «Liliana Mazure»?

Drumond no tiene apenas voz. Parece un moribundo y Carvalho se acerca un poco más. Pascuali también.

—¿Por qué se llama «Liliana Mazure»? ¿Qué variante hay?

—Le añado algo de champagne, en homenaje a una amiga. Le gusta el champagne —contesta Drumond.

Se llevan a Drumond. Pascuali está desconcertado y todavía más cuando Carvalho exclama:

—¡Qué extraño!

—¿Qué le resulta tan extraño?

—¿Cuándo y a qué le añade el champagne?

Champagne y crema pastelera son difíciles de combinar.

Pascuali no entiende ni entendería nunca la honda preocupación que nubla a Carvalho.

—¿Tan importante era esa revelación?

Carvalho se queda mirando al inspector como si fuera un imbécil. No por mucho tiempo. Sus ojos tienen que acostumbrarse a aceptar que entre el público que rodea Chez Reyero está su tío. El mismísimo Evaristo Tourón. El tío de América. El tío de Europa. Y que al encontrarse con el viejo en su retirada rodeada de motoristas y abierta por la inmensidad del gordo, el Capitán y don Evaristo se miran y el milico no puede aguantarle la mirada.

Epílogo

El tío de Europa

> Hay un nadie que es víctima de todos
> y es anónimo rey de la macana,
> berretín que inventás de mala gana
> cuando ves tanto crimen sin autor.

María Elena Walsh, *Magoya*

PASCUALI PIENSA que de no haber muerto el Polaco, diría que es el Polaco. Un cantante de edad y desguaces parecidos a los del Polaco avanza por la acera y a despecho del tráfico, de los transeúntes, cantando: Corrientes 348, segundo piso ascensor, no hay portero ni vecinos... Y lo está cantando ya a la altura de Corrientes 348, donde le para la policía y le hace dar la vuelta más allá del espacio acotado para que se muevan Pascuali y el forense. Pascuali se obsesiona con el viejo cantante. De no haber muerto el Polaco diría que es el mismísimo Polaco, hasta lleva sus zapatos amarillos. El viejo se detiene ante el portal 348 y lee la inscripción donde consta que en aquel lugar se imaginó la historia que cuenta el tango, en una casa de vecinos que ahora es parking. El viejo cabecea melancólico y parece reparar entonces en el tumulto que rodea el espacio acotado por una cinta, alrededor de un coche aparcado junto a la acera, a la altura de Corrientes, 348. Dentro del coche un hombre viejísimo muerto ante el volante, con los ojos abiertos y algo extraño sale de su boca. Vladimiro se adelanta a Pascuali, que parece todavía fascinado por el viejo cantante que pasa y extrae con dificultad lo que sale de entre los labios del anciano muerto y lo remueve en el aire para desplegarlo. Son unas bragas de mujer. Húmedas. El juez se las enseña a Pascuali y al resto de policías, periodistas, sanitarios de ambulancia.

—Unas bombachas. Unas bombachas mojadas.

Pero Pascuali sigue pendiente del tanguista, que ya se aleja, indiferente a lo que pasa.

—¿Me está escuchando, Pascuali? Son unas bombachas mojadas. ¿Dónde está, Pascuali?

—Perdone. Me ha parecido ver una reencarnación. El Polaco se murió, ¿no es cierto?

—¿El cantante de tangos? Claro.

—Pues me ha parecido verlo. En cualquier caso, yo conozco a ese viejo cantante que acaba de pasar. Le conozco de algo. ¿Qué me estaba diciendo?

—Esto que lleva el fiambre en la boca son unas bombachas mojadas.

—De saliva, supongo.

De saliva, se repite el inspector Pascuali, más tarde, ante la pantalla del ordenador de comisaría. Van apareciendo los datos que ha pedido. Abraham Gratowsky, nacido en Varsovia en 1913. Inmigrado a la Argentina en 1943. Concertista de violín. Representante de artistas. Compañero sentimental y *manager* de Gilda Laplace entre 1949 y 1963. Residencia actual en El Hogar del Pensionista de las Hermanas Paulinas. Antecedentes policiales: ninguno. Tras la aparición en pantalla de estos datos, unos dedos pulsan las teclas necesarias y pasan a la hoja que sale de la impresora para ir a parar a manos de Pascuali. Se la lleva hasta su mesa y la examina mientras permanece recostado en el sillón. Se inclina para leerla. Sus labios se mueven como consecuencia de la lectura. Luego vuelve a recostarse en el sillón y musita:

—Gilda Laplace.

Recuerda cómo fascinaba Gilda Laplace a su madre y se le llenan los ojos de lluvia y tiempo.

Adriana Varela, todos los rímeles corridos y los pañuelos de papel mojados en la papelera. Norman asiste impotente a su desconsuelo y es impotencia lo que expresan sus brazos cuando Carvalho y Alma entran en el camerino.

—Pero ¿qué le pasa?

—Mataron al Gran Gratowsky.

Carvalho pregunta:

—¿Un prestidigitador?

Y a Norman le sorprende que el extranjero ignore lo que no merece ser ignorado.

—Uno de los más importantes agentes artísticos de los años cincuenta, sesenta. Aún tenía un gran prestigio. En la memoria de los que tienen memoria.

Por la memoria de Adriana pasa una Adriana muchacha. Canta un tango de repertorio.

Cuando la suerte qu'es grela,
fayando y fayando
te largue parao...

En el patio de butacas la escuchan los presuntos seleccionadores del presunto concurso. Uno de ellos es ya un muy viejo Gratowsky. Escucha complacido. Se inclina hacia el que evidentemente decide y le dice al oído:

—No me gusta que las pibas canten tangos, y menos tangos clásicos que yo he oído en labios de Gardel o Rivero, pero ésta es diferente.

—¿Me estás escuchando, Norman? Gratowsky me daba su plácet, y cuando terminé mi actuación veo que el seleccionador se vuelve para comentar algo con Gratowsky. El viejo sonríe. Se levanta, camina dificultosamente hacia el escenario, me tiende sus manos hacia mí y yo le doy las mías. Él tenía unas manos viejísimas pero elegantes. Estaba él más emocionado que yo. Me dijo: usted es demasiado joven y no me conoce. Soy el llamado Gran Gratowsky. Reconozco a una gran estrella entre un millón de constelaciones. Usted será una gran estrella. Fue siempre como un padrino para mí. Ya no ejercía, pero los cazatalentos le hacían caso. Fui a verlo varias veces cuando se internó en aquella residencia.

—¡No me llorés, chivita! No me llorés, que parecés un tango. No me salgás tanguista. El viejo vive, vive en tu recuerdo. ¿Qué más quieres? ¿Cuánta gente se fue para siempre? ¿Cuánta gente ya no es ni siquiera un recuerdo?

Carvalho no se puede contener.

—¡Tango!

En el espejo sólo el rostro de Adriana, definitivamente recuperada, dándose el último toque de carmín. Mira más allá de su propia imagen, Carvalho detrás, apenas auras positivas de fondo, paisaje Alma y Norman.

—Pepe, te voy a hacer un encargo profesional. No quiero que pierdas un solo día. Ponete a buscar a los que me han matado al viejo.

—No sé si podré. Quizá vuelva a España. El círculo se ha cerrado. Lo único que queda por decidir no depende de mí.

Ha mirado a Alma. Está desconcertada, como si acabara de oír lo que no deseaba oír.

—Quedan cabos sueltos. Demasiados.

—Lo único que queda suelto es el Capitán y lo que mi tío quiera contarnos.

El forense consulta la etiqueta que cuelga del pomo: «Asesinato en Corrientes, 348.» Tira del cajón contenedor de cadáveres y lo expone a la consideración de una pareja acincuentada. Ella tiene al límite sus hormonas entre lo masculino y lo femenino. Él en cambio es un hombre insuficiente al lado de la mujer llena de aristas. El forense corre la cremallera de la bolsa de plástico que cubre el cuerpo y aparece la cara del viejo. La mujer contempla el rostro del muerto con dureza, luego cierra los ojos mientras asiente:

—Papá.

Corrobora el hombre:

—Papá.

—Señora...

—Gratowsky. No he querido perder mi nombre de soltera.

Corrobora el hombre:

—No. No ha querido perder su nombre de soltera.

—¿Ni siquiera hoy y aquí vas a dejar de repetir lo que yo digo?

—¿Repetir lo que vos decís? ¿Yo hago eso?

Trata de introducir humor donde no lo hay. La mujer sigue con la expresión hosca más que compungida. El forense tiende un puente de simpatía entre la pareja.

—Los matrimonios bien avenidos no sólo llegan a parecerse físicamente, sino a pensar y hablar igual.

La mujer mira a su marido con un cierto desprecio.

—¿Yo me parezco a éste?

El forense busca algún parecido entre el hombre y la mujer, pero vuelve sus ojos hacia el rostro del cadáver.

—No, es curioso. A quien se parece su marido es a su padre. Nunca había visto a un yerno tan parecido a su suegro.

La mujer repetirá los insultos contra el *gracioso* forense durante todo el regreso a casa en el colectivo, también a lo corto de una cena breve, y seguirá su diatriba en un dormitorio no muy lucido. Todo parece viejo y a la espera de una inútil restauración. La mujer se sienta en la cama, se quita las medias, que caen al suelo como pieles abandonadas. Se mira los pies hinchados. Se palpa las varices de las pantorrillas. Una mueca de asco en su rostro duro, o hacia sí misma o hacia el mundo en general. Entra su marido en la habitación. Parece simple y contento. Lleva en las manos una fotografía enmarcada y se la tiende a la mujer, emocionado.

—Tu padre, Ruth.

Ella dedica a su marido una mirada torva y la conserva cuando toma la fotografía de su padre y la contempla. Cuarenta largos años atrás. Un hombre maduro, pero de aspecto joven y vigoroso, junto a una mujer más joven que él que tiene aires de vedette y algo más retrasada, su hermana gemela, vestida como ella, más retraída. Ruth tira la foto contra la colcha de la cama.

494

—El pendejo y su puta. ¿A que no encontrás ninguna fotografía de él con mi madre?

Reta a su marido con la mirada. El marido está hecho un felpudo y ella lo remata.

—Todos los hombres sos iguales.

Don Vito está en pleno discurso. Carvalho asiste pacientemente mientras juega a dar medias vueltas en su sillón giratorio.

—El Gran Gratowsky y yo sería excesivo decir que éramos como hermanos, pero sí como primos hermanos. Recurrió varias veces a mis servicios porque era muy pollerudo, y las polleras siempre traen líos, condición del hombre, tratar de encontrarse a sí mismo bajo todas las polleras posibles.

—Incluidas las de escocés.

—Hay escoceses y escoceses. Pero el gran amor del Gran Gratowsky fue Gilda Laplace.

Gilda Laplace forma parte de la memoria argentina de su infancia: Perón, Evita, Hugo del Carril, Gilda Laplace.

—Todavía sale en televisión como presentadora. Sus películas llegaban a España. Yo era un adolescente, pero me parecía una mujer muy hermosa.

—Ella y su hermana. Dos mujeres muy hermosas... Durante diez años actuó junto a su hermana gemela. «Las hermanas Laplace», cantaban, bailaban, hacían cine, teatro, radio-teatro. Después Lidia Laplace se hizo humo. Se dedicó a su vida privada. En realidad era sabido que la que tenía vocación artística era Gilda.

—Gilda. ¿Homenaje a Rita Hayworth?

—No, pobrecita. No tuvo otro remedio. Se llamaba Hermenegilda.

—Empiece por gente del medio: teatro, televisión, cine. Yo me dedicaré a la familia y a las Laplace. Mientras siga en Buenos Aires, igual me voy mañana, la semana que viene, nunca.

Los ojos cerrados, la mano sobre el pecho, don Vito exhala el suspiro retenido al mismo tiempo de las palabras.

—Usted nunca se irá de Buenos Aires, aunque se vaya. En cualquier caso, después de tanto trabajar juntos, de exponer la piel tantas veces, ¿le molestaría que yo conservara este despacho? ¡Ni siquiera voy a sacar su nombre! ¡Su presencia está garantizada en mi vida y en la memoria de la investigación privada de Buenos Aires!

—No me haga llorar, don Vito. Yo me voy a ver a la hija de Gratowsky. Hable con mi tío. Es el dueño del piso.

Ya en la escalera le llega el razonamiento de su socio.

—¡Está tan céntrico!

Isaac y Ruth Gratowsky, le informa un vecino. El apellido de ella ha absorbido el de él, y aunque en la casa no está la mujer y sí Isaac, es ella la que la ocupa en ausencia. El salón reproduce una sensación de decadencia económica que a Carvalho le resulta familiar, fin de algo, fin de todo. Isaac ensoña a su suegro.

—Una póliza de seguros. Yo sabía que el viejo, en el fondo, la quería. Yo, no se lo diga nunca, nunca a Ruth, pero a veces iba a ver al viejo. Yo solo. Ella no lo habría consentido. Y el viejo agradecía las visitas. Los viejos agradecemos las visitas.

—En cambio su mujer aborrece las visitas.

—Mi mujer es una chica muy especial. Muy desconfiada, y no se lo reprocho, la vida la hizo así. A su padre nunca le perdonó que las abandonara, a ella y a su madre, para irse con Gilda Laplace y todas las demás, porque el viejo se las traía. ¡Donde ponía el ojo ponía la pindonga!

—¿Todavía ahora?

—¡Todavía!

Baja el tono de voz, como si la delegada presencia de la ausente Ruth pudiera escucharlos.

—Alguna vez salimos juntos con putas. Pero no le diga nada a Ruth. Es una mujer muy severa. Muy acomplejada. Trabaja de masajista y tiene alergia a las cremas. Pobrecita. Tiene miedo de no poder seguir trabajando.

Ruth Gratowsky en bata blanca y con las manos untadas de crema se cierne mecánica y fuerte sobre un cuerpo femenino al que está aplicando un duro masaje dorsal. La mirada de la masajista es neutra, pero sus manos pasan de la dureza a la complacencia sobre la espalda, las nalgas, los muslos, el cuello de un cuerpo anónimo pero que no está mal formado. Algo grueso. Con una voz tan fuerte como su gesticulación, Ruth Gratowsky advierte:

—Si lo hago demasiado fuerte me avisa.

—No, no, me gusta así. Fuerte.

Termina el masaje. Mientras la clienta se pone el albornoz y deja ver por última vez un fugaz desnudo, Ruth se seca las manos, se las mira, hay miedo en sus ojos cuando comprueba que han reaparecido rojeces. La clienta abandona la estancia, pero deja algo de dinero en el bolsillo de la bata.

—Muchas gracias, señora Fersanti. Usted siempre está en todo.

Ya sola, Ruth se mira las manos con desesperación. Aúlla en sordina mirando al cielo, como increpándole, y del cielo le llega la voz del altavoz:

—Ruth Gratowsky, preséntese en recepción.

Carvalho curiosea más allá de una puerta semientreabierta. Una mujer maquilla a otra, un maquillaje que tiene algo de ceremonia de dentista, porque la maquillada descansa sobre un sillón que recuerda el de los odontólogos. La maquilladora da suaves y rítmicas bofetadas en la sotabarba de la mujer sometida a sus artes. Pero Carvalho ve interrumpida su mirada por una mano que le cierra la puerta enérgicamente. La mano pertenece a Ruth Gratowsky, que se le queda mirando con reprobación.

—¿Quería verme?

—¿Ruth Gratowsky?

—Si no soy Ruth Gratowsky, ¿quién podría ser? Usted ha preguntado por Ruth Gratowsky, ¿no es cierto?

Carvalho asiente y le ofrece un sillón de la recepción a la mujer.

—Siéntese, como si estuviera en su casa.

Carvalho se sienta y Ruth, tras pensárselo, opta por hacerlo también.

—Ante todo le acompaño en el sentimiento.

—¿Podría aclararme en qué sentimiento me acompaña?

—Usted es de la escuela Bette Davis. Dialoga como Bette Davis. Me refería al lógico sentimiento de una hija que acaba de perder a su padre.

—A mi padre lo perdí hace cuarenta años. Nos dejó a mi madre y a mí tiradas en esta ciudad mientras él se iba a ejercer de Gran Gratowsky.

—¿La puedo acompañar en este sentimiento?

—¿Lo comparte? ¿También a usted lo dejó su padre tirado hace cincuenta años? No sería en Buenos Aires. Usted es gallego.

—Mi padre tenía sentido del ridículo y no abandonó nunca a nadie. Ni siquiera a un viejo gato que teníamos en casa y se llamaba *Negrín*.

—¿Era un gato negro?

—No. Era un homenaje a un político republicano español, Juan Negrín. Pero usted no sabrá quién es Juan Negrín.

—Ni siquiera me acuerdo de los políticos de aquí. ¿Cómo se llama el presidente de la República Argentina?

—Menem, me parece. ¿Es posible?

Ruth suspira y se enfrenta corajudamente a Carvalho.

—¿Policía? ¿Inspector de seguros?

Carvalho la obsequia con una sonrisa que quiere ser desarmante.

—Detective privado.

Ruth se levanta decidida. Da por terminada la audiencia y empieza a marcharse, pero la detiene lo que dice Carvalho.

—Un detective privado que puede joderle el acceso al cobro de la póliza de seguros que le dejó su padre.

Por los ojos de la mujer pasa la película de un sueño, y Carvalho de pronto se siente triste, conmovido. Masculla una disculpa y se va.

Don Evaristo repasa uno por uno los componentes del despacho vivienda de Carvalho como si estuviera haciendo un inventario de las modificaciones introducidas por su sobrino. Tampoco le quita oído a la duradera llamada telefónica de Carvalho a Barcelona como si calculara cuánto iba a costar y la probabilidad de que el detective volviera a España sin pagarla. De la conversación se deducía que alguien había vuelto.

—¿Se va a quedar Charo? ¿Va a abrir un negocio? No lo sé, Biscuter. No lo sé. Hay que atar cabos.

Proseguía la conversación, a juicio de don Evaristo, inútil. La gente le ha perdido el respeto al teléfono y habla, habla sin advertir que más allá del interlocutor, en los subterráneos de las compañías telefónicas, liliputienses contables van incrementando la cuenta de beneficios a costa de los parlanchines. No tenía él catalogado a su sobrino como parlanchín, pero ahí está con los labios pegados al artefacto y un brazo levantado sobre él, como si quisiera construir un tabique protector de la conversación.

—Que no, Biscuter, que no te lo puedo decir.

¿Si no se lo puede decir, para qué continuar la conferencia? Don Evaristo ha fingido dormitar para interrumpir la cháchara inacabable de don Vito y para observar desde el limbo las conductas y decires de gentes que han ido entrando, hasta que Raúl se insinúa más allá de la puerta, avanza poco a poco, desmejorado y frío, frío con él, con su padre, aunque se inclina e insinúa un beso sobre la mejilla que no llega a dar. Hasta Carvalho ha dejado de telefonear para observar el encuentro y Alma ha salido de la habitación de al lado donde ha estado en capilla con Font y Rius y Silverstein. De los ojos de Alma han salido chorros de lágrimas, ojos náufragos esperando que el viejo diga algo, nadie le mira pero todos esperan que diga algo.

—El Juicio Final —dice finalmente, sin esperanza de que haya dicho lo suficiente—. Así que Bèrta no murió.

Y hay sarcasmo cuando añade:

—¡Cómo iba a morir la capitana! La capitana de todos vosotros.

Siguen dejándole el monólogo y la angustia.

—A mis años ya no he de disculparme por nada. Yo no os envié a luchar contra el ejército argentino, contra toda la sociedad, contra la CIA, que no quería perder la guerra fría en parte alguna y menos aquí, en América. Yo no os envié a hacer el gil. Yo tuve que hacerme cargo de las consecuencias de algo en lo que no había intervenido. ¿Claro? Por lo tanto no voy a pedir disculpas. Hice las cosas a mi manera, como vosotros las habíais hecho a la vuestra. Podría intervenir para salvaros la vida, pero eso tenía un precio.

—¿Eva María?

Don Evaristo se ha levantado, extrema su estatura para quedar cara a cara con su hijo.

—Era el instrumento para un fin, salvarla y salvaros. Mi encuentro con el capitán Gorostizaga...

—Doreste.

—¡Doleches! ¿Qué más da cómo se llame realmente? Yo había movido influencias, influencias que os harían reír, pero que funcionaron más que intelectuales, curas, derechos humanos, todo eso y llegué hasta el Capitán.

—¿Qué influencias, papá?

—La leche.

Ha vuelto a sentarse y pone rómbicos los ojos cansados para escudriñar el lenguaje del rostro de Raúl.

—¿Recuerdas mi principal negocio de aquella época?

501

—Mayorista de distribución lechera.

—Justo. Buena parte de los cuarteles recibían mi leche según contrato y ese contrato había representado, seguía representando muy buenas coimas para los jefes militares. Don Evaristo por aquí, don Evaristo para allá. Han detenido a mi hijo, cosas de jóvenes. A ver qué podemos hacer, don Evaristo. ¿De qué se ríe ése?

Silverstein se ha doblado sobre sí mismo por la risa.

—Todo lo que digo es verdad. Tenía las mejores relaciones posibles en este país, la complicidad de la coima con la intendencia cuartelera, y así llegué hasta los mandos superiores del Capitán. Lo teníais todo perdido y Eva María en un almacén de bebés, desidentificada a todos los efectos legales. Tú estabas vivo, Raúl, y pacté la entrega de todos los materiales tuyos y el silencio sobre lo que había ocurrido, Berta estaba muerta, parecía que estaba muerta, además, sacarte a ti significaba un salvoconducto para todos los que habían caído contigo, en tu casa. Para ese que se ríe, para Alma, Pignatari, ¿dónde está Pignatari?

—¡Muerto!

Grita Silverstein entre carcajadas:

—¡Este hombre nos salvó la vida porque vendía leche a los militares!

—Tenía algo que vender, eso es todo, y vosotros nada, ni entonces ni ahora, y o este majadero deja de reírse o yo he terminado. ¿De qué os reís? ¿Acaso no sigue el Capitán ahí? ¿Os creéis más fuertes que yo? ¿Qué haréis cuando el Capitán se os eche encima?

Raúl por fin habla, sin mirarle.

—Nadie te juzga. Todos nosotros sabíamos que algo había pasado para que milagrosamente nos sal-

502

váramos. No queríamos saber, hasta que yo volví porque quería sentirme en alguna parte. El Capitán ya no es un peligro. A estas horas está bajo orden de búsqueda y captura.

—¡Imbéciles! ¡Esa gente nunca está bajo orden de busca y captura!

—Decidle a Adriana que lo dejo. Que me voy. Regreso a España con mi tío. Que lo del Gran Gratowsky pasa a manos de don Vito. No tengo valor para decírselo personalmente.

Alma no quiere admitir lo que oye.

—¿Me estás diciendo que te volvés a España, gallego? ¿Que no vas a pasar por Tango Amigo nunca más?

—Hoy es mi último recital de tango. Nada menos que un Quinteto. El Quinteto Real. El Nuevo Quinteto de Buenos Aires, como dice la propaganda. Antes de irme quiero ver el espectáculo de Cecilia Rosetto. La vi en España y me parece genial. Después, adiós.

En la mesa les han puesto una botella de Borgueil, vino de oferta del día, y sobre el escenario cinco viejos tanguistas templan los instrumentos con una parsimonia de seres vitalicios. Club del Vino. Calle Contreras, donde se anuncian locales de teatro Off Off y piezas producto de la locura desidentificada de una ciudad cargada de identidad. Luis Cardei, Antonio Pisano al acordeón, Néstor Marconi, Antonio Agri al violín, Salgán al piano, De Lío a la guitarra. Los ojos de Carvalho se concentran en el virtuosismo hierático del violinista de Piazzola, Agri. Un viejo pulcro con los ojos preocupados, repletos de notas que respira. Los instrumentos dialogan entre sí y al bandoneón se le notan las ganas de crear paisaje. El bandoneón le suena a Carvalho a correlato objetivo, mientras el piano, la guitarra y el violín tienen voluntad de protagonismo. Son voces. El bandoneón es un reflector dolorido de enviar ráfagas sobre el campo de la derrota. Raúl, Norman, Font y Rius y Alma están excitados. Respetan la música pero reanudan el debate sobre el encuentro con Muriel, esta noche, de esta noche no pasa que hablemos con ella.

—¿La llamamos Eva María?

—Me gusta más Muriel.

—Que se llame como ella quiera.

Por fin Carvalho ha adquirido la condición de extraño al grupo y en su seno ha nacido un proyecto que sólo les pertenece a ellos. Ni siquiera al viejo Tourón. Ni a Güelmes.

Salen del Club del Vino y acuden al encuentro con Muriel.

—Callao esquina Corrientes.

Font y Rius se despide.

—¿Vos no venís?

—Después de la escenita voy a ir a recoger los restos. En la clínica siempre tendrán descuento.

Carvalho ve ocupado su coche y él mismo queda expropiado como chófer. Nadie se lo ha preguntado. Hay problemas de tráfico y multitud de policías vigilan desde lejos una manifestación que parece considerable.

—¿Las madres de la plaza de Mayo?

—No.

—¿Los jubilados?

—No. *La noche de los lápices.*

La noche de los lápices. Mientras Alma y Raúl siguen diseñando el plan de encuentro con Muriel, Norman, a su lado, se ha puesto melancólico y le informa.

—Hace veinte años los milicos detuvieron a unos estudiantes de secundaria, muy jóvenes, unos pibes. Los acusaron de una publicación subversiva. Los mataron a todos. Bueno, uno sobrevive. La llamamos *La noche de los lápices* por la edad de los chicos.

Norman se vuelve y contempla a Raúl y Alma, ajenos a lo que pueda pasar en el coche que conduce Carvalho, de lo que pueda pasar en el mundo. Silverstein comenta:

—Estuve leyendo en *Nuevo Porteño* un reportaje sobre los dos hijos de Urondo. El mayor, el que creció con su padre y una piba desaparecida, secuestrada por los milicos. Ahora los hermanos se encontraron. El mayor es un pozo de memoria histórica, tuvo tiempo de saber qué significaba ser hijo de Urondo. A la piba habrá que explicárselo todo, todo, incluso que su padre fue un gran poeta. Estos chicos nunca serán normales. Muriel nunca será normal.

En el cruce de Corrientes con Callao, Alma se mete en una librería de libros y discografía argentina, mientras los tres hombres contemplan el paso de la manifestación, miles de jóvenes, veteranos también de todas las manifestaciones, de todas las guerras perdidas, el retrato del Che sobre las cabezas, por encima incluso del Che el grito «¡Venceremos!». Ilusión óptica de que el mundo ha seguido la lógica de los años sesenta, los años en que estuvimos a punto de ganar, repite una y otra vez Silverstein, y vinieron los hijos de puta y nos exterminaron, nos exterminaron para siempre, en la Argentina, en los Estados Unidos, en Italia, en Alemania. Las camionetas soportan el peso de los tambores y sus sonidos de pompa y circunstancia, piensa Carvalho. Alma ha salido de la tienda y le entrega una bolsa.

—Toma. Discos y libros sobre nuestras cosas.

Los discos para que los escuchés. Los libros para que los quemés.

Los hermosos ojos de Alma le están diciendo adiós, adiós, gallego, te digo adiós antes de que vos me lo digás a mí. Pero tal vez Carvalho no quiera decirle adiós. Tal vez Alma desee que Carvalho explicite:

—No. No quiero decirte adiós.

Y los labios de Carvalho se mueven para decir algo, no sabe muy bien qué, es posible que quiera preguntarle a Alma: ¿quieres que me quede? ¿Después de recuperar a Eva María me dedicarás parte de tus hermosos ojos verdes? ¿Será una parte del mundo indispensable para el cada día de tus ojos verdes? Pero Raúl grita que ahí, ahí va Muriel. La muchacha desfila junto a Alberto, en la primera línea de un grupo de estudiantes, y hacia ella van corriendo primero Alma, luego Raúl, Silverstein se disculpa con Carvalho y también acude al encuentro con la Historia, pero vuelve nada más besar a Muriel en las mejillas, vuelve porque debe acudir a Tango Amigo para presentar a Adriana, aclara entrecortadamente. Carvalho y Silverstein se suman a la manifestación junto a desconocidos entusiasmados por su propia capacidad de desafiar al demonio del olvido. Luego se abren paso a través del servicio de orden y ganan las aceras donde las gentes contemplan con respeto pero sin entusiasmo el derecho a desandar el túnel del tiempo.

Muriel los ha visto llegar muy seria. El chico, Alberto, la tenía abrazada por los hombros. Ella ha mirado a Raúl con mucha curiosidad. Ha dicho: lo sé ya todo. Pero no ha añadido nada. Caminan y caminan, mirándose de reojo.

En Tango Amigo, Carvalho elige no despedirse de Adriana, pero no puede dejar la ciudad sin contemplar su plasticidad lunar, la aventura de su escote en busca del origen de la voz allí donde las mujeres pierden el tiempo y el espacio reproduciendo la especie, la división del trabajo entre víctimas y verdugos, torturados y torturadores. Silverstein le ha prometido que esta noche escuchará el primer tango del futuro, más allá de Piazzola, al otro lado del espejo del tango.

—La letra es mía y te la dedico, gallego.

Güelmes está allí. Bebiendo y observando. Le lanza un saludo lejano y luego se decide a acercarse.

—¿Qué ambiente, no?

—No le había visto demasiado por aquí.

—Suelo venir, pero no molesto a Silverstein. Conseguimos llevar vidas paralelas. En realidad esperaba encontrar a Alma. También a usted. ¿Satisfecho?

—¿Por qué?

—Todo ha terminado. El grupúsculo del Capitán ha sido desarticulado. ¡Somos libres!

—¿Y todo lo demás?

—¿Lo demás? El Capitán era un residuo inútil. Era necesario que desapareciera para vivir plenamente la normalidad democrática.

—¿En qué consiste la normalidad democrática?

—En que la corrupción y la violencia del Estado la controlen los civiles, nunca los militares.

—¿Y la trama civil del Capitán?

—¿Alguna vez la trama civil ha pagado sus culpas? El único personaje de la trama civil de la barbarie de este siglo que pagó algo fue Alfred Krupp. Deje a la trama civil en paz. Que paguen sus criados. Los militares y los policías.

—¿Y Richard Gálvez? Él iba detrás de esa trama civil para vengar a su padre.

—¿Richard Gálvez? ¿Usted cree que Richard Gálvez es alguien que le pueda quitar el sueño al Estado? De vez en cuando el Estado necesita recordar que es el depositario del monopolio de la violencia.

Silverstein sale bañado de luz con las manos llenas de lápices de colores.

—Especialmente significativa la presencia del poder esta noche entre nosotros. El ministro Güelmes nos concede el honor de recorrer por un momento la distancia más corta entre la poesía y la vida, el tango. Sin que sirva de precedente, un aplauso para el ministro.

Espera a que terminen los aplausos sin secundarlos y enseña al público lo que lleva en las manos.

—Estos lápices han viajado a través de los tiempos para escribir la Historia con una letra insegura, escolar y llena de faltas de ortografía. El futuro es imperfecto, pero menos de lo que lo fue el pasado. Puedo llorar los llantos más espesos esta noche al son de los tambores de las mejores derrotas. Puedo confiar a otra gente el aprendizaje en el error y el derecho a una rabia distinta a la mía. ¿Acaso han pensado que les estoy hablando de política? Nada más lejos de mi proyecto. Les estoy hablando del esplendor en la hierba que esta noche se ha visto por las calles de Buenos Aires, una confirmación de la *Oda a la inmortalidad* de Wordsworth:

«Whither is fled the visionary gleam?
Where is it now, the glory and the dream?»

»Que como todo el mundo sabe, traducido al argentino quiere decir: ¡agarrá la guita y salí rajando!

Adriana Varela puede cantar los versos más tristes esta noche: cantar por ejemplo: «No se puede, no se sabe, no se debe, no se vuelve.» No es un tango, pero tiene como música de fondo el correlato de todos, todos los tangos rotos, más allá de Piazzola. Al otro lado del espejo del tango.

Avanza con determinación Adriana y canta cuando no recita o recita cuando no canta un poema simplemente subrayado por oportunas desarmonías del violín, el bajo, el piano y el bandoneón:

Recuerda la nada y su paisaje
tus cuatro horizontes protegidos:
no se debe, no se sabe, no se puede, no se vuelve;
cuatro antaños de estaños y amatistas,
cuatro guerras, cuatro esquinas, cuatro puertas,
cuatro infiernos.

Cuando venga el ángel a pintarte la memoria
con colores de gouache inocente y lamido,
traficar con muerte a traficar deseos
en las pieles más libres del cuerpo ensimismado,
aunque te expulsen del paraíso del ya está escrito,
en los recuerdos te verás siempre cumplido:
la tierra, el agua, el aire, el fuego, el tiempo.

Inútil la memoria miente viajes
más allá de los cuatro horizontes,
de los rostros conocidos inducen
a las trampas de las voces submarinas
en una cinta mal grabada que se acerca
a la totalidad expresiva del silencio.

Como un reloj de arenas movedizas
te hundirá en las esquinas del deseo,
extranjero en la ciudad de todos los exilios
empezará tu ausencia comunión de sueños,
decepción que ni siquiera existe
vagante por la ciudad de las certezas inútiles
que no conducen a orígenes ni límites.

509

Te pondrán un nombre como llaman lobo
al miedo de la oveja, como llaman miedo
al descrédito que el náufrago adquiere en el naufragio.

Doce guerras, doce esquinas, doce puertas,
doce infiernos.

Mas si desciendes a la ciudad rendida
donde moran las sombras de todo lo que vive,
paisajes derrumbados en negras aguas,
árboles blandos, calles que no cesan,
sin pájaros ni estrellas que te olviden,
sin ruido ni vals.

Sin sol ni luna, de mil ausencias hueco,
sólo vive el eco de la última palabra;
bajar a la ciudad para encerrar el tiempo
bajo pesos ciclópeos de piedras saturadas.

Si desciendes

si desciendes no reconocerás sombra alguna
ni serás reconocido por sombra alguna,
ni ésta es tu casa aunque tu casa fuera
una aproximada maqueta de esta ruina,
la maltratada tumba de tu olvido.

Recuerda la nada y su paisaje,
tus cuatro horizontes protegidos:
no se debe, no se sabe, no se puede, no se vuelve.

Se han quedado sin aliento Adriana, Carvalho, el público, Güelmes lo recupera para susurrar al oído de Carvalho:

—¿Es esto un tango? ¿Tango de cámara, quizá?

El helicóptero sobrevuela el bosque de araucarias y busca el calvero donde trazan señales las banderas. Se posa y abren la puerta desde fuera para que salga el capitán Doreste bajo las aspas ya tranquilas y avanza sin atender la dificultad del gordo para saltar a un vacío para él excesivo. Doreste fulmina con la mirada al hombre que le recibe con el sombrero de paja rodándole en las manos.

—¿Por qué tuvimos que aterrizar aquí? ¿Por qué no directamente en suelo paraguayo?

—El helicóptero no tenía más autonomía. Ahora los llevarán al puente de la Amistad y entrarán en Paraguay por Ciudad del Este.

—¿Corriendo el riesgo de que me reconozcan en el control?

—Aquí nadie reconoce a nadie ni controla a nadie. En Ciudad del Este ya lo esperan los contactos paraguayos.

El jeep aguarda entre los árboles, con las ruedas hundidas en tierras rojas encharcadas, la atmósfera difuminada por las aguas poderosas del Paraná, aguas abajo de las cataratas de Iguazú. Al Capitán le cansa el jadeo del gordo mientras le sigue, jadeo que se convierte en estertores cuando el gordo ha de pelearse con su propio cuerpo, que le niega ayuda para subir al jeep.

—No me encuentro bien, jefe. Me duele el pecho.

—Al jeep se sube con las piernas, no con el pecho.

Tiene el gordo sudores de trópico y de angustia, sentado junto al Capitán helado, obsesionado con lo que está diciéndose a sí mismo.

—Cuatro ojos son pocos, gordo. Ahora no dependemos de nosotros mismos.

—Pero esta gente es legal, jefe. Hoy por vos, mañana por mí.

—Era legal en los tiempos en que todo estaba en orden.

El puente de la Amistad está colapsado por el tráfico de la caravana de turistas que acuden a Ciudad del Este a comprar a precios paraguayos todo cuanto pueda contener la cueva de Alí Babá del universo.

—Podemos tirarnos una hora antes de cruzarlo en coche.

El conductor se vuelve. Es oscuro y le huele el aliento a chimichurri.

—Vayan caminando. Al otro lado del puente los están esperando. Van a llegar antes.

—¿Quién está al otro lado?

—El general.

—¿Elpidio?

—Sí, señor.

Está contento el Capitán, y el gordo le guiña el ojo.

—Todo en orden, jefe. Seguro. Si está Elpidio todo en orden.

Camina el Capitán a paso ligero por la acera del puente, sobrepasando a los obsesos compradores atraídos por la ciudad campamento de Ciudad del Este, falsificadas marcas de París o de la ciudad universal del consumo en almacenes gigantescos de frontera, como depósitos para mercancías de una huida, abiertos a calles sin asfaltar donde circulan las aguas podridas de las cloacas rotas y las aguas perdidas de las lluvias recientes. El gordo trata de seguir los pasos ágiles del Capitán y de vez en cuando le pide la piedad del descanso mientras se lleva las manos a los pechos que le duelen como si tuviera una piedra presionándole el esternón.

—Un día volveremos, gordo. No me van a quitar a la nena tan fácilmente. Un día vamos a volver y le voy a contar a la nena que fui yo el que la salvó de sus padres, gordo. La eduqué como a una princesa, como si fuera mi princesa. Un día vamos a volver, gordo.

—Deme un respiro, jefe.

El gordo empieza a comprender que nunca atravesará el puente de la Amistad. Ya no puede caminar. Siente un dolor de desguace en el brazo izquierdo y su pecho ya es de piedra, de piedra dolorosa. Le falta aire y abre los brazos para facilitar su entrada, luego para gritar, para pedir ayuda al Capitán, que se aleja. Pero Doreste no vuelve la cabeza. Ha visto a Elpidio junto al mojón que inicia el territorio paraguayo, y aunque también ha percibido cómo el gordo se ha caído en el suelo y ha obligado a detener aún más la delgada marcha de los coches varados, sólo vuelve atrás la mirada una sola vez.

—Que te entierren en la Argentina, gordo. Es una suerte.

El general Elpidio le señala el círculo de gente que rodea el cuerpo del gordo derramado sobre la calzada, entre dos coches. Doreste se encoge de hombros. Elpidio es parco en palabras.

—Ya estás a salvo. Pero los tiempos han cambiado.

—¿La cobertura de siempre?

—Nada se mueve ya por ideales. El comunismo está vencido. Hay que tragar. Todo nos lo mueve y nos lo garantiza la droga.

—¿Y el tráfico de armas?

Elpidio se echa a reír y enseña una dentadura rehecha en Chicago. Un millón de dólares, proclama, mientras se golpea con un dedo el canto de los dientes.

—¿Armas? ¿Ya querés armas? Mirá. En Ciudad del Este, en las calles en cruz que conocen los turistas se venden camisas Cacharel y abrigos de martas cibelinas y procesadores de textos japoneses. Son imitaciones o piezas de contrabando. En todas las demás, a las que ya ni llegan los turistas, únicamente se venden armas y drogas. Pero decime, ¿de verdad que ya querés armas a estas horas de la mañana?

El Capitán vuelve la vista atrás para contemplar por última vez la presencia del gordo en este mundo. Tardará en oírse la sirena de la ambulancia, desengañada de abrirse paso en cualquiera de las dos colas opuestas.

Para entonces el Capitán ya ha sido presentado, ya le han regalado una pistola que se guarda entre la correa y el ombligo, ya tiene un nuevo pasaporte y se contempla en la ventanita de la fotografía mientras memoriza su nombre.

—Juan Carlos Orellana. Me gusta. Siempre me gustó llamarme Juan Carlos.

La residencia geriátrica no es sórdida, pero tampoco lo contrario. Un jardín donde los viejos van de uno en uno, conscientes de lo inevitable de la última soledad. Algunas viejas hacen labor, otras cantan, una vieja recita según el estilo de la Singerman, ante la indiferencia bastante general.

«¿Recuerdas que querías ser una Margarita
Gautier? Fijo en mi mente tu extraño rostro está

514

cuando cenamos juntos, en la primera cita,
en una noche alegre que nunca volverá.

»Tus labios escarlatas de púrpura maldita
sorbían el champán del fino baccarat;
tus dedos deshojaban la blanca margarita:
"Sí... no... sí... no." ¡Y sabías que te adoraba ya!»

Un grupo de hombres ha conseguido la mecánica solidaridad suficiente para jugar a las bochas y algunas monjas merodean cual servicio de orden por entre los pobladores del jardín mediocre. Pero aquel viejo está especialmente enfadado cuando afronta a don Vito y a madame Lissieux.

—Viejos y viejas. Eso es todo. Ni más ni menos.

—No diga eso, don Aníbal. ¡La vejez! Tesoro de experiencias.

—¿La vejez? La vejez es una mierda.

Madame Lissieux envía una caricia visual al anciano y luego otra verbal.

—Pero hombre, con el aspecto que tiene usted, ¿cómo puede decir eso? Cada edad tiene su nostalgia y sus deseos. Un hombre es un hombre hasta que se muere. El Gran Gratowsky, por ejemplo.

Don Vito más allá.

—Una historia de polleras. ¿No es cierto? ¡Morir con unas bombachas en la boca! ¡Morir con las bombachas puestas!

Aníbal ríe malicioso y enseña su boca sin dientes.

—Pero si no tenía dientes, como yo.

—Tenía lo que hay que tener.

Aprovecha que madame Lissieux parece desatenderlos y dirige a Aníbal un vago ademán de señalización de las partes.

—¿De eso? Yo no sé él. A mí no me sirve ni para mear, me han operado cuatro veces de la próstata los carniceros y sigo igual. Mire.

Empieza a desabrocharse los pantalones y a bajárselos, pero don Vito lo contiene señalando a madame Lissieux con la cabeza.

—Le creo. Le creo.

—Le voy a enseñar la sonda y el depósito de la orina.

—No es necesario. —Le guiña el ojo—. De prostático a prostático.

—¿Usted también?

—Tengo una próstata que parece una hernia. De prostático a prostático. Gratowsky todavía hacía lo que podía por aquí. Seguro que se camelaba a alguna de las residentes.

—¿A estas viejas? ¡Pero no! A veces nos las quedábamos mirando y pensábamos: ¿quién se pudo acostar alguna vez con estos vejestorios?

Pero vuelve madame Lissieux, gozosa, con el alma saltarina.

—¡Qué viejitas tan lindas!

Se encoge de hombros el viejo y les abre marcha. Camina con fingida ligereza seguido de madame Lissieux y don Vito hasta llegar ante la puerta de una habitación. Aníbal la abre. El rectángulo oscuro se ilumina cuando el viejo mete la mano, pulsa el conmutador de la luz y se ilumina un marco de bombillitas en torno de una gran fotografía de Gilda Laplace con cuarenta años menos. Aníbal pronuncia reverentemente:

—¡El santuario del Gran Gratowsky!

La reproducción del busto de Gilda Laplace al doble tamaño del natural no es el único objeto de culto a la nostalgia. Otras estrellas de cine o de la canción de la época que se convierten en letanía, en luchas de aciertos de la memoria en los labios de Vito y madame Lissieux. Fotografías de Gratowsky más joven, en noches de triunfo de sus artistas, en actos sociales, una foto de mujer años cuarenta o cincuenta con una niña: Ruth, ya una niña malcarada, el Gran Gratowsky joven concertista de violín, foto de jóvenes recién llegados a la Argentina con aspecto de alegría después de la tragedia europea, entre ellos el Gran Gratowsky. Aníbal ha ido ratificando en voz alta el quién es quién y se detiene ante la foto de grupo. Don Vito se sorprende y le pide:

—¿Y ésos?

—Nunca me dijo demasiado sobre ese grupo. Que era un puñado de judíos europeos, compañeros suyos en la huida de Europa, nada más. Él era muy, muy judío.

—¿Tacaño?

—No, mierda, no, de tacaño nada. Pero se sentía muy judío, de eso de Israel y, en fin, ya me entiende. Los rusos. ¿No los llamamos rusos a los judíos en Buenos Aires? Estaba organizado. Participaba en reuniones de *rusos*.

Madame Lissieux conduce hacia el barrio del Once. En Sarmiento, entre Uriburu y Pasteur, ha localizado Aníbal un centro cultural judío del que era habitual el Gran Gratowsky. También iba a Daia.

—Una organización de respaldo de las comunidades judías.

En la recepción carteles de Israel, propaganda sionista y de viajes a la Tierra Prometida, programas de cursos en yiddish y hebreo. El responsable

517

de la oficina es dueño de sus silencios y no le gusta ser esclavo de sus palabras.

—Lo único que puedo decirle es que Abraham Gratowsky era un buen judío.

—No lo dudo. Cumplía con las Sagradas Escrituras.

—Para ser un buen judío no basta con cumplir con las Sagradas Escrituras, hay que militar en el sionismo.

—Claro, el sionismo internacional.

No le ha gustado la fórmula expresiva al recepcionista.

—Las palabras traicionan y tienen dueño. Sionismo internacional es una expresión acuñada por los asesinos de judíos.

Don Vito pone a madame Lissieux por testigo de su desasosiego.

—¿Lo dice por mí? Se equivoca, yo soy amigo de los judíos, de su talento, Einstein. ¿No es cierto? Kirk Douglas. No señor. A mí no me puede considerar un enemigo de los judíos, y me gusta saber que Abraham era sionista, un militante sionista. ¿Contribuía a la causa con dinero?

—Mientras pudo sí. Ahora era un hombre que apenas conseguía pagarse la póliza de seguros y la residencia de ancianos. Pero siempre fue un colaborador, vigilante de los peligros que se cernían sobre los judíos en la Argentina.

—¿Están ustedes en peligro?

—¿Ya se olvidó del atentado contra la embajada de Israel. ¿Dónde están los culpables? ¿Cuántos nazis de ayer y de siempre almacena este país?

—¿Puede concretarme alguna de las colaboraciones de Gratowsky?

Una voz familiar a don Vito interrumpió el interrogatorio a sus espaldas.

—No. No puede.

Y al volverse allí está Pascuali, percepción inmediata de don Vito que trasmite a madame Lissieux.

—Madame, le presento al mejor policía de Buenos Aires, Pascuali. Será nuestro aliado en los negocios futuros.

—¿De qué negocios habla?

—Mi socio, el señor Pepe Carvalho, regresa a España esta misma tarde y yo me he hecho cargo de la razón social Altofini y Carvalho, Detectives Asociados, contando con la inestimable ayuda de madame Lissieux.

Pascuali masculla:

—La estupidez ni se crea ni se destruye, simplemente se transforma.

Camino de Ezeiza, Pascuali alterna la dureza con la que les ordena no continuar en la investigación sobre el caso Gratowsky...

—No tiene nada que ver con las bombachas. Está relacionado con la voladura de la embajada de Israel.

... con gentilezas especialmente dedicadas a madame Lissieux; la primera, llevarlos a Ezeiza en un coche de la policía con todas las sirenas al viento.

—¿En qué caso intervino usted? Mis informes me hablaron de una dama y luego no volvieron a citarla. ¿En el del hijo de Borges?

Nada más pronunciar el nombre del supuesto hijo de Borges, un fogonazo interior deslumbra a Pascuali, que cierra los ojos para reproducir con nitidez una escena vivida. El viejo cantor de tangos. Ante Corrientes, 348. El hombre que le pareció ser el Polaco.

—¡El falso Goyeneche! ¡Ahora va de Goyeneche, como si el Polaco hubiera resucitado!

Ni madame Lissieux ni don Vito entienden nada, hasta que Pascuali utiliza el teléfono móvil para conectar con el centro.

—Rastreen en busca de un falso Polaco que va por ahí disfrazado de Goyeneche. Me figuro que se trata de Arielito Borges Samarcanda. Y ojo al cristo que es de lata, que algo debe de estar maquinando.

—¿Arielito de tanguero?

Llegan a Ezeiza, donde Carvalho espera sólo a don Vito, y concede a madame Lissieux un besamanos y a Pascuali una frialdad que no siente. El policía le advierte:

—He venido para comprobar que se va.

—Yo en cambio ya sabía que usted se quedaba a merced del Capitán.

—El Capitán se hizo humo.

—Le han dejado caer. Pero volverá. O le matan o volverá.

—No hago preguntas. Se hizo humo. Y basta.

Don Vito hace un resumen del caso Gratowsky y exagera las dimensiones de lo que sabe sobre las conexiones con el sionismo y el antisionismo. ¿Gilda Laplace? No. No van por ahí las cosas. Pero Pascuali deja escapar:

—Está localizada en una clínica de cirugía estética. Se está haciendo el décimo lifting de su vida.

No le interesa llevarse cabos sueltos, bastantes le esperan en España. Ya tendrá tiempo de sentir una nueva nostalgia, la de Buenos Aires, la de Alma quizá. Don Vito le abraza hasta hacerle daño, madame Lissieux le da el beso de despedida que no le da

Alma, Pascuali se lleva dos dedos a una supuesta visera y se retira dándole la espalda. Gestos que conserva en la inmediata memoria durante el trayecto hasta la primera escala en Río de Janeiro. Su tío ya dormita cuando Carvalho ocupa el asiento a su lado y se dedica a beber el vino argentino de la cantina del avión, incluso se predispone a pellizcar las páginas de *Clarín*, pero no pasa de la primera: «Fallece en accidente aéreo Richard Gálvez.» Se había estrellado con los abogados puestos, y de alguna reserva de ingenuidad le sube una bocanada de angustia hasta que la convierte en aire. La muerte de Richard Gálvez. La facilidad repentina con la que todos habían llegado a Muriel, la caída del Capitán. Hubiera dado la vuelta al avión de regreso a Buenos Aires, pero el aparato ya está succionado por el sumidero del futuro. Al llegar a Río despierta a su tío, acompaña sus vacilantes pasos hasta la sala de espera y de nuevo la muerte de Gálvez en su cabeza. El poder. Sin duda había intervenido el poder real para facilitarse las cosas a sí mismo. Recuerda la frase de Güelmes:

—Lo importante de que yo esté en el poder es que así podré recibir a Alma.

Se siente destemplado, con ganas de seguir bebiendo para seguir adormilado durante la escala, especialmente en el momento en que su tío salga de la somnolencia y fuerce la encerrona de un diálogo que no desea. Los paneles prometen toda clase de huidas, y de haber podido escoger habría partido hacia una ciudad australiana, desde su desconfianza en la existencia de Australia. A su lado una joven pareja habla en catalán y se está resumiendo el viaje con voces martirizadas por los desarreglos del cuerpo entre dos aires, entre dos continentes. «Pero el viajero que huye, tarde o temprano detiene su andar», canta mentalmente Carvalho y silba la melodía. La muchacha le mira desde una cara apoyada en el hombro de su compañero.

—¿Viene de Buenos Aires?

—Sí. ¿Y ustedes?

—Hemos estado una semana. ¿Y usted?

—Varios meses.

—Sabrá muchas cosas de Buenos Aires.

—Tango, desaparecidos, Maradona.

Hay perplejidad en el rostro de la chica y algo de ironía en el de él cuando se vuelve para conocerle.

—Maradona me suena, claro. Pero ya es arqueología. Ronaldo. Ronaldinho, ése es el nuevo rey. ¿Tango? ¿Aún se cantan tangos en Buenos Aires? ¿A qué desaparecidos se refiere? ¿Es algo relacionado con *Expediente X*?

Carvalho empieza a dudar y la sensación de duda le dura hasta cuando avista la cristalería posmoderna del aeropuerto de Barcelona. ¿Había estado en Buenos Aires? Ni siquiera había conseguido ver el show de Cecilia Rosetto. Entonces recuerda que Alma le había hecho un regalo para que constara su paso por la ciudad. Tenía una prueba de haber estado en Buenos Aires, además de los ojos de Alma, que ya empezaban a hundírsele en la gelatina de la memoria. Abre el paquete que había metido en la bolsa de viaje y salen varios compactos, libros, libros, libros. Edmundo Rivero canta a Discépolo. El libro más voluminoso, *Adán Buenosayres*, de Leopoldo Marechal, también se inicia cantando:

> *El pañuelito blanco*
> *que te ofrecí*
> *bordado con mi pelo...*

Y sigue:

Templada y riente (como lo son las del otoño en la muy graciosa ciudad de Buenos Aires) resplandecía la mañana de aquel veintiocho de abril; las diez acaban de sonar en los relojes y a esa hora, despierta y gesticulante bajo el sol mañanero, la Gran Capital del Sur era una mazorca de hombres que se disputaban a gritos la posesión del día y de la tierra.

Índice

Otros títulos de Manuel Vázquez Montalbán:

El Balneario

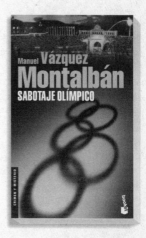

Sabotaje olímpico

El premio

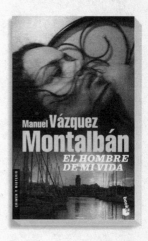

El hombre de mi vida